विशाल स्मिथ
और
काल्पनिक दुनिया

विशाल स्मिथ
और
काल्पनिक दुनिया

शुभम सिंह

KALPAZ

विशाल स्मिथ और काल्पनिक दुनिया

ISBN : 978-93-5324-075-2

भारत में सन् 2019 में प्रकाशित

कल्पाज पब्लिकेशन

सी-30, सत्यवती नगर,

दिल्ली-110052

Phone : 9212142040

ई-मेल: kalpaz@hotmail.com

मुद्रित: जी. प्रिंट प्रोसेस, दिल्ली

विषयसूची

अध्याय – 1

खोज–बीन करता हुआ लड़का

चहल–पहल वाली प्रिंस कालोनी जो कि काफी अजीब ही थी। वहाँ के लोग न एक–दूसरे से बात करते न किसी की मदद करते। बस वहाँ मौजूद बच्चे ही थे जो आपस में बात कर लिया करते थे लेकिन अपने परिवार वालो से छुप–छुप कर। अंधेरे में उस कालोनी में मौजूद लकड़ी के मकान ऐसे लगते जैसे भूतिया मकान। फिर भी न जाने उन मकानों में कैसे रह रहे थे। जब शाम के 6 बज जाते तो सभी अपने मकानों में ऐसे छुप जाते जैसे उन्हें कोई मारने आ रहा हो।

जिसकी वजह थी उस कालोनी का कमरा नम्बर–10, जो कि सबसे भयानक घर था, जिसे कालोनी के लोग डरावना घर कहकर बुलाते। सभी इसके बारे में अजीब–अजीब बातें करते और कोई कहता यहाँ आत्मायें रहती हैं तो कोई कहता ये काले जादू का स्थान हैं सभी उस घर को ऐसे घूरते जैसे वो जिन्दा होकर अभी उन्हें खा जायेगा। लोग उस घर के सामने जाने से कतराते और कोई उसके सामने से निकलता भी तो उससे अपनी नजरें चुराता।

भयंकर घर लकड़ी का बना हुआ था। जिसके ऊपर झोंपड़ी का आकार था घर छोटा था और उसके चारों ओर छोटी–छोटी दीवार थी। घर के पास सूखी घास थी बस वहाँ एक गुड़हल का पौधा था जो हरा–भरा था जिस पर लाल रंग के बड़े–बड़े फूल थे। डरावना घर सुबह के उजाले से शाम के 6 बजे तक ऐसे सुनसान पड़ा रहता मानो जैसे

उसमें कोई रहता न हो परन्तु शाम होते ही उसमें से हँसने, गाने और तेज–तेज बातें करने की आवाज आती जो कि पूरी प्रिंस कालोनी में गूंजती रहती। सभी इन आवाजों को सुनकर डर–डर के रात काटते। जब सूरज छिप कर चाँद निकलता तो उस घर के ऊपर चील, कौए उड़ते रहते और घर पर बिल्ली उल्लू अपनी–अपनी तेज आवाज में चिल्लाते फिर उस घर से 25 लोग निकलते जो लम्बे–लम्बे दुशालों के ऊपर काला पतला कोट पहने रहते कोट में लगी टोपी से अपना चेहरा दुबकाये, हाथों में मोमबत्ती जलाके निकलते। उन मोमबत्तियों को घर के चारों ओर मौजूद दिवारों पर लगाते फिर वह चले जाते। उनके जाने के बाद मकान से चीखने की आवाज आती जो बेहद दर्दनाक थी। हर रात बस यही होता और सुबह होते ही वही सन्नाटा।

जहाँ सब उस घर से डरते थे वहीं उस कॉलोनी में कोई था जो हमेशा उसी घर के बारे में सोचता। रात में वह उन 25 लोगों के अंदर जाने के बाद उस घर में रोज जाता खिड़कियों के अंदर झांक–झांक कर देखता परन्तु उसे कुछ नही मिलता। जिसका नाम था ––विशाल स्मिथ।

विशाल प्रिंस कॉलोनी में कमरा न. 6 में टूटे–फूटे पुराने घर मे अपनी माँ निकोला के साथ रहता था। विशाल दिखने में दुबला–पतला बीमार लड़का था। पुराने छोटे कपड़ों को पहनता था जो कि उसके आते भी नहीं थे। उसका चेहरा बेहद मासूम और कोमल था। उसकी दयालुता उसकी प्यारी सी नीली आँखों से झलकती थी। परन्तु उसकी माँ जो कि बेहद कठोर मिजाज की थी उसकी काली आँखें और चकतों से भरा चेहरा भद्दा था। वह हमेशा काले कपड़े पहनती थी और बालों को खुला रखती थी। वह काफी लम्बी थी। वह विशाल को हर वक्त डाँटती, पीटती रहती थी। विशाल उससे काफी डरता था खासकर उसकी काली आँखों से। विशाल को उस घर में सिर्फ उतना ही खाना मिलता जिससे उसका पेट मुश्किल से भर सके वरना वह कभी–कभी भूखा ही सोता था। विशाल हमेशा यही सोचता रहता कि उसकी माँ उससे नफरत क्यूं करती है, वह मुझसे प्यार क्यूं नहीं करती। वह ज्यादातर रोता ही रहता था।

निकोला सदैव अजीब हरकतें करती थी। वह सदैव अंधेरों में ही बैठी रहती थी और अंधेरों में बैठकर अकेले बातें करती, यह विशाल को कभी

समझ न आती। निकोला कभी दिन के उजाले में घर से बाहर नहीं निकलती थी इसलिए विशाल जहाँ भी जाता अकेले ही जाता था। कालोनी के लोग विशाल को भी घूर–घूर के देखते जैसे वह उन सबसे अलग हो इसलिए विशाल का कोई दोस्त भी नहीं था।

देखो मम्मी! कितना सुन्दर फूल है, छोटे बच्चे ने अपनी माँ से कहा उस डरावने मकान से वो फूल लाकर दो ना।

चुप करो, उसकी माँ ने कहा उस घर की तरफ देखना भी मत।

ये सुनकर वह बच्चा रोने लगा, विशाल से ये देखा नही गया वह डरावने घर की तरफ भागा–भागा गया बाहरी दरवाजा खोलकर फूल तोड़ लाया।

ये लो दोस्त, विशाल ने कहा तुम्हारा सुन्दर फूल।

अपने पास ही रखो, छोटे बच्चे की माँ ने कहा, तुम भी उस घर की तरह मनहूस हो। मेरे बेटे से दूर रहो।

विशाल यह सुनकर निराश हो गया और अपने घर पर चला गया।

तुम उस घर में गये, निकोला ने चिल्लाकर कहा, उस घर में जाने से मना किया था, अगर आज के बाद गये तो मुझसे बुरा कोई नहीं होगा। चलो अपने कमरे में जाओ।

विशाल भागा–भागा सीढ़ियों पर चढ़कर अपने कमरे में गया और रोते–रोते अपनी खिड़की से उस घर को देखता रहा।

विशाल का कमरा छोटा सा था, जिसमें भी निकोला ने घर का कबाड़ फेंक रखा था परन्तु विशाल ने मेहनत कर उस कबाड़ को अपने दिमाग से ऐसे व्यवस्थित कर रखा था जिससे कमरा बुरा न लगे।

विशाल नीचे आया और स्कूल जाने लगा क्लास में सभी सदैव उसके कपड़ों के कारण उसका मजाक उड़ाते और वह आँखों को झुकाये सब सहन करता।

हमेशा की तरह आज भी विशाल बच्चों के मजाक के कारण उदास होकर अकेला सीट पर बैठा खिड़की के बाहर देख रहा था और क्लास में

कक्षाध्यापक आयी सभी बच्चों ने खड़े होकर उन्हें सम्मानित किया पर विशाल बाहर ही देखता रहा उसे पता ही नहीं था क्लास में कौन आया और क्या हुआ?

खड़े हो जाओ, कक्षाध्यापक ने विशाल से कहा।

पर विशाल एक–टक बाहर ही देखता रहा।

खड़े हो जाओ, सुना नहीं, कक्षाध्यापक ने चिल्लाकर विशाल से कहा।

सभी बच्चे हँस पड़े फिर कक्षाध्यापक की वजह से सब शान्त हो गये।

क्या तुम्हें दिखता नहीं क्लास में कौन आया? तुम्हारा ध्यान कहाँ रहता है? मैं तुम से परेशान हो गयी हूँ। ओ, ओ और यह तुम्हारे कपड़े कितने गन्दे हो रहे हैं।

कक्षाध्यापक ने गुस्से में विशाल से कहा तुम्हारे स्कूल के कपड़े कहाँ हैं? क्या तुम्हें बाकी बच्चों की स्कूल की ड्रेस नहीं दिखती है। तो मैं बताती हूँ। एक सफेद शर्ट, एक हरे कलर का पेण्ट, एक हरी टाई और काले जूते और यदि कल तुम इस स्कूल की ड्रेस में नही आये तो क्लास में तो क्या स्कूल में भी नही आने दिया जायेगा। गुस्से में चिल्लाते हुए कक्षाध्यापक ने कहा।

विशाल काँपते हुए डरा हुआ रोए जा रहा था और उसने काँपती हुई आवाज में कहा जी जी जी मैम...

यह सुनकर कक्षाध्यापक ने कहा बैठो फिर वह वहाँ से चली गयी। कक्षाध्यापक के जाने के बाद सभी बच्चे फिर हँसने लगे।

जैसे–तैसे स्कूल की छुट्टी के बाद विशाल ने अपने आप को संभाला और घर पहुँचकर बैग मैज पर रखा। उसकी माँ सिलाई कर रही थीं। विशाल उसके पास गया।

मेरे स्कूल की ड्रेस नहीं है मेरी कक्षाध्यापक हर रोज मुझे डाँटती है मुझ पर सभी बच्चे हँसते हैं, डरते हुए विशाल ने कहा।

तो मैं क्या करूँ?, निकोला ने विशाल को धिक्कारते हुए कहा पढ़ना है तो पढ़ो वरना स्कूल जाना छोड़ दो। वो जो तुम्हारी ड्रेस छोटी हो गयी

है उसे पहन सको तो पहनो मेरे पास पैसे नहीं हैं जो मैं नयी ड्रेस लाकर दे सकूँ।

विशाल यह सुनकर चुप पड़ गया और बोला मुझे भूख लगी है आपने क्या बनाया हैं?

किचिन में कुछ नही है आज वैसे भी तुम्हें खाना नही मिलेगा, निकोला ने कहा।

गुस्से में विशाल सीढ़ियों से चढ़ते हुए अपने कमरे में चला गया। वह वहाँ खिड़की पर बैठकर कमरा नम्बर 10 को देखता रहा। देखते–देखते रात हो गयी। उस डरावने घर से फिर वही 25 लोग निकले और मोमबत्ती लगाने लगे। विशाल एक टक उन्हें देख रहा था फिर वह लोग अन्दर चले गये और फिर वही चिल्लाने, चीखने और पीटने की आवाज आने लगी इतना सब होने के बाद घर के ऊपर चीलें, चमगादड़, उल्लू आकर बैठने लगे।

मुझे अब चलना चाहिये, विशाल ने अपने आप से कहा।

वह दरवाजे से जा नहीं सकता था तो वह हमेशा की तरह अपनी खिड़की के पास लगी पाइप से नीचे उतरकर उस डरावने घर के पास जा पहुँचा। वह बाहरी दरवाजे को खोलकर घर के समीप गया और खिड़कियों से डरते हुए झाँकने लगा पर घर के अन्दर कोई नहीं था। ना उसे कोई दिखा। जब काफी देर रुककर भी वह कुछ पता ना कर पाया तो वह वहाँ से लौट आया और उसी पाइप से चढ़कर अपने कमरे में सो गया।

सुबह उठकर वह उसी घर को देखने लगा। उसने देखा उस घर की सीढ़ियों पर एक लड़की बैठकर रो रही थी। उसके शरीर पर काफी चोट थी। वह अत्यन्त सुन्दर व काले सुनहरे बालों वाली विशाल के उम्र की ही लड़की थी। लड़की को देखकर लग रहा था कि वह काफी दुखी थी विशाल उससे बात करने को भागा जा रहा था तभी–

कहाँ जा रहे हो? निकोला ने पूछा

मैं मैं मैं कहीं नहीं जा रहा, विशाल ने हकलाती आवाज में कहा।

ओ तुम झूठ बोल रहे हो तुम उस लड़की से मिलने जा रहे हो अगर तुम वहाँ गये तो तुम सोच नही सकते मैं तुम्हारे साथ क्या करुँगी। चलो अपने कमरे में जाओ, निकोला ने चिल्लाकर कहा।

विशाल अपने कमरे में बैठकर उसी लड़की को देखता रहा और शाम होने पर वह लड़की अन्दर चली गयी। जब रात हुई तो हर रोज की तरह वही लोग मोमबत्ती जलाकर अन्दर चले गये। विशाल फिर गया उस घर के बाहर से ही छान–बीन करता रहा अन्दर जा नहीं सकता क्योंकि घर का दरवाजा विशाल को बन्द मिलता था। कुछ भी नहीं मिलने पर वह फिर लौट आया। गुस्से में बोला वह 25 लोग घर में से कहाँ गायब हो जाते हैं? और वह रोती हुई लड़की कौन थी? उसे लड़की को तो पहले कभी उस घर में नहीं देखा यह बड़बड़ाते हुए वह सो गया।

सुबह होने पर विशाल ने उस पुरानी छोटी हो गई ड्रेस को अलमारी में से निकाला जिसमे बहुत सारे झिंगुर रहते थे। फिर उसे जैसे–तैसे पहनी और स्कूल जाने लगा। रास्ते में उसे फिर वहीं लड़की मिली जो रो रही थी विशाल उसके पास जाना चाहता था पर अपनी माँ के कारण नहीं गया।

मैं क्या करूँ उसकी मदद करना चाहता हूँ पर कैसे? विशाल ने अपने आप से पूछा।

स्कूल से लौटने पर जब विशाल घर पहुँचा तो बैग रखने वाला ही था कि अचानक निकोला ने उसका हाथ पकड़ कर अपनी ओर खींचा।

तुम उस घर में रात को गये तुम्हारी हिम्मत कैसे हुई निकोला ने कहा

हाँ! मैं वहाँ गया था। तुम किसी से बात नहीं करने देती मेरा कोई दोस्त नहीं है आप वहाँ भी जाने से रोकती हैं विशाल ने गुस्से मैं अपनी माँ से जबाव देते हुए कहा।

तुम्हारी इतनी हिम्मत। तुम मुझ पर गुस्सा दिखाते हो यह कहते हुए निकोला ने विशाल के थप्पड़ मार दिया।

अगर अब वहाँ गये तो मैं और मारूँगी। चलो अब अपने कमरे में जाओ और आज कोई खाना तुम्हें नही मिलेगा, निकोला ने विशाल से कहा।

यह सुनते ही विशाल रोते हुए अपने कमरे में गया।

कुछ देर बाद निकोला ने विशाल को बुलाया थैले में पर्ची पड़ी है उसमें जो सामान लिखा है वो सामान जाकर लाओ, निकोला ने कहा।

पैसे, सामान के पैसे दो, विशाल ने कहा।

सामान के पैसे थैले में हैं, निकोला ने कहा

सामान लेने के लिए विशाल बाहर निकला। रास्ते में उस घर के बाहर बैठी लड़की रो रही थी वह उसके पास हमेशा की तरह जाना चाहता था लेकिन माँ के डर के कारण नही गया और आगे की ओर बढ़ गया। सामान लेकर लौटते वक्त विशाल ने हिम्मत की उस घर के अन्दर जाकर उस लड़की के पास जाने लगा। सभी कॉलोनी के लोग उसे घूर रहे थे।

देखो माँ वो लड़का उस घर में जा रहा हैं, कॉलोनी की लड़की ने कहा, जो उस घर के बाहर खड़ी थी।

चलो यहाँ से और वो लड़का पागल है तुम वहाँ कभी मत जाना। ये कहते हुए उस लड़की की माँ उसे झटपट ले गई।

विशाल उस लड़की के पास जा चुका था और उसे देखने लगा।

तुम कौन हो? क्यों रो रही हो? विशाल ने उस लड़की से कहा।

लड़की ने कोई जबाव नहीं दिया और वह ऐसे ही रोती रही।

विशाल ने फिर उससे पूछा पर उसने कोई जबाव नही दिया फिर विशाल ने उसका हाथ अपने हाथ से छुआ पर विशाल का हाथ उस लड़की के हाथ से आर – पार हो गया।

विशाल डर कर भागने लगा, भागने पर विशाल ने अपनी माँ को उस डरावने घर के गेट पर देखा और वह ज्यादा डर गया फिर उसने पलट कर उस लड़की को देखा वो वहीं बैठी हुई थी तो विशाल अपने घर पर भाग गया। विशाल के चले जाने पर निकोला ने अपने बैग से छड़ी निकाली और फिर निकोला ने इधर–उधर देखा। कोई न दिखने पर निकोला ने छड़ी से काली रोशनी निकाली रोशनी उस लड़की से टकराने पर लड़की दर्दनाक ढंग से चीखी और वह गायब हो गई। निकोला तेज–तेज हँसने लगी।

विशाल अपने कमरे में से वो सब देख रहा था अपनी माँ को इस तरह देख कर विशाल डर कर अपने कमरे की अलमारी में छिप गया और रोते हुए काँपने लगा।

निकोला जब घर पर आई तो विशाल के कमरे की ओर बढ़ने लगी। सीढ़ियों पर तेज–तेज पैर रखने लगी।

उसके पैर की आवाज से विशाल काफी काँपने और डरने लगा। निकोला अब विशाल के कमरे में आ चुकी थी। निकोला ने अपनी छड़ी घुमायी और अलमारी का गेट खोल दिया।

मैंने तुम्हें सामान लाने को कहा था ना कि उस घर में जाने को कहा था फिर वहाँ उस लड़की से मिलने क्यूं गये, निकोला ने बेकाबू आवाज में कहा...

तुम कौन हो? विशाल ने कँप–कँपी आवाज में कहा तुम यह लकड़ी की छड़ी से जादू कैसे कर लेती हो? अब समझ आया तुम इसलिए ही घर से बाहर नहीं निकलती थीं तो आज कैसे बाहर आयी?

तुम्हें इससे कोई लेना–देना नहीं अब तुम इस कमरे में कैद रहोगे, आज से तुम्हारा बाहर जाना बन्द। अब देखती हूँ तुम उस घर के अन्दर कैसे जाते हो? निकोला ने व्यंग से कहा।

निकोला ने अपनी छड़ी के जादू से विशाल के कमरे की खिड़की को दीवार बना दिया ताकि वह बाहर न जा सके और दरवाजे के बाहर मजबूत ताला लगा दिया। यह करने के बाद वह नीचे जाकर बैठ गई।

तुमने ये ठीक किया निकोला, अंधेरे में खड़ी परछांई ने कहा। कल क्रिसमस है कल की रात में यह उस घर में नहीं जाना चाहिए। उस बुढ्ढे रेनॉल्डस ने उस घर में काफी अजीब हरकतें की ताकि वह विशाल को उस घर के अन्दर बुला सके परन्तु तुम अपने जादू से उस घर का दरवाजा बन्द करती रहीं उस घर को अत्यंत डरावना बनाती रही जिससे सभी लोग डरते रहें किन्तु वह विशाल फिर भी बिना डरे जाता रहा क्रिसमस के दिन हमारा जादू कमजोर पड़ जाता है इसलिए विशाल कल बाहर नहीं निकलना चाहिए।

जो हुक्म मेरे आका, निकोला ने काली परछांई से कहा।

मुझे इस घर में जाना होगा यहाँ से निकलना होगा पर कैसे? विशाल ने अपने आप से कहा।

विशाल डरा सहमा उस कमरे में बैठा रहा, सोचता रहा उस कमरे से कैसे निकला जाए काफी सवालों को मन में लिए उसे नींद आ गई।

आज क्रिसमस का दिन था विशाल जब उठा तो वह काफी उदास था उसके कमरे में हो रहे छोटे से छेद में से विशाल ने बाहर देखा तो सिर्फ उस डरावने घर के ऊपर बर्फ पड़ रही थी।

यह कैसा जादू है क्या हो रहा है यह सब देखकर मैं पागल हो जाऊँगा, विशाल ने कहा।

दिन भर वह उस छेद में से उस घर को देखता तो कभी उन दीवारों को तोड़ने की कोशिश करता पर वह इतनी मजबूत थी कि वो नहीं टूटती ऐसा करते–करते रात हो गयी वो फिर उस छेद से बाहर देखने लगा घर पूरा सजा हुआ था। विशाल की उत्सुकता बढ़ने लगी उसने देखा वो 25 लोग फिर निकले और मोमबत्तियाँ लगाने लगे।

कैसे निकलूं? विशाल ने अपने आप से कहा।

सभी प्रयास कर विशाल निराश होकर बैठ गया और घड़ी में 9: 45 बजे चुके थे क्रिसमस का दिन खत्म होने वाला था।

अब कुछ नहीं कर सकता यह कहते हुए विशाल उसी दीवार को देख रहा था जिसे निकोला ने अपने छड़ी के जादू से बनाया था। तभी अचानक उस दीवार में से सभी ईट गायब होने लगी और वह एक गेट बन गया। यह सब देखकर विशाल चकित हुआ और आँखों को मसलने लगा फिर वह उस गेट की तरफ भागा और पाइप को पकड़ लिया। पाइप के द्वारा वह नीचे उतर गया। जब उसने ऊपर देखा तो वहाँ कोई गेट नहीं था बस वहीं दीवार थी वह यह सब कुछ नहीं समझ पा रहा था इसके बाद वह धीरे–धीरे अपने माँ के कमरे की खिड़की के पास गया और चुपके से खिड़की के अन्दर देखने लगा।

सब हमारे हिसाब से हो रहा है आज की रात बस फिर वो हमेशा हमारी मुठ्ठी में बन्द रहेगा। हा हा हा, काली परछाई ने निकोला से हँसते हुए कहा।

विशाल यह सुनकर चकित हुआ सोचने लगा मेरी माँ मेरे साथ ऐसा कैसे कर सकती हैं। फिर विशाल ने उस शख्स को देखने की कोशिश की जो निकोला से बात कर रहा था पर उसे वहाँ कोई नहीं दिखा तो वह छुपते–छुपाते डरावने घर कि तरफ दबे पाँव गया। वहाँ पहुँच कर वह उस घर की खिड़की को खोलकर अन्दर देखने लगा।

आज इस घर के अन्दर कितनी रोशनी है, विशाल ने कहा।

ओ तो तुम आ गये तुम्हारा ही इन्तजार था हर रोज की तरह, आखिर क्या ढूढंते हो हमारे घर की खिड़की से? क्या तुम्हें कुछ मिला? उस डरावने घर से निकले शख्स ने विशाल से कहा।

घर से निकला शख्स काफी लम्बा, दुबला और बूढ़ा था जिसके सिर व दाढ़ी के बाल काफी लंबे व सफेद थे। उसके गोल चश्मे के पीछे हरी आँखें काफी मनमोहक थी। सफेद दुशाले व उसके ऊपर काफी लम्बा काला कोट पहन रखा था। दुशाले व कोट पैरों तक छू रहे थे और एक शॉल पहनी थी वो भी जमीन को छू रही थी। लम्बी नोक वाली चमड़े के जूते। उस बूढ़े शख्स में से एक सुनहरा प्रकाश निकल रहा था जो अद्‌भुत था।

मैं मैं मैं गलती से आ गया। विशाल ने हिचकते हुए बोला मुझे अब चलना चाहिए यह कहते हुए वह मुड़ा और आँखों को बन्द करके गेट की तरफ चल दिया।

तभी उस बूढ़े शख्स ने अपनी छड़ी घुमायी और दरवाजे की तरफ की छड़ी में से सुनहरी रोशनी निकली और दरवाजा बन्द हो गया।

तुम यहाँ से अब नहीं जा सकते। उस बूढ़े जादूगर ने कहा मैं तो कब से तुम्हारा इन्तजार कर रहा था।

आह! मैंने कुछ नही किया मुझे मत मारो, विशाल ने डरते हुए उस बूढ़े शख्स से कहा। तुम भी माँ की तरह जादू करते हो तुम भी डरावने और दुष्ट हो।

डरो मत मिस्टर स्मिथ मैं तुम्हें कुछ नहीं करूँगा, उस बूढ़े शख्स ने प्यार से कहा।

मेरा नाम है– एल्बर्ट रेनॉल्डस।

मिस्टर रेनॉल्डस आप मेरा नाम कैसे जानते हैं?, विशाल ने पूछा।

मैं तुम्हारे बारे में और भी बहुत कुछ जानता हूँ मेरे छुटकू दोस्त रेनॉल्डस ने हँसते हुए कहा। तुम मेरा दोस्त बनना पसन्द करोगे।

मैंने पहले कभी आपको यहाँ नहीं देखा, विशाल ने तपाक से पूछा क्या आप भी माँ की तरह घर से बाहर नहीं निकलते ?

ऐसी बात नही है

तो

मतलब

क्या मतलब आप खामोश क्यूं हैं जबाव दीजिये, विशाल फिर बिना झिझके बोला वो रोती हुई लड़की आपकी हैं आपने ही अपने जादू से उसे ऐसा बना दिया हैं इसलिए वो इतना रोती रहती हैं आप बह...

बस करो, रेनॉल्डस ने कहा तुम काफी सवाल करते हो और इल्जाम भी लगाते हो वो लड़की अन्दर है तुम अन्दर जाकर उससे मिल सकते हो।

मैं अन्दर नहीं जाऊँगा, अन्दर वो 25 डरावने लोग होंगे विशाल ने कहा...

निकोला अपने कमरे में बैठे हुए सोच रही थी कि दिन–भर विशाल के कमरे में से काफी तेज–तेज आवाज आ रही थी लेकिन अब शान्ति कैसे हो गयी ? वह विशाल के कमरे की तरफ गयी और अपनी छड़ी से उसके कमरे के गेट पर लगा ताला तोड़ दिया। गेट खोल कर कमरे में विशाल को न पाकर वह बोखला गई। तुम कहाँ चले गये ? कैसे निकले ? इस कमरे से कैसे, चिल्लाकर निकोला ने कहा मेरे आका को पता चला तो मुझे मार डालेंगे।

मेरा यकीन करो, रेनॉल्डस ने कहा मैं तुम्हें यहाँ से दूर ले जाऊँगा जहाँ तुम हमेशा खुश रहोगे।

दूर

हाँ दूर विशाल

परन्तु माँ, विशाल ने उदास होकर कहा

उसे माँ कहना बन्द करो, रेनॉल्डस ने गुस्से से कहा जहाँ तुम्हें होना चाहिये मैं तुम्हें वहाँ ले जाऊँगा।

निकोला भागी–भागी उस डरावने घर के पास आयी वहाँ विशाल और एल्बर्ट रेनॉल्डस को बात करते देख वो काफी गुस्से में आ गई।

तुम इस बुढ्ढें के पास आये तुम, तुम यहाँ आये मेरे मना करने के बावजूद अब देखो मैं तुम्हारा क्या हाल करती हूँ, डरावनी आवाज में निकोला ने चीखते हुए विशाल से कहा।

तुम अब मेरे होते हुए विशाल को कुछ नहीं कर सकती जितना तुम्हें उसे सताना था सता लिया निकोला, रेनॉल्डस ने कहा अब मैं उसके साथ हूँ वो अब तुमसे नहीं डरता।

वो मेरे होते हुए यहाँ से नहीं जा सकता, निकोला ने कहा वह हमेशा यही रहेगा।

निकोला ने अपनी छड़ी निकाली और विशाल पर वार करना चाहा परन्तु रेनॉल्डस ने अपनी छड़ी की सुनहरी रोशनी से उसकी छड़ी की काली रोशनी को रोका फिर रेनॉल्डस ने विशाल को धक्का देकर उसे बचाया। विशाल डर कर दीवार से चिपक गया निकोला की छड़ी की रोशनी कमजोर पड़ने लगी निकोला दूर जाकर गिर पड़ी। रेनॉल्डस ने छड़ी को उस घर के चारों ओर घुमाया और एक रक्षा कवच तैयार किया जो कि कुछ देर उनकी रक्षा कर सकता था।

तुम भूल गयी निकोला, रेनॉल्डस ने कहा आज की रात तुम कमजोर होती हो।

तुम उसे नहीं ले जा सकते, निकोला ने कहा।

चलो, चलो जल्दी विशाल इस घर के अन्दर जल्दी चलो रेनॉल्डस ने विशाल को उठाते हुए कहा फिर उसे घर के अन्दर ले जाने लगा।

निकोला बार–बार उठने का प्रयास कर उठ खड़ी हुई और रक्षा कवच पर वार करने लगी। वह बस चिल्लाये जा रही थी

नहीं

ऐसा नहीं हो सकता

मैंने सालों इन्तजार किया है इस दिन का

आका आका आका

तुम्हें वापस आना होगा विशाल

तुम, तुम नहीं जा सकते विशाल मैं तुम्हें नहीं छोडूँगी, गुस्से में निकोला चिल्लाई कि एल्बर्ट बूढ्ढें तुम उसे नहीं ले जा सकते यह चीख कर कहते हुए उसने अपनी छड़ी से बादलों की तरफ करके काली रोशनी भेजी और बादलों का रंग गहरा लाल कर दिया, जो कि एक बेहद खतरनाक मंजर था फिर निकोला बेहोश होकर गिर गई।

रेनॉल्डस और विशाल इस भयानक मंजर को देखकर डरावने घर के अन्दर चले गये।

अध्याय – 2

डरावने घर का अद्भुत नजारा

डर रहे हो विशाल, रेनॉल्डस ने पूछा।

नहीं मैं नहीं डर रहा हूँ, विशाल ने झट से जवाब दिया।

ओ अच्छा झूठ, रेनॉल्डस ने हँसते हुए कहा।

हाँ थोड़ा डर है विशाल ने कहा परन्तु अब आप साथ हैं मुझे आप ने माँ से बचाया मैंने आप पर यकीन न करके गलती कि मुझे माफ कर दीजिए।

नहीं मुझे बुरा नहीं लगा, रेनॉल्डस ने कहा, अच्छा लगा यह देखकर कि तुम किसी पर जल्दी यकीन नही करते। तुम्हें यहाँ देखकर बहुत अच्छा लगा मैं आज बहुत प्रसन्न हूँ।

क्या माँ अन्दर आ जायेगी, विशाल ने पूछा।

निकोला यहाँ नहीं आ सकती तुम डरो मत अब हम अन्दर आ चुके हैं, रेनॉल्डस ने कहा।

पर माँ अन्दर क्यों नही आ सकती ? वो ऐसी क्यों हैं? वो मुझसे प्यार नही करती और वो छड़ियों का जादू कैसे ? विशाल ने थूक निगलते हुए कहा।

मैं जानता हूँ विशाल तुम्हारे मन में काफी सवाल हैं वक्त आने पर हर सवाल का जवाव तुम्हें मिल जाएगा अभी के लिए मैं तुम्हें यहीं बता सकता हूँ कि तुम वहाँ कैद थे अब कोई सवाल मत करना।

ठीक है, विशाल ने बुदबुदाया।

अब क्या दरवाजे पर ही खड़े होने का इरादा है? रेनॉल्डस ने मजाकिया लहजे से कहा इस डरावने घर का अद्‌भुत नजारा नहीं देखना चाहोगे, अपने पीछे मुड़कर देखो।

विशाल ने पीछे मुड़कर देखा।

क्या यह सच है? विशाल ने अपनी आँखों को बड़ा करके रेनॉल्डस से पूछा।

हाँ यह सच है, रेनॉल्डस ने कहा।

जब विशाल ने मुड़ कर देखा तो वहाँ एक बहुत सुन्दर बड़ा हॉल था उस सुन्दर हॉल की ऊँचाई काफी अधिक थी जिसे देखने के लिये विशाल की गर्दन नीचे से ऊपर की ओर हो गयी। इसे तो वह उड़कर ही छू सकता था हर तरफ मशालें जल रही थीं जो उस हॉल को रोशनी दे रही थीं। उस हॉल के जमीन के नीचे ठोस पत्थर थे और वह हॉल काफी आलिशान था। वह सुन्दर हॉल रात में सोने की तरह चमक रहा था। वहाँ काफी लोग आपस में बात कर रहे थे जो अपने आप में खोये हुये थे। जो न कुछ खा रहे थे न कुछ पी रहे थे बस अपनी टेबल की कुर्सियों पर बैठ कर बातें कर रहे थे। उनकी टेबल पर बहुत ही लजीज खाना रखा हुआ था। विशाल के मुँह में तो पानी आ गया था उसने इतना लजीज व खुशबूदार स्वादिष्ट खाना पहले कभी नहीं खाया था और न ही देखा था।

यह क्या है मिस्टर रेनॉल्डस, विशाल ने पूछा

मैं जानता हूँ कि यह बहुत अजीब है तुम्हारे लिए पर तुम बिना कोई सवाल किये इस हॉल की खूबसूरती का मजा क्यों नहीं लेते। इस हॉल में काफी सारे कमरे हैं तुम इन्हें घूम लो। एक बात और विशाल किसी भी चीज को छूना मत किसी की बात मत सुनना। एक जरुरी बात यहाँ की कोई वस्तु साथ मत ले जाना और न अपना कुछ छोड़ कर जाना।

पर मैं कहाँ ले जाऊँगा विशाल ने कहा

हम बस कुछ समय के लिए ही यहाँ रुके हैं हमें यहाँ से जाना होगा जब तक तुम यहाँ घूम लो, रेनॉल्डस ने कहा।

ठीक है विशाल ने कहा।

मैं अभी आता हूँ रेनॉल्डस ने कहा पर आप मुझे छोड़कर कहाँ जा रहे हैं विशाल ने आश्चर्य से पूछा।

मैं इसी हॉल में हूँ विशाल डरो मत। अब कोई तुम्हें नहीं सतायेगा। जाओ आराम से मजे करो मिस्टर रेनॉल्डस ने कहा।

उस हॉल में विशाल अपनी आश्चर्य भरी आँखों को टिम–टिमाते हुए आगे की ओर बढा। उसकी नजर एक दरवाजे पर गई जिसके अन्दर उसे खाली मैदान दिख रहा था वह कमरे में गया उसने देखा कि दो सीढ़ियां आपस में साँप की तरह एक दूसरे से लिपट रही थीं जो कि हॉल के बीचों बीच में थी और उन दो सीढ़ियों में से चार सीढ़ियाँ चारों दिशाओं में निकल रही थी सीढ़ियों के ऊपरी छोर पर साँप का चेहरा बन रहा था। विशाल तो यही सोच रहा था कि वह 6 मुँह वाली अजगर सीढ़ियां हो। विशाल समझ गया कि इन्हीं सीढ़ियों पर चढ़कर बाकी कमरे में प्रवेश करते हैं। विशाल ने थूक निगला और उनमें से वह एक सीढ़ी पर वह चढ़ गया वह दबे पाँव सीढ़ियों पर चढ़ने लगा तभी अचानक सभी सीढ़ियां हिलने लगीं।

यह क्या हो रहा है, विशाल ने सोचते हुए कहा।

वो 6 मुँह वाली सीढ़ियां आपस में बदलने लगी मानो जैसे असली बड़ा साँप अपने 6 सिरों को आपस में बदल रहा हों, विशाल हिम्मत कर उस सीढ़ी से चढ़ते हुए उस छोर पर जा पहुँचा जहाँ उस सीढ़ी का साँप वाला मुँह बना था।

तुम कहाँ जाना चाहते हो? अदृश्य आवाज ने कहा तुम जहाँ जाना चाहते हो मैं तुम्हें वहाँ ले जाऊँगी। मेरा काम यही है सभी को रास्ता दिखाना और तुम्हारी मदद करना मैं अपना सौभाग्य मानती हूँ।

कौन, कौन बोला, विशाल ने आश्चर्य से भरी आवाज में पूछा।

विशाल ने ऊपर–नीचे इधर–उधर घूम घूम कर देखा परन्तु उसे कुछ न दिखा वह फिर बोला, कौन है? सामने आओं।

मुझसे पहली बार कोई बच्चा डरा है पर तुम डरो मत, मुझे बच्चे बेहद पसन्द हैं उसी अदृश्य आवाज ने कहा।

पर तुम कौन हो ? मेरे सामने आओ, विशाल ने थूक गटकते हुए कहा।

मैं कोई चलती–फिरती, जीती–जागती शख्स नहीं हूँ मैं तो वो हूँ जिस पर तुम खड़े हो मतलब यह सर्पीली सीढ़ियां, मैं ही तुमसे बात कर रही हूँ। मैं पहले चल फिर सकती थी पर

थी मतलब, विशाल ने उसे रोकते हुए पूछा।

ओ! कुछ नहीं, कुछ नहीं विशाल वो मैंने जल्दबाजी में गलती से बोल दिया, सीढ़ी ने कहा।

ठीक हैं, विशाल ने बुदबुदाया तुम बात कर सकती हो बिल्कुल कर सकती हो यहाँ सब कुछ अजीब हो सकता हैं।

मुझे पता था तुम हमारी मदद को जरूर पहुँचेंगे और तुम आए भी, सीढ़ी ने उत्सुक होकर कहा।

मैं और तुम्हारी मदद, विशाल ने चौंक कर कहा मैं एक छोटा बच्चा हूँ मैं क्या तुम्हारी मदद करूँगा? तुम तो सीढ़ियां हो तुम्हें क्या मदद चाहिए।

तुम ही तो हो जो मदद करोगे। मेरी ही नहीं हम सबकी, पर तुम घबराओ मत मिस्टर रेनॉल्डस तुम्हें समझा देंगे, सीढ़ी ने कहा।

ठीक हैं, विशाल ने साँस भरते हुए कहा मिस्टर रेनॉल्डस ने तो अब तक कुछ नहीं बताया और तुम कहती हो वो मुझे बताएंगे वो तो एक सही वक्त आने का इन्तजार कर रहें हैं उनका सही वक्त जाने कब आयेगा। विशाल ने थोड़ा नाराजगी के साथ कहा।

एल्बर्ट रेनॉल्डस के बारे में ऐसा नहीं बोलते उनके कुछ करने या कहने के पीछे एक मकसद होता है विशाल और वह तुम्हें सही वक्त आने पर बताएंगे इन्तजार करो सीढ़ी ने कहा।

ठीक है मैं चलता हूँ विशाल ने सीढ़ी से कहा।

तुम कहाँ जा रहे हो? सीढ़ी ने पूछा।

मिस्टर रेनॉल्डस ने मुझसे कहा इस हॉल को घूम तो लो मैं बस घूम रहा हूँ मिस्टर रेनॉल्डस वह कहीं इस हॉल में ही हैं उनके आने तक मैं बस घूम रहा हूँ विशाल ने कहा

ओ अच्छा तो तुम इस दरवाजे में मत जाओ इस दरवाजे में तुम गलत जा रहे हो तुम्हारी सही जगह तुम्हारे सामने वाले गेट में हैं यह कहते हुए उस सीढ़ी ने विशाल से कहा तुम्हारे सामने लगे हैण्डिल को पकड़ो।

विशाल ने वो हैण्डिल पकड़ लिया फिर वह सीढ़ी नीचे की ओर जाकर मुड़ी और सामने वाली सीढ़ी भी नीचे जाकर मुड़ी फिर दोनों ने एक–दूसरे की जगह ले ली।

अब विशाल उस दरवाजे पर था जहाँ वो सीढ़ी ले जाना चाहती थी।

अब तुम जा सकते हो सीढ़ी ने कहा।

अररर तुम तो सख्त सीढ़ी थीं फिर तुम कैसे जगह बदल रही हो बहुत ही अद्भुत हैं। विशाल ने अचम्भित होकर कहा।

मैं सर्पिली सीढ़ी हूँ विशाल तुम अभी नही समझोगे, सीढ़ी ने कहा।

ओ अच्छा क्या तुम्हें नहीं लगता मेरा नाम काफी अजीब है विशाल स्मिथ। विशाल ने पूछा। मेरा यह नाम किसने रखा। नाम विशाल जो हिन्दू है और स्मिथ सरनेम जो ईसाई है ऐसा कैसे।

ऐसा इसलिए विशाल क्योंकि तुम्हारी माता जो कि हिन्दू थी जिनका नाम रीया रॉय था वह देखने में बहुत सुन्दर, नीली आँखें, सुनहरे बालों वाली दयालु और प्रेम से भरी थी और तुम्हारे पिता ईसाई थे जिनका नाम जॉन स्मिथ था। वह तेज, हर काम में निपुण व दयालु थे। तुम्हारे माता–पिता महान जादूगर थे और जादूगरी के स्कूल में पढ़ाते थे जब तुम हुए जब वो बहुत खुश थे और तुम्हारी माँ ने ही तुम्हें विशाल नाम दिया।

विशाल का मतलब क्या होता हैं काफी सोचकर विशाल ने सीढ़ी से पूछा।

विशाल का मतलब होता है शक्तिशाली, विस्तृत, बड़ा और महत्त्वपूर्ण है इसके और भी मतलब हैं यह नाम तुम पर जचँता है। सीढ़ी ने कहा यह नाम तुम्हारी माँ ने तुम्हें बहुत सोच समझ कर दिया था।

मेरे माता–पिता अब कहाँ है विशाल ने पूछा

कोई नही जानता विशाल पर शायद मिस्टर रेनॉल्डस जानते हैं वो तुम्हें जरुर समझायेंगे सीढ़ी ने कहा।

अच्छा तो वो निकोला कौन है जो मेरी माँ बनकर रह रही थी विशाल ने डरते हुए पूछा।

वो तुम्हारी माँ नही थी वो काली दुनिया मतलब काल्पनिक दुनिया की रानी हैं।

क्या? विशाल ने आश्चर्य से कहा।

हाँ सीढ़ी ने कहा।

अच्छा एक सवाल और कि विशाल कहने वाला था पूरी बात।

अब कोई सवाल नही विशाल को रोकते हुए सीढ़ी ने कहा अब जाओ।

विशाल आगे की तरफ गया वहाँ काफी बड़े–बड़े कमरे थे सभी दरवाजे खुल रहे थे दरवाजे काफी अजीब थे। कभी गायब हो जाते तो कभी आ जाते विशाल सोचने लगा अभी मैं इनमे से किसी दरवाजे में फँस गया तो मैं कैसे निकल पाऊँगा ? पर उसने हिम्मत की, अपने हाथों को मुठ्ठी बनाया और दरवाजे के गायब होने से पहले अपने बाएं वाले दरवाजे में प्रवेश किया। कमरे में लाल रंग की रोशनी थी सब कुछ धुंधला–धुंधला दिख रहा था। विशाल ने उस कमरे से जाने की कोशिश की पर उस कमरे का दरवाजा गायब हो चुका था हर तरफ बस सख्त दीवार थी।

विशाल धीरे–धीरे अपने कदमों को एक के बाद एक बढा रहा था उसने देखा कमरा छोटा था चलते–चलते उसके पैर लड़खड़ाये और वह एक पत्थर पर गिर पड़ा और उसके मुहँ से निकला आह! उसके लग चुकी थी फिर वह खड़ा हुआ। कमरे का दरवाजा गायब हो चुका था हर तरफ बस सख्त दीवार थी जिससे वह टकराया था उसने देखा कि वह एक गोलाकार ठोस पत्थर था उस पत्थर के ऊपर कुछ लिखा था जिसे विशाल ने ध्यान से पढ़ना शुरू किया।

पत्थर पर एक क्रोस का निशान बना हुआ था जो पत्थर को चार भागों में बाँट रहा था। चारों भागों पर जादुई छड़ी के निशान बने हुए थे और जादुई छड़ियों के नाम भी लिखे थे जिसे विशाल ने पढ़ा।

चील के पंख, उल्लू के नाखून व बरगद की लकड़ी की छड़ी।

ड्रेगन की पूँछ व पीपल की लकड़ी की छड़ी।

गरुण का पंख व अनोखे पेड़ के लकड़ी की छड़ी।

पवित्र पंछी का पंख, साँप की जीभ, पवित्र पेड़ की छीलन व चन्दन की लकड़ी की छड़ी।

ओ हाँ वैसी छड़ियों के निशान हैं जैसी निकोला और रेनॉल्डस पर थीं, विशाल ने कहा ऐसा कहते हुए वह उस गोल पत्थर पर हाथ घुमाने लगा। वह चीखा आ आ चीखते हुए उसने अपना हाथ देखा। हाथ से खून निकल रहा था। उसने गोले के ऊपर नीचे दाँयें–बाँयें सब जगह घूम–घूम कर देखा, वहाँ कुछ नहीं था। उसके खून की काफी बूँदें उस कमरे में गिर गयीं। वह दर्द में था और खून रोकने के लिए उस ने अपने पेन्ट से रुमाल निकालकर अपने हाथ के जख्म पर लपेटने लगा। तभी अचानक उस कमरे की दीवार से एक दरवाजा बना विशाल जल्दी उस कमरे से भागा और दरवाजे के अन्दर प्रवेश किया। वह उस दरवाजे से एक बड़े सुदंर गलियारे में जा पहुँचा।

कितना मस्त है विशाल ने कमरे को देखकर कहा बाहर से गंदा, भद्‌दा, भयानक घर और कितना छोटा है लेकिन अन्दर से कितना बड़ा आलीशान है

तुमने सही कहा, एक चुलबुली सी आवाज आयी।

कौन ? विशाल ने पूछा ।

अ अ अरे नीचे देखो, हँसते हुए चुलबुली आवाज ने कहा मैं कप हूँ।

अररर तुम कप होकर बोलते हो यहाँ सब कितना अजीब है विशाल ने कहा यहाँ कोई कमरा डरावना हैं तो कोई इतना सुन्दर यह समझ नहीं आता कितनी ऊँची–ऊँची छत हैं यहाँ। वो तो हैं, कप ने कहा अपना हाथ मेरे पास लाओ।

विशाल ने अपना हाथ कप की तरफ बढाया न न न यह वाला नहीं जिस पर चोट लगी है। फिर उसने अपना दूसरा हाथ दिया उस कप ने विशाल के हाथ पर लगी चोट पर एक आँसू की बूँद गिरायी और अपने होठों से फूँक मारी। चोट एक दम सही हो गयी।

यह कैसे किया तुमने विशाल ने पूछा, मैं और भी कुछ कर सकता हूँ पर अब तुम्हें आगे जाना चाहिए।

वैसे तुम्हारा नाम क्या हैं, विशाल ने कहा तुम बहुत प्यारे हो।

तुम मुझे कुछ भी कह सकते हो, कप ने कहा मेरा कोई नाम नहीं हैं मैं तो बस एक कप हूँ।

ठीक है विशाल यह कहते हुए आगे की ओर बढ़ा तभी कप ने अपने अन्दर से एक काला पंख निकाला जो काफी डरावना व छोटा था। उस पंख को कप ने अपने जादू से विशाल की पीठ के अन्दर डाल दिया और वह उभर कर पीठ पर छप गया एक टैटू जैसा पर विशाल को इसकी कोई जानकारी नहीं थी। बस उसे उतना दर्द हुआ जैसे उसे चींटी ने काटा हो।

विशाल ने पीछे पलट कर देखा तो वो कप वहाँ नहीं था विशाल यही सोच रहा था कि इतनी जल्दी वह कप न जाने कहाँ से आया और न जाने कहाँ गायब हो गया? यह विशाल की उस कप के साथ सबसे छोटी मुलाकात थी। विशाल फिर उस गलियारे में सीधे–सीधे चलते हुए गलियारे के दाँये ओर मुड़ा। विशाल बिना पीछे देखते हुए आगे की ओर बढ रहा था अगर वह पीछे देखता तो वह डर जाता क्योंकि वह जैसे–जैसे आगे की ओर बढ़ रहा था उसके पीछे का गलियारा गायब होता जा रहा था। तुमने इस कोने में नहीं देखा जिसमें मैं मौजूद हूँ।

विशाल ने उस कोने को देखने के लिए गर्दन घुमायी तो वहाँ उल्टा यू आकार का दरवाजा था जो कि बादलों का बना हुआ था वह बादलों के धुएँ से भरा था उसमें बिजली कड़क रही थी।

ओ! अच्छा अब तुम भी बोल सकते हो अच्छा है, तुम भी बोल सकते हो विशाल ने अजीब सा चेहरा बना कर कहा यहाँ जीते–जागते शख्स नहीं हैं तो आप जैसे दरवाजे, कप, सीढ़ियाँ बात करने को तो मिलते हैं कम से कम मैं बोर तो नहीं हो रहा हूँ।

मेरे अन्दर आना चाहोगे, दरवाजे ने कहा बस तुम्हें जगह का नाम बताना होगा कि तुम कहाँ जाना चाहते हो।

मेरा कोई ठिकाना नहीं हैं, विशाल ने उदास होकर कहा मेरा कोई नहीं हैं मेरे पास ऐसी कोई जगह नहीं हैं जहाँ मैं जाना चाहूँगा। यह कहते हुए वह आगे बढ़ गया।

विशाल जब आगे बढ़ रहा था तो उसके कानों में एक गाने की आवाज आयी वह समझ गया की वह गाना दरवाजा ही गा रहा थाः

मैं अनोखा दरवाजा
बादलों से भरा हूँ
कड़कती हैं बिजली मुझमें
फिर भी मैं अच्छा हूँ
मेरे अन्दर आओ
मुझमें समा जाओ
जल्दी जल्दी जल्दी
जल्दी मेरे अन्दर आओ
मेरे अन्दर जो भी जाए
खुशी से वो भर जाए
मिलवाऊँगा सबसे मैं
अपनों से दोस्तों से
जिससे तुम मिलना चाहो
जल्दी आओ जल्दी आओ
अरे भाई जल्दी आओ

गाना काफी अच्छा गाते हो पर मुझे अभी कहीं नहीं जाना मिस्टर रेनॉल्ड्स के बिना तो कहीं नही, विशाल ने कहा...

ठीक है, दरवाजे ने उदासी से कहा, पर कभी तो मेरी तुम्हें जरुरत पड़ेगी भविष्य में तुम्हारा इन्तजार करूँगा, अब तुम आगे जा सकते हो।

ठीक है विशाल ने कहा पर तुम्हारा गाना बेहद अच्छा है मेरे प्यारे दरवाजे, हँसते हुए विशाल ने कहा।

विशाल आगे की ओर मुड़ा उसने एक दरवाजा देखा। दरवाजा बेहद अच्छा था सुनहरा दरवाजा जो सुनहरी रोशनी दे रहा था विशाल ने गर्दन

को ऊपर करके देखा दरवाजे के ऊपर लिखा था महत्वपूर्ण कक्ष, महत्वपूर्ण कक्ष में विशाल ने प्रस्थान किया जो कि बेहद दर्दनाक आवाजों से भरा था।

जिसमें सफेद धुंआ विशाल के घुटनों तक था जिसमे काफी मूर्तियां थी सभी मूर्तियां काफी अजीब थीं जो कि काली मिटटी की बनी थीं सभी मूर्तियों से उनकी छीलन कमरे के फर्श पर गिर रही थी जैसे वो मूर्तियां धीरे–धीरे नष्ट हो रही हों देखने में वह मूर्तियां जीती जागती लग रही थी। बस जान डालने की देर थी परन्तु वह सब मूर्तियां काफी शान्त थीं फिर भी कमरे में दर्दनाक चीखों की आवाज आ रही थी जैसे उनमें से कोई मूर्ति चीख रही हो। विशाल उन चीखों पर ध्यान देते हुए उनके पीछे चलने लगा। वह चलते–चलते उन आवाजों के नजदीक जा पहुँचा। उसने देखा वहाँ एक सबसे अलग सफेद चोक की मिट्टी से लड़की की बनी मूर्ति रखी थी जो कि रो रही थी वह बहुत बुरी तरह चीख रही थी मानों जैसे उसे दर्द हो रहा हो उस मूर्ति पर काफी अजीब तरह के जख्म थे।

अरररर यह तो वही लड़की है जो सीढ़ियों पर बैठकर रोती थी, विशाल ने चकित होकर कहा यह मूर्ति कैसे बन गई ? विशाल उसके नजदीक जाने लगा। चलते–चलते वह अचानक से किसी मोटी जंजीर से टकराया और गिर गया। कमरे में काफी धुंआ होने के कारण लोहे की मोटी जंजीर नहीं दिखी थी वह खड़ा हुआ फिर वह मोटी जंजीर को पकड़ते हुए आगे बढ़ा जंजीर के द्वारा उसे पकड़ते–पकड़ते उस मूर्ति के पास जा पहुँचा वो मोटी जंजीर उस मूर्ति के पैर से बँधी हुई थी।

तुम कौन हो ? विशाल ने उस लड़की से पूछा तुम्हारा यह हाल किसने किया?

विशाल को कोई जबाव नहीं मिला क्योंकि विशाल उसके दर्द में खो गया था कि वह एक मूर्ति है ना कि कोई जीती जागती लड़की।

तुम बोलती क्यूं नहीं हो ? बताओ तुम क्यों रो रही हो ? और चीखना बन्द करो, विशाल ने चीख कर कहा मुझ पर यह चीखे सुनी नहीं जा रही।

उसे अब भी कोई जबाव नही मिला था। बस वह लड़की रोती और चीखती जा रही थी।

बंद करो ये चिल्लाना मुझ पर सुना नहीं जाता, विशाल ने अपने कानों को दबाते हुए कहा।

वो तुम्हें कोई जवाब नहीं देगी, विशाल के पीछे खड़े रेनॉल्ड्स ने कहा वो तो अभी मूर्ति हैं ना कि कोई जीती जागती लड़की वो न तुम्हें सुन रही हैं न तुम्हें देख रही हैं। वो तुम्हारे किसी सवाल का जबाव नही देगी।

विशाल पीछे की ओर मुड़ा वहाँ सुनहरे प्रकाश के साथ रेनॉल्ड्स खड़े थे रेनॉल्ड्स ने दुखी मन से कहा तुम इतने से समय में इन चीखों को सुनकर इन्हें बंद कराने लगे वो लड़की हर दिन यह दर्द सहन कर रही है।

दर्द, कैसा दर्द मिस्टर रेनॉल्डस? विशाल ने पूछा यह कौन हैं ? इसका क्या नाम है ? कौन दे रहा हैं इसे ये दर्द ? रेनॉल्डस से वो पूछता रहा।

नैन्सी, नैन्सी लैम्बर्ट हैं इसका नाम, लाल बालों वाली खूबसूरत लड़की जो कम उम्र से ही अच्छा जादू करती थी, रेनॉल्डस ने कहा परन्तु निकोला ने नैन्सी को यहाँ कैद किया उसे मूर्ति बना दिया

अररर अगर वो यहाँ से कहीं बाहर नहीं जा सकती यदि वो यहाँ कैद हैं तो वो इस भयानक घर की सीढ़ियों पर कैसे सुबह आती और शाम को चली जाती विशाल ने रेनॉल्डस से आश्चर्य से पूछा।

तुम्हें यहाँ इस घर की और आकर्षित करने के लिए, रेनॉल्डस ने कहा नैन्सी का वहाँ रोना, वो 25 लोग जो मोमबत्ती लगाते, यह सब तुम्हें आकर्षित करने के लिए। जिससे कि तुम यहाँ इस घर की खोज–बीन करो क्योंकि हम तुम्हारे पास नहीं आ सकते थे पर तुम्हें यहाँ आने की वजह दे रहे थे, तुम्हें आकर्षित कर रहे थे निकोला की कैद से तुम्हें आजाद करने के लिए तुम्हारी मदद कर रहे थे। निकोला की कैद से आज तक कोई आजाद नहीं हुआ परन्तु तुम आजाद हुए हो क्योंकि तुम में कुछ खास है विशाल।

अररर निकोला इतनी शक्तिशाली है तो वो इस घर में क्यों नहीं आ सकती ? वो बाहर क्यों खड़ी रही ? उस दिन भी वह नैन्सी को अपने जादू से मिटाने इस घर के बाहरी दरवाजे पर ही खड़ी रही थी ऐसा क्या है

इस घर में जो वो इसके अन्दर नहीं आ सकती ? वह कैसे इस घर से दूर होकर भी नैन्सी पर इतना जुर्म कर रही है ? विशाल सवाल पर सवाल कर रहा था।

यह सही समय नहीं है, रेनॉल्डस ने कहा।

पर मुझे जबाव चाहिए।

वो इसलिए क्योंकि यह एक श्रापित घर हैं यहाँ सिर्फ वहीं लोग प्रवेश कर सकते हैं जिसे निकोला या उसके मुख्य साथी ने श्राप दिया हो परन्तु श्राप देने वाला यहाँ अन्दर प्रवेश नहीं कर सकता वह निकोला दूर से रहकर ही लोगों को कैद कर सकती है और उन पर जुल्म भी कर सकती हैं।

यह कैसे हो सकता है आप भी तो यहाँ मौजूद हैं तो क्या आप भी श्रापित हो, विशाल ने नासमझी में कहा।

नही विशाल मैं मैं तो यहाँ मौजूद ही नहीं हूँ, रेनॉल्डस ने कहा

मतलब

तुम अभी नहीं समझ सकते विशाल, रेनॉल्डस ने कहा तुम्हें बहुत कुछ सीखना है।

निकोला के साथ उस घर मैं कोई था जो दिखता नहीं था जिससे वह बात करती हैं निकोला उसे अपना आका कहती हैं कौन हैं वो ? विशाल ने फिर एक सवाल किया।

ओ हो! विशाल बहुत संजीदा सवाल पूछ लिया, रेनॉल्डस ने चौंकते हुए कहा मैं नहीं जानता था कि वो भी निकोला के साथ मौजूद हैं।

कौन ? विशाल ने कहा

वही

वही कौन मुझे बताइए।

वही जिसने नैन्सी का यह हाल किया, वही जिसने तुम्हें निकोला के पास कैद किया। यहाँ मरने के लिए छोड़ दिया, वही जिसने उस दिन... आप रूक क्यों गये मिस्टर रेनॉल्डस, विशाल ने पूछा आप क्या कहने वाले थे कौन है वो ? बताइए।

कुछ नही छोड़ां इन बातों को कोई आ रहा हैं, रेनॉल्डस ने कहा हमें यहाँ से जाना होगा यहाँ ज्यादा देर रूकना ठीक नहीं चलो।

पर कहाँ ?

बस बिना कुछ बोले चलो।

पर आपको भला किससे डर आप तो डरने वालों में से नहीं लगते, विशाल ने रेनॉल्डस से हिचकते हुए कहा।

हाँ हाँ तुमने सही पहचाना मुझे किसी से डर नहीं पर मेरे कुछ करने और कुछ कहने के पीछे ठोस वजह होती हैं रेनॉल्डस ने प्यार से कहा तुम वक्त आने पर समझ जाओगे।

किसी की आहट बढ़ती जा रही है हमें चलना चाहिए।

पर मुझे कोई आवाज सुनायी नहीं दे रही और नैन्सी का क्या होगा ? उसे इसी दर्द में छोड़ दें, विशाल ने निराशा और दर्द से कहा।

निराश मत हो वो ठीक हो जाएगी रेनॉंल्डस ने कहा वक्त आने पर सब ठीक हो जाएगा अब मेरा हाथ पकड़ो।

विशाल ने रेनॉल्डस का हाथ पकड़ लिया था और जैसे ही उसने हाथ पकड़ा वो उस डरावने घर से गायब होकर किसी दूसरी जगह पर पहुँच चुका था। पर उसकी आँखें बंद थी। उसे खुद समझ नहीं आया कि उसके मर्जी के बिना उसकी आँखें कैसे बंद हो गई।

अध्याय – 3

दो हमशक्ल सहेलियाँ

अपनी आँखें खोलो, रेनॉल्डस ने कहा।

विशाल ने अपनी आँखें खोली तो उसने देखा कि वो पानी के बीचों बीच मौजूद बड़े पत्थर पर खड़ा था जो हरी घास से भरा था वो अचम्भित हो उठा क्योंकि वहाँ वो अकेला था और हर तरफ पानी ही पानी था वो बस यही सोच रहा था कि मेरे साथ मिस्टर रेनॉल्डस आए थे वह कहाँ गायब हो गये। प्रिंस कालोनी से जब विशाल निकला तब वहाँ अंधेरा था परन्तु विशाल जहाँ खड़ा था वहाँ सुबह का सूरज निकल रहा था विशाल का चेहरा वहाँ के नजारों को देखकर खिल उठा पर वह फिर उदास हो गया क्योंकि वह वहाँ अकेला था।

मिस्टर रेनॉल्डस, मिस्टर रेनॉल्डस आप कहाँ हैं ? विशाल डरते हुए चिल्ला रहा था आप कहाँ गये ?

काफी देर हो जाने के बाद वह थक कर बैठ गया तभी पानी में हलचल उठी विशाल यह देखकर खड़ा हो गया और फिर पानी में से एक छोटी लकड़ी की बनी नाव निकली जिसमें एक सुंदर लम्बे बालों वाली लड़की बैठी थी। जिसकी आँखें नीली थी वो देखने में मनमोहक थी वो दिखने में बीस–पच्चीस साल की थी सफेद लम्बे गाउन में वो एकदम परी लग रही थी वो नाव में से उतर कर विशाल के पास जाने लगी।

तुम इस पानी से कैसे निकलीं और इस पानी से भीगी भी नहीं, विशाल ने चौंक कर कहा, इसका मतलब तुम भी जादू कर लेती हो।

हाँ! मैरी क्रिसमस विशाल, उस लड़की ने साँस भरते हुए कहा मेरा नाम सोफिया मिलर है तुमसे मिलकर अच्छा लगा चलो अब चले।

मिस्टर रेनॉल्डस कहाँ हैं ? विशाल ने चिन्तित होकर पूछा अभी तो वो मेरे साथ थे। अच्छा तो वह गायब हो गये और तुम्हें यहाँ मुझे लेने के लिए भेज दिया।

नहीं वो तो वहीं हैं जहाँ उन्हें होना चाहिए मुझे तो एक खत मिला जिसमें लिखा था कि विशाल निकोला की कैद से आजाद हो गया है और विशाल समुन्द्री रास्ते पर मिलेगा। तो मैं तुम्हें लेने आ गई, सोफिया ने कहा वैसे तुम उन्हें कैसे जानते हो ?

वो मेरे साथ थे और शायद उन्होंने ही वो खत आपको भेजा होगा।

नही उस खत पर भेजने वाले का नाम नहीं था, पर इन बातों को छोड़ो यहाँ से चलते हैं।

पर कहाँ मिस ?, विशाल ने पूछा क्या आप पानी के नीचे रहती हो ?

हाँ मैं पानी के नीचे ही रहती हूँ, सोफिया ने कहा हम कैसे जायेंगे यह तुम खुद देख लेना ? बस सवाल मत पूछना, सोफिया ने मुस्कुराकर विशाल से कहा।

ठीक है, विशाल ने बुदबुदाया।

चलो अब नाव में बैठ जाओ, सोफिया ने विशाल से कहा।

सोफिया नाव मैं बैठ चुकी थी विशाल भी बहुत सोच समझ कर बैठ गया था सोफिया ने नाव से कहा आगे चलो फिर नाव ने अपनी तेज रफ्तार पकड़ी और वह पानी के नीचे चली गई विशाल ने नाव को मजबूती से पकड़ लिया पानी बहुत ऊपर तक ऊछल रहा था पानी न तो नाव में जा रहा था न सोफिया, विशाल भीग रहे थे। विशाल ने बहुत चौंक कर देखा कि वह नाव पत्थर के चारों ओर गोलाकार पानी के रास्ते पर चल रही थी विशाल के चारों तरफ आसमानी नजारा था हर तरफ बड़ी छोटी अलग–अलग प्रकार की मछलियां, समुद्री जीव व पेड़ थे उसने ऐसा नजारा पहले कभी नही देखा था। वह पानी वाले रास्ते से चलते–चलते समुद्र की मिट्टी तक पहुँचने वाला था। विशाल ने अपनी गर्दन को ऊपर

उठाया और पानी वाले रास्ते को देखा तो पानी वाला रास्ता वैसा का वैसा ही बना था न कहीं पानी में गायब हो रहा था न कहीं बह रहा था, विशाल का डर जा चुका था और वह उस रोमांचित पल का मजा ले रहा था।

लगता हैं तुम्हें मजा आ रहा है, सोफिया ने कहा।

हाँ!

तभी नाव समुद्र की मिट्‌टी के अन्दर घुसने लगी। विशाल ने डर कर अपनी आँखें बन्द कर ली। सोफिया विशाल को देखकर हँसने लगी। नाव और वो दोनों पूरी तरह मिटटी के अन्दर जा चुके थे।

तुम अपनी आँखें खोल सकते हो, सोफिया ने कहा।

विशाल ने अपनी आँखें खोली और उसने देखा समुन्द्र व नाव गायब हो चुकी थी वह मिट्‌टी में धंसे थे परन्तु अब सोफिया अपने बड़े–बड़े सुनहरे पंखों से आसमान में विशाल को अपने हाथों मे पकड़ कर ऊपर उड़ रही थी। आसमान सितारों से भरा था और चन्द्रमा की रोशनी हर तरफ फैल रही थी।

तुम्हारे पंख बहुत अच्छे हैं, विशाल ने कहा तुम मुझे समझाओगी, हम समुन्द्र से सीधा आसमान में कैसे आ गये और वहाँ सुबह थी यहाँ अंधेरा हैं।

हाँ विशाल यह जादुई दुनिया का अनोखा रास्ता है ऐसे कई मजेदार रास्ते हैं, सोफिया ने कहा ऊपर वो सिर्फ जादुई दुनिया में आने का रास्ता था वहाँ का मौसम वो रास्ता खुद तय करता हैं इसलिए वहाँ सुबह हो रही थी।

सोफिया उड़ते–उड़ते जमीन के नजदीक आने लगी तभी विशाल की नजर एक लकड़ी से बने घर पर गई जो कि रात के अंधेरे में लगी लाइटों से झिलमिला रहा था।

वो घर किसका है ? विशाल ने पूछा

वो मेरा घर है उसमें मेरी सहेली भी रहती है, सोफिया ने कहा अब हम वहीं जा रहे हैं। तुम उससे मिल लेना।

सोफिया विशाल को लेकर जमीन पर उतर गई जमीन की घास सूखी हुई थी वहाँ कोई पेड़ नहीं था और सोफिया के घर के अलावा कोई दूसरा घर भी नही था सोफिया अपने घर के दरवाजे पर खड़ी थी उसने दरवाजा खट खटाया।

ओ हो कौन हैं ? घर के अन्दर से आवाज आयी।

मैं हूँ सोफिया, सोफिया ने कहा।

दरवाजा खुला, दरवाजा खुलने पर विशाल हक्का–बक्का हो गया अपनी आँखों को बड़ी–बड़ी करके टिम टिमाता रहा फिर उसने पीछे देखा फिर आगे देखा फिर पीछे देखा फिर आगे देखा।

अब गर्दन को घुमाना बन्द करो विशाल, सोफिया ने कहा।

मैरी क्रिसमस विशाल, दरवाजे पर खड़ी लड़की ने कहा तुम दोनों सही समय पर आये क्रिसमस खत्म होने में कुछ ही वक्त बचा हैं चलो अब क्रिसमस मनाते हैं।

अररर यह जिसने दरवाजा खोला हैं वो हू–ब–हू आपके जैसी दिखती हैं बस कपड़ें अलग हैं। क्या यह भी कोई जादू है, विशाल ने हक्का–बक्का होकर सोफिया से पूछा।

ओ हो नहीं नहीं नहीं विशाल यह जादू नहीं हैं ये मेरी सहेली सारा स्विफ्ट हैं सोफिया ने हँसते हुए कहा, बताया था ना घर में मेरी सहेली रहती है।

पपप पर आप दोनों हमशक्ल हो। विशाल ने हँसते हुए कहा, हमशक्ल भाई होते हैं, हमशक्ल बहन होती हैं पर हमशक्ल सहेलियाँ पहली बार सुन रहा हूँ।

हाँ, सब यहीं कहते हैं। हमें देख कर सभी इसी तरह व्यवहार करते हैं, पर किस्मत से हम हमशक्ल हैं और अच्छी दोस्त भी इसलिए अब हँसना बंद करों मिस्टर स्मिथ, सारा ने गुस्से में कहा।

ठीक हैं हँसने के लिए माफ करना। विशाल ने आँखों को झुकाकर कहा।

मैं तो मजाक कर रही थी हा, हा, हा, तुम डर गये सारा ने विशाल से हँसते हुए कहा। अब अन्दर आओ दरवाजा पर ही खड़े रहोगे।

विशाल घर के अन्दर गया घर काफी अच्छा था क्रिसमस की वजह से घर काफी सजाया हुआ था वहाँ क्रिसमस ट्री और हर तरफ फूल लगे हुए थे, घर में काफी अच्छी खुशबू थी।

वहाँ कितना अँधेरा रहता था। हर तरफ बदबू आती थी, वहाँ रहना बहुत ही डरावना सपना लगता था।

कहाँ ? सारा ने पूछा।

निकोला के घर पर, विशाल ने सोच में डूबते हुए कहा।

ओ! विशाल अब तुम यहाँ हो भूल जाओ उस निकोला को, सोफिया ने नीचे बैठकर विशाल से कहा।

बाथरुम दाएँ तरफ हैं, वहाँ तुम्हारें कपड़ें भी रखे हैं नहा लो सारा ने कहा तुम्हें देखकर लगता है कि तुमने काफी दिन से कुछ नहीं खाया तो नहा कर आओ फिर ड़िनर करते हैं।

विशाल नहाने गया। नहाकर जब उसमें वो नये कपड़े पहने तो वो खुश हो गया, क्योंकि वो साफ–सुथरे थे पहले की तरह गन्दे, फटे, कपड़े और टाइट नही थे। नये कपड़ों में वो बहुत अच्छा लग रहा था बाथरुम से वो बाहर आ चुका था।

ओ विशाल तुम बहुत अच्छे लग रहे हो, सोफिया ने विशाल को देखते हुए कहा।

आप दोनों का धन्यवाद, विशाल ने कहा।

चलो खाना खाने के लिए सब कुर्सियों पर बैठ जाओ, सारा ने कहा।

पर मेज तो खाली हैं, विशाल ने उदास भरी आवाज में कहा।

तो तुम आँखें क्यूं नहीं बंद करते। चलो–चलो आँखें बंद करो, सारा ने खुश होकर कहा यह कहते हुए सारा किचिन में गई उसने किचिन में रखे लजीज खाने की तरफ अपनी छड़ी घुमायी और बोला स्थान्तरणम। फिर खाना किचिन से गायब होकर मेज पर पहुँच गया। विशाल की नाक तक लजीज खाने की खुशबू जा चुकी थी पर उसकी आँख अब भी बंद थी।

चलो अब अपनी आँखें खोलो विशाल, सोफिया ने काफी खुश होकर कहा।

विशाल ने जब अपनी आँखें खोली तो वहाँ काफी लजीज और स्वादिष्ट खाना रखा था जिससे काफी खुशबू आ रही थी। विशाल अपनी पलकों को झपकाते हुए बोला ओ चिकिन, राइस बॉल, कैण्ड़ी, चॉकलेट, नूड़ल्स, पैनीलो पास्ता, जैम, भुंजी हुई मछलियाँ, जूस, मिल्क, मैंगो, बटर और इतने तरह की फ्लेवर की कैण्ड़ी इतना सब कुछ किसके लिए है।

तुम्हारे लिए विशाल, सारा ने मुस्करा के कहा आज क्रिसमस भी है।

जो खाना है खा सकते हो सोफिया ने कहा।

विशाल ने झट–पट एक लैग पिस उठाया और उसे खाने लगा दूसरे हाथ से नूड़ल्स खाने लगा फिर कैण्डी, चॉकलेट, पास्ता और सब कुछ खाया।

काफी स्वादिष्ट खाना था ऐसा खाना मैंने पहले कभी नहीं खाया इसके लिए आप दोनों का शुक्रिया। विशाल ने आँखों में आँसू लाकर कहा इतना प्यार मुझे कभी नहीं मिला। निकोला जो खाना देती थी उससे मेरी भूख नहीं मिटती थी पर आज भूख मिट गई।

ओ विशाल मत रोओ आँसू पौंछते हुए सोफिया ने कहा तुम्हारी आँखों में आँसू अच्छे नहीं लगते अब तुम्हारे साथ कभी कुछ गलत नहीं होगा।

निकोला तुम्हें जो खाना देती थी वो खाना नहीं था तुम्हें बस वो खाना जिंदा रखता था पर तुम्हारा पेट नहीं भरता था तुम इसलिए ही कमजोर और बीमार हो पर अब तुम ठीक हो जाओगे, सारा ने कहा।

निकोला के साथ वहाँ कोई और भी था उस अँधेरे में, मैंने मिस्टर रेनॉल्डस से पूछा था वो बताने वाले थे पर फिर उस डरावने घर के हॉल में किसी के आने की आहट आयी फिर हम वहाँ से आ गये। उस अँधेरे में कौन था ? मिस।

मिस्टर रेनॉल्डस तुम्हारे साथ कैसे हो सकते हैं, सारा ने कहा वो तो सुबह से मेरे साथ थे और कुछ देर पहले ही मैं उनसे मिलकर आ रही हूँ।

मैं सच कह रहा हूँ।

यह सुनकर सारा और सोफिया एक दम शान्त पड़ गये फिर एक दूसरे को देखते रहे फिर सारा ने कहा यह बताने का सही मौका है सोफिया बता दो।

क्या सच मैं बता दूँ सारा, सोफिया ने हिचकते हुए पूछा।

क्या बता दूँ? आप दोनों क्या छुपा रहे हो, विशाल ने कहा।

मिस्टर रेनॉल्डस बता सकते थे पर उन्होंने नहीं बताया तो इसकी वजह होगी, सोफिया ने सारा से कहा।

पर वो विशाल के साथ नही थे, सारा ने कहा

सोफिया विशाल और सारा की बातों को सुनकर खामोशी के साथ सोच में पड़ गई इसके बाद वह सारा से इशारों में बात करने लगी। विशाल एक टक दोनों को देख रहा था।

सारा सोफिया के इशारों को समझने के बाद बोली नहीं नहीं शायद मिस्टर रेनॉल्डस चाहते हो कि ये काम हम करें सारा ने सोफिया से कहा

तुम्हें कैसे पता सारा और क्या ये बताना एक 10 साल के लड़के को सही रहेगा, साफिया ने कहा।

क्या बताना ? विशाल ने फिर पूछा आप दोनों किस बात पर झगड़ रहे हो।

तुम्हें बताना होगा, अगर तुम नहीं बतातीं तो मुझे बताना होगा सारा ने कहा।

काफी देर तक सारा और सोफिया में बहस हुई दोनों ही झिझक रही थीं। शायद बात कुछ बड़ी थी क्या थी वो बात ? शायद वहीं जानती थीं उस कमरे में खड़ी दोनों हमशक्ल सहेलियाँ शान्त हो गई।

फिर सोफिया कुर्सी पर बैठ गई और विशाल के हाथों को प्यार से पकड़ा। फिर वह भावुक हो गई।

ओ विशाल मैं तुम्हें सब बताती हूँ पर तुम बोलना मत न कोई सवाल करना।

हाँ ठीक है, विशाल ने कहा।

झिझकते हुए सोफिया ने बोलना शुरू किया। तुम 1 साल के थे विशाल। हाँ, मुझे याद हैं उस दिन तुम्हारा जन्मदिन था तुम्हारी माँ ने एक बड़े हॉल में पार्टी दी थी। उस हॉल को रीया और जॉन ने अपने जादू से सजाया था। हॉल की छत पर रीया ने नीले व हरे रंग की पानी की नदी बनायी थी जिसमें से बहुत सारे बुलबुले निकल रहें थे जो कि पूरे हॉल में फैल रहे थे चारों तरफ का नजारा बहुत सुन्दर था। हर तरफ मशालें जल रही थी हर तरफ सुनहरी रोशनी फैली हुई थी। रीया और जॉन बहुत खुश थे रीया ने अपने हाथों से तुम्हारें जन्मदिन के कपड़े बनाए थे वो उन्हें काफी दिन से तैयार कर रही थी। पता है विशाल, वो कपड़े किस रंग के थे ? लाल रंग के थे वो कपड़े तुम्हारी माँ को लाल रंग बेहद प्यारा था तुम उन लाल कपड़ों में बेहद प्यारे लग रहे थे।

तुम्हारे माता–पिता ने सभी जादूगरो को पार्टी में बुलाया था सभी जादूगर अपने परिवार वालो के साथ आने लगे थे। तुम्हारी माँ ने तुम्हें गोद में लेकर तुम्हारा केक काटा। केक बहुत प्यारा था उस पर तुम्हारा नाम भी लिखा था बड़े ही प्यारे लेख में विशाल स्मिथ।

केक कट चुका था। अचानक तुम रोने लगे तो रीया ने तुम्हें मुझे दे दिया मैं, नैन्सी और सारा तुम्हें लेकर ऊपर कमरे में चले गये। रीया ने अपनी छड़ी से कमरे के छोटे–छोटे सामान का खिलौना बना दिया जिन्हें देखकर तुम खुश हुए और फर्श पर खेलने लग गये। नैन्सी कमरे में तुम्हारा ख्याल रखने के लिए तुम्हारे साथ रूक गयी और वह पढ़ने लगी। मैंने नैन्सी से कहा कि तुम्हारा ध्यान रखना फिर मैं सारा के साथ नीचे हॉल में चली गई।

हॉल मैं चारों तरफ खुशहाली का माहौल था कुछ जादूगर डांस कर रहे थे तो कुछ बातें करते हुए उन्हें देख रहे थे फिर कुछ देर बाद सभी खाना खाने के लिए अपनी–अपनी कुर्सियों पर बैठ गये। मैं और सोफिया पार्टी में मौजूद सभी बच्चों को लेकर एक कमरे में खाना खिलाने के लिए ले गयी। हम सब कमरे में पहुँच चुके थे सभी खाना खाने ही वाले थे कि अचानक हॉल में सब कुछ हिलने लगा। मैं और सोफिया बाहर हॉल में भागती हुई जाने लगी। हम कमरे के दरवाजे तक पहुँचे ही थे कि अचानक हॉल का दरवाजा खुला और काले धुँए ने हॉल में हँसते हुए प्रवेश किया

वो काला धुँआ उस दुष्ट जादूगर में बदल गया जिससे सब डरते थे उसका नाम लेने से लोगों की रूह काँप जाती थी क्योंकि वो बहुत ताकतवर था उसका नाम था ब्लेड वोल्फरोल्ट।

सभी जादूगर उसे देखकर कुर्सियों से खड़े होकर भागने लगे हॉल में चीख–पुकार होने लगी।

शान्त, वोल्फरोल्ट तेज आवाज में चीखा

हॉल में सन्नाटा छा गया फिर वोल्फरोल्ट हँसते हुए बोला सब अपनी–अपनी कुर्सियों पर शान्ति से बैठ जाएं। सब शान्ति से अपनी–अपनी जगह बैठ गये।

मैंने सारा से कहा कि सभी बच्चों को कमरे के दूसरे दरवाजे से निकाल कर हॉल के पीछे के दरवाजे से निकल जाओ। इन बच्चों को मिस्टर रेनॉल्डस के पास ले जाना और उन्हें यहाँ आने को भी सूचित कर देना। सारा सभी बच्चों को लेकर निकल गयी मैं वहाँ दरवाजे पर छिपकर सब कुछ देख रही थी।

तुम यहाँ क्या कर रहे हो ? तुम्हारी माँ ने वोल्फरोल्ट को धिक्कारते हुए कहा, तुम्हें यहाँ नहीं होना चाहिए।

ओ हो! रीया तुम मुझसे इतनी नफरत क्यों करती हो ? वोल्फरोल्ट यह कहते हुए आगे बढ़ रहा था और एक–एक करके सारी मशालें बुझती जा रही थीं। पूरा हॉल अंधेरे से भर गया और सन्नाटा छा गया था मानो वो हॉल कोई वीराना हो उस अंधेरे में उसकी लाल आँखें साफ–साफ चमक रही थी उसका चेहरा सभी की तरह सामान्य था उसने दुशाला ओढ़े हुए था और काला चोगा पहना हुआ था जो कि जमीन पर घसीट रहा था। सभी हॉल में मौजूद लोग काफी भयभीत थे।

इस पार्टी में हमारे आका को न बुलाकर उनकी निन्दा की यह कहते हुए हॉल के द्वार से निकोला अपने काले लम्बे दुशाले को घसीटते हुए जल्दी–जल्दी चली आ रही थी और तुम्हारी माँ के पास रूक कर उसने अपने लम्बे काले नाखून वाला हाथ रीया के कन्धे पर रखा।

तुम दोनों यहाँ से चले जाओ, रीया ने निकोला का हाथ हटाते हुए कहा।

तुम्हारी इतनी हिम्मत गुस्ताख, निकोला ने तेज चिल्लाकर कहा हम तो तुम्हारे बेटे के लिए तोहफा लाए हैं और उससे मिलने आए हैं कहाँ हैं वो नामुराद ?

रूको निकोला, वोल्फरोल्ट ने कहा रीया से हम बात करते हैं। हमें वो दे दो रीया जो हमें चाहिए वरना तुम्हारे और तुम्हारे बेटे के साथ कुछ भी हो सकता है।

तुम्हें वो कभी नहीं मिलेगा, जॉन ने वोल्फरोल्ट पर वार करते हुए कहा तुम्हें यहाँ नहीं होना चाहिए था ?

वोल्फरोल्ट जॉन के वार से बचा फिर वोल्फरोल्ट ने जॉन पर अपनी छड़ी से तेज प्रहार किया और जॉन उस प्रहार से बहुत दूर हवा में उड़ते हुए हॉल की दीवार से टकरा कर नीचे गिर गया।

जॉन, तुम्हारी माँ रोते हुए चिल्लायी।

यह प्यार कितना बेबस करता है, कितना तोड़ता है, न तुम यह प्यार करतीं न होता तुम्हें यह दर्द, यह कहते हुए वोल्फरोल्ट ने जॉन पर फिर वार किया और वह तड़पने लगा।

जॉन को छोड़ दो, तुम्हारी माँ ने वोल्फरोल्ट से कहा प्यार जीने कि ताकत देता है पर तुम जैसा दुष्ट इस बात को नहीं समझेगा।

चुप करो, निकोला ने कहा।

जॉन तुम जाओ, अपने अधूरे काम को पूरा करो, रीया ने कहा इन दोनों के हाथ में वो नही लगना चाहिए। छुपा दो उसे।

जॉन बहुत मुश्किल से खड़ा हुआ और वहाँ से गायब हो गया।

वो कुछ नहीं कर सकता हा... हा... हा..., निकोला ने हँसते हुए कहा डर कर भाग गया चूहा।

जॉन डर कर नहीं भागा वो तुमसे नहीं डरता उसे अपना अधूरा काम पूरा करना है तुझे खत्म करने के लिए। मैं जानती हूं तुम दोनों यहाँ क्यूं आये हो ?

अच्छा तुम जानती हो रीया, मैं यहाँ क्यूं आया हूँ, यह कहते हुए वोल्फरोल्ट ने तुम्हारे माँ के गाल पर थप्पड़ मार दिया।

मैं उस कमरे से निकल कर आ रही थी पर तुम्हारी माँ ने मुझसे इशारे से मना किया और इशारों से कुछ कह रही थी पर मैं समझ नहीं पा रही थी।

उस लाल रोशनी वाले कमरे में जाओ अनोखा है गेट तुम कर लोगी उससे भेंट, तुम्हारी माँ ने मुझे फिर इशारा दिया रीया क्या कहना चाह रही थी मैं समझ गई थी।

बड़बड़ाना बन्द करो, वोल्फरोल्ट ने कहा

इन सब नमूनों का क्या करें मेरे आका ? निकोला ने पूछा बिचारे जादूगर आज मिलेगा इन्हें सबक हा...हा....हा....हा....हा.... ।

निकोला, रीया को मेरे साथ ऊपर लेकर चलो, वोल्फरोल्ट ने कहा वो नामुराद बच्चा ऊपर ही होगा।

निकोला ने तुम्हारी माँ के बालों को जोर से पकड़ा और उसे सीढ़ियों के रास्ते ऊपर तुम्हारे कमरे की तरफ ले जाने लगी वोल्फरोल्ट सीढ़ियों पर आगे था, निकोला उसके पीछे तुम्हारी माँ को घसीटते हुए ले जा रही थी

प्यार की दुनिया होती है बेकार,
नफरत तुम करो मेरे यार,
क्या देता है तुम्हें यह प्यार,
बस मिलता हैं दर्द और मौत मेरे यार।

डरावनी आवाज में यह कहते हुए वोल्फरोल्ट सीढ़ियों पर बढ़ता जा रहा था निकोला तेज–तेज हँस रही थी और तुम्हारी माँ की चीखें हॉल में गूंज रही थीं। सभी जादूगर सोचने लगे वो बच गये और वह आराम से सभी कुर्सियों पर बैठे वोल्फरोल्ट और निकोला के ऊपर जाने का इन्तजार करने लगे ताकि वह हॉल से बाहर जा सकें तभी अचानक वोल्फरोल्ट ने अपनी गर्दन घुमायी उसकी गर्दन घुमती ही जा रही थी उसका चेहरा पूरी तरह से पीठ की तरफ आ चुका था यह देखकर मैं भयभीत हो उठी फिर उसने अपने मुँह को खोलना शुरू किया उसने अपने मुँह को काफी हद से ज्यादा खोल लिया था जैसा कि हम नहीं कर सकते हैं। उसके मुँह से

भंयकर काले कीड़े निकले जो कि हॉल में बैठे सभी जादूगरों के पास जाकर उनके अन्दर घुसने लगे मैं यह देखकर वहाँ से गायब होकर उस लाल रोशनी वाले कमरे में चली गई जहाँ तुम्हारे पिता मौजूद थे।

आप यहाँ क्या कर रहें हैं ? मिस्टर स्मिथ मैंने जॉन से पूछा।

देखो सोफिया मेरे पास ज्यादा वक्त नहीं हैं मेरी बात ध्यान से सुनना तुम्हें मेरे लिए इन चार छड़ियों को अपने पास हिफाजत से रखना होगा यह वक्त आने पर बहुत काम आएगी। यह कहते हुए जॉन ने वो छड़ियां मेरे हाथ में पकड़ा दीं।

जॉन यह छड़ियां किसकी हैं, मैंने पूछा।

यह वक्त आने पर तुम्हें खुद पता चल जाएगा, यह कहते हुए जॉन ने उन छड़ियों पर अपनी छड़ी से जादू किया जिससे छड़ी में से पीली रोशनी निकली और कुछ देर बाद मेरे हाथ पीले पड़ गये जिसका पीलापन आज तक मेरे हाथों में हैं।

सोफिया अब तुम जाओ इन छड़ियों की हिफाजत करना, मैं विशाल और नैन्सी के पास जाता हूँ, जॉन ने चिन्तित होकर मुझसे कहा।

मैंने उन्हें बहुत रोका पर वो तुम से इतना प्यार करते थे कि वह बिना कुछ सोचे समझे वहाँ से गायब होकर हॉल में चले गये मैं भी गायब होकर हॉल में चली गई जहाँ तुम्हारे पिता खड़े थे।

सोफिया तुम यहाँ क्यूं आई ? यहाँ तुम सुरक्षित नहीं हो यहाँ तुम्हारी जान को खतरा है तुम जाओ।

नहीं जॉन मैं तुम सब को छोड़ कर नहीं जा सकती, तुम मेरा परिवार हो मेरी जान क्यू न चले जाए पर मैं उन दोनों से मरते वक्त तक लडूंगी।

पर...

पर मगर कुछ नहीं जॉन वो दुष्ट जादूगर था पर अब वो एक खतरनाक राक्षस बन चुका है। उसका असर तुम इन जादूगरों पर देख सकते हो। वोल्फरोल्ट ने अपने मुँह से कीड़े छोड़े जिससे यह सब अपनी ही दुनिया में खो गये हैं।

अररर अच्छा तो मैं सीढ़ियों से जाता हूँ तुम हॉल से बाहर जाओ और कमरे की खिड़की से प्रवेश करके नैन्सी और विशाल को निकाल ले जाना। मैं रीया को बचाता हूँ।

मैं हॉल से बाहर गई और हवा में उड़ते हुए कमरे की खिड़की तक पहुँची। कमरे की खिड़की व दरवाजा खुला हुआ था। मैंने खिड़की से कमरे में प्रवेश किया कमरे में न तुम थे और न ही नैन्सी तो मैंने कमरे के दरवाजे से बाहर देखा तो गलियारे में वोल्फरोल्ट और निकोला तुम्हें ढूंढ रहे थे।

ओ हो! ओ! रीया तुम्हें लगता है तुम मुझसे उस लड़के को बचा लोगी क्या मुझसे कोई बचा है? डरावनी आवाज में वोल्फरोल्ट ने कहा।

नहीं मेरे आका, निकोला ने व्यंग से कहा निकोला ने फिर रीया को धक्का दिया रीया दीवार से टकराई फिर उसके बाल खींचे फिर कहने लगी बता उसे कहां छुपाया है उस मनुश को या वो हमें दे दो जो हमें चाहिए। हम शान्ति से चले जाएंगे।

मुझे नहीं पता और अगर पता भी होता तो भी नहीं बताती चाहे मेरी जान भी क्यूं न ले लो। बड़ी हिम्मत के साथ उसने जवाब दिया बहुत हिम्मत वाली थी तुम्हारी माँ।

तभी अचानक एक साँप मेरे पैर के ऊपर से होकर गुजरा और मैं बहुत तेज चीखी और मुझे उन सब ने देख लिया। निकोला मेरी तरफ भागी–भागी आयी। मैं अपने पंखों से खिड़की की तरफ उड़ी पर उसने अपनी छड़ी से वार किया और मैं जमीन की तरफ गिरने लगी। उसने फिर एक वार किया जिसकी वजह से मैं हिल नहीं पा रही थी, मानो हवा में मूर्ति खड़ी हो।

सोफिया को छोड़ दो , तुम्हारी दुश्मनी मुझसे हैं तुम्हारी माँ ने कहा, तभी तुम्हारे पिता आ गये।

उन सब को छोड़ दो वोल्फरोल्ट तुम्हारे पिता ने कहा।

ओ हो। तुम बच गये हमने तो सोचा कि तुम कायरों की तरह भाग गये हा हा हा पता है मिस्टर जॉन स्मिथ नफरत है मुझे तुमसे तुम्हारे वजूद से। तुम्हारे साथ मौजूद लोगों से भी जैसे अब इस सोफिया से। यह कहते हुए वोल्फरोल्ट ने मुझ पर वार किया और मैं जमीन पर तेजी से गिर गयी।

सोफिया, तुम्हारी माँ मेरा नाम लेते हुए चीखी और रो पड़ी। वो मेरी और सारा की बेहतरीन सहेली थी। यह कहते हुए सोफिया शान्त हो गई।

अररर अ आप शान्त क्यूँ हो गई आगे क्या हुआ बताइये, आगे क्या हुआ विशाल ने पूछा।

मैं नहीं जानती विशाल, मैं नही जानती। यह कहते हुए सोफिया रो गई। मैं उनकी मदद न कर सकी मुझे इस का अफसोस है। बस इतना याद है जब मैं उठी तो न वो छड़ियाँ मेरे हाथ में थीं और न वो हॉल वहाँ था, मैंने छड़ियों को ढूंढ़ा पर वो नहीं मिलीं। मैं तुम्हारे पिता का वादा पूरा न कर सकी और वो रो कर अपने कमरे में चली गयी।

पपप अब क्या होगा? विशाल ने कहा कैसे पता चलेगा मुझे उस रात का सच।

सच कभी नहीं छिपता, एक न एक दिन पता जरूर चल जाता है, सारा ने कहा।

पर मैं उस लाल रोशनी वाले कमरे में जा चुका हूँ, विशाल ने कहा।

पर यह मुमकिन नहीं है वहाँ तुम नहीं जा सकते, सारा ने समझते हुए कहा।

पर मैं सच कह रहा हूँ, मिस्टर रेनॉल्डस मुझे वहाँ ले गये थे। सच कह रहा हूँ विश्वास करो विशाल ने कहा।

मुझे तुम पर विश्वास है सारा ने कहा पर वहाँ जाने के लिए जादू का ज्ञान चाहिए जो तुम्हारे पास अभी नहीं हैं। मिस्टर रेनॉल्डस तुम्हें वहाँ कैसे ले जा सकते हैं वहाँ तो वह खुद भी नहीं जा सकते।

मशालों से भरा हॉल देखा। फिर वो छः मुहँ वाली सीढ़ियां, अनोखा गेट, लाल रोशनी वाला कमरा, जिसमे गोल पत्थर था और अखिरी मूर्तियों से भरा कमरा जहाँ नैन्सी कैद थी विशाल ने कहा...

अ अ अरर ओ विशाल मैं अचम्भित हूँ हिचकते हुए सारा ने कहा तुम्हें अब अपने कमरे में सो जाना चाहिए।

सारा विशाल को कमरे में ले गयी और उसे सुला कर अपने कमरे में गयी। विशाल अपने माता–पिता की जानकारी पा सका। अधूरी ही सही

कुछ तो उसे पता चला। आँखें बन्द करता खोलता ऐसा करके वो सो गया। सोफिया को सारा ने वो सभी बातें बताईं जो विशाल ने उससे कही और दोनों ही के हाव–भाव काफी आश्चर्य जनक थे। वे दोनों काफी सोचती रहीं।

क्या होने वाला है ? यह कहकर वे दोनों सो गयी।

अध्याय–4

अनोखा बक्सा

विशाल आज चैन की नींद सोया और अंगड़ाई लेते हुए उठा सुबह के सूरज की रोशनी की तरह ही उसका चेहरा चमक रहा था। उसके चेहरे की खुशी अलग ही झलक रही थी निकोला के साथ इतने साल रहा अपना बचपन उस अजीब सी प्रिंस कालोनी के उस अंधेरे से भरे कमरे में उस वोल्फरोल्ट और निकोला के अत्याचारों में निकाल दिया यह उसके लिए नरक के पल जितने थे पर आज वो आजाद था और खुश था।

ओ हैलो विशाल गुड़ मॉर्निंग, सोफिया ने कहा मैं तुम्हें जगाने आई थी देखो तुम तो पहले ही उठ गये। नींद कैसी आई ?

हैलो मिस्सेस सोफिया, विशाल ने कहा मुझे नींद अच्छी आयी।

मेज नाश्ते के लिए तैयार है। सोफिया ने मुस्कुराते हुए कहा तुम भी तैयार हो जाओ हम तुम्हारा बाहर इन्तजार कर रहे हैं जल्दी आ जाओ।

ठीक हैं, विशाल ने बिस्तर से खड़े होकर कहा।

हे सुनो! तुम मुझे सोफी क्यूं नहीं कहते, सोफिया ने मुड़कर विशाल से प्यार से कहा, मुझे अच्छा लगेगा।

ओ नहीं मुझे आपका सोफिया नाम पसन्द है, विशाल ने कहा।

इसके बाद सोफिया दरवाजा बन्द करके विशाल के कमरे से चली गई।

विशाल ने दरवाजा खोला बाथरूम में जाकर ब्रश किया, नहाया और तैयार होकर टेबल के पास नाश्ता करने के लिए जाने लगा। नाश्ते के पास पहुँचने से पहले ही नाश्ते की खुशबू उसे आने लगी वो अपनी नाक को सुकुड़–सुकुड़ कर नाश्ते की खुशबू सूँघ रहा था, विशाल टेबल के पास आ चुका था और कुर्सी पर बैठ गया।

आप बहुत अच्छा खाना बनाती हो, विशाल ने सारा से नाश्ता देखते हुए कहा आपके हाथों में जादू है।

धन्यवाद, सारा ने मुस्कुरा कर कहा मुझे मेरे छोटे दोस्त की तरफ से तारीफ अच्छी लगी। हम तीनों अब नाश्ता करना शुरू करते हैं।

टेबल पर पोहे, जूस, चाय, ब्रेड़, जैम, दलिया, और खास बिरयानी थी। विशाल ने रात की तरह ही अपने हाथों को खाने से भर लिया और खाने लगा।

विशाल की हालत पहले से सुधरी लग रही है, सोफिया ने धीमी आवाज में कहा।

हाँ सारा ने कहा, तुम ठीक कह रही हो।

वो बक्सा, सोफिया ने आश्चर्य से कहा वो बक्सा हमें विशाल को देना चाहिए। रीया के हिसाब से वो बक्सा उसे देने का सही समय है।

हाँ तुमने ठीक कहा सोफिया, सारा ने अपना सिर हिलाते हुए कहा।

मिस सोफिया, क्या मैं आपसे एक सवाल कर सकता हूँ, यह कहते हुए विशाल के मुंह से दलिया टपक रहा था।

हह हाँ क्यूँ नहीं सोफिया ने काफी सोचकर बोला वो सोच रही थी कि विशाल अब उससे क्या पूछना चाह रहा है।

अअररर आप कैसे बच गई ? विशाल ने आश्चर्य से कहा मतलब जब आप पर वोल्फरोल्ड़ ने हमला किया था उसके हमले में कोई नहीं बचा जिस–जिस पर उसने हमला किया वो आज तक उसके शिकार हैं। फिर आप। बड़ा ही मुश्किल सवाल है, सोफिया ने काफी दुख भरे चेहरे से कहा, मैं सोचती हूँ इस बात को पर मैं नहीं जानती कि मैं कैसे बच गई? मुझे कुछ याद भी नहीं। काश ! कि यह मैं जान पाऊँ।

मुझे माफ करना मैंने आपको दुखी किया, विशाल ने दुखी भाव से कहा पर आप क्या यह जानती है वोल्फरोल्ट मेरे माता–पिता से बार–बार क्या मांग रहा था ? वो उस दिन क्या लेने आया था ?

नहीं, सोफिया ने कहा।

तुम दोनों यह क्या बात लेकर बैठ गये, सारा ने कहा सोफिया मेरे साथ चलो। विशाल हम अभी आते हैं जब तक तुम नाश्ता करो। यह कहकर वह दोनों अपने कमरे में गईं।

कमरे में पहुँच कर सारा ने दरवाजा बन्द किया। सोफिया ने अपने हरे लम्बे कोट जो जमीन को छू रहा था उसके जेब से छड़ी निकाली और दीवार की तरफ अपनी छड़ी से जादू किया फिर दीवार एक बड़ी अलमारी मैं बदल गई। सारा ने अलमारी के पास जाकर अलमारी के दरवाजों को खोला जिसमें काफी अजीब–अजीब पुराने सामान थे मोटी–मोटी किताबें, बहुत सारे कोट जो कि काफी रंग के थे, लोहे के बने छोटे जानवर जो बहुत सारे थे सारा ने उन सामान को हटाया उसके पीछे एक बक्सा जो देखने में बड़ा था जिसे उन्होंने आज तक बिना खोले संभाल कर रख रखा था कुछ देर बाद सारा और सोफिया ने बक्से को उठाया अलमारी से बाहर निकालकर कमरे में रख लिया फिर अलमारी दीवार बन गई।

ओ हो छि छि, सोफिया ने कहा, सारा मेरे हाथ गन्दे हो गये।

ओ अच्छा, सारा ने कहा ये बचकानी हरकतें बन्द करो। चलो अब इसे उठाओ और विशाल के कमरे में चलो।

दोनों ने उस बक्से को उठाया फिर कमरे से बाहर जाने लगीं विशाल अभी भी नाश्ता कर रहा था। वे दोनों नाश्ते की टेबल पर पहुँच गईं।

तुम्हारे लिए कुछ है सोफिया ने उदास होकर कहा। मतलब, विशाल ये बक्सा तुम्हारे लिए है यह तुम्हारी माँ ने मुझे तुम्हारे जन्मदिन से दो दिन पहले ही दिया था। मैने रीया से पूछा था कि वो बक्सा मुझे क्यूँ दे रही हो पर वो खामोश रही। मैनें फिर दोबारा उससे पूछा लेकिन वो रो गई और तुम्हारे पिता ने कहा कि इस बक्से को विशाल को तब दे देना जब वो इसे पाने के लायक हो जाए। मैं उन दोनों की बातों को समझ नहीं पा रही थी क्योंकि वो दोनों यह बक्सा तुम्हें देने के लिए मुझे दे रहे थे जबकि

तुम उनके पास थे। मैं तुम्हारे माता पिता से काफी सवाल करती जा रही थी पर वह हर बार खामोश ही रहे परन्तु आज समझ आता है कि उन्होंने यह बक्सा मुझे क्यों दिया था। अब मेरे हिसाब से तुम इसे पाने के लायक हो गये हो। मुझे याद है तुम उस कमरे मैं मौजूद थे जब ये बक्सा मुझे दिया था वो तुम्हें ही बार–बार देख रहें थे।

अररररर इसका मतलब, विशाल ने आश्चर्य से बोला, उन्हें पता था भविष्य में कुछ घटने वाला हैं वो मुझसे दूर जाने वाले हैं, वो मरने वाले हैं।

हाँ, सारा ने कहा अफसोस कि हम उस वक्त उनकी बात को समझ न सके। हमें गर्व है रीया और जॉन पर।

मेरे माता पिता पर मुझे भी गर्व हैं विशाल ने कहा। उनको सब कुछ पता होने के बाद भी उन्होंने वोल्फरोल्ट से बहादुरी से सामना किया। मैं भी उनकी तरह ही बनूँगा।

हाँ, सोफिया ने बुदबुदाया तुम उन्हीं की तरह ही हो तुम उन दोनों का मिला हुआ रूप हो इसलिए तुम निकोला की गिरफ्त से निकल आए।

हमें अब जाना होगा, सारा ने कहा यह बक्सा हम तुम्हारे कमरे में रखकर जा रहे हैं। हमारे जाने के बाद इसे खोल कर देख लेना।

आप कहाँ जा रहे हो ?

विशाल हम तुम्हें नहीं बता सकते हैं। सोफिया ने कहा ख्याल रखना। उन दोनों ने दरवाजा खोला और अपने पंखो से हवा में उड़ गईं।

विशाल बड़े ही उतावलेपन से उठा उसने नाश्ते को छोड़ा हाथों को पौंछा और देखने लगा कि सोफिया और सारा गई या नहीं। वे दोनों जा चुकी थीं। विशाल भागा–भागा अपने कमरे में गया और सोचने लगा क्या होगा इस बक्से में। बक्सा खोलने के लिए उसने अपने कँप–कँपाते हाथों को आगे बढ़ाया और थूक को निगलते हुए बक्सा खोला।

बक्सा खुल चुका था विशाल चकित था क्योंकि सभी सामान अपनी जगह ऐसे रखा था जैसे कि अभी–अभी रखा हो। विशाल ने सामान देखना शुरू किया सामान काफी पुराना था पर वह खुश था कि माता–पिता की याद के तौर पर उसे उनका सामान मिला। सबसे पहले उसने बक्से

में से लाल रंग का लिफाफा उठाया फिर उसे खोला जिसके अन्दर चमड़े का कागज रखा था वह समझ गया कि यह पत्र है उसने पत्र को लिफाफे से बाहर निकाला और उस पत्र को उसने अपने दोनों हाथों से खोला और पढ़ना शुरू किया जिस पर लिखा–

मेरे प्यारे विशाल,

तुम्हें जब भी देखती हूँ खुद के बचपन को पाती हूँ मैं तुमसे बहुत प्यार करती हूँ तुम से दूर जाने का अफसोस हैं। उम्मीद करती हूँ दूर जाने की वजह को समझ पाओगे और सोफिया और सारा तुम्हें सभी बातों को समझा चुकी होंगी।

आशा करती हूँ कि अब सब ठीक हो गया होगा तुम 10 साल के हो चुके होंगे और ठीक होंगे। मैं और जॉन जानते हैं कि जब यह पत्र तुम पढ़ रहे होंगे हम इस दुनिया में मौजूद नहीं होंगे पर हम तुमसे दूर नहीं हैं जब भी हमारी जरूरत हो तब अपनी आँखें बन्द करना और हमें याद करना हम तुम्हारे पास आ जाएंगे।

सदैव सत्य के मार्ग पर निडर होकर चलना।

प्रेम सहित तुम्हारी माँ
रीया रॉय स्मिथ

पत्र को पढ़कर विशाल भावुक हो गया उसने प्यार से पत्र को अपने होठों से चूमा और रोते हुए मुस्कुराया फिर अपने आप को सभांलते हुए उसने पत्र को अपने पास वाली मेज पर रखा और बाकी सामान को देखने लगा।

उसे एक डबल छल्ले वाली अंगूठी दिखी जिसमें एक छल्ले में फंसा हुआ दूसरा छल्ला था जिससे दूसरे छल्ले को घुमा सकते थे। अंगूठी जितनी पुरानी थी उतनी ही आकर्षक थी। उस अंगूठी को उसने अपनी उंगली में पहना फिर वह अचानक गायब हो गया वो काफी आश्चर्य में पड़ गया। उसने अपनी आंखों को बड़ा करते हुए काफी बार पलकों को

झपकाया उसका पूरा शरीर कमरे से गायब हो चुका था, परन्तु वह कमरे और कमरे के सामान को देख सकता था। फिर उसने वह अंगूठी उतार दी और उसका गायब शरीर वापस आ गया। उसने फिर वो अंगूठी पहनी वो गायब हो गया फिर उसने उतार दी ऐसा उसने कई बार किया क्योंकि उसे काफी मजा आ रहा था और उसका मायूस चेहरा खिल उठा।

कुछ देर बाद अंगूठी को अपने पेंट की जेब में रखते हुए विशाल की नजर बक्से में रखे लाल कपड़े पर गई जिसमें कोई नुकीली और लम्बी चीज लिपट रही थी। विशाल ने उसे उठाया और कपड़े को खोला तो उसने देखा कि वो नुकीली लम्बी चीज एक जादुई छड़ी थी विशाल ने छड़ी को अपने हाथ में लिया तो उसका हाथ और छड़ी कँपने लगी फिर छड़ी में से पीला प्रकाश निकला और विशाल के अन्दर समा गया।

विशाल का मन जादू करना चाहता था अब तो उसके पास छड़ी भी थी, वह काफी उत्सुक भी था, क्योंकि उसने रेनॉल्डस और निकोला को छड़ियों से जादू करते हुए देखा था उसी तरह विशाल ने अपने कमरे में मौजूद तस्वीर जिसमें एक लाल–नीले पंखो वाला सुनहरा पक्षी था विशाल ने अपनी छड़ी तस्वीर की तरफ की और रेनॉल्डस कि तरह छड़ी को घुमाते हुए तस्वीर की तरफ झटका फिर छड़ी में से हरी रोशनी निकली जो तस्वीर से जा टकराई और तस्वीर में मौजूद पक्षी धीरे–धीरे हिलने लगा। विशाल एक टक उस तस्वीर को देखता रहा कुछ देर बाद तस्वीर में से वह पक्षी निकलने लगा और तस्वीर में से पक्षी निकल कर कमरे में चारों ओर उड़ने लगा।

विशाल जोरों से मुस्कुराया और तेज–तेज चिल्लाया मुझे जादू आ गया, मुझे जादू आ गया उसने फिर अपने कमरे कि खिड़की पर रखें गमले पर जादू किया वे सोच रहा था इस बार भी छड़ी के जादू से कोई परिवर्तन होगा परन्तु इस बार जादू से गमला टूट कर बिखर गया उसने डरकर छड़ी मेज पर रख दी जहाँ उसने अपनी माँ का पत्र रखा था।

सुनहरा पक्षी विशाल के कन्धे पर आकर बैठ गया विशाल को समझ नहीं आ रहा था यह क्या हो रहा है ? क्योंकि दूसरी बार छड़ी से गलत जादू हुआ।

इसके बाद विशाल ने बक्से से एक डिब्बा निकाला जो बड़ा था उस डिब्बे को विशाल ने खोला तो उसमें कपड़े रखे थे, दिखने में किसी स्कूल की ड्रेस थी विशाल ने डिब्बे से कपड़े निकाले उसमें आसमानी शर्ट जिसमें सफेद खड़ी लाइन बनी थी, काला पेन्ट, काले मोजे, दो लाल कोट जो कि पैरो तक लम्बा था एक रेशम का गर्मी वाला पतला कोट और एक ऊँनी कोट, दो दस्ताने अजीब से, एक काली नुकीली टोपी, एक लैदर की काली बेल्ट, 2 लाल दुशाले, 2 काले स्वेटर और एक लाल शॉल विशाल को समझ नही आया कि उसे इन सामान का क्या करना है? उसने ऐसी अजीब ड्रेस कभी नहीं देखी थी।

एक छोटी सुनहरी पोटली जो बक्से में चमक रही थी विशाल ने उसे उठाया और इस पोटली के अन्दर हाथ डाला। उसने महसूस किया कि पोटली के अन्दर सिक्के हैं विशाल ने पोटली के अन्दर देखा तो उसमें सिक्के काफी अलग थे लाल, आसमानी और पीले सिक्के थे हर सिक्के पर आगे पीछे एक खास आकृति थी, आकृति आगे एक लड़की और लड़का अपनी छड़ियों से जादू करते हुए छपे थे और पीछे की तरफ गरुड़ और शेर अपने माथे को एक–दूसरे से मिलाते हुए छपे थे। उसने ऐसे सिक्के कभी नहीं देखे थे।

विशाल देखना चाहता था पोटली में कितने सिक्के हैं ? विशाल ने पोटली में से सिक्के निकालना शुरू किया और सिक्कों को अपने बिस्तर पर रखता गया उसने सोचा था छोटी पोटली में जगह के हिसाब से सिक्के होंगे। पर ऐसा नहीं था जब उसका हाथ सिक्कों को निकालते हुए थक गया तब उसने पोटली को उल्टा किया और बिस्तर पर झरझराया जिससें पोटली में से बहुत सारे सिक्के निकले और बिस्तर पर सिक्कों का पहाड़ बन गया। सिक्कों में से काफी चमक निकल रही थी सिक्कों के रंग उनकी चमक को बढ़ा रहे थे। विशाल सिक्कों को पोटली में रखने लगा उसके हाथ थक चुके थे इसलिए पोटली हाथ से छूटकर सिक्कों पर गिर गई और सिक्के हवा की तरह पोटली के अन्दर खुद चले गये।

विशाल उस क्षण को घूर कर देख रहा था उसने सुनहरे पक्षी से कहा सपने जैसी दुनिया है।

उसकी नजर बक्से में रखे जानवर व पंक्षियों पर गई जो लकड़ी व पीतल के बने छोटे–छोटे खिलौने थे। उसने उन खिलौनो में से एक लकड़ी के ड्रेगन को उठाया जिसकी पूंछ में धागा बंधा हुआ था विशाल ने उस धागे को पकड़ कर खींच दिया जिससे ड्रेगन के मुंह से आग निकली वो आग जाकर तस्वीर से टकराई और तस्वीर में आग लग गई।

क्या करूँ ? क्या करूँ ?, विशाल तेज चिल्लाया, पानी वाला खिलौना पानी वाला खिलौना चाहिए।

तभी विशाल की नजर पीतल की बनी डॉल्फिन पर गई उसने उठाया और जल्दबाजी में उसने डॉल्फिन का मुँह दबाया जिससें उसमें से पानी निकला और तस्वीर पर जा गिरा फिर तस्वीर में लगी आग बुझ गई और जगह–जगह फैला पानी कुछ देर बाद गायब हो गया।

बक्से में रखी ढेरों किताब के सेट बने हुए थे जिन पर टेग लगा था टेग पर लिखा था भाग–1, भाग–2, भाग–3, भाग–4, भाग–5, भाग–6, भाग–7, भाग–8 विशाल ने भाग–1 को उठाया जो कि काफी भारी–भरकम था जिसे उठाने में उसने पूरी जान लगा दी जिसमें सभी किताबें काफी मोटी–मोटी थी। भाग–1 में 8 किताबें थी जो कि अलग–अलग रंग के चमड़े व लेदर से मढ़ी हुई थी। विशाल ने भाग–1 से पहली किताब निकाली जिस पर लिखा था छड़ी के जादू के मंत्र व अभ्यास। विशाल ने उसे बिना खोले रख दिया।

विशाल ने तस्वीर में लगी आग और गमले के फूटने की घटना को याद करते हुए उस किताब को खोलना ठीक नहीं समझा और उस भाग को उठाकर बक्से में रख दिया। भाग–2 को विशाल बक्से से उठा रहा था वह जरा सा ही उसे उठा पाया कि अचानक एक बुक उस भाग–2 के सेट से निकल कर बक्से में जा गिरी। विशाल ने भाग–2 के सेट को बक्से में रख दिया और उस गिरी किताब को उठाया। किताब को देखकर विशाल चकित था क्योंकि वह काफी अलग किताब थी जिस पर उसके पिता का नाम लिखा था। इसका मतलब वो किताब विशाल के पिता जॉन स्मिथ ने लिखी थी।

विशाल ने किताब के आगे–पीछे से दोनो तरफ से घूरा फिर किताब को सीधे पकड़ा जिसके पीले चमड़े के गत्ते पर लिखा था अनोखे बक्से के अनोखे सामान का रहस्य। विशाल ने उस किताब को खोला जो न जाने कब से बन्द थी पर उसकी चमक बरकरार थी किताब जब खुली उसमें से एक चमड़े का कागज निकला और जमीन पर जा गिरा विशाल ने उसे उठाया तो उस पर कुछ लिखा था विशाल ने पढ़ना शुरु किया–

मेरे प्यारे विशाल,

अगर तुम इसे पढ़ रहे हो तो इसका मतलब तुम सोफिया के पास सुरक्षित हो। इस बक्से में तुम्हारे लिए हमने जरूरी सामान रखा है जो भविष्य में तुम्हारे काम आएगा। बक्से में रखी पीले चमड़े की किताब में सामान को उपयोग करने का तरीका हैं इसे जरूर पढना। पीले चमड़े की किताब के बारे में मैंने कभी किसी के सामने जिक्र नहीं किया हैं इस किताब को सिर्फ मैंने तुम्हारे लिए लिखा है इस किताब और इस बक्से के सामान के बारे में किसी को मत बताना। बक्से और किताब का जिक्र सिर्फ उन्हीं के सामने करना जिन पर तुम्हें विश्वास हो। किताब को जरुर पढ़ना। सदैव सत्य के मार्ग पर निडर होकर चलना।

तुम्हारे पिता
जॉन स्मिथ

विशाल पत्र को पढ़कर खुश था और सोच में भी डूबा हुआ था क्योंकि बक्सा बड़ा था पर इतना भी बड़ा नहीं था जितना उस बक्से में सामान था शायद उस बक्से का नाम अनोखा बक्सा इसलिए ही था।

विशाल अपने कमरे की खिड़की के पास सोच में डूबते हुए जाने लगा उसके हाथ में पीले चमड़े की किताब और अपने माता–पिता के पत्र लगे हुए थे। पत्रों को उसने किताब के अन्दर रख दिया और किताब को

खिड़की के साफ सुथरी जगह पर रखकर उस टूटे गमले और गमले की मिट्टी को साफ किया फिर हाथों को साफ किया। खिड़की के पास बैठ कर बाहर मौजूद पहाड़ों को भावुक आंखों से देखता रहा। सुनहरा पक्षी विशाल के कन्धे से उड़कर फिर कमरे में उड़ने लगा। कुछ देर बाद विशाल ने उस पीले चमड़े की किताब को खोला पहला पृष्ठ खाली था दूसरे पृष्ठ पर अनोखे बक्से की आकृतियाँ बनी हुई थी विशाल ने आगे पृष्ठ बदला जिस पर कुछ लिखा था विशाल ने उसे पढ़ना शुरू किया जिस पर लिखा था–

वर्षों लगे मुझे इसे बनाने में न जाने क्या–क्या गँवाया इसे बनाने में पर जब वक्त आया इसे जादुई दुनिया को दिखाने का तब हुआ हम पर वार छुपा दिया इसे जो हैं बहुत खास।

अनोखा है हर चीज को अपने अन्दर भर लेता है चाहो तो इसमें तुम छिप जाओं तुम ही नहीं तुम जिसको चाहो उसे अपने अन्दर ले जायेगा यह है जादुई बक्सा। अपने अनोखेपन से अनोखा बक्सा कह लायेगा।

इसमें हैं खासियत काफी। जितना छोटा करना चाहो उतना छोटा हो जायेगा चींटी जैसा दिख लायेगा बड़ा करना चाहो जब, पहाड़ जितना बड़ा हो जायेगा। उसे दो बस अपना हुक्म वो मानेगा तुम्हारी बात अगर तुम्हारे पास हैं दयालुता और भरपूर प्यार।

अनोखे बक्से की खासियत तो बहुत, आगे पढ़ोगे तो हो जाओगे चकित रहस्यों से भरा हैं यह बक्सा, इसमें हैं अनोखा सामान, जाने हम उनकी भी पहचान।

गायब हो जाती हैं तुम्हें भी गायब कर देती हैं इसका अनोखापन है अनोखा इसके छल्ले में फँसे दूसरे छल्ले को जितना घुमाओगे उतने छल्ले बनते जाँएगे जितने छल्लों की जरूरत उतने छल्ले बनाया काम खत्म होने पर फिर यह छल्ले अपने आप आ मिलेंगे सभी छल्ले हो जायेंगे एक, पर जरुरत हो जितने उतने ही बनाना। विश्वास हो जिस पर उसी के साथ बाँटना। भलाई के लिए करोगे उपयोग तो पाओगे खुशी और प्यार।

विशाल चौंक गया था क्योंकि उसे अभी तक विश्वास नहीं था कि छल्ले को घुमाने से उसी के जैसे कई छल्ले बन जाएँगे। उसके मन में यह देखने की उत्सुकता जागी और अपने जेब से वो डबल छल्ले वाली अंगूठी निकाली उसे काफी उम्मीदों से अपने हाथों में पहना और उसके दूसरे छल्ले को तीन बार घुमाया तो उसमें से एक–एक कर तीन छल्ले निकले विशाल का चेहरा खुशी से भर उठा छल्ले हवा में झूल रहे थे। विशाल ने उन चारों छल्लों को अपने हाथों में लिया फिर वह अचानक मिलकर एक हो गये क्योंकि अंगूठी का काम पूरा हो गया था उसे विशाल को दिखाना था कि किताब में लिखी हर बात सच है।

विशाल ने अंगूठी को अपनी जेब में रख लिया।

विशाल ने फिर किताब का पृष्ठ बदला जिस पर लकड़ी की अलग अलग 4 छड़ियाँ बनी हुई थीं उनमें से एक छड़ी वही थी जो विशाल के पास थी। चारों छड़ियों में से विशाल की छड़ी सबसे अलग थी जिस पर साँप की आकृति बनी हुई थी।

अरे इनमें से यह वाली छड़ी तो मेरे पास है, विशाल ने कहा बाकी की तीन छड़िया कहाँ है ?

विशाल ने बक्से में उन तीन छड़ियों को बहुत ढूँढा परन्तु उसे वो छड़ी नहीं मिली तो उसने किताब को आगे पढ़ने के लिए पृष्ठ बदला और आगे पढ़ने लगा जिस पर लिखा था कि छड़ियों का जादू बेहद है खास, देगी जो तुम्हें शक्ति अपार, पर उसके लिए चाहिए तुम्हें जादू का ज्ञान जो तुम्हें बना देगा महान। ज्ञान मिलेगा बक्से की किताबों से जिन्हें तुम्हें हैं पढ़ना, मिलेंगे महान मोबारूस जो सिखायेंगे तुम्हें मंत्रों का अभ्यास छड़ियों के साथ करना।

मोबारूस, विशाल ने मुँह बना कर बोला अब यह मोबारूस क्या होता हैं।

विशाल किताब को आगे पढ़ने वाला था कि अचानक एक आवाज आयी शायद कोई विशाल नाम पुकार रहा था विशाल झट से खिड़की पर से उठा और भागा–भागा बिस्तर के पास गया किताब को बिस्तर पर रखे तकिये के नीचे रख दिया। अपने सभी सामान को बक्से में रखा इसके बाद

कमरे के बाहर जाने लगा। उसने अपने जेब से रुमाल निकाला मुँह पोंछ कर दरवाजा खोला और कमरे से बाहर आ गया।

फिर उसने घर का दरवाजा खोला जहाँ एक लड़का खड़ा था।

अध्याय–5

निकोलस केज के साथ अद्‌भुत सफर

ओ हलो विशाल, विशाल के सामने खड़े लड़के ने कहा, मुझे मिसेस मिलर ने यहाँ भेजा हैं

ओ अच्छा सोफिया ने, विशाल ने कहा, तुम्हारा नाम क्या है ?

मेरा नाम विल हैं विल मर्फी मिसेस मिलर ने कहा है कि वो आज यहाँ नहीं आ पाएँगी इसलिए मुझे यहाँ आज रात तुम्हारे साथ रुकना है।

ओ हो अच्छा, विशाल ने खुश होकर कहा, मुझे खुशी हैं कि मुझे मेरी उम्र का साथी मिला।

मुझे भी, विल ने खुश होकर कहा, मैनें सोचा नहीं था कि मैं तुमसे मिल पाऊँगा।

विल मर्फी की कद–काठी विशाल की जैसी ही थी उसके बाल भूरे व सुनहरे रंग के थे, उसकी नाक छोटी, कान बड़े–बड़े थे और वो हल्का सा मोटा था। उसका चेहरा गोल–मटोल अजीब था।

सोफिया और सारा कहाँ हैं ? विशाल ने आश्चर्य से पूछा तुम कहाँ से आये हो ?

सच कहां था सोफिया ने, तुम सवाल काफी पूछते हो, मुड़ते हुए विल ने कहा।

तुम मेरे सवाल का जबाव क्यों नहीं देते, विशाल ने गुस्से से तमतमाते हुए कहा।

अररर तुम तो गुस्सा भी करते हो विल ने कहा, देखो विशाल मैं खुद नहीं जानता मैं यहाँ कैसे पहुँचा, मिस सोफिया ने जादुई बूटी मेरे ऊपर डाली और मैं मिस सोफिया के घर के बाहर था उन्होंने बूटी डालने से पहले तुम्हारे बारे में बताया था और बोला था कि सभी बच्चों को लेकर मैं और सारा आ जाएंगा।

पपपरर तुम्हें कहाँ से भेजा हैं वो कहाँ से आएँगी, कौन से बच्चे कुछ तो साफ–साफ बताओं विशाल ने हकलाते हुए पूछा।

अअअरर रुको विशाल को रोकते हुए विल ने कहा मैं इंसानी दुनिया से आया हूँ जहाँ मेरे माता–पिता भूल गये हैं कि वह एक जादूगर हैं और वह इंसानों की तरह जिन्दगी काट रहें हैं क्योंकि उन्हें डर है पर उन्हें किससे डर है उस इस बारे में कभी जिक्र नहीं करते। पर हाँ उन्होंने तुम्हारे बारे में कई बार जिक्र किया हैं और तुम्हारे माता–पिता के बारे में भी। जादुई दुनिया के बचे हुए जादूगर इंसानी दुनिया में छिप गये हैं पर क्यूं यह मैं नहीं जानता और न मेरे माता–पिता मुझे बताते हैं। सोफिया और सारा इंसानी दुनिया में जादूगरों के बच्चों को तलाश कर रही हैं। कुछ बच्चे तलाश हो गये हैं, बाकी के बच्चों को तलाश कर वह उन्हें ही लेकर रात में आएंगी।

ठीक है, विशाल ने बुदबुदाया सवाल पूछने के लिए माफ करना और गुस्से के लिए भी। तुम्हें बुरा तो नहीं लगा।

ओ हो! नहीं नहीं नहीं, विल ने हकलाते हुए कहा इसमें तुम्हारी कोई गलती नहीं हैं विशाल तुम्हारे साथ जो बीता है उसके बाद सवाल करना जायज है।

मुझे समझने के लिए धन्यवाद विल, विशाल ने मुस्कुराते हुए कहा वैसे मेरे साथ जो भी कुछ हुआ उसके बारे में तुम कैसे जानते हो ?

तुम्हारे बारे में सब जानते हैं विशाल, निकोला के पास से आज तक कोई छूट कर नहीं आया सिवाय तुम्हारे इसलिए हर जगह तुम्हारी ही बातें हो रही हैं और तुम मशहूर हो।

मैं मैं मैं मशहूर हूँ, विशाल ने चौंक कर कहा मैं मैं मतलब मुझे विश्वास नहीं होता हर जगह मेरी बातें हो रही हैं मुझे सब जानते हैं। क्या विल तुम सच कह रहे हो ?

हाँ विशाल हाँ

ठीक है, विशाल ने खुशी से बुदबुदाया तो विल क्या तुम्हें भूख लगी है क्योंकि रात होने वाली है और रात मैं हम बच्चों को काफी भूख लगती हैं यह कहते हुए विशाल और विल हँस पड़े।

हँसते हुए विल बाथरूम की तरफ फ्रेश होने के लिए जाने लगा।

विल, विशाल ने आवाज दी।

क्या हुआ ?, विल ने चकित होकर पूछा।

क्या तुम खाना बनाने में मेरी मदद करोगे ? विशाल ने आँखें झुकाकर कहा मुझे अच्छा लगेगा।

हाँ क्यूं नहीं मुझे अच्छा लगेगा।

विशाल सोच रहा था कि खास उस पर विशाल किचिन में गया और विल भी फ्रेश होकर किचिन में आ गया। सबसे पहले उन्होंने आमलेट बनाया उसके बाद विल ने सब्जी काटी और विशाल ने उन सब्जियों को मिलाकर नूल्डस बनाये जिसकी खुशबू विल के नाक तक जा चुकी थी फिर दोनों ने सलाद काटा और खाने को टेबल पर लगाया।

चलो अब खाना खाते हैं, विल ने कहा वैसे विशाल तुमने खाना बनाना कैसे सीखा मतलब तुम्हें किसने सिखाया।

वो इसलिए कि, विशाल बोलना चाह रहा था पर बोल नहीं पा रहा था।

क्या हुआ ? विल ने हिचकते हुए पूछा और बोला अगर नहीं बताना चाहते तो रहने दो मुझे बुरा नहीं लगेगा।

ओ नहीं वो निकोला ज्यादातर खाना मुझसे ही बनवाती थी और निकोला का ख्याल तक मुझे दुखी करता है इसलिए मैं बीती बातें याद नहीं करता।

मुझे माफ करना, विल ने कहा।

विल तुम माफी मत मांगा करो।

वाह यप्पी, विल ने सुड्ुप–सुड्ुप नूडल्स को खाते हुए कहा तुम तो काफी अच्छा और लजीज खाना बनाते हो।

ओ थैंक्स विल, विशाल ने भारी आवाज में कहा क्योंकि उसका मुंह आमलेट से भर रहा था तुम्हारी मदद का भी कमाल है।

काफी देर बाद दोनों ने ड़िनर खत्म किया और फिर दोनों ने गन्दे बर्तन साफ किये इसके बाद दोनों सोने के लिए कमरे में जाने लगे।

अच्छा विल क्या तुम मेरे कमरे में सोना पसन्द करोगे, विशाल ने झिझकते हुए पूछा और बोला इस घर में कोई बड़ा भी नहीं हैं और इस पूरे इलाके में बस एक यही एक घर हैं इसलिए साथ सोना ही ठीक रहेगा।

हाँ क्यू नहीं, विल ने मुस्कुराते हुए कहा।

वह दोनों ही एक–दूसरे से मिलकर काफी खुश थे। विशाल की खुशी से जाहिर हो रहा था कि उसे एक दोस्त मिल गया है। वे दोनों कमरे में सोने चले गये।

यह कमरा बहुत सुन्दर है और यह बक्सा अत्यन्त सुन्दर इस पर कमाल की कलाकारी है विल ने बक्से के ऊपर बैठते हुए कहा इसके अन्दर क्या है ?

कु कु कु कुछ नहीं विशाल ने घबराते हुए कहा। इसे छोड़ो हमें अब सोना चाहिए तुमने बताया भी था कि मिसेस सोफिया रात को आएंगी तो हमें थोड़ा आराम करना चाहिए मैंने ठीक कहा ना विल।

तुम इतना घबरा क्यू रहें हो विशाल, विल ने घूरते हुए कहा इस बैग में ऐसा क्या हैं तुम कुछ छुपा रहे हो।

नहीं नहीं मैं क्या छुपाऊँगा कुछ भी तो नहीं

फिर अपना मुँह क्यों छिपा रहे हो ?

नही ंतो, विशाल ने फिर मुँह छिपाते हुए कहा

हाहाहाहाहाहा विशाल तुम तो डर गये, जाहिर है यह सोफिया और सारा का घर है तो यह बक्सा उन्हीं का होगा इसमें रखे सामान की जानकारी भी उन्हें ही होगी। यह कहकर विल धड़ाम से बिस्तर पर कूदा और लेट गया।

शुक्र हैं बाल–बाल बचा, विशाल मन ही मन बड़बड़ाया इस बक्से को छुपाना कैसे भूल गया।

तुमने कुछ बोला क्या ?

नहीं विल कुछ भी तो नहीं, यह कहकर विशाल भी विस्तर पर लेट गया और अपने पास वाली लैंप को बुझा दिया।

मैं अपनी पास वाली लैंम्प नहीं बुझाने वाला, विल ने कहा इतनी जल्दी भी क्या हैं अभी 8 ही बजें हैं तुम अपने बारे में कुछ बताओ।

विशाल चाहता था कि विल सो जाए ताकि वह वो पीले चमड़े की किताब को पढ़ सके जो उसे उसके पिता ने दी थी परन्तु विल बहुत बातूनी था वह सो ही नहीं रहा था विशाल विल के सोने का इन्तजार करता रहा और आंखो को टिम–टिमाते हुए उसकी बक–बक सुनता रहा।

उधर रेनॉल्डस की छड़ी से जख्मी निकोला बेहोशी के असर से मुक्त होकर उठ गई।

वह काफी गुस्से में थी उसने अपने दोनों हाथों को लाल आसमान की तरफ उठाया उसके काले दुशाले का कपड़ा जमीन को छू रहा था। वह काफी खौफनाक मंजर था वह चिल्ला रही थी कि तुम नहीं जा सकते विशाल तुम आजाद नहीं हो सकते मैं तुम्हें नहीं छोड़ूंगी तुम्हें यहाँ आना होगा। वह काफी बुरी तरह चिल्लाते हुए अपने उस टूटे घर में चली गई।

निकोला, घर के अन्दर से आवाज आई।

हाँ हाँ मेरे आका, निकोला ने कँप–कँपी आवाज में कहा।

क्या हुआ निकोला, तुम इतनी डरी हुई क्यों हो ? तुम्हारे चेहरे पर इतनी बेबसी क्यूं छाई है ?

आ आ आ आका वो वो वो वो, निकोला ने झिझकते हुए कहा।

कँप–कँपाती निकोला घूम–घूम कर उस आवाज का जबाब दे रही थी आवाज हर तरफ से आ रही थी।

रूको निकोला, वही आवाज गुस्से से चिल्लाई

तभी झट से निकोला के सामने एक काला धुंआ आ खड़ा हुआ और निकोला दूर जा गिरी फिर उस काले धुंए ने उससे कहा तुम एक बच्चे से

हार आई निकोला एक बुढ्ढें से ऐसा कैसे हो सकता हैं। मैंने तुम्हें अपनी काले जादू की शक्तियां दीं ताकत दी इसके बाबजूद तुम उनका सामना न कर सकीं। तुम तुम हार आई तुम कोई काम की नहीं रहीं।

नहीं आका, निकोला ने जमीन में गिरकर गिड़गिड़ाते हुए कहा एक मौका बस एक मौका उसे मैं यहाँ दोबारा आने पर मजबूर कर दूंगी।

आज की रात जरूरत थी उस मनहूस की इतने साल इन्तजार किया पर तुमने सब काम बिगाड़ दिया।

आज की रात मैं कमजोर थी आका और इस बात का उस बुढ्ढें ने फायदा उठाया पर अब नहीं मैं उन्हें अब अपना जादू दिखाती हूँ आपको अब निराश नहीं करूँगी।

मुझे डरपोक और कायरों से नफरत हैं निकोला तुमने अगर इस बार निराश किया तो तुम जिन्दा नहीं रहोगी मुझे तुम्हारी जरूरत है इसलिए तुम जिन्दा हो यह कह कर वह काला धुंआ गायब हो गया।

विशाल, निकोला तेज आवाज में चीखी।

सोफिया ओर सारा रेनॉल्डस के कहने पर सभी जादूगरों के बच्चों को एकत्रित कर रही थी कुछ ही जादूगरों ने अपने बच्चों को सोफिया और सारा को सौंप दिया परन्तु कई जादूगर अपने बच्चों को सोफिया और सारा के साथ नहीं भेज रहे थे क्योंकि उन्हें डर था कि वोल्फरोल्ट लौट कर न आ जाए छिपे और डरे हुए जादूगरों को सोफिया और सारा समझा रही थीं लेकिन लाख समझाने पर भी वह नहीं माने तो सोफिया ने रेनॉल्डस के खतों को सभी जादूगरों को दे दिया। जिसे पढ़कर वह संतुष्ट हुए और काफी विश्वास के साथ सौंप दिया क्योंकि उस खत में लिखा था कि –

मेरे प्यारे जादूगरों

> मैं जानता हूँ तुम काफी भयभीत हो डरे हुए हो पर क्या तुम्हें मुझ पर विश्वास नहीं रहा ? मैं उस रात वहाँ मौजूद नहीं था यदि मैं मौजूद होता तो शायद वो कभी नहीं होता जो उस रात हुआ और इस बात का मुझे हमेशा अफसोस रहेगा। हमें दोबारा से शुरूआत

> करनी होगी पर मैं यह अकेला नहीं कर सकता मुझे आप सब का साथ चाहिए यदि आप सभी मुझ पर विश्वास करतें हैं तो आप सभी सोफिया और सारा को वो बच्चा चुनने दें जो वो चुनना चाहती हैं यदि आप मेरी बातों से संतुष्ट हैं तो आप मेरा साथ दीजिए। एकता की शक्ति में बहुत ताकत होती हैं और वो एकता मैं आप सभी जादूगरों से चाहता हूँ। उम्मीद करता हूँ कि आप मेरी बातों पर अमल करोगे।
>
> प्रमुख मोबारूस
> एल्बर्ट रेनॉल्डस

सोफिया और सारा अपनी जादुई ताकतों से उन बच्चों का चुनाव कर रही थीं जों रेनॉल्डस के इरादों को पूरा कर सकें।

विल अभी तक विशाल से बात कर रहा था। विशाल ने उसे सुलाने के लिए अपने मुँह को बड़ा खोलकर ऊबासी भरी और चादर ओड़ क़र सो गया। विशाल को देखकर विल ने भी चादर ओड़ कर सोने की कोशिश की। जब विल सो गया तो विशाल ने चादर को अपने चेहरे से उठाया और एक आँख को खोलकर विल को देखा। जब उसने अपने आप को पूरा भरोसा दिला दिया कि विल सो चुका हैं तब उसने धीरे से अपने तकिये के नीचे से वो पीले चमड़े की किताब को निकाला उसे देखता रहा फिर उसने किताब कि मोटी जिल्द को खोला। विशाल उस किताब के कई पन्नों को पढ़ चुका था इसलिए उसने किताब को वहीं से पढ़ना शुरू किया जहाँ से उसने छोड़ा था वह पढ़ रहा था कि–

ड्रेस में है कुछ अलग ही बात कितना भी छोटा या कितना भी बड़ा शख्स उसे पहने वो ले लेगी उसी का आकार तुम्हें करना है इसका उपयोग इसकी जानकारी रखना सिर्फ अपने पास। हमेशा बनी रहेंगी नई कभी न होती यह पुरानी। ड्रेस की हर एक कपड़े की लेना तुम जानकारी पढ़ो, तुम याद करो इसे मुँह जुबानी।

विशाल दुशाले, चोगे, टोपी आदि की जानकारी को पढ़ता रहा और कुछ देर बाद ऊबासी भरते हुए वह सो गया।

विशाल सोते समय बार–बार करवट बदल रहा था उसका चेहरा चिन्तित प्रतीत हो रहा था क्योंकि वह सपना देख रहा था उसे सपने में निकोला दिखी जो उस धुएं वाले शख्स से बातें कर रही थी वह कह रही थी उसे वापस लाऊंगी उसे यहाँ आने पर मजबूर कर दूंगी विशाल आएगा फिर उसने अपनी गर्दन घुमायी और बोली आ रही हूँ निकोला आ रही है हाहाहाहाह। तभी विशाल को नैन्सी की मूर्ति दिखी तुम कभी आजाद नहीं हो सकतीं यह कहते हुए उस धुए वाले शख्स ने अपना राख जैसा काला हाथ निकाला जिसमें छड़ी पकड़ी हुई थी उस हाथ ने छड़ी से नैन्सी की मूर्ति पर वार किया और मूर्ति राख में ढेर हो नष्ट हो गई।

नहीं निकोला उसे छोड़ दो वोल्फरोल्ट उसे मत मारो नैन्सी, यह बड़बड़ाते हुए विशाल चीखा नैन्सी।

अरररर तुम क्यूं चीखे ? विल ने घबराते हुए कँप–कँपाती आवाज में पूछा अब यह नैन्सी कौन है।

विशाल साँस भरते हुए शान्त रहा।

तुम बोलते क्यूं नहीं, विल ने फिर पूछा सो जाओ विशाल अगर तुम नहीं बताना चाहते तो कोई बात नहीं सो जाओ।

बुरा सपना था विल और कुछ नहीं। विशाल ने अपने आप को सँभालते हुए कहा अब सो जाते हैं।

और यह नैन्सी कौन हैं ?

सुबह पूछना, विशाल ने ऊबासी भरते हुए कहा अब सो जाओ।

ठीक है, विल ने बुदबुदाया पर अब चीखना मत।

विशाल और विल दोनों फिर से सो गये और उन्हें सोते–सोते काफी देर हो गई। विशाल के पास वाली मेज पर रखी घड़ी में 12 बजे हुए थे तभी कमरे का दरवाजा खुला और सोफिया कमरे के अन्दर आयी

विशाल विल विशाल विल जल्दी उठो, सोफिया ने हड़बड़ी में कहा।

कौन हैं ? विल ने सोती आवाज में कहा सोने दो और यह कहते हुए चादर खींच कर सो गया।

उठो मैं सोफिया हूँ, सोफिया ने तेज आवाज में चिल्ला कर कहा जल्दी उठो।

सॉ सॉ सॉरी मिस, दोनों ने एक साथ बोला।

दोनों फ्रेश होकर जल्दी घर के बाहर आओ, सोफिया ने सपाट लहजे से कहा मैं इन्तजार कर रही हूँ।

विल और विशाल ने आँखों को मसला और फ्रेश होने के लिए गये दोनो ही नींद की झपकियाँ बार—बार लेते फिर झटके से उठ जाते।

हमें इतनी रात को बाहर क्यों बुलाया होगा ?, विशाल ने ऊबासी भरते हुए पूछा

मैं नहीं जानता, विल ने कहा बाहर जाकर पता चल जाएगा।

फ्रेश होने के बाद जब उनकी नींद पूरी तरह से जब भाग गई तब वह घर के बाहर गये उन्होंने देखा वहाँ काफी बच्चे थे और उन बच्चों का सामान उनके साथ था। उन सभी बच्चों के बीच में एक लड़की विल को गुस्से से घूर रही थी शायद वो विल को जानती थी वो बच्चों की भीड़ में से गुस्से में कहती आ रही थी तु तु तुम मेरी किताब को छिपा कर यहाँ आ गये और मैं पागलों कि तरह उस किताब को ढूँढ़ती रही। पता है तुम्हारी वजह से मुझे किताब पढ़े बिना रहना पड़ा वह चिल्लाते हुए आगे बढ़ रही थी विल पीछे की तरफ खिसकते जा रहा था।

क्या तुम इसे जानते हो ? विशाल ने आँखों को टिम—टिमाते हुए कहा यह लड़की हैं या आग—बबूला।

हाँ शायद जानता हूँ, इसके बारे में तो मैं तुम्हें बताना भूल गया था, यह कहते हुए विल का चेहरा सफेद पड़ा हुआ था।

बताओ वो किताब कहाँ हैं ? उस लड़की ने विल को घूरते हुए पूछा मैं जानती हूँ मिसेस मिलर ने तुम्हें जब यहाँ भेजा उससे पहले वो किताब तुम्हारे पास थी तुम्हीं पढ़ रहे थे। भीड़ में खड़े बच्चे मर्बिला और विल को घूर रहे थे।

अररर यह जब आया इसके पास कोई किताब नहीं थी, विशाल ने कँप कँपाती आवाज में कहा उस पर गुस्सा मत करो।

मैं गुस्सा कर रही हूँ, उस लड़की ने आंखों को चढ़ाते हुए कहा तुम्हारी यह मजाल तुम बीच में मत बोलो समझे।

दे दे देखो मैं तुम्हारी किताब के बारे में कुछ नहीं जानता विल ने हिचकते हुए कहा मैंने तो बस तुम्हारी किताब को पढ़ा था और फिर किताब को तुम्हारे सामान के पास रख दिया।

झूठे, उस लड़की ने कहा।

वो सच बोल रहा है, विशाल ने कहा।

तुम फिर से बोले मैंने कहा ना बीच में मत बोलो।

विशाल यह सुन कर शान्त हो गया और अपने मुँह पर ऊँगली रख ली।

विशाल सच कह रहा हैं किताब मेरे पास नहीं है।

विशाल सही कह रहा है, उस लड़की ने मुँह बना कर कहा तुम दोनों जानते हो वो मशहूर लेखिका स्टेपनी कूपर की किताब थी मुझे बड़ी मुश्किल से वो किताब मिली थी और वो तुम्हारी वजह से खो गयी।

तुम्हारी किताब यह रही मैंने इसे अपने पास इसलिए रखा क्योंकि यह बेहद अच्छी है बच्चों की भीड़ में से एक लड़का यह कहते हुए आ रहा था। वह देखने में हल्का सा मोटा और भूरे बालों था जिसका चेहरा चकतों से भरा था। जिसका नाम था– डेनियल डीप। डेनियल की बात सुनकर विल को बहुत गुस्सा आया।

ओ हो तो तुम्हारे पास थी, उस लड़की ने कहा तुम्हारे चक्कर में इन बिचारों को सुनना पड़ा।

हां मैं सच बोल रहा था तुम्हारे चक्कर में मुझे और विशाल को सुनना पड़ा।

माफ करना, डेनियल ने आंखों को झुका कर कहा मुझे दुख है।

ठीक हैं, विल ने कहा।

इस किताब के कुछ अध्याय बचे हैं पढ़ने के लिए, डेनियल ने कहा क्या कुछ दिन के लिए ये किताब मैं अपने पास रख सकता हूँ।

हाँ, उस लड़की ने कहा पर तुम पहले भी इसी तरह पूछ कर किताब मांगते तो मुझे अच्छा लगता।

तुम अपनी बेवजह की डाँट के लिए मुझसे और विशाल से माफी मांगना नहीं चाहोगी, विल ने रोब झाड़ते हुए बोला।

हाँ हाँ हाँ बेशक विल पर तुमसे नहीं क्योंकि तुमने मुझे बिना बताये वो किताब वहाँ छोड़ दी इसलिए तुम्हारी गलती थी पर तुम्हारे दोस्त विशाल से माफी माँगना चाहूँगी मुझे माफ कर दो विशाल, उस लड़की ने घमण्ड से कहा।

ओ हो नहीं नहीं नहीं मुझे बुरा नहीं लगा, विशाल ने मुस्कुराते हुए कहा पर तुमने अपना नाम नहीं बताया।

अररर इसका नाम क्यूं पूछ रहे हो ? विल ने उस लड़की से आँखें मिलाते हुए कहा घमण्डी लड़की।

तुम चुप करो घोंचू, उस लड़की ने विल को चिढ़ाते हुए कहा मेरा नाम मर्बिला गेबरियल हैं। तुमसे मिलने को उत्सुक थी विशाल और तुम पर मैंने गुस्सा किया उसके लिए दुख है विल मर्बिला को गुस्से से घूरे ही जा रहा था।

तुमसे मिलकर अच्छा लगा मर्बिला, विशाल ने शरमाते हुए कहा क्या तुम विल और मेरी दोस्त बनना चाहोगी।

ओ हो क्यूं नहीं बेशक मर्बिला ने मुस्कुराते हुए कहा वैसे मैं विल जैसे घोंचू से बात नहीं करती पर तुम कहते हो तो फिर मैं इसकी भी दोस्त बन जाती हूँ।

तुम अपने आप को समझती क्या हो, विल ने नाक को सुकुड़ते हुए कहा घमण्डी लड़की।

मैं अपने आप को मर्बिला समझती हूँ सोचते हुए मर्बिला ने जबाब दिया फिर तीनों हँस पड़े और फिर हाथ मिलाकर एक दूसरे से मिलने लगे।

मर्बिला सुनहरे लम्बें घुघराले बालों वाली लड़की थी जो अपने बालों को माथे पर रखती और पफ बनाकर अच्छा दिखने की कोशिश करती।

यह बेवजह का शोर क्यूं कर रहे हो ? सारा ने चिल्लाकर कहा अब सभी शान्त रहेंगे और सीधे खड़े रहो।

सभी बच्चे इधर–उधर देखने लगे पर उन्हें सारा कहीं नहीं दिखी तभी डेनियल की नजर ऊपर बादलों में जहाँ सारा अपने सफेद पंखों से उड़कर नीचे जमीन पर आ रही थी।

आवाज ऊपर से आ रही हैं, डेनियल ने चिल्लाकर कहा।

सभी बच्चे सारा को उड़ता हुआ देखने लगे कुछ देर बाद सारा जमीन पर आ गई और पंख गायब हो गये सारा को देखकर सभी बच्चे काफी शान्त हो गये ओर इकठ्ठे होकर सीधे खड़े हो गये। सारा ने सोफिया को आवाज लगाई सारा की आवाज को सुनकर सोफिया बाहर आई फिर दोनों साथ खड़ी हो गई।

बच्चे यही बातें कर रहे थे कि कौन मिसेस सारा हैं और कौन मिसेस सोफिया ?

दोनों के हाथों को देखो, विशाल झट से बोला जिसके हाथ पीले हैं वो मिसेस सोफिया हैं और जिनके हाथों का रंग हमारे जैसा है वो मिसेस सारा हैं। यह सुनते ही सभी बच्चे विशाल को घूर कर देखने लगे और विशाल उनसे नजरें चुराने लगा।

अब हम तुम्हें वहाँ ले जाएँगे जहाँ के लिए तुम्हें लाया गया है तुम सब जो भी देखो भयभीत न होना बस शान्त खड़े रहना और हमारी बातों को सुनना, सोफिया ने बच्चों को समझाते हुए कहा फिर सारा ने अपनी छड़ी से बादलों में लाल रोशनी अपनी छड़ी से भेज दी सभी बच्चे समझ चुके थे कि यह किसी को बुलाने का संकेत हैं तभी अचानक वहाँ एक लम्बा चौड़ा लड़का प्रकट हुआ। जिसने अपने काले बालों से लम्बी चोटी बना रखी थी जो कि उसके कमर तक लटक रही थी और आसमानी रंग का चोगा पहन रखा था और नोकदार चमड़े के जूते पहन रखे थे। वह लड़का देखने में आकर्षक था जिसे देखकर सारा मुस्कुरा रही थी।

यह हैं निकोलस केज, सारा ने मुस्कुराते हुए कहा।

अब हमें चलना चाहिए, सोफिया ने सारा और निकोलस की तरफ इशारा करते हुए कहा सही वक्त आ गया।

सोफिया की बात को सुनकर निकोलस ने अपनी आँखें बंद की और वह एक बहुत बड़ा साँप बन गया इतना बड़ा साँप कि सभी बच्चे डर कर सोफिया और सारा के पीछे छुप गये। विशाल, विल और मर्बिला ने एक–दूसरे का हाथ कस कर पकड़ रखा था। रात के अंधेरे में काफी डरावना पल था। सभी बच्चों का डर के कारण चेहरा सफेद पड़ गया।

तुम सभी डरो मत, सोफिया ने कहा यह तुम्हें कुछ नहीं करेगा।

पपपप पर यह एक बड़ा साँप हैं, डेनियल ने कांपती आवाज में कहा।

डरो मत, सारा ने कहा यह निकोलस ही हैं और यह हमें वही ले जाएँगें जहाँ हमें जाना हैं।

मिसेस मिलर पर हम कहाँ जा रहे हैं ?, मर्बिला ने गुस्से से पूछा आप को दिखता नहीं सब यहाँ सब डरे हुए हैं।

शान्त रहो, सारा ने कड़कती आवाज में कहा यह निकोलस ही हैं और यह तुम्हें कुछ नहीं करेंगे हमें इनके अंदर बैठ कर जाएँगे अपने मन में सोचना कि हम एक ट्रेन के अंदर बैठे हुए हैं। विश्वास करो तुम्हें मजा आएगा।

मैं तुम्हें कुछ नहीं करूँगा, निकोलस बने साँप ने दहकती आवाज में कहा मेरा और सारा का विश्वास करो।

यह साँप बनकर भी बोल सकता है, विल ने डरते हुए कहा।

सारा ने सभी बच्चों को हिम्मत दिलायी और वो सभी बच्चों को साँप के मुँह में ले जानी लगी। साँप का मुँह भले ही बाहर से अत्यंत डरावना था, सोफिया सभी बच्चों को साँप के अन्दर गिन–गिन कर भेज रही थी ताकि कोई बच्चा छूट न जाए। बच्चे जाने में झिझक रहे थे बच्चे एक–एक कर झिझकते हुए अन्दर जाने लगे परन्तु जब वह अन्दर गये तब उनका डर से सफेद चेहरा खिल उठा और कँप–कँपाते हाथ थम गये क्योंकि साँप के अन्दर का हिस्सा काफी आलीशान गोल–मोल ट्रेन जैसा था मानो जैसे कोई शाही ट्रेन हो। सभी बच्चे अपने–अपने दोस्तों के साथ अपना–अपना केबिन चुन कर खुशी से बैठ गये। विशाल अन्दर जा रहा था पर अचानक उसका मुँह सुकुड़ गया, आंखे बड़ी–बड़ी कर लीं और पीछे पलटा फिर घर की तरफ भागने लगा।

क्या हुआ ? विल ने उसे रोकते हुए कहा।

अभी आ रहा हूँ तुम लोग अन्दर जाओ।

पर तुम कहाँ जा रहे हो ? सोफिया ने गुस्से से पूछा हमारे पास वक्त नहीं हैं।

बस 2 मिनट दीजिए यूँ गया और यूँ आया।

जल्दी आना विशाल, विल ने कहा।

तुम अंदर जाओ, विशाल ने भागते हुए कहा मैं अभी आता हूँ। विशाल भागा–भागा सोफिया के घर की तरफ गया सीढ़ियों पर चढ़कर उसने दरवाजा खोला और अपने कमरे में गया। अपना सारा सामान इकठ्ठा किया फिर उसे बक्से में रखा फिर इधर–उधर अपने पक्षी को देखने लगा न दिखने पर वह चिल्लाया पक्षी–पक्षी विशाल की आवाज सुनकर वह विस्तर के नीचे से निकल कर बक्से के अन्दर जा बैठा।

तुम तो काफी समझदार हो विल को आते देख तुम बिस्तर के नीचे छुप गये विशाल ने पक्षी से कहा अब तुम बक्से में रहो यह कहकर बक्सा बन्द कर दिया फिर बक्से से कहा इतने छोटे हो जाओ कि मेरी जेब में आ सको। झट से बक्सा छोटा हो गया विशाल ने उसे उठाकर जेब में रख लिया फिर भागा–भागा घर से बाहर गया और सोफिया के पास गया।

तुम इतने लापरवाह कैसे हो सकते हो ? सोफिया ने विशाल से कहा चलो अब अन्दर जाओ जल्दी से। निकोलस अब तुम भी जाओ मैं और सोफिया बच्चों के सामान के साथ वहाँ पहुँच जाएँगे।

विशाल साँप के अन्दर जा चुका था साँप के अन्दर ट्रेन जैसे ही केबिन बने हुए थे जिनमें सभी बच्चे अपने–अपने दोस्तों के साथ अपने–अपने चुने केबिन में बैठ रहे थे। विशाल हर केबिन को खटखटाकर मर्बिला और विल चिल्ला रहा था पर विशाल को वो मिल ही नहीं रहे थे वो उन्हें हर जगह ढूंढ़ रहा था।

विशाल हमारा केबिन इधर है जल्दी आओ, मर्बिला ने विशाल को आवाज दे कर बुलाया यहाँ विल भी बैठा है।

विशाल मर्बिला के पास गया फिर दोनों केबिन के अन्दर गये वहाँ विल के साथ डेनियल भी बैठा हुआ था केबिन में बैठने के लिए सीट बनी हुई थी और खिड़कियाँ भी थी जिसमें से डेनियल बाहर देख रहा था बाहर हर तरफ चाँद की रोशनी फैली हुई थी। खिड़कियाँ, साँप के अन्दर से ही देख सकते थे परन्तु बाहर से सिर्फ साँप का शरीर ही दिखता था। निकोलस बना हुआ साँप अपनी पूरी रफ्तार से सूखे पहाड़ों और सूखे पेड़ों से होकर गुजर रहा था उसकी रफ्तार इतनी तेज थी कि वो जल्द से जल्द बच्चों को वहाँ ले जा रहा था जहाँ के लिए बच्चों को लाया गया था। बाहर काफी अंधेरा था परन्तु चांद की रोशनी में बाहर का सूखापन झलक रहा था जिसे सभी बच्चे खिड़कियों से देख रहे थे।

डेनियल भी यहाँ बैठा है, मर्बिला ने डेनियल को अनदेखा करते हुए कहा इसे यहाँ नहीं होना चाहिए था। यह कहकर वह शान्त बैठ गई।

मर्बिला मैं माफी मांग चुका हूँ , डेनियल ने बाहर देखते हुए कहा अब गुस्सा छोड़ भी दो।

हाँ मर्बिला गुस्सा छोड़ भी दो, विशाल, विल ने एक साथ कहा वो दुखी हैं।

ठीक हैं, मर्बिला ने मुंह को सुकुड़ते हुए कहा।

क्या तुम सब ने बाहर देखा, डेनियल ने उदासी भरी आवाज में कहा कितना भयभीत नजारा है।

बाहर ऐसा क्या है ?, विल ने कहा फिर तीनों ने बाहर देखा और चौंक गये क्योंकि हर तरफ सूखापन था। जैसे जादुई दुनिया खत्म हो रही हो।

यह किसने किया होगा ?, विशाल ने कहा।

इसी कारण से सभी जादूगर इंसानी दुनिया में छिप गये हैं, विल ने कहा।

वो तो मैं भी जानती हूँ, मर्बिला ने कहा पर यह किसने किया इस बात का कोई जिक्र नहीं करता और किसी से पूछने पर वह सभी काँपने लगते हैं।

हो ना हो यह काम भी वोल्फरोल्ट और निकोला का होगा, विशाल तपाक से बोला।

चुप करो इन दोनों का नाम यहाँ मत लो, मर्बिला ने कहा किसी ने सुन लिया तो सब डर जायेंगे समझे।

विल और डेनियल तो उन दोनों का नाम सुनते ही काँपने लगे थे और साँप अपनी तेज रफ्तार से चल रहा था इससे पहले किसी ने ऐसा सफर नहीं किया था।

सफर में मजा नहीं आ रहा है, मर्बिला ने ऊबासी भरते हुए कहा कोई किताब पढ़ने के लिए होती तो सफर में मजा आता सफर कट भी जाता और तुम तो किताब को अपने सामान के साथ छोड़ आये डेनियल बेबकूफ।

डेनियल ने यह सुनते ही अपना सिर झुका लिया, विल मर्बिला को समझा रहा था कि वो अब डेनियल से कुछ न कहे और विशाल किताब की सुनकर अपनी आँखों को बड़ा किया और केबिन से बाहर भागा।

कहाँ जा रहे हो ? विल ने कहा इसका तो कुछ समझ नहीं आता जब देखो भागता रहता है।

विशाल ने इधर–उधर देखा उसे कही खाली जगह नहीं मिल रही थी हर केबिन मे बच्चे थे कहीं दो तो कहीं चार बच्चे। तो वह वह साँप के पिछले हिस्से में चला गया जब वहाँ कोई नहीं दिखा तो उसने बक्से को अपनी जेब से निकाल कर जमीन पर रख दिया और बक्से से बोला पहले जितना बड़े हो जाओ बक्सा बड़ा हुआ तो उसने बक्से में से भाग–1 में से सबसे ऊपर वाली किताब निकाल ली फिर बक्से को उतना ही छोटा करके जेब में रख लिया। इसके बाद वह भागा अपने केबिन में गया और कहने लगा यह लो मर्बिला तुम्हारे लिए किताब।

विशाल ये किताब तुम कहाँ से लाये ? मर्बिला ने खुश होकर पूछा।

विशाल कुछ बोलता इससे पहले विल बोल उठा कि किताब तो काफी पुरानी लगती हैं इससे पहले ऐसी किताब मैंने कभी नहीं देखी हैं कितनी मोटी किताब है।

वो काली चमड़े की जिल्द से लिपटी किताब थी जिसे मर्बिला ने खोला उसमें एक कागज जो किताब से जुड़ा था जो परत दर परत बंद था। सभी परतों को मर्बिला खोलती जा रही थी और कागज बड़ा होता जा रहा था। चारों यहीं सोच रहे थे कि कागज में क्या होगा ? कागज पूरी तरह खुल चुका था जिस पर बहुत सुदंर एक बड़ा महल बना हुआ था जो कि बहुत ऊँचे बड़े पहाड़ पर बना हुआ था, जिसमें कई कँगूरे और टावर बने हुए थे जिस पर कोन बने हुए थे और पहाड़ के नीचे से एक नदी जा रही थी। उस कागज पर लिखा था जादुई दुनिया के जादुई विद्यालयों में शुमार लोकप्रिय वॉलवर्डर जादूगरी विद्यालय।

आह, आह, आह, क्या इस शानदार स्कूल में वास्तव में जादू सिखाया जाता हैं, मर्बिला ने कहा मैं तो यहाँ जरूर जाना चाहूँगी।

और मैं भी, डेनियल ने कहा।

तुम दोनों बकवास बन्द करो, विल ने कहा यह सिर्फ एक किताब है।

नहीं विल मिसेस सारा और सोफिया का छड़ियों का जादू और मिस्टर केज का साँप बनना यह भी तो जादू हैं विशाल ने कहा हो सकता हैं इन्होंने भी यह जादू इसी विद्यालय से सीखा हो।

हाँ तुमने सही कहा, विल ने साँस भरते हुए कहा।

मर्बिला किताब का दूसरा पन्ना खोल ही रही थी कि अचानक साँप का ऊपरी हिस्सा खुलने लगा, केबिन गायब होने लगे, नीचे की लकड़ी की परत बड़ी होने लगी और गोलाई आकार लेने लगी। सभी बच्चे डर से चीखते हुए भागने लगे और एकजुट होने लगे। साँप अब पूरी तरह से एक बड़ा लकड़ी का गोल टब बन चुका था सभी बच्चे चौंकते हुए उस बड़े गोल टब को घूर रहे थे क्योंकि हर तरफ घनघोर अंधेरा और सूखापन व दूर दूर तक कोई शख्स नहीं था सभी यहीं सोच रहे थे कि अब क्या होगा? तभी हवा में एक लाल रंग का कपड़ा प्रकट हुआ फिर उस लाल कपड़े में से बंधी मजबूत रस्सियाँ हर तरफ निकली फिर रस्सियाँ उस गोल टब को हर तरफ से बाँधने लगी बच्चे इस नजारे को उत्सुकता से देख रहें थे विल तो अपने दाँतों से अपनी उँगलिया चबाता जा रहा था और मर्बिला विशाल को बता रही थी कि यह हवाई जहाज है कुछ देर में उड़ने

वाला हैं विशाल उसकी बातों को सुनते हुए उन रस्सियों को देखे जा रहा था। कुछ देर बाद रस्सियों ने पूरे जहाज को बांध लिया और वो कपड़ा गुब्बारे की तरह फूल गया फिर उस कपड़े के नीचे तीव्र आग प्रकट हुई गुब्बारा और फूलने लगा मर्बिला के कहे मुताबिक वह हवाई जहाज बन चुका था और धीरे–धीरे हवा में उड़ते हुए बादलों में जाने लगा। सभी बच्चे लड़खड़ाकर गिरने लगे और चीखे आआआआआआआआआ।

मर्बिला विल सभंल कर, विशाल ने जहाज के कोनों को पकड़ते हुए कहा।

तभी सब बच्चे मूर्ति बन गये सब हवा में लड़खड़ाते झूल रहे थे और जहाज में कुर्सियां बनने लगी फिर एक तेज हवा आयी और सब बच्चे एक साथ उन सभी कुर्सियों पर जा बैठे। विशाल शान्ति से इस नजारे को देख रहा था। उसकी आंखें इस नजारे को देखकर फटी की फटी रह गई। मर्बिला और विल की तरह सभी बच्चे यही सोच रहे थे कि यहाँ कुर्सियां कब आयी और हम कुर्सियों पर कब आये ? हम तो गिरने वाले थे। विशाल कुछ देर बाद विल के पास जा बैठा और उन्हें अभी हुई घटना को बताने लगा।

माफ करना गिराने का इरादा नहीं था, निकोलस ने कहा जो कि अब जहाज बन गया था आगे काले पानी का समुद्र आने वाला हैं इसलिए अब हमें उड़ कर जाना होगा चाहो तो आप सभी बच्चे अपनी कुर्सियों से उठ कर नीचे देख सकते हो परन्तु सावधानी से देखना।

निकोलस की बात सुन कर कुछ बच्चे उठ कर जहाज के किनारों पर जा खड़े हुए और नीचे देखने लगे। काला समुद्र अपनी तीव्र लहरों के साथ बह रहा था।

कितना भयकर नजारा हैं, मर्बिला ने उदास होकर कहा यहाँ जरूर कुछ दुखद घटना हुई है।

हहहहहहहम यहाँ कैसे रह पायेगे, विल ने कँप कँपाते हुए कहा।

चांदनी रात में सितारों से भरे आसमाँ में उड़ने का मजा अलग ही है, विशाल ये बात अपने आप से कह रहा था धन्यवाद मिस्टर रेनॉल्डस मुझे यहाँ लाने के लिए।

यहाँ बादल कितने नजदीक हैं इन्हें हम छू सकते हैं विशाल, विल ने विशाल की तरफ खुश होकर देखते हुए कहा, तुम उदास क्यों हो गये।

नहीं मैं उदास नहीं हूँ बस कुछ सोचने लगा था।

विशाल यदि तुम्हें परेशानी न हो तो क्या मैं यह किताब अपने पास रख सकती हूँ, मर्बिला ने हिचकते हुए पूछा।

हाँ बेशक, विशाल ने खुश होकर कहा हम दोस्त हैं। यह कहकर वह तीनों हँस पड़े और फिर उनकी नजर डेनियल पर गई जो कुर्सी पर बैठा सो रहा था।

यह किताब तुम आगे क्यूं नहीं पढ़तीं मर्बिला, विल ने मर्बिला से कहा। यह कहते हुए विल कुर्सी पर जा बैठा। मर्बिला और विशाल भी उसके साथ बैठ गये।

विल की बात सुनकर मर्बिला ने किताब खोलकर पढ़ना शुरू किया जिसमें लिखा था

कि वॉलवर्डर जादूगरी विद्यालय दुनियां के सभी जादुई विद्यालयों में से एक बेहतरीन और प्रसिद्ध विद्यालय है। वहाँ के काफी विद्यार्थी महान जादूगर बने और अपनी महानता कई किताबों में दर्ज कराई है। ज्यादातर सभी जादूगर अपने बच्चों को वॉलवर्डर में भेजने के इच्छुक रहते हैं। यहाँ के नियम कानून तोड़ने पर काफी सख्त सजा दी जाती हैं इसलिए कोई भूल से भी यहाँ के नियम नहीं तोड़ता और अपनी जादू की क्षमता को बढ़ाता है भविष्य को उज्ज्वल बनाता.... तभी अचानक जहाज अपना नियन्त्रण नहीं संभाल पाया और इधर–उधर लुढ़कने लगा सभी बच्चों ने अपनी कुर्सियों को कस कर पकड़ लिया तो किसी ने जहाज के कोनों को पकड़ लिया। मर्बिला कुर्सी से गिर गई विशाल ने उसे उठाया। जहाज ने खुद को संभाला और अपनी गति को फिर ठीक किया।

माफ करियेगा बच्चों, जहाज ने कहा गिराने का इरादा नहीं था पर अब सब किनारों से हट कर अपनी कुर्सियों पर बैठ जाओ। जहाज नीचे जमीन पर उतर रहा हैं यह कह कर निकोलस जमीन पर उतरने लगा।

लेकिन बच्चों ने निकोलस की एक न सुनी वह किनारों पर ही खड़े रहे विशाल भी किनारे पर आ गया वो जानना चाहता था कि हमें कहाँ

लाया गया हैं ? विल और मर्बिला भी किनारों पर विशाल के साथ खड़े हो गये। डेनियल अभी तक सोते हुए खर्राटे ले रहा था तभी विशाल को एक बहुत बड़ा खंडहर दिखा जो बहुत अंधेरों से भरा था उसमें कई कँगुरे और टावर थे जिसमें कोन बनी हुई थी।

यह खंडहर मैंने कहीं देखा हैं, विल ने कहा मुझे याद नहीं आ रहा है।

याद नहीं आ रहा है याद करो विल याद करो याद करो फिर विल ने आंखें बंद की और सोचने लगा।

अररररर याद आया हाँ उस किताब में विशाल और विल ने एक साथ कहा।

जहाज जैसे–जैसे नीचे उतर रहा था वो खंडहर उतना ही बड़ा होता जा रहा था सभी बच्चे उसी खंडहर को घूर रहे थे।

मर्बिला उस किताब का परतों वाला पन्ना जल्दी खोलो, विशाल ने कहा।

जल्दी करो, विल ने कहा।

मर्बिला ने वो पूरा कागज खोला और उसे वो तीनों देखने लगे उस कागज में वो महल था पेड़–पौधों से हरा–भरा था और प्रकाश से जग मगा रहा था पहाड़ के नीचे की नदी पानी की तेज लहरों के साथ बह रही थी परन्तु नीचे वो महल वीरानों और खंडहरों जैसा था हर तरफ सूखा–सूखा अंधेरे से भरा काला महल लग रहा था और नदी सूखी हुई थी। पहाड़ पर बना खंडहर वॉलवर्डर स्कूल ही है यह बात वह तीनों समझ चुके थे।

जहाज अपनी रफ्तार को धीमी कर जमीन पर आ गया जहाज को उड़ाने वाली आग गायब हो गई और वो लाल कपड़ा भी गायब हो गया।

सारा और सोफिया उस खंडहर के बाहर ही खड़ी थीं और फिर सारा ने कहा जहाज पर से सभी बच्चे उतर जाओ जल्दी करो। सभी बच्चे एक–एक कर उतर गये किन्तु एक बच्चा अभी भी सो रहा था।

सारा जहाज में चढ़ गई और अपनी छड़ी से सोते डेनियल पर हल्का सा वार किया जिससे उसे हल्का सा दर्द हुआ और वह चिल्लाया कौन

है? कौन है ? फिर सारा ने उसे घूरा वो सिर को झुकाये माफी मांग कर जहाज से सारा के साथ उतर आया। जब जहाज खाली हो गया तो निकोलस ने अपना रूप बदल लिया उसने पहले जैसा सुंदर असली रूप ले लिया।

उम्मीद हैं आप सभी का सफर अच्छा रहा, सोफिया ने कहा।

निकोलस ने सभी बच्चों को पहाड़ के ऊपरी चट्टान पर छोड़ा जिस से उन्हें ज्यादा चढ़ाई न करनी पड़े। सभी बच्चे सारा, सोफिया और निकोलस के पीछे चल पड़े और जैसे–तैसे चढ़ाई करने लगे। सोफिया बच्चों के साथ हाथ में जलती हुई लैम्प लेकर चल रही थी और सारा निकोलस अपनी छड़ियों से रोशनी करते हुए आपस में बातें करते हुए चल रहें थे निकोलस सारा को अपने सफर की बातें बता रहा था।

अध्याय–6

स्कूल की पहली रात

सभी बच्चे पहाड़ की चढ़ाई करते हुए आपस में कानाफूसी कर रहे थे और भयभीत होते हुए एक–दूसरे का हाथ पकड़े हुए ऊपर की ओर बढ़ते हुए जा रहे थे। महल रात के अंधेरे में काफी डरावना लग रहा था क्योंकि वह महल खंडहर बन चुका था ऐसा लग रहा था वहाँ सालों से कोई आया न हो। सभी यही सोचने में लगे थे कि हमें यहाँ क्यों लाया गया होगा ?

मुझे कुछ समझ नहीं आ रहा हैं, मर्बिला ने कहा किताब के मुताबिक यह वॉलवर्डर जादूगरी विद्यालय है जहाँ हम जैसे बच्चों को जादू के मंत्र सिखाये जाते हैं किताब के अन्दर के पन्ने में यह काफी सुदंर और आकर्षक महल है लेकिन अब इसकी हालत ऐसी है यह कैसे हुआ होगा? में यह जानना चाहती हूँ।

अररर तुम फिलहाल यह सोचो हम यहाँ कैसे रह पायेंगे, यह कहते हुए विल का चेहरा डर से सफेद पड़ रहा था और हाथ कँप–कँपा रहे थे।

तुम डरना बंद करो, विशाल ने विल से कहा हमें शान्ति से पहाड़ की चढ़ाई करनी चाहिए।

समझ नहीं आता डेनियल पर मेरे जादू का असर क्यूं नहीं हुआ, सारा ने कहा।

मतलब, निकोलस ने आश्चर्य से पूछा।

मैने सभी बच्चों पर जादू किया ताकि उन्हें नींद न आये परन्तु डेनियल को तो नींद के अलावा कुछ सूझ ही नहीं रहा है।

वो इसलिए क्योंकि वो एक नम्बर का सोतु है, निकोलस ने हँसते हुए कहा पूरे सफर में सोता ही आया है।

तुम भी न कितना मजाक करते हो निकोलस, सोफिया ने कहा।

सभी बच्चे कान लगाकर निकोलस और सारा की बात को सुन रहे थे और मन ही मन डेनियल पर मुस्कुरा रहे थे। विल और विशाल बार–बार डेनियल को जगा रहे थे।

मैं जानता हूँ आप सभी बच्चे सफर का मजा नहीं ले पाये, निकोलस ने बच्चों से निराश होकर कहा मैं तुम्हें चंद पलों मैं यहाँ ले आया पर मैं पहले सभी बच्चों को सुबह के उजाले में उन्हें घुमा–फिरा कर लाता था पर अब मैं ऐसा नहीं कर सकता था इसलिए आप सभी को रात के अंधेरे में जल्दबाजी में लाना पड़ा।

पर अब आप ऐसा क्यूं नहीं कर सकते, सभी बच्चों ने एक साथ पूछा।

वो इसलिए क्योंकि, निकोलस बच्चों को बता ही रहा था।

तभी.....

यह क्या बोल रहे हो ? निकोलस, सोफिया ने गुस्से से कहा यह तो बस मजाक कर रहे थे वो काफी मजाकियाँ हैं।

पर वो कुछ कहने वाले थे, विशाल ने झिझकते हुए कहा

पर मगर कुछ नहीं, सारा ने व्यंग से कहा शान्त होकर चलो और सभी बच्चे भी फिर सारा ने निकोलस को देखा और निकोलस हँस पड़ा।

मुझे लगता हैं तुम्हें यह किताब छिपा लेनी चाहिए, विशाल ने मर्बिला से कहा यदि किसी ने इस किताब को देख लिया तो वह काफी सवाल करेगा और मैं जबाब नहीं दे सकूंगा।

हाँ विशाल तुम ठीक कह रहे हो, यह कहते हुए मर्बिला ने किताब अपने कोट के अंदर की जेब में छुपा ली।

सभी बच्चे जैसे–तैसे चढ़ाई कर के अंधेरे से भरे महल के बड़े दरवाजे तक पहुँच चुके थे सब अचम्भित थे क्योंकि वहाँ उन सभी बच्चों के बैग्स,

बक्से और सामान रखे थे। सभी बच्चे अपना सामान लेने के लिए सामान की तरफ भागे जा रहे थे।

रूको, किसी ने कड़क आवाज में तेज चिल्लाया सभी बच्चे सीधे खड़े हो और मेरे सामने आओ।

सभी बच्चे सीधे खड़े हुए फिर पलटकर देखने लगे और उन्हें देखकर सभी के चेहरे लाल–पीले पड़ गये।

अंधेरे महल के दरवाजे पर खड़ा शख्स देखने मे तीस–पैंतीस साल का था उसके काले बालों से चोटी बन रही थी चेहरे पर काफी रोब दिख रहा था निकोला की तरह उनकी आँखें भी काली थीं। रेनॉल्डस की तरह ही कपड़े पहन रखे था बस रंग अलग था और पहना हुआ काला चोगा हवा मे लहरा रहा था।

सभी बच्चे उनके सामने खड़े हो गये विल के हाथ पैर उनके सामने कँप–कँपा रहे थे और विशाल की आँखें शख्स को घूर रही थीं।

हमारा नाम स्टन कोन्सेनटाइन है। मुझे नियम तोड़ने वाले बच्चे बिल्कुल भी पसन्द नहीं हैं। क्या तुम्हारे इस सामान को कोई ले जायेगा?

सभी बच्चों ने अपने सिर को झुका लिया।

कुछ ज्यादा ही खूसट लगते हैं यह शख्स, विल ने कोन्सेनटाइन की तरफ इशारा करते हुए विशाल से कहा इनके साथ एक पल काटना भी मुश्किल पड़ेगा।

ओ हो विशाल, विशाल स्मिथ, कोन्सेनटाइन ने विशाल को घूरते हुए कहा तुम्हें दिखता नहीं तुम्हारे साथ के सभी बच्चे शान्त और सिर झुका कर खड़े हैं बस एक तुम और तुम्हारे साथ खड़ा तुम्हारा साथी बोलने की गुस्ताखी किये जा रहे हैं। इस गुस्ताखी की यहाँ सजा दी जाती है इसलिए अब चुप रहो।

सोफिया, सारा ओर निकोलस भी कोन्सेनटाइन को देखकर शान्त खड़े थे फिर सोफिया ने कोन्सेनटाइन से नजरें चुराते हुए बच्चों से कहा कि चलो सभी बच्चे महल के अन्दर दरवाजे से प्रवेश करो।

रूको सोफिया, कोन्सेनटाइन ने धीमी आवाज में कहा बच्चों को महल के अन्दर हम ले जाएगें और सभी बच्चों को रास्ता भी समझा देंगे और

एक बात और सोफिया बच्चों की गिनती पूरी है। क्या तुमने बच्चों की गिनती कर ली?

हाँ, सोफिया ने कोन्सेनटाइन से नजरें चुराते हुए कहा सूची के हिसाब से पूरे 50 बच्चे हैं मैंने ठीक से गिना है।

बच्चों और सबको डाँटने के लिए तैयार रहते हैं, निकोलस ने सारा के कान में बुदबुदाया पता नहीं सबसे इनकी क्या दुश्मनी है ?

क्या तुमने कुछ कहा निकोलस ? कोन्सेनटाइन ने निकोलस को घूरते हुए पूछा।

नहीं बिल्कुल नहीं, निकोलस यह कहते हुए मुस्कुराया वहाँ सभी खड़े बच्चे और सारा सोफिया भी हँस पड़े किन्तु कोन्सेनटाइन को देख कर फिर शान्त हो गये।

सोफिया तुम प्रमुख मोबारूस रेनॉल्डस को सूचित करो कि बच्चे आ चुके हैं और सारा और निकोलस तुम सभी मोबारूस को हॉल में उपस्थित करो।

ठीक हैं, तीनों ने सर हिलाते हुए कहा।

सभी बच्चे कोन्सेनटाइन के पीछे–पीछे चुप–चाप चल पड़े।

सभी बच्चे कोन्सेनटाइन के पीछे–पीछे लाइन में चुपचाप चल रहे थे। कोन्सेनटाइन उन्हें महल के दरवाजे के पार ले जाने लगा।

मर्बिला तुम्हें यहाँ आकर कैसा लगा ?, विल ने हँसते हुए कहा।

बकवास बन्द करो विल, मर्बिला ने विल के पैर पर अपना पैर मारते हुए कहा बददिमाग विल।

आह आआआआ, विल दर्द से चिल्लाया।

हाहाहाहाह, विशाल मुस्कुराया विशाल की हँसी और विल के दर्द के आवाज कोन्सेनटाइन के कान मैं जा चुकी थी।

कोन्सेनटाइन पीछे मुड़ा फिर उसने बोलना शुरू क्या शायद आप दोनों को ज्यादा परेशानी हैं क्या मैं आप कि परेशानी का समाधान निकाल सकता हूँ।

विशाल विल एक–दूसरे का चेहरा ताकने लगे।

अब शान्ति से चलो आप दोनों, कोन्सेनटाइन ने मर्बिला को घूरते हुए विशाल और विल से कहा।

सभी बच्चों के साथ विशाल भी उस डरावने महल में प्रवेश कर चुका था विशाल अपनी गर्दन को ऊँचा करके महल को देखने लगा पर महल इतना ऊँचा था कि उसे कुछ साफ नहीं दिखा। चाँद की रोशनी में जितना महल विशाल को दिखा वो उसके लिए काफी था।

स्टन कोन्सेनटाइन अपने चोगे से छड़ी निकालकर महल में लगी मशालें जलाने लगा पर वह नाकाम रहा फिर उसने छड़ी से दुबारा कोशिश की पर मसालों में से आग के नाम पर सिर्फ चिंगारियाँ निकली वो भी बुझ गईं। इसके बाद उन्होंने अपनी छड़ी को हिलाते हुए बोला प्रकाश प्रकट भवः। तभी उनकी छड़ी में से रोशनी प्रकट हुई। वह उस रोशनी की सहायता से बच्चों को एक बड़े दरवाजे के पास ले जाने लगे। महल में हर तरफ मकड़ी के बड़े–बड़े जाले लगे हुए थे और हर तरफ से गन्दा हो रहा था बच्चे भयभीत होकर महल में चल रहे थे और विशाल समझ चुका था महल में रोशनी करना आसान बात नहीं थी।

कोन्सेनटाइन ने दूसरा दरवाजा खोला और वह बच्चों से बोला चलो सभी बच्चे अंदर लाइन बनाकर जाओ।

सब दरवाजे के पार जाने लगे तो सबने देखा वह एक बड़े हॉल में खड़े थे। जिसकी छत काफी ऊँची थी। हॉल में काफी मशालें जल रही थी जो हॉल में रोशनी कर रही थी दरवाजे के सामने बहुत बड़ी गोल स्टेज थी जो हॉल की जमीन से थोड़ी ऊँची बनाई गई थी उस स्टेज पर चढ़ने के लिए गोलाई में 5 सीढ़ियां बनाई गई थी। स्टेज पर आकर्षक सुनहरे व लाल रंग कि गद्दी बनी हुई थी जिसके पीछे बड़ा गरूड पंछी बना हुआ था उस गद्दी पर एल्बर्ट रेनॉल्डस बैठे हुए थे। जिनके अदंर से सुनहरी रोशनी जादुई दुनिया के अंधेरे से लड़ती दिख रही थी मानो वो सुनहरी रोशनी अंधकार को भगाकर हर जगह रोशनी लाना चाहती हो। सीढ़ियों से नीचे काफी कुर्सियां विशाल के दाँय–बाँयें हाथों की तरफ लाइनों में रखी थी जिन पर सारा, सोफिया, निकोलस और एक बूढ़ी महिला लाल कोट मे बैठी थी। कोन्सेटाइन भी उस बूढ़ी महिला के पास

जा बैठा बाकी कुर्सियां खाली थीं। विशाल अपनी आँखों को बड़ा करके रेनॉल्डस को देख रहा था। सभी बच्चे स्टेज के पास जाकर खड़े हो गये जहाँ पहले से एक लड़की और एक लड़का खड़ा था जिनका नाम ऑलिबिया फ्लोरेस और एडम फ्लोरेस।

ऑलिबिया घमंडी लड़की थी जिसके ऊपर से काले बाल और नीचे के सुनहरी बाल थे और एडम भी ऑलिबिया की तरह घमण्डी था वह अपने सुनहरे बालों में ही हाथ घुमाता रहता था दोनों की आँखें काली थी उनकी वो काली आँखें जाहिर करती थीं कि वह आँखें निकोला की हैं। कुछ पल के लिए विशाल उन आंखों से डर गया था वह दोनों चचेरे भाई बहन थे।

विल मुझे मिस्टर रेनॉल्ड़स ने ही बचाया था उस निकोला से, विशाल ने नर्मी से कहा।

अरे क्या?, विल ने व्यग्र होकर कहा यह नही हो सकता जहाँ तक मैं जानता हूँ निकोला कहाँ रहती हैं इसके बारे मे कोई नही जानता तुम कैसे बचे ? यह भी एक रहस्य है रेनॉल्डस तुम्हें कैसे बचा सकते हैं क्योंकि उसकी दुनिया में सिर्फ श्रापित लोग जा सकते हैं।

पर मै सच कह रहा हूँ, विशाल ने निराश होते हुए कहा।

अरे यह दोनों कौन हैं ?, मर्बिला ने कहा यह तो हमारे साथ नहीं आये थे फिर यह यहाँ कैसे आये।

हमें क्या पता, विशाल ओर विल ने एक साथ कहा।

तभी विशाल की नजर सोफिया पर गई जो इशारों में उसे चुप रहने के लिए कह रही थी और कोन्सेनटाइन विशाल को ही घूर रहा था। विशाल ने भी कोन्सेनटाइन को घूरा फिर वह सभी बच्चों की तरह शान्त खड़ा हो गया मानों वो कोन्सेनटाइन को अनदेखा कर रहा था।

आप सभी बच्चों को देख कर हम बहुत खुश हैं, एल्बर्ट रेनॉल्डस ने खुश होते हुए कहा कितने वर्षो बाद यहाँ आप जैसे बच्चे आए। यह वॉलवर्डर आप सभी के इन्तजार में था यह कहते हुए रेनॉल्डस भावुक हुए पर उनके चेहरे पर मुस्कुराहट बरकरार थी लग रहा था उन्हें सबसे बड़ी खुशी आज ही मिली हो। मैं आशा करता हूँ आप सभी को यहाँ जो भी

सिखाया जाएगा उसे आप दिल लगा कर स्वीकार करेंगे। मैं आपसे जो बातें कहूँगा आप सब उन बातों पर अमल करेंगे।

हाँ, सभी बच्चों ने सर हिलाते हुए कहा।

जादुई दुनिया में कई सालों से सुबह नहीं होती, रेनॉल्डस ने उदास भरी आवाज में कहा इसलिए वॉलवर्डर से बाहर जाने की अनुमति नहीं है आपको 9 बजे से पहले अपने कक्ष में सोने के लिए जाना होगा। 9 बजे के बाद वॉलवर्डर में घूमना मना हैं नियमों का पालन न करने वालों को सख्त सजा दी जाएगी। आप मोबारूस के द्वारा सिखाये मंत्रों और किताबों का अध्ययन करेंगे।

मोबारूस, विशाल ने मुँह बनाते हुए कहा इस शब्द का मतलब क्या होता है? कितना अजीब शब्द है क्या विल तुम इसके बारे में जानते हो?

नहीं, विल ने निराश होकर कहा

क्या? तुम्हारे माता–पिता ने इसका जिक्र नही किया, विशाल ने चौंकते हुए कहा।

नहीं मैं नहीं जानता, विल ने गुस्से से कहा

ठण्ड़ कितनी बढ़ गई हैं, मर्बिला ने कहा बाहर शायद बर्फ पड़ रही है पर अभी तो न ठण्ड थी न बर्फ।

तुमने सही कहा, डेनियल ने ठण्ड़ से काँपते हुए कहा।

अभी मेरी बात समाप्त नहीं हुई हैं इसलिए सभी बच्चे शान्त होकर मेरी बात सुने रेनॉल्डस ने कहा। आप सभी मोबारुस सोफिया मिलर, मोबारुस सारा स्विट, मोबारुस केज और मोबारुस स्टन कोन्सेनटाइन से मिल चुके हैं यह आपको क्या सिखायेंगें यह आपको सुबह होते ही प्रार्थना के बाद पता चल जाएगा। यह हैं मोबारुस रीचेल अर्जी गिलेनो एल्बर्ट रेनॉल्डस ने उस बूढ़ी महिला की तरफ इशारा किया जो लाल दुशाला पहने बैठी थी मोबारुस अर्जीमिलेनो ने अपना सिर हिलाकर बच्चों का अभिवादन किया।

मैं हूँ आपका प्रमुख मोबारुस एल्बर्ट रेनॉल्डस।

मोबारुस अजीगिलेनो लाल बालों से हमेशा जूड़ा बनाकर रहती उनका चेहरा कठोर था पर देखने में कोमल स्वभाव की थीं। वह खड़ी हुई उन्होंने

अपनी कोमल आवाज में कहा प्रमुख मोबारुस रेनॉल्डस आप जरुरी बात बताना भूल गये यह कहकर वह बैठ गई। यह कहते हुए वह विशाल को कठोर नजरों से घूर रही थीं। सभी बच्चे एक–दूसरे से कानाफूँसी करने लगे कि अब कौन सी बात है? जो मोबारुस रेनॉल्डस भूल गये। विशाल तो सोच में ही डूब गया। उसने विल से कहा मैं शर्त लगा कर कह सकता हूँ कि यह बात पक्का हम सभी को डरायेगी।

हमें आप सभी की फ्रिक हैं मोबारुस रेनॉल्डस ने कहा कई सालों पहले यह वॉलवर्डर स्कूल अपने आप में और जादुई दुनिया में अलग ही महत्व रखता था इसकी भव्यता एवं जादुई पढ़ाई के चर्चे हर जादुई दुनिया के स्कूल सभी जादूगरों के बीच हमेशा रहती। महान जादूगर भी यहाँ के मोबारुस बनने के कोशिश करते रहते पर वॉलवर्डर उन्हें ही चुनता जो जादू को दिल से सीखने एवं सिखाने में रुचि रखते जैसे आप हम सभी।

बोलते–बोलते मोबारुस रेनॉल्डस सोच में डूब गए उनकी आँखों और चेहरे से साफ प्रतीत हो रहा था वह गंभीर एवं भावुक थे काफी देर सोचने के बाद उन्होंने फिर बोलना शुरु किया।

अब हम चाहते हैं कि हमारा वॉलवर्डर स्कूल फिर जग–मगा उठे पहले कि तरह हर तरफ सुनहरी रोशनी की किरणें फैल जाएं मैदानों की सूखी घास को हरा होते हुए देखना चाहता हूँ उनकी ओस की बूँदों से हाथों को भीगता हुआ देखना चाहता हूँ। यह कहते हुए उनका चेहरा फूल की तरह खिल उठा फिर तेज आवाज में कहा क्या आप सभी इस महत्वपूर्ण काम में हमारा साथ निभायेंगे। यह कहते हुए रेनॉल्डस की आँखें विशाल को ही देख रही थीं मानों उनकी आँखें विशाल को अपनी उम्मीदों पर खरा उतरने को कह रही थीं।

हाँ, बच्चों ने एक साथ चिल्लाकर कहा।

विशाल के चेहरे पर हिम्मत और हौसला साफ झलक रहा था वह मन में ही सही पर रेनॉल्डस से कह रहा था कि उनका सपना पूरा होगा पर वह नहीं जानता था कि वह यह सब कैसे करेगा? क्या वो कर सकता है? मुझे ही क्यों चुना इन सवालों को अपने जहन में रखते हुए वह फिर भी हिम्मत दिखा रहा था जो कि अत्यंत प्रतिभाशाली था।

महल के पीछे सूखी खाड़ियों में जाना मना हैं वहाँ जाने वाला शख्स सूखी खाड़ियों में गुम होकर वहीं खाड़ियों में ढेर हो जाता है मेरे हिसाब से आप सभी सूखी खाड़ियों में ढेर नही होना चाहोगे। सूखी खाड़ियां सदैव हर शख्स को अपनी ओर आकर्षित करती हैं आप जैसे ही सूखी खाड़ियों में अपना पैर रखोगे वे तुरन्त लाल–पीले पत्तों वाले पेड़ों में बदल जाएंगे जो कि पहले खतरनाक नहीं थे परन्तु अब बड़े ही घातक पेड़ हैं एक बात और भूतों की दुकान और बोलती घड़ी।

भूतों की दुकान, विल ने कँप–कँपाती आवाज में कहा, मर्बिला मुझे यहाँ नहीं आना चाहिए था। विशाल क्या तुम्हें वापस जाने का रास्ता पता है?

चुप करो, मर्बिला ने दबी आवाज में कहा।

हाँ, मोबारूस रेनॉल्डस ने कहा आप सभी ने ठीक समझा भूतों की दुकान जो कि भूतों से भरी रहती थी पर अब वहाँ पर भूत सिर्फ काली रात को दिखते हैं इसलिए काली रात को वहाँ भी जाना मना हैं परन्तु रविवार के दिन जा सकते हो। बोलती घड़ी में तो कभी भूल कर भी मत जाना। आशा करता हूँ आप सभी वॉलवर्डर के नियमों का पालन करेंगे।

अब आप सभी सोने के लिए जा सकते हैं, रेनॉल्डस ने कहा सारा और निकोलस आप बच्चों को उनके कक्ष में लेकर जाएँगी

बाकी मोबारुस हमारे कक्ष में आकर हमसे भेंट करें।

सभी लड़के मोबारुस निकोलस के पीछे और सभी लड़कियाँ मोबारुस सारा के पाछे जाने लगे।

रुको लड़की, कोन्सेनटाइन ने कहा तुम्हारे हाथ में क्या हैं? वहीं खड़ी रहो। यह कहते हुए वह बच्चों की तरफ बढ़ रहा था सभी मोबारुस वहीं रुके हुए थे।

मैं शर्त लगा सकता हूँ कि मोबारुस कोन्सेनटाइन ने मर्बिला को ही रोका है विशाल ने कोन्सेनटाइन ने विल से कहा।

अब क्या होगा मर्बिला का, विल ने कहा।

कोन्सेनटाइन सभी लड़कियों को देखते हुए आगे बढ़ रहा था फिर वह रुक गया वह रुका वहाँ मर्बिला खड़ी थी।

मुझे तुम्हारे हाथों में कुछ दिख रहा हैं कोन्सेनटाइन ने आँखों को घुमाकर व्यग्र होकर कहा दिखाना चाहोगी कोट के अन्दर वाले हाथ में क्या है।

बस कुछ सामान, मर्बिला ने हिम्मत से कहा।

ओ अच्छा कोन्सेनटाइन ने कहा, तो मुझे दिखाओ फिर

मर्बिला अपने हाथ को बाहर ही निकाल रही थी के उसके चेहरे पर पसीना भी आने लगा,

विशाल तो काफी चिन्तित था वह सोच रहा था कि किताब देखी तो वह कहाँ से आयी, अनोखा बक्सा, सब बताना पड़ेगा।

जल्दी करो कोन्सेनटाइन ने मर्बिला को घूरते हुए कहा, हमारे पास और भी काम है।

रुकिये, रेनॉल्डस ने कोन्सेनटाइन से कहा।

प प पर ऐसा क्यूं? कोन्सेनटाइन ने रेनॉल्डस से कहा।

अब कोई सवाल नहीं, रेनॉल्डस ने कहा सभी बच्चों को लेकर जाइए अभी सब हमसे आकर मिलिए।

ठीक हैं मोबारूस रेनॉल्डस, कोन्सेनटाइन ने कहा।

यह बात सुनकर तो मर्बिला की तो अटकी साँस ठीक हो गई विशाल का चिन्तित चेहरे फिर खिल उठा था।

आज तो बाल–बाल बच गये, विल ने साँस भरते हुए कहा।

सभी मोबारुस रेनॉल्डस के पीछे उनके कक्ष की ओर जाने लगे।

सारा निकोलस सभी बच्चों को कमरे में ले जाने लगे वह एक कमरे के दरवाजे पर रुके फिर दरवाजा खोला कमरा इतना गन्दा था जैसे सालों से वो कमरा खुला न हो।

हम यहाँ सोने वाले हैं, डेनियल ने मुँह बनाकर कहा।

सारा और निकोलस ने अपने चोगे से छड़ियां निकालीं और वह कमरे में लगी मशालों को जलाने लगे इस बार छड़ियों के जादू से लगातार मशालें जलती गई।

इसका मतलब वॉलवर्डर के अन्दर रोशनी की जा सकती हैं परन्तु महल के बाहर रोशनी करना असंभव हैं, मर्बिला ने सोचते हुए कहा।

हाँ तुमने ठीक कहा, विशाल ने कहा।

इसका मतलब तुम में भी दिमाग है, विल ने मजाकिया लहजे मे मर्बिला से कहा चलो अच्छा है।

चुप करो बददिमाग विल, मर्बिला ने गुस्से से बोला।

सारी मशालें जल चुकी थीं कमरा काफी बड़ा था जिसमें सभी बच्चें आराम से सो सकते थे और गन्दा व टूटा–फूटा था भी था इसलिए सारा और निकोलस ने छड़ियों को इधर–उधर इशारा देते हुए कमरे को ठीक किया साफ होने के बाद कमरा चमक रहा था दिवारों पर रंग बिरंगे पत्थरों से कढ़ाई हो रही थी।

यह वॉलवर्डर का निचला स्तर है ऊपरी स्तर में कोई नहीं जाता, निकोलस ने बच्चों को समझाते हुए कहा इसलिए हम निचला स्तर ही उपयोग करेंगे, कमरे के इसी दरवाजे का उपयोग करोगे जिससे हम आये हैं। सामने दीवार पर बना दरवाजा बन्द रहता है। उसके पार कोई नहीं जायेगा।

अब हमें चलना चाहिए, सारा ने मुस्कुराते हुए कहा अच्छी तरह से सोना बच्चों।

पपपरर यहाँ सोने के लिए बिस्तर कहाँ हैं, विल ने हिचकते हुए पूछा।

ओ हाँ मैं तो भूल ही गया यह कहते हुए सारा ने अपनी छड़ी को हवा में लहराया छड़ी में से नीली रोशनी निकली जो कि कमरे में फैल गई जिससे हवा में बहुत सारे बिस्तर बनने लगे। सारा ने छड़ी की सहायता से सभी बिस्तर को नीचे लाया फिर सभी बिस्तर पर गददा, रंग–बिरंगे चादर और तकिया बनने लगे।

अब आप सभी सो सकते हैं सभी बिस्तर तैयार हैं यह कहते हुए सारा निकोलस के साथ जाने लगी।

रूकिये मिस सारा, ऑलिबिया ने कहा

क्या हुआ, सारा ने पूछा।

क्या तुम्हें कोई परेशानी है, निकोलस ने मुस्कुरा कर पूछा।

माफ कीजिएगा, ऑलिबिया ने हिचकते हुए कहा मैंने आपको मिस सारा कहा मैं आपके नाम के आगे मोबारूस लगाना चाहती थी पर मुझे मोबारूस शब्द का मतलब नहीं पता है तो क्या आप मुझे और यहाँ सभी बच्चों को मोबारूस शब्द का मतलब बता सकती हैं।

काफी अच्छा सवाल किया, निकोलस ने कहा बच्चों को वॉलवर्डर में भेजने से पहले सभी माता–पिता वॉलवर्डर की हर बात अपने बच्चों को समझाते थे पर अब वॉलवर्डर और जादुई दुनिया का नाम लेने से भी कतराते हैं।

मोबारूस का मतलब आपको पढ़ाने और सिखाने वाला आपका गुरू। वॉलवर्डर में अध्यापक को मोबारूस कहा जाता है। जानती हूँ तुम्हें यह शब्द काफी अजीब लगेगा पर यहाँ अध्यापक के नाम के अरगे मोबारूस लगा कर ही बात करते हैं यहां नियमों के मुताबिक आप सभी यही करेंगे। इस कमरे की रोशनी अभी कम हो जाएगी इसलिए आप सभी सो जाएं, यह कहकर सारा ओर निकोलस कमरे से निकल गये।

कमरे का दरवाजा लगा लो, निकोलस ने बच्चों से कहा।

विशाल ने दरवाजा बंद किया फिर ऑलिबिया से कहा तुमने काफी अच्छा सवाल किया यहाँ सभी इसका मतलब जानना चाहते थे। तुमसे मिलकर अच्छा लगा।

मुझे तुमसे मिलकर अच्छा नहीं लगा, ऑलिबिया ने घमंड से कहा तुम वॉलवर्डर में रहने लायक नहीं हो क्योंकि तुम मनहूस हो अच्छा रहेगा तुम मुझसे दूर रहो समझे।

तुम ऐसे कैसे बोल सकती हो, मर्बिला ने ऑलिबिया को झिड़कते हुए बोला उसने तुम्हारा क्या बिगाड़ा है घमंड़ी हो तुम।

हाँ तो मेरी बहन से दूर रहने में ही तुम्हारी भलाई है, एडम ने कहा।

विशाल उन दोनों की बातों को सुनकर चुप हो गया उसे प्रिंस कॉलोनी में सभी लोगों के ताने याद आने लगे वो जाकर अपने बिस्तर पर दुखी होकर लेट गया।

तुम बहन– भाई पछताओगे समझे, विल ने ऊँगली दिखते हुए एडम से कहा तुम दोनों घटिया हो।

वो तो बाद में पता चलेगा, ऑलिबिया ने कहा।

कमरे मे अंधेरा हो चुका था सोफिया का जादू सभी बच्चों पर से हट गया था इसलिए वह सब बच्चे गहरी नीद में सो गये। तभी कमरे में अचानक विशाल नाम की गूँज उठी। विशाल को कोई पुकार रहा था विशाल करवटें बदलने लगा फिर चौंक कर उठा और कहने लगा कौन है? कौन ? कमरे में काफी अंधेरा था सभी, बच्चे सो रहे थे।

तभी कमरे का दूसरा दरवाजा खुला जिसे खोलने से निकोलस मना करके गया था, यह नजारा देख कर तो विशाल का सिर चकरा गया। उसने अपना थूक निगला और इसके बाद अपने बिस्तर से उतरकर अपने पास वाले बिस्तर पर सो रहे विल को जगाने लगा।

विल विल उठो, विशाल ने डरी आवाज में कहा उठो न विल, मर्बिला कोई तो उठो डेनियल। यहाँ कोई नहीं हैं, दरवाजे पर खड़ी नैन्सी ने कहा दरवाजे से वह विशाल की तरफ आने लगी और उसके अन्दर से सफेद प्रकाश निकल रहा था जिसके कारण कमरे में थोड़ी रोशनी होने लगी विशाल हर तरफ घूम घूम कर देखने लगा पर वहाँ कोई नहीं था हर बिस्तर खाली था।

अररर कहाँ गये सब ? अभी तो यहीं थे। तुम उस दरवाजे से कैसे आयीं ? यह तो बंद था तुम यहाँ कैसे आ सकती हो तुम तो कैद थीं ?, विशाल सवालों पर सवाल कर रहा था यहाँ मौजूद बच्चों के साथ तुमने क्या किया ? बोलो।

रूको विशाल, नैन्सी ने नर्मी से कहा तुम मेरे पीछे आओ मुझे तुम्हें कुछ दिखाना हैं तुम शान्ति से मेरे साथ चलना बिना कुछ बोले।

पपपरर कहाँ ? विशाल ने हकलाती आवाज में कहा।

नैन्सी बिना कुछ बोले दरवाजे के पार चली गई विशाल उसके पीछे चलने लगा दरवाजे के बाहर जाने पर गलियारा आया जिसमें कई बड़े–बड़े खम्भे थे गलियारों में चलते–चलते नैन्सी एक हॉल में जा पहुँची

छः मुँह वाली सर्पीली सीढ़ियां थीं जो कि गायब हो रही थीं तो कुछ सीढ़ियां उनके सामने हिल और लहर रही थीं।

यह सीढ़ियां गायब हो जाती हैं फिर वापस आ जाती हैं, नैन्सी ने विशाल से कहा इसके बाद वो अपने कदमों को ऐसे रखने लगी जैसे वो सीढ़ी पर हो मानो वो हवा में चल रही हो। नैन्सी ने विशाल से इशारों में कहा तुम भी चढो। विशाल काफी सोचते हुए धीरे–धीरे कदम उठाकर रखने लगा उसने महसूस किया कि वो सीढ़ी पर था वह कदम बढ़ाता गया और नैन्सी के नजदीक आ गया विशाल ने नीचे देखा उसके पैर हवा मे थे। वह चिल्लाया। वाह चुप, नैन्सी ने धीमी आवाज में कहा शोर मत करो कोई सुन लेगा मैने बताया तो था सीढ़ी गायब होती है वापस आती है इतने में ही गायब हुई सीढ़ी वापस आ गयी।

हाँ, विशाल ने साँस भरते हुए बोला, वापस आ गई सीढ़ी पर एक पल के लिए हवा में चलने में मजा आया।

हम हवा में नहीं सीढ़ी पर ही चल रहे थे, नैन्सी ने विशाल को समझाते हुए कहा वो अपनी जगह पर ही होती हैं पर कुछ पल के लिए दिखती नहीं हैं ताकि कोई घुसपेठिया इन सीढ़ी के रास्तों को समझ न पाये और गुम हो जाए। सर्पीली सीढ़ियों का ज्ञान हर किसी को नहीं होता यह सर्पीली सीढ़ियां हर शख्स के इरादों को भाप सकती हैं। यह रास्ते के मुताबिक बड़ी हो सकती हैं ऐसी सीढ़ियां वॉलवर्डर में बहुत सारी हैं।

सीढ़ी साँप की तरह लहराते हुए ऊपर की तरफ बढ़ रही थी विशाल ने ऊपर देखने के लिए गर्दन को ऊपर उठाया तो ऊपर गोलाकार में कई मंजिल बनी हुई थी। हर मंजिल पर दरवाजे ही दरवाजे बने हुए थे। सीढ़ी लगातार ऊपर की तरफ बढ़ रही थी।

तुम नीचे की खूबसूरती को देख सकते हो नैन्सी ने नीचे देखते हुए कहा जल्दी देखो।

विशाल ने नीचे देखा नीचे दरवाजे ही दरवाजे दिखे जो गोलाई में बनने के कारण काफी खूबसूरत लग रहे थे। इसके लिए वह काफी आकर्षक नजारे थे विशाल के चेहरे पर काफी खुशी थी।

यह मोबारूस रेनॉल्डस के कक्ष का पीछे का रास्ता है, नैन्सी ने कहा आगे के रास्ते सिर्फ वही प्रवेश कर सकता है जिसे अनुमति हो। यह लो हम पहुँच गये।

चलो अब दरवाजा खोलो नैन्सी, विशाल ने खुशी के साथ कहा चलो दिखाओ मुझे यहाँ क्यूँ लाई हो।

नहीं हमें दरवाजा नहीं खोलना, नैन्सी ने धीमी आवाज में कहा बिना दरवाजा खोले अन्दर जाना है।

क्या ?, विशाल ने थूक निगलते हुए कहा पर यह कैसे होगा?

अपनी जेब से अँगूठी निकालो, नैन्सी ने कहा तुम्हें गायब होना होगा।

तुम्हें अँगूठी के बारे में कैसे पता ? विशाल ने चौंक कर कहा मैंने तो इसका जिक्र नहीं किया।

तुम्हारे पिता ने वो पीले चमड़े की किताब मेरे सामने लिखी हैं, नैन्सी ने गुस्से में कहा इसलिए यह सब बातें छोड़ो, जैसा मैं कहती हूँ वो करो, अँगूठी निकालो उसे पहनो।

विशाल ने अपनी जेब से अँगूठी निकाली उसे पहना जिससे वह गायब हो गया पर उसे नैन्सी देख पा रही थी नैन्सी ने उसका हाथ पकड़ा और दरवाजे की तरफ बढ़ी, वह बढ़ती ही जा रही थी विशाल को लगा वह टकरा जायेगा पर ऐसा नहीं था वह दरवाजे के आर–पार हो गये विशाल ने चौंक कर पीछे देखा तो दरवाजा बन्द था और वह दोनों दरवाजे के अन्दर थे दरवाजे के अन्दर सभी मोबारुस मौजूद थे वह रेनॉल्डस से बात कर रहे थे विशाल समझ गया था कि वह रेनॉल्डस के कक्ष में है कक्ष काफी सुन्दर था उनके कक्ष में काफी छोटे पक्षी थे, पुरानी किताबें, कोन की टोपियां, मेज और तस्वीरें जिनमें काफी उम्रदराज जादूगर के साथ रेनॉल्डस के फोटो थे कक्ष में काफी रोशनी थी।

सभी बच्चे वॉलवर्डर में आ चुके हैं उनके माता–पिता ने काफी भरोसे के साथ हमें सौंपा हैं अब उनकी सुरक्षा हमारे हाथ में है बच्चों के आने की बात वोल्फरोल्ट और निकोला को पता चल चुकी होगी वोल्फरोल्ट अभी कमजोर है परन्तु निकोला से हमें खतरा हैं इसलिए हमें सावधानी से काम लेना होगा।

परन्तु निकोला तो काल्पनिक दुनिया में कैद हैं और जादुई दुनिया से दूर है फिर वो क्या कर सकती है, अर्जीगिलेनो ने अपनी कड़कती आवाज में कहा फिर वो यहाँ कैसे आ सकती है और वैसे भी विशाल जहाँ रहेगा वहाँ कभी खुशी रह नहीं सकती।

आप भूल रही हैं मोबारुस अर्जीगिलेनो वॉलवर्डर भी श्रापित हैं और निकोला बहुत ताकतवर है अब वह काल्पनिक दुनिया में कैद नहीं हैं बल्कि वह वहाँ राज कर रही हैं, रेनॉल्डस ने व्यंग से कहा वो यहाँ आ सकती और वह किसी को भी अपने बस में कर सकती है और उससे अपने गलत इरादों को पूरा करने के लिए मजबूर कर सकती हैं। विशाल ही हमारी आखरी उम्मीद है उसके बारे में आप ऐसे न बोलें।

आप सभी मोबारूस ने हमेशा वॉलवर्डर का भला चाहा है अब आप सभी अपनी कला और जादू को बच्चों को सिखायें और उन्हें एक बेहतर जादूगर बनायें ताकि तमाम मुश्किलों का सामना करने में वो कामयाब हो और वो खुद की रक्षा कर सकें। मोबारूस कोन्सेनटाइन और अर्जीगिलेनो आप बच्चों पर पूरा ध्यान रखांगे और सारा, सोफिया और निकोलस कल आप तीनों वॉलवर्डर के चारों तरफ एक मजबूत रक्षा कवच का निर्माण करें।

क्या हम सही कर रहे है कोन्सेनटाइन ने दबी आवाज में रेनॉल्डस से कहा बच्चों की जान मुश्किल में डाल रहें हैं।

हमें कोशिश करनी होगी, रेनॉल्डस ने कड़कती आवाज में कहा वॉलवर्डर का सूनापन हमें खाए जाता है अब सहन नहीं करेंगे हमें कहीं न कहीं से शुरुआत करनी होगी।

आपने ठीक कहा, अर्जिगिलेनो ने सिर हिलाते हुए कहा।

आप सभी मोबारुस जाएं आराम करें आप थक गये होंगे, रेनॉल्डस ने कहा सोफिया तुम रुक जाओ।

विशाल नैन्सी सभी बातों को सुन रहे थे सोफिया और सारा तो हमशक्ल हैं फिर सभी मोबारुस उनमें से कैसे पहचानते है कि कौन सारा है? कौन सोफिया? विशाल ने नैन्सी से अचम्भित होकर पूछा।

सोफिया के हाथ पीले हैं सारा के हाथ सभी के जैसे। उनकी हाथों से उनकी पहचान होती है नैन्सी ने विशाल को समझाते हुए कहा।

हाँ, मोबारूस सोफिया ने बताया था।

तभी रेनॉल्डस ने दरवाजे की तरफ देखा उन्हें महसूस हुआ जैसे वहाँ कोई है पर नैन्सी और विशाल ने अपनी जगह बदल ली दरवाजे से हट गये।

क्या हुआ?, सोफिया ने रेनॉल्डस से पूछा आप वहाँ क्या देख रहे है क्या वहाँ कुछ है?

नहीं, रेनॉल्डस ने आह भरते हुए कहा। निकोला बहुत चालाक है काले जादू पर राज करने वाली पहली जादूगरनी वही है इसलिए तुम्हें चौंक्कना रहना होगा क्योंकि तुम्हें इन्सान का असली रुप देखने की कला है शायद वो तुम्हारी आँखों को धोखा न दे पाएँ।

पर जॉन ने तो उसे काल्पनिक दुनिया में कैद किया था सोफिया ने चकित होकर कहा क्या वो सच में यहाँ आ सकती है ?

आ सकती हैं, रेनॉल्डस ने सोफिया के कंधे पर अपना हाथ रखा आह भरते हुए कहा काले जादू की ताकतों से प्रारुप प्रक्रिया का उपयोग कर वह यहाँ आकर वो किसी को भी अपने बस में कर सकती है। वह वॉल्फरोल्ड को आजाद करने के लिए विशाल को ले जाने की कोशिश करेगी। हमें बहुत हिम्मत से उसका सामना करना होगा। जिससे सब कुछ ठीक हो सके। विशाल पर ही सब आस टिकी है।

आपने ठीक कहा, सोफिया ने सिर हिलाते हुए कहा।

एक बात जो मैं सभी से कहना भूल गया कल ड़िगो ग्लेब, राम सिगोरिया और क्लैब ली आ रहे हैं, बड़ी मुश्किल से आने को माने हैं मजाकिया लहजे में रेनॉल्डस ने कहा अब तुम जाओ।

इसका मतलब मोबारुस रेनॉल्डस ने मुझे प्रारुप प्रक्रिया से ही काल्पनिक दुनिया से आजादी दिलायी, विशाल ने नैन्सी की ओर देखकर कहा।

मैं नहीं जानती, नैन्सी ने अजीब सा मुँह बनाकर कहा कुछ भी हो सकता है।

विशाल, विशाल उठो सुबह हो गई, विल विशाल को जगाते हुए चिल्ला रहा था। जल्दी उठो कितना सोते हो।

मैं सोया हुआ हूँ पर मैं तो, यह कहते हुए विशाल रुक गया।

जल्दी तैयार हो हमें हॉल में पहुँचना हैं, मर्बिला ने हाथों को फैलाते हुए कहा।

अध्याय–7

रीचेल अर्जीगिलेनो का सच

सभी बच्चे तैयार होकर 9 बजे हॉल की तरफ प्रस्थान करने लगे हॉल में सभी मोबारुस मौजूद थे जिनमें दो मोबारुस नये थे राम सिंगोरिया और क्लेब ली वह दोनों अपनी कुर्सियों पर बैठे थे और ड़िगो ग्लेब दरवाजे पर खड़े थे ड़िगो ग्लेब विशाल को घूरे ही जा रहा था विशाल उस से अपनी आँखें चुरा रहा था।

बच्चे एक लाइन में खड़े हो जाएं हमारे साथ आज तीन नये सदस्य हैं। राम सिंगोरिया जो कि दिखने में चालीस–पैंतालीस साल के थे लम्बा दुशाला ओढ़े और बैंगनी रंग का चोगा पहने वह सब में अलग लग रहे थे उनके लम्बे सुनहरी बाल थे और देखने मे काफी रोचक लग रहे थे। क्लेब ली, अजीब प्रजाति के थे उनका शरीर हरे रंग का उनकी सफेद रंग की मूंछ और बाल थे और मिट्टी के रंग का चोगा पहना था जो विशाल के साथ खड़े हो जाए तो विशाल के कंधें तक भी न बैठें। उनके कान गोल थे वह चश्में में सभी को घूर रहे थे।

डिगो ग्लेब ने पीले चमड़े का लम्बा चोगा पहना था जिनकी एक आँख नहीं थी इस लिए वह उसे ढक कर रखता था जो वॉलर्वडर की निगरानी करता था।

आप इन सभी से मिल लिए हो, रेनॉल्डस ने कहा मुझे लगता हैं मैं आपको इनकी खास बात बता दूँ। राम सिंगोरिया को आदर्श और उनकी बात मानने वाले बच्चे पसन्द हैं। क्लेब ली को हर बच्चे को हर काम

सिखाने, होशियार बनाने का शौक है इसलिए वे आपकी सदैव मदद करेंगे। डिगो ग्लेब बहुत ही कड़क स्वभाव के हैं इन्हें वॉलवर्डर के नियमों का पालन करने वाले ही बच्चे पसन्द हैं। जो नियम का पालन न करें उन्हें काफी भयभीत दण्ड मिलता है।

विल की सॉस अटक गई जब रेनॉल्डस ने क्लेब ली की बात की। विल ने अपना सिर क्लेब ली को देखने के लिए घुमाया और क्लेब ली, विशाल और विल को ही घूर रहा था वह डर गया।

अब हम सब प्रार्थना शुरु करेंगे जिससे हम कुछ नयी शुरुआत करेंगे, चलो सोफिया और सारा आओ प्रार्थना की शुरुआत करो।

सोफिया सारा सीढ़ियों पर चढ़ते हुए मोबारुस रेनॉल्डस के पास पहुँची फिर गाना शुरु किया।

जादू है यह प्यारा, जादू है यह न्यारा
छड़ियों से हम जादू करें ये सौभाग्य है हमारा
वॉलवर्डर में पढ़ने दूर से हम हैं आए
आप सभी मोबारूस हमको जादू करना सिखाए
मिल–जुल कर हम पढ़ते, पढ़ने हम हैं आए
हम नादान बच्चों को वॉलवर्डर कुछ सिखाए
जादू है यह प्यारा, जादू है यह न्यारा
छड़ियों से हम जादू करें ये सौभाग्य है हमारा
आज अभी से हम यह शपथ ग्रहण करते हैं
हर मुश्किल में वॉलवर्डर के साथ खड़े हैं
हर दुश्मन को खत्म कर वॉलवर्डर में लाएं उजियारा
जादुई दुनिया के हम महान जादूगर बन जाएं
यह आशीष वॉलवर्डर तुम हमको देते जाएं
जादू है यह प्यारा, जादू है यह न्यारा
छड़ियों से हम जादू करते यह सौभाग्य है हमारा
यह सौभाग्य है हमारा, यह सौभाग्य है हमारा।

सभी बच्चों ने यह प्रार्थना सोफिया और सारा के साथ गाकर अपनी आँखें खोली और सारा, सोफिया अपनी जगह पर जाकर बैठ गई।

माफ करना, विशाल ने निराश होकर कहा मेरी वजह से हॉल में पहुँचने में देर हो जाती पर कल मैं जल्दी उठने की कोशिश करुँगा।

कोई बात नहीं, मर्बिला ने मुस्कुरा कर कहा।

डिगो ग्लेब बच्चों को तसुरालम रूप कमरे में ले जाओ, रेनॉल्डस ने कहा। सोफिया और निकोलस तुम दोनों मेरे पीछे आओ और बाकी के मोबारूस अपने पढ़ाई वाले कक्ष को ठीक करें ताकि बच्चे ठीक से पढ़ सकें और तसुरालम कक्ष की सफाई ग्लेब ने कर दी है इसलिए वहाँ की चिन्ता न करें।

रेनॉल्डस की बात सुनकर ग्लेब बच्चों को ले जाने लगा और सभी मोबारूस अपने पढ़ाई कक्ष को अपनी–अपनी छड़ियों के जादू से ठीक करने लगे सभी कक्ष काफी गन्दे थे क्योंकि कई सालों से उन्हें खोला ही नही गया था।

मोबारूस सोफिया और तुम मोबारूस निकोलस फूड़ी हॉल को खोलो और उसे पहले की तरह भव्य और आकर्षक बना दो, रेनॉल्डस ने तसुरालम कमरे में जाते हुए कहा, रोशनी से भर दो।

जैसा आप चाहें मोबारूस रेनॉल्डस, सोफिया ने कहा हम अभी जाते हैं।

ओ वो किताब, मर्बिला ने चौंकते हुए कहा।

क्या हुआ किताब को, विशाल ने मर्बिला धीरे से पूछा।

वो किताब मैंने बिस्तर पर ही छोड़ दी, मर्बिला ने कहा हमें उसे जाकर छुपाना होगा।

पर हम ऐसा नहीं कर सकते, विल ने कहा हमें तसुरालम कक्ष में पहुँचना हैं अगर किताब छुपाने गये तो हमें देरी हो जायेगी।

हमें जाना होगा, विशाल ने कहा।

वह तीनों काफी समझदारी से सभी बच्चों की भीड़ में पीछे हुए फिर दबे पाँव वहाँ से अपने कमरे की तरफ गये विशाल ने आह भरते हुए कहा शुक्र है किसी ने किताब को नहीं देखा और किताब छुपा कर जब तक वह

तसुरालम कमरे मे पहुँचे तब तक उन्हें काफी देर हो चुकी थी क्योंकि रेनॉल्डस बच्चों के साथ खड़े थे।

जल्दी आने का शुक्रिया आप तीनों का, रेनॉल्डस ने मजाकिया लहजे में हँसते हुए कहा बाकी बच्चों की तरह जल्दी आना सीखो वैसे तुम्हें आने में देरी कैसे हुई ?

यह सुनकर सभी बच्चे हँस पड़े।

हम रास्ता भटक गये परन्तु कल हम ठीक समय पर आएँगे मर्बिला ने कहा हमें आज के लिए माफ कीजिए। हम यहाँ क्या सीखने वाले हैं।

सवाल तो सही किया, विल ने कहा पर तुम कम बोला करो जब देखो चिक–चिक–चिक–चिक करती रहती हो। यह कहते हुए विल हँस पड़ा।

मर्बिला को बहुत गुस्सा आया पर वह रेनॉल्डस को देखकर शान्त हो गई।

दीवारों पर काफी खूबसूरत तस्वीरें लगी हुई हैं, रेनॉल्डस ने कहा आप सभी इन्हें अच्छे से देखो ओर अपने–अपने पसन्द की एक तस्वीर चुनो।

कमरा गोलाकार में बना हुआ था और ऊपरी हिस्सा गुम्मद के आकार का बना हुआ था जिस पर काँच लगे हुए थे और एक बड़ी झूमर लगी हुई थी जिसमें मोमबत्तियाँ लगी हुई थीं जो कमरे को रोशन कर रही थीं। कमरे में हर तरफ बच्चे घूम रहे थे और तस्वीरों को देख रहे थे कमरे के चारों दिवारों पर बहुत सारी तस्वीर टँगी हुई थीं सभी तस्वीर में छोटे–छोटे पशु–पक्षी कीड़ों के फोटो थे कुछ कीड़े अजीब थे जिसे विशाल ने कभी नहीं देखा था कुछ पक्षी चार पंखों वाले तो कुछ रंग–बिरंगे पूँछ वाले थे।

इतनी सारी तस्वीरें, विल ने चौंकते हुए कहा दीवार तो दिख नहीं रही तस्वीरों से ढ़क रही है।

विशाल चारों तरफ घूम–घूमकर देख रहा था मर्बिला ने कछुए की तस्वीर को छुआ जिसमें कछुआ घास में बैठा सो रहा था तुम बहुत प्यारे लग रहे हो मर्बिला ने तस्वीर को छूते हुए कहा तभी अचानक कछुएं ने अपनी आँखें खोलीं अंगड़ाई लेते हुए कहा मैं तुम्हें सच में पसन्द आया क्या तुम मुझे चुनने वाली हो? मर्बिला के तो हाथ–पैर डर कर काँपने लगे।

ओ अच्छा तो तुम मुझे चुन रहे हो, डेनियल के सामने वाली तस्वीर में बैठी बिल्ली ने कहा मुझे काफी सालों बाद कोई चुनेगा जैसे ही तस्वीर ने बोलना बन्द किया डेनियल बिना देखे पीछे की तरफ चलते हुए मर्बिला के ऊपर लुढ़का और मर्बिला विशाल से जाकर टकराई वह फिर तीनों नीचे गिर गये।

बेबकूफ, ऑलिविया ने मुँह बनाकर कहा, इसके बाद वह और उसका भाई तेज–तेज हँसने लगे।

कम हँसो ऑलिविया, मर्बिला ने उठकर कहा कहीं तुम्हारे और तुम्हारे भाई के दांत गिर न पड़ें वैसे भी तुम्हारे दो दाँत तो गायब हैं।

लड़ना बन्द करो, अर्जीगिलेनो ने कड़कती आवाज में कहा और आप मोबारुस रेनॉल्डस, इस कदर यह बच्चे तो बिगड़ जाएँगें आप इन्हें सिर पर मत चढ़ाओ।

अअअररररर धीरज धीरज मोबारुस अर्जीगिलेनो, रेनॉल्डस ने प्यारी आवाज में कहा आप जानती हैं बच्चों की लड़ाई देखे मुझे अर्सा बीत गया पर अगर आप कहती हैं तो मैं इन्हें अभी शान्त करता हूँ।

ठीक हैं अर्जीगिलेनो ने धीमी आवाज में कहा जल्दी कीजिए ताकि हम बाकी की तैयारियाँ करें।

शान्त, रेनॉल्डस ने तेज आवाज में कहा सभी बच्चे खामोश हो गये विशाल ने रेनॉल्डस का यह रुप नहीं देखा था, विल की तो साँस ही अटक गई थी मैं यह बताना चाहूँगा यह कमरा वॉलवर्डर में तसुरालम रुप के नाम से जाना जाता है इन सभी तस्वीरों पशु–पक्षी और कीड़े जो आप को पसन्द हो उसे आप चुनोगे और वो आपका जीवन भर साथ देगा। मैं आपको यह छड़ियां दूँगा और आपको जो पशु–पक्षी व कीड़ा पसन्द आयेगा उस तरफ झटके से छड़ी को तस्वीर की ओर करना है तो हम यह प्रकिया शुरु करते हैं।

रेनॉल्डस ने सभी बच्चों को लाल रंग के चोगे व छड़ियां देना शुरु किया परन्तु विशाल को सिर्फ चोगा दिया छड़ी नही दी।

अब आप सभी अपने चोगे पहन लें, रेनॉल्डस ने कहा।

विशाल की छड़ी कहाँ हैं? मोबारुस रेनॉल्डस, अर्जीगिलेनो ने हिचकते हुए सवाल किया क्या उसे छड़ी नहीं दी जाएँगी। सभी बच्चे भी सोच में थे विशाल की छड़ी कहाँ गयी या उसे क्यों नहीं मिली।

मैं आपकी दुविधा समझता हूँ मोबारुस अर्जीगिलेनो, रेनॉल्डस ने दबी आवाज में कहा विशाल की छड़ी विशाल को मिल गई है और उसे उसका साथी भी मिल चुका है आपको कैसे पता मोबारुस रेनॉल्डस, विशाल ने असंमजस में सोचते हुए कहा मैंने तो कभी इसका जिक्र आपके सामने नहीं किया आप कैसे इसके बारे में जानते हैं?

मुझे कुछ समझ नहीं आ रहा, अर्जिगिलेनो ने चौंकते हुए कहा मुझे समझाइए।

विशाल जाओ अपनी छड़ी और अपने साथी को लेकर आओ रेनॉल्डस ने आँखें हिलाते हुए कहा सब तुम्हारे साथी को देखना चाहते हैं, आप सभी अपना साथी चुनने की प्रकिया शुरु करें। सभी बच्चों ने छड़ी को पकड़ा तो किसी को छड़ी पकड़ना ही नही आ रही थी तो कोई आपस में लड़ रहा था कि यह वाला साथी मैंने चुना तुम इसे नहीं ले सकते। तस्वीर में सभी चिल्ला रहे थे मुझे चुनो, मुझे चुनो।

शान्त रहो, अर्जीगिलेनो ने चिल्लाकर कहा सभी बच्चे एक लाइन बनाएं।

मर्बिला लाइन में सबसे आगे थी इसलिए उसे साथी चुनने का मौका और सबसे पहले मिला उसने तसुरालम में लगी सभी तस्वीरों को घूरा फिर उसने आसमानी और गुलाबी रंग के पक्षी को चुना जिसके चार पंख व एक पूंछ थी, ऑलिविया ने काली नुकीले पंखों व दो पूंछ वाली चील चुनी ताकि वह मर्बिला और उसके साथी को परेशान कर सके, विल ने सुनहरा रंग का इमली के आकार का छोटा जीव मिला जिसके पैर नही थे वो कैसा भी आकार ले सकता था, डेनियल ने कछुआ, एडम ने अजीब प्रजाती का छोटा जानवर चुना जिसके शरीर पर नीले बाल, दो पैर, एक आँख व दो पूँछ और दो भाई जो एक मोटा तो एक पतला था वो अभी तक लड़ रहे थे, यह बिल्ली मैंने चुनी है, नहीं मैंने चुनी हैं, तभी अर्जीगिलेनो आयी और अपनी छड़ी के जादू से तस्वीर में दो बिल्ली बना दी और दोंनों भाईयों से

कहा अब अपना मुँह बन्द रखों और चुपचाप अपना साथी चुनो उन दोनों कि बोलती बन्द हो गयी और दोनों ने एक–एक बिल्ली चुन ली। उनमें से मोटे भाई का नाम जोजफ और पतले वाले का नाम साइमन था सभी उन दोनों को देख कर हँस रहे थे बाकी सभी ने भी अपना साथी चुन लिया था पर विशाल अभी तक नहीं आया था क्योंकि वो बक्से को बड़ा करने के लिए जगह तलाश रहा था विशाल एक बड़े खम्बे के पीछे जा छुपा और ऊपरी मंजिल को ताकने लगा ताकि कोई देख न सके जब उसने निश्चित कर लिया कि वहाँ कोई नही हैं। तब उसने अपनी जेब से बक्से को निकाल कर बड़ा किया और अपने साथी को ढूंढ़ने लगा परन्तु वह बाहर नही निकला और वह सभी सामान को इधर–उधर करने लगा तभी वह पक्षी फड़फड़ाते हुए बाहर आया विशाल जोरों से चिल्लाया आआआआआआ और वह बोला तुमने तो डरा दिया। तभी विशाल को लगा जैसे उसे कोई देख रहा हो। उसने तुरन्त बक्से को छोटा कर जेब में रखा और इधर–उधर ताकने लगा फिर अचानक कुछ गिरने की आवाज उसके कानों में पड़ी वह उस आवाज के पीछे भागा–भागा गया तो वहाँ एक अंगूठी गिरी हुई थी पर वहाँ कोई नहीं था अंगूठी में एक काला हीरा लगा हुआ था। उसने अंगूठी को जेब में रखा फिर वह तसुरालम रूप कमरे की तरफ भागा–भागा गया जब उसने कमरे में प्रवेश किया तब सब उसके पक्षी और छड़ी को देखते रह गये और अर्जीगिलेनो का माथा सिकुड़ गया जैसे वो कुछ सोच रही हो।

यह छड़ी विशाल के पास कहाँ से आयी ?, अर्जीगिलेनो ने रेनॉल्डस से चिन्तित स्वर में पसीने से भरा माथा पोंछते हुए पूछा यह तो वही चार छड़ियों में से एक हैं बाकी की तीन कहाँ हैं।

शायद आपके सवालों का जवाब मेरे पास नहीं हैं, रेनॉल्डस ने दबे स्वर में कहा। ग्लेब बच्चों को कमरा नम्बर 20 में ले जाओ पहली कक्षा राम सिंगोरीया संभालेंगे। सभी बच्चे तसुरालम से बाहर चले गये।

आप झूठ बोल रहें हैं, अर्जीगिलेनो ने गुस्से से कहा विशाल का निकोला की कैद से आजाद होना, यह सुनहरा पक्षी और अब यह छड़ी आपको सब मालूम है।

आप भूल रही हैं आप किस से बात कर रही हैं मोबारूस अर्जीगिलेनो, रेनॉल्डस ने व्यंग होकर कहा मेरे पास जब आपके सवालों का जबाब होगा तब मैं आपको बताना चाहूँगा। मुझे लगता हैं अभी आपको अपने कक्ष में जाकर आराम करना चाहिए।

हाँ, अर्जीगिलेनो ने आह भरते हुए कहा मुझे माफ कर दीजिए मुझे आप से ऐसे बात नही करनी चाहिए थी।

कोई बात नहीं, यह कह कर रेनॉल्डस अपने कक्ष की ओर जाने लगे?

तसुरालम कक्ष में अपना साथी चुनने में 12:30 बज गये थे फिर सभी बच्चे डिगो ग्लेब के पीछे चल दिये। कमरा नम्बर 20 हॉल से काफी दूर था जो कि तहखाने में था सभी बच्चे अपनी–अपनी जगह पर बैठ गये कमरे में मशालें जली हुई थी और एक सफेद बोर्ड लगा हुआ था। कुछ देर बाद मोबारूस सिंगोरिया ने कमरे में प्रवेश किया।

मैं जानता हूँ कि आपको पूरी तरह सच नहीं पता है सिगोरिया ने बोलना शुरु किया। जब आप यहाँ आए होंगे तो आप में से किसी ने इसे खंडहर कहा होगा उसके बाद महल फिर आपको पता चला यह एक स्कूल है। यह महल श्रापित है इसलिए यह खंडहर बना हुआ हैं इसका श्राप कैसे हटेगा यह कोई नहीं जानता वॉलवर्डर की किताबें यहाँ का हर सामान श्रापित है इसलिए मैंने अपने ज्ञान से एक किताब बनाई है जिससे मैं आपको पढ़ाऊँगा और आप उसे लिखोगे।

मोबॉरुस सिंगोरिया ने सभी बच्चों को खाली पन्नों वाली किताब दी और स्याही व पंख जिससे वे लिखें।

आप हमें क्या पढ़ाओगे मोबॉरुस सिंगोरिया ?, मर्बिला ने खड़े होकर पूछा।

वॉलवर्डर का इतिहास और अच्छे बुरे जादूगरो का कार्य मैं आपको यही पढ़ाऊँगा सिंगोरिया ने कहा। अब आप मेरी तरफ ध्यान दें। वॉलवर्डर के इतिहास के बारे में आपको मोबॉरुस रेनॉल्डस बता चुके होंगे इसलिए मैं आज बुरे जादूगर के बारे मैं बताना शुरु करुँगा।

क्या बुरे जादूगर भी होते हैं, विल ने धीमी आवाज में विशाल से कहा मुझे लगता है इन्ही बुरे जादूगर की वजह से वे सभी जादूगर छुपे हुए हैं।

चुप रहो वरना ड़ाँट पड़ेगी, विशाल ने विल के पैर मारते हुए कहा।

आप दोनों क्या बात कर रहे हैं, मोबॉरुस सिंगोरिया ने कहा क्या आप दोनों हम सभी को बताना चाहोगे! खड़े हो जाइए।

मो मो मोबॉरुस सिंगोरिया हम कुछ नहीं कह रहे हैं, हकलाती आवाज में विल ने कहा।

हा हा हा एडम तेज–तेज हँसा और बोला हकलू।

चुप, मोबॉरुस सिंगोरिया ने कहा तुम भी खड़े हो जाओ क्लास खत्म होने के बाद आप तीनों यह कमरा पूरा साफ करोगे और अभी आप तीनों खड़े होकर पढ़ेंगे। चलो विशाल तुम बताओ तुम्हारे नजर में सबसे बुरा जादूगर कौन है।

मैं मैं मैं नहीं जानता, विशाल ने कहा।

शायद तुम जानते हो विशाल, सिंगोरिया ने कहा।

हॉ हाँ निकोला और ब्लेड वोल्फरोल्ट मेरी सोच इन्हें शायद सबसे खराब जादूगर साबित करती है।

हाँ तो तुमने ठीक बताया यह दो जादूगर जिन्होंने जादूगर प्रजाति को बदनाम किया। इसे इस वॉलवर्डर को तबाह किया सिर्फ अपनी लालसा और लालच के कारण इन्होंने यह किया। परन्तु कुछ जादूगर जो कि महान हैं उनकी महानता हर दिन गूंजती रहेंगी जिन्होंने अपना त्याग किया वॉलवर्डर के लिए। निकोला और वोल्फरोल्ट ने जब वॉलवर्डर को नष्ट करना चाहा तो उन्हें श्राप दिया महान जादूगर रीया और जॉन ने। आज वोल्फरोल्ट और निकोला कैद हैं और वह कहाँ कैद हैं इस बारे में किसी को कोई जानकारी नहीं है।

आप झूठ बोल रहें हैं निकोला कैद नहीं हैं सर वह काल्पनिक दुनिया कि रानी हैं और वह प्रिंस कालोनी में वोल्फरोल्ट के साथ रहती हैं वहीं से मुझे मोबारुस रेनॉल्डस ने छुड़ाया था और मैं आज आप के सामने हूँ

विशाल ने काफी बेबाक होकर कहा विशाल की बातों को सुनकर सारी क्लास शान्त पढ़ गई।

आज के लिए बस इतना ही आप सभी जा सकते हैं विल एडम तुम्हारी सजा माफ तुम भी जाओं मोबॉरुस सिंगोरिया ने विचित्र होकर कहा विशाल तुमसे मुझे बात करनी है तुम यहाँ रुको।

क्या हुआ? मैने सिर्फ सच बोला मोबॉरुस सिंगोरिया, विशाल ने झिझकते हुए कहा यदि आपको बुरा लगा तो मैं माफी चाहता हूँ।

मुझे तुम पर यकीन है, सिंगोरिया ने विशाल को समझाते हुए कहा आखिर तुम जॉन ओर रीया के बेटे हो तुम झूठ नहीं बोलोगे परन्तु काल्पनिक दुनिया जैसी कोई चीज नहीं हैं, कई जादूगरों ने काल्पनिक दुनिया बनाने की कोशिश की परन्तु सभी नाकाम रहे इसलिए इसका कोई वजूद नहीं है निकोला वहाँ की रानी नहीं हो सकती है वो सिर्फ एक कैदी है। हो सकता है कि प्रिंस कालोनी वही जगह हो जहाँ तुम्हारे माता–पिता ने उन दोनों दुष्ट को कैद किया हो और रही बात मोबारूस रेनॉल्डस की तुम्हें उन्होंने छुड़ाया है इस बात का जिक्र अब कभी किसी से मत करना ठीक है। अभी तुम सारा की क्लास में जाओ।

ठीक है, विशाल ने कहा।

विशाल ये कहते हुए कमरे से बाहर निकला जिधर मर्बिला और विल खड़े थे।

तुमने जो कहा क्या वो सच था ? मर्बिला ने विशाल से अचम्भित होकर पूछा वाकई मोबारूस रेनॉल्डस ने तुम्हें छुड़ाया और क्या सच में काल्पनिक दुनिया है।

मुझसे भी यह यही बातें कर रहा था, विल ने गुस्से में कहा।

मर्बिला मैं सच बोल रहा हूँ, विशाल ने उदास होकर कहा। मोबारूस रेनॉल्डस ने प्रारूप प्रक्रिया का उपयोग कर मुझे बचाया अब निकोला भी इस विधि का उपयोग कर यहाँ आ सकती हैं। मैं नहीं जानता मोबारूस रेनॉल्डस क्यूँ इन बातों को छुपा रहे हैं पर मैं जानकर रहूँगा और काल्पनिक दुनिया है और इस बात को भी साबित करूंगा।

हम तुम्हारे साथ हैं, मर्बिला ने कहा हमें तुम पर यकीन है और हम तुम्हारा साथ हमेशा निभायेंगे। सच कहा ना विल।

हाँ तुमने सच कहा, विल ने मुस्कुरा कर कहा अब हमें कक्ष की ओर चलना चाहिए। 1 बज चुका हैं हम पहले ही काफी देर कर चुके हैं मोबारूस सारा आ चुकी होंगी।

ठीक हैं, मर्बिला ने कहा तुमने जो किताब दी वो मैं आज रात तक पढ़ लूंगी तो विशाल क्या तुम्हारे पास और भी किताब हैं जिसे तुम मुझे पढ़ने के लिए दे सको।

हाँ ठीक है, विशाल ने कहा पर तुम्हें छिपा कर रखना होगा ताकि किसी को दिखे नहीं।

वैसे मर्बिला तुमने इतनी मोटी किताब इतनी जल्दी कैसे पढ़ ली, विल ने जल्दी–जल्दी चलते हुए कहा।

वो एक रहस्य है, मर्बिला ने डरावनी आवाज में कहा वक्त आने पर बताऊँगी।

बता भी दो, विशाल ने कहा ऐसा क्या रहस्य है ?

नहीं अभी नहीं, मर्बिला ने हँसते हुए कहा देखो कक्ष आ गया हमें पढ़ना चाहिए।

क्या तुम तीनों को हमेशा देर से आना पसन्द हैं ?, एड़म ने हँसते हुए कहा तुम्हारा क्या होगा बहकी–बहकी और फालतू बातें करते हो।

तुमने ठीक कहा एडम, ऑलिबिया ने कहा ये तो देर से आने वाले कीड़े हैं। शुक्र हैं डेनियल इन तीनों के साथ कम रहता हैं नहीं तो वो भी देर से आने वाला कीड़ा बन जाता हाहाहाहाहाहा।

अपनी बकवास बंद करो, मर्बिला ने कहा।

तुम लोगों की परेशानी क्या है, विशाल ने मुंह फिराते हुए कहा जब देखो हमसे उलझते रहते हो।

चलो छोड़ो, विल ने कहा हमें बैठना चाहिए।

कमरे में कई तरह के रंग–बिरंगे जानवर कछुए, मेंढ़क, खरगोश, छोटे–छोटे उड़ने व बोलने वाले कीड़े, घास के बने कीड़े, मकड़ियाँ, सभी

अलग–अलग प्रजाति के थे किसी की तीन आँखें थीं तो किसी के चार टांग तो तीन हाथ जो कि पिंजड़ों में बंद थे। एक तरफ बहुत सारी किताबें जो गोल चक्र में बंद थीं बहुत सारे मिट्टी के पुतले बने हुए रखे थे और एक बड़ा काला बोर्ड जो कि दीवार पर टंगा हुआ था।

मुझे अच्छा लग रहा हैं कि मैं काफी सालों बाद बच्चों को कुछ सिखाने आयी हूँ, सारा ने कक्षा में आते हुए कहा। उम्मीद करती हूँ, आपको पढ़ाई के साथ–साथ मजा भी आयेगा। सभी अपनी छड़िया लाए हैं तो उन्हें अपनी मेज पर रखो।

सारा ने अपनी छड़ी को अपनी मेज पर झटका जिससे कक्षा में मौजूद सभी बच्चों की मेज पर खाली पन्नों वाली कॉपी, स्याही, पंख आ गये फिर उसने छड़ी को मेज पर रखे चॉक के डिब्बे पर घुमाया जिससे चॉक हवा में उड़ते हुए बोर्ड पर लिखने लगी।

चॉक बोर्ड पर मंत्र लिख रही है उसे आप अपनी कॉपी पर लिखो, सारा ने बच्चों को समझाते हुए कहा फिर हम इन मंत्र का प्रयोग करना सीखेंगे।

चॉक बोर्ड पर लिख रही थी कि सुब्रांगो प्रियांग पिजंड़े को खोलने का मंत्र और लेब्रो लेब्रियम पिंजड़े को बंद करने का मंत्र। विशाल खुश था कि उसे यहाँ आकर कुछ अलग सीखने का मौका मिला।

अब आप सभी एक एक पिंजड़े के पास जाकर खड़े हो जाओ और मंत्र का प्रयोग कर पिंजड़ों को खोलो फिर उन्हें बंद करो मगर ध्यान से क्योंकि पिंजड़ें जो बंद हैं वो इतने भी प्यारे नहीं हैं जितना दिखने में प्यारे लग रहे हैं।

एक–एक कर सभी पिंजड़ों के पास जाकर खड़े हुए। विल और डेनियल के कँपकँपाते हुए हाथों में छड़ी हिल रही थी वहीं एडम जोजफ और साइमन के साथ बातें कर रहा था और विशाल मर्बिला के साथ मंत्र को याद कर रहा था। पिंजड़ों में बैठे छोटे बड़े जानवर काफी शान्त थे और सभी बच्चों को दयालुता के भाव से देख रहे थे।

जरा ध्यान से कहीं ऐसा न हो कि तुम दोनों ही पिंजड़ों में बंद न हो जाओ, ऑलिबिया ने मजाकिया लहजे में विशाल और मर्बिला से कहा।

आप सभी शान्त रहें और अपने अभ्यास पर ध्यान दे, सारा ने कहा चलो जल्दी करो।

सारा की बात को सुन सभी छड़ियों को पिंजड़ों के ऊपर घुमाकर सुब्रागो प्रियांग सुब्रागो प्रियांग मंत्र बोलने लगे किन्तु किसी के मंत्र का कोई असर न हुआ। पिंजड़ें बंद के बंद रहे।

ओ हो ऐसे नहीं, देखो मैं करती हूँ फिर तुम सभी कोशिश करना, सारा ने यह कहते हुए पिंजड़े को खोला और बंद करके दिखाया। मन को शान्त रखते हुए मंत्र को सोच कर ठीक बोलो।

सभी ने फिर से कोशिश की। किसी ने मंत्र को ठीक से बोला तो किसी ने गलत। एडम का पिंजड़ा तो उछल कर उसके माथे पर धड़ाम से पड़ा और वह नीचे गिर गया, विल ओर डेनियल का पिंजड़ा खुला किन्तु वह उसे बंद न कर सके जिस कारण पिंजड़े के अन्दर बैठे लाल रंग के छोटे–छोटे उड़ने वाले कीड़े उन से चिपक कर उन्हें तंग करने लगे और वह दोनों चिल्ला–चिल्ला कर उनसे बचने की कोशिश कर रहे थे परन्तु मर्बिला, विशाल और ऑलिविया ने पिंजड़ो को खोला भी और बंद भी किया। कक्ष में हर तरफ चलने, उड़ने व बोलने वाले कीड़े और जानवर घूम रहे थे बच्चे भाग भागकर कीड़ों से बच रहे थे अपने आप पर चिपके कीड़े छुड़ा रहे थे और कुछ पिंजड़े हवा में उड़ रहे थे तो कुछ जमीन पर उछल रहे थे।

प्रत्युसा प्रियालो, यह मंत्र सारा ने कक्ष के चारों तरफ छड़ी घुमा कर बोला जिससे सारे कीड़े व जानवर अपने पिंजड़ों में जाकर सो गये और पिंजड़े पहले की तरह शान्त हो गये और चॉक ने सारा के बोले गये मंत्र को बोर्ड पर लिख दिया।

तुम दोनों के बाल हाहाहाह, मर्बिला ने हँसते हुए विल व डेनियल से कहा कीड़ों ने तुम्हारे बालों को खड़ा कर दिया है।

तुम दोनों जोकर लग रहे हो, विशाल ने हँसी को छुपाते हुए कहा।

विशाल मर्बिला तुम दोनों हँसना बंद करो, विल और डेनियल ने एक साथ कहा।

आप सभी शान्त रहें, और बोर्ड पर लिखे मंत्र को अपनी कापी पर लिख लें, सारा ने कहा बस आज के लिए इतना ही, कल मिलते हैं अब आप सभी कमरा नम्बर 50 में जाओ जहाँ आपको मोबारूस अर्जीगिलेनो दिलचस्प जादू सिखायेंगी वह मेरी सबसे पसन्दीदा मोबारूस हैं। आप सभी को मजा आयेगा।

सभी ने बोर्ड पर लिखे मंत्र को अपनी कॉपी में लिखा और कमरा नम्बर 50 को ढूँढ़ते हुए जाने लगे और कमरा न मिलने पर ग्लेब ने उन्हें रास्ता समझाया।

रास्ता हमने समझ लिया और क्लास शुरू होने में वक्त हैं, मर्बिला ने कहा मुझे प्यास लगी हैं हम पहले पानी पीने चलते हैं, फिर कक्ष की और चलेंगे।

हाँ मुझे भी प्यास लगी हैं, विल ने कहा चलो चलते हैं।

वह चलते जा रहे थे पर उन्हें बंद कमरों के अलावा कुछ नहीं मिला।

क्या तुम तीनों को क्लास नहीं लेनी, उन तीनों के पीछे से आवाज आयी वह मुड़ने से पहले चिल्लाये आआआआआ।

डरो नहीं मैं हूँ सोफिया, सोफिया ने कहा तुम तीनों क्या ढूंढ़ रहे हो? घड़ी में 2:30 बज रहे है मोबारूस अर्जीगिलेनो कक्ष में पहुँचने वाली होंगी।

हमें माफ करियेगा मोबारूस सोफिया, मर्बिला ने कहा मुझे प्यास लगी है।

ओ अच्छा सीधे–सीधे जा कर बाएं मुड़ जाना और पानी पीने के बाद वहीं से दाँए मुड़ना जहाँ कमरा नम्बर 50 मिल जाएगा।

धन्यवाद मोबारूस सोफिया, विशाल ने चिन्तित होते हुए कहा वो पानी श्रापित तो नहीं होगा।

नहीं, सोफिया ने कहा।

इसके बाद वह सोफिया के बताए रास्ते पर गये जहाँ कई नल बिना किसी सहारे के हवा में झुल रहे थे विल का मुँह तो खुला का खुला रह

गया तीनों उस नल के पास गये और नल को खोल कर पानी पीने लगे पानी कि एक बूंद भी जमीन में नहीं गिर रही थी।

कमाल है, विशाल ने पानी पीते हुए कहा।

फिर वह वहाँ से दाएं गलियारे में गये जहाँ अर्जीगिलेनो का प्रमुख कक्ष था जिसके अन्दर से रोने और बातें करने की आवाज आ रही थी वह तीनों कक्ष में बिना पूछे घुस गये।

मोबारूस अर्जीगिलेनो आप क्यूं रो रही हैं ?, विशाल ने झिझकते हुए पूछा आप किस से बात कर रही थीं, आप के हाथ में किस की तस्वीर हैं? जिसे देख कर आप रो रही हैं।

मेरे कक्ष में आने की हिम्मत कैसे की आप लोगों ने, अर्जीगिलेनो ने चिल्लाकर कहा बिना आज्ञा लिए मेरे कक्ष में प्रवेश मत करना खास कर विशाल तुम मुझे तुम बिल्कुल पसन्द नहीं निकल जाओ।

अर्जीगिलेनो की बातों को सुनकर विशाल को बहुत बुरा लगा वह रोने लगा मर्बिला और विल ने विशाल को चुप कराया।

पता नहीं वो तुम्हें पसन्द क्यों नहीं करती? वह सदैव तुम्हें घूरती हैं, मर्बिला गुस्से में उठकर वहाँ से जाने लगी।

रुको मर्बिला रुको विल ने कहा तुम कहाँ जा रही हो? क्लास लेने चलो समय हो गया।

मुझे उनकी क्लास नहीं लेनी, मर्बिला ने चिल्लाकर कहा वह अच्छी नहीं हैं।

नहीं तुम्हें ऐसा नहीं कहना चाहिए, विशाल ने कहा हम क्लास में चलते है। विशाल की बात मानकर वह क्लास की तरफ जाने लगे क्लास में जाकर अपनी–अपनी खाली जगह पर बैठ गये।

अर्जीगिलेनो ने मुस्कुराते हुए कमरे में प्रवेश किया। सभी बच्चे कमरे में मौजूद हैं अर्जीगिलेनो ने मुस्कुराते हुए पूछा।

हाँ, सभी बच्चों ने एक साथ कहा।

मैं आपको क्रोमल काइली की किताब में लिखी रोचक बातें पढ़ाऊँगी, रोचक बातें इसका मतलब हैं वक्त पड़ने पर अच्छे काम के लिए महान

जादूगर की आत्माएँ एकत्रित करना और नई शक्तियाँ, नया जादू उज्ज्वल करना। अर्जीगिलेनो यह सब बातें उन्हें समझाती जा रही थी फिर उन्होंने कहा आप सभी अपनी छड़ियाँ उठाएँ अपने मन को शान्त रखते हुए अपनी मेज पर छड़ी से कुछ भी प्रकट करने की कोशिश करें।

कैसे? डेनियल ने उठकर पूछा

वह छड़िया जादू के लिए बनी हैं, अर्जीगिलेनो ने कहा तुम्हें बस उसे दिल से मानना होगा कि हम जादू कर सकते हैं हमें चुना हैं जादू के लिए।

यह सुनकर सभी बच्चों का भरोसा बढ़ा और वह कोशिश करने लगे।

वह कक्ष में हर जगह घूम–घूम कर उन्हें पढ़ा रही थी बोल रही थी अपने मन में किसी की कल्पना करो बस उसे प्रकट करो पर सामान की ना कि इन्सान व जानवर की। अर्जीगिलेनो ने अपनी छड़ी से मेज पर रखी किताब को गिलास में बदल दिया फिर गिलास को पानी से भर दिया फिर उस गिलास में बैंगनी व लाल रंग के फूल लगा दिये जिसे देखकर सभी बच्चे उत्साहित हो उठे फिर उस मेज को गमले में बदल दिया। सभी बच्चे अपनी छड़ी को मेज पर घुमाकर छड़ी को मेज पर झटक रहे थे जिससे क्लास में हल्का शोर भी था पर अर्जीगिलेनो बार–बार उन्हें चुप रहकर ध्यान लगाने की बोलती।

कुछ देर बाद एक मेज पर छड़ी से आइसक्रीम आ गई जो कि विल की मेज थी सभी अचम्भित थे कि विल ने ऐसा किया।

बहुत अच्छे, अर्जीगिलेनो ने कहा परन्तु क्लास में खाने का सामान नहीं ला सकते पहली बार है इसलिए माफ किया परन्तु अगली बार ऐसा नही होगा। सभी बच्चे हँसने लगे परन्तु अर्जीगिलेनो को देख कर फिर शान्त हो गये। विशाल ने माला प्रकट की इसके बाद सभी बच्चे एक–एक कुछ–न–कुछ प्रकट करते गये किसी ने फूल, तितलियाँ तो किसी ने खिलौने व कॉमिक बुक। अर्जीगिलेनो भी प्रकट हुए सामान को देखकर मुस्कुरा रही थी।

अब आप सभी इस प्रकट हुए सामान को गायब करो और गायब करने का मंत्र हैं लबेरो ल्यूरा, अर्जीगिलेनो ने कड़कती आवाज में कहा जल्दी करो।

विल उदास हो गया कि वो आइसक्रीम नही खा पायेगा और मर्बिला व बाकी के वह बच्चे जिन्होंने तितली प्रकट की थी उनकी तितलियाँ उड़ चुकी थीं और किसी की कॉमिक बुक। कोई भी अपना सामान गायब नही करना चाहता था। परन्तु अर्जीगिलेनो ने सभी के सामान को गायब करा दिया और जिनकी तितलियाँ उड़ गई थी उनसे फिर से ठोस वस्तु प्रकट करवाई फिर उसे गायब भी कराया।

अब आप सभी जा सकते हैं, अर्जीगिलेनों ने कहा वॉलवर्डर में घूम सकते हैं पर वहीं जाना जहाँ जाने की इजाजत है।

तभी कमरे का दरवाजा ग्लेब ने खटखटाया और कहने लगा कि मोबारूस रेनॉल्डस ने कहा हैं कि आपको और बच्चों को क्लास खत्म होने के बाद फूडी हॉल में उपस्थित होना है।

क्लास खत्म हो चुकी हैं, अर्जीगिलेनो ने कहा बच्चों को ले जा सकते हैं। मैं भी अभी फूडी हॉल पहुँचती हूँ।

डिगो ग्लेब बच्चों को फूड़ी हॉल की तरफ ले जाने लगा फूड़ी हॉल मोबारूस के बैठने वाले हॉल के नीचे तहखाने में था सभी बच्चे सीढ़ियों से नीचे उतर गये डिगो ग्लेब ने फूड़ी हॉल का दरवाजा खोला और बच्चों ने फूड़ी हॉल में प्रवेश किया जहाँ बनी बड़ी स्टेज पर लम्बी मेज व कई कुर्सियाँ रखी थी जिन पर सभी मोबारूस अपनी–अपनी जगह पर बैठे थे। हॉल में चार लम्बी मेज थी जो कि हॉल के दरवाजे से शुरू होती और स्टेज से थोड़ी ही दूरी पर खत्म होती। हर मेज के आमने–सामने मेज के हिसाब से कुर्सियाँ रखी थी। डिगो ग्लेब ने बच्चों को बीच वाली मेज के पास ले जाकर कुर्सियों पर बैठा दिया बाकी की तीन मेज खाली थीं और जिस मेज पर बच्चों को बिठाया था उस पर बच्चे एक कोने पर ही आ गये थे। हर मेज पर गहरे लाल मखमल के कपड़े का रोल रखा था हॉल में मशालें जल रही थीं जिनसे हॉल में सुनहरा प्रकाश हो रहा था और ऊपरी हिस्से में हवा में झूलती हुई काँच की झूमरें जिनमें जलती हुई मोमबत्ती लगी हुई थी वे सभी झूमरें एक–दूसरे से जगह बदल रही थी बच्चे एकटक उन्हीं झूमरों को देख रहे थे। हॉल काफी सुन्दर था।

यह हॉल फिर से अपने आप में जी उठा, रेनॉल्डस ने खड़े होकर कहा, इसका श्रेय सोफिया और निकोलस को जाता है सोफिया और निकोलस के लिए तालियाँ बजाइये।

सभी मोबारूस और बच्चों के तालियों की आवाज हॉल में गूँज उठी। इसके बाद कोन्सेनटाइन ने खड़े होकर अपने चोगे से छड़ी निकाली और मेज पर रखे सभी रोल पर जादू किया और रोल अपने आप सभी मेजों पर लग गये जिसमें से सुनहरे रंग के हर तरह के बर्तन निकलने लगे फिर टोकरियाँ फलों से भर गई थीं और बच्चों के मनपसन्द खाने में कबाब, रोस्ट चिकन,. मटन, उबले व भुने आलू, तले हुए चावल, मंचुरियन, पकी हुई मछली , जैली ,मटर और गाजर का सलाद, नुड़ल्स, केचप, और मीठे में चॉकलेट व अनेक स्वाद की पेस्ट्री। खाने को देखते ही सभी का चेहरा खिल उठा और तालियों की गड़गड़ाहट हॉल में फिर से फैल गई।

खाना शुरू करो बच्चों, रेनॉल्डस ने कहा आप सभी को खाना पसन्द आयेगा।

निकोला ने विशाल को काफी भूखा रखा और उसे खाना दिया भी तो सिर्फ जिन्दा रखने के लिए विशाल इन बातों को भूला तो नहीं परन्तु सोफिया और सारा के घर पर विशाल ने काफी ढंग से अपना पसंदीदा खाना खूब खाया इसलिए विशाल फूड़ी हॉल में काफी अदब और तमीज से खाना खाने लगा।

विशाल यह रोस्ट चिकन खा कर देखो, डेनियल ने कहा।

हाँ क्यूं नहीं, विशाल ने कहा।

यहाँ सब कुछ कितना अच्छा है, विल ने कहा समझ नही आता मेरे माता–पिता यहाँ क्यूँ नहीं आने दे रहे थे?

सही कहा, डेनियल ने रोस्ट चिकन खाते हुए कहा मुझे भी मेरे माता–पिता रोक रहे थे। यहाँ तो मजा आ रहा है।

बकबास बन्द करो तुम दोनों, मर्बिला ने मुंह बनाकर कहा कुछ देर पहले तो जाने की बात कर रहे थे अब मजा आ रहा है।

तुम चुपचाप से अपने नूड़ल्स खाओ हम विशाल से बात कर रहे हैं, विल ने मर्बिला से कहा। वॉलवर्डर के बाहर डर लग रहा था पर अन्दर काफी अच्छा हैं।

ओ हो अब झगड़ा बन्द करो, विशाल ने सोचते हुए कहा बाहर काफी अंधेरा हैं और बर्फ कभी रूकती नहीं और जमीन पर थमती भी नही है।

मतलब, मर्बिला ने कहा।

बर्फ हर वक्त पड़ती है अब तक तो बर्फ के कई पहाड़ बन जाने चाहिए थे, विशाल ने कहा। ऐसे तो वॉलवर्डर तबाह हो जाना चाहिए था परन्तु ऐसा नही हो रहा है क्योंकि वोल्फरोल्ट चाहता है कि जादुई दुनिया अंधकार में डूबी रहे और यह बर्फ हरियाली को दबाये रखे और इस सर्द मौसम में हम कैद रहें। ताकि हम कुछ कर न सकें परन्तु मोबारूस रेनॉल्डस ने फिर भी हार न मानी और हमें उनके जैसा ही बनना है।

निकोला के उस साथी का नाम मत लो, विल ने आश्चर्य से कहा यहाँ खतरा है इसलिए मेरे माता–पिता मुझे यहाँ आने से रोक रहे थे। मेरी एक बहन और दो भाई यहाँ पढ़ते थे पर वह यहाँ से गायब हो गये वो कहां हैं मैं नही जानता। मुझे यह बात बोलने की मना थी इसलिए तुम किसी को मत बताना।

यह बात तुम्हें कब पता चली, मर्बिला ने पूछा।

जब सोफिया और सारा मुझे लेने मेरे घर आयीं, तब मेरे माता–पिता यही बात बोल रहे थे मैने छिप कर यह बात सुन ली थी। मेरा एक छोटा भाई भी है जो बहुत प्यारा हैं। जिसका नाम हेनरी है।

अगली क्लास शुरू होने में 2 घंटे हैं तब तक आप फ्री हैं आप तब तक वॉलवर्डर में घूम सकते हैं चाहो तो भूतों की दुकान में जा सकते हो परन्तु 5 बजे से पहले आ जाना क्योंकि भले ही बाहर अंधेरा है परन्तु यह दोपहर का समय है इसलिए आपको वहाँ कोई खतरा नहीं हैं। अब आप सभी जा सकते हैं।

बच्चे फूड़ी हॉल से बाहर आ गये कुछ वॉलवर्डर में घूमने लगे तो कुछ अपने कमरे जाकर में आराम करने लगे। विशाल हाथों में लैम्प लिए

मर्बिला और विल के साथ वॉलवर्डर से बाहर निकलने लगा। सफेद बर्फ में लाल चोगे बहुत अच्छे लग रहे थे। जब विशाल ने पीछे मुड़कर देखा तो ऑलिविया अपने भाई एडम और उसके दोस्तों के साथ आ रही थी।

ओ इसे भी हमारे साथ ही आना था, मर्बिला ने कहा।

जब देखो हमसे बहस करती है, विल ने मुरझाये मुँह से कहा।

ऑलिबिया जल्दी–जल्दी विशाल के नजदीक आ गयी और कहने लगी हे! लूजर ग्रुप हमेशा की तरह देरी से पहुँचना और फिर ऑलिबिया और उसके साथी हँसने लगे।

विल गुस्से से ऑलिबिया की तरफ बढ़ा पर मर्बिला ने उसे रोक लिया और कहने लगी हमें यही रूकना चाहिए इन लोगों को जाने दो।

कोई बात नही विल, विशाल ने कहा हमें उनके जैसा नहीं बनना है।

जब ऑलिबिया अपने भाई और दोस्तों के साथ काफी दूर तक चली गई तब उन तीनों ने चलना शुरू किया।

चलते–चलते वह भूतों की दुकान पर पहुँच गये विशाल ने दुकान का दरवाजा खोला दुकान काफी बड़ी थी दुकान में कुछ लोग भी मौजूद थे ऑलिविया और उसके दोस्त दुकान के कॉर्नर में बैठे थे विशाल दुकान की बीच वाली खाली कुर्सियों पर मर्बिला और विल के साथ बैठ गया। मर्बिला और विल ने कॉफी मगवाई व विल ने जूस मंगवाया। विशाल को कॉफी काफी पसन्द आयी। मर्बिला और विल विशाल से बात करते–करते बार–बार विशाल का नाम ले रहे थे। विशाल का नाम सुनकर वहाँ बैठे बड़े–बुढ्ढे व्यक्ति उठ कर आये।

तुम विशाल हो विशाल स्मिथ, बूढ़े व्यक्ति ने आश्चर्य से पूछा।

हाँ, मैं विशाल स्मिथ हूँ, विशाल ने खुश होकर कहा।

वहीं मनहूस बालक जिसकी वजह से जादू की दुनिया में सूनापन छा गया बूढ़े व्यक्ति ने गुस्से में कहा तुम्हारे माता–पिता को अपनी जान देनी पड़ी, हमारी प्रिय अर्जीगिलेनो इस दुनिया में अकेली पड़ गई, सिर्फ तुम्हारी वजह से सिर्फ तुम्हारी वजह से। विशाल ये सुनकर रो गया फिर उसने गुस्से में कहा ये सच नहीं मैंने कुछ नहीं किया है।

ये सच है ऑलिविया ने कहा तुम्हारी वजह से जाने कितने बच्चे अनाथ हुए न जाने कितने जादूगर गुमनामी के अँधेरो में खो गये हैं जो लौटकर नहीं आ सकते, सिर्फ और सिर्फ तुम्हारी वजह से।

ये सच नहीं है मर्बिला ने चिल्लाकर कहा अपना मुँह बन्द करो। चलो विशाल यहाँ से।

बस, मिल गया सूकून विल ने कहा आप सबने उसे दुखी कर दिया आपको खुशी मिली।

इसके बाद वह वॉलवर्डर जाने लगे वॉलवर्डर में पहुँच कर विशाल भागा–भागा अपने कमरे में गया।

चुप हो जाओ विशाल, विल ने कहा उन्होंने जो कहा वो सच नहीं है तुम्हारा इसमें कोई कसूर नहीं है।

मैने अर्जीगिलेनो का क्या बिगाड़ा है, विशाल ने रोते हुए कहा मैं तो उन्हें ठीक से जानता नहीं हूँ

हमें विशाल को अकेला छोड़ देना चाहिए डेनियल ने कहा यह कहकर डेनियल रात का खाना खाने फूडी हॉल चला गया परन्तु वह तीनों कमरों में ही अपने बिस्तर पर लेट गये मर्बिला चादर ओढ़ कर छड़ी से रोशनी कर किताबों को पढती रही विल गुस्से में सो गया, विशाल रोता रहा।

बहुत देर होने पर सभी बच्चे कमरे में सोने के लिए आ गये जब सभी बच्चे पूरी तरह से सो गये तभी अचानक कमरे का फिर गेट खुला जहाँ नैन्सी लैम्बर्ट खड़ी थी कमरे में फिर रोशनी छा गई।

विशाल, उठो विशाल, नैन्सी ने कोमल आवाज में कहा।

तुम, तुम फिर आ गईं, विशाल ने रोते हुए कहा।

आज कुछ हकीकत बयां करनी है कुछ सच से पर्दा उठाना है नैन्सी ने गम्भीरता से कहा।

विशाल उठकर नैन्सी के पीछे–पीछे चल पड़ा वह वॉलवर्डर के उन्हीं गलियारों से होकर सर्पीली सीढ़ियों से रेनॉल्डस के कक्ष की ओर जाने लगी। मर्बिला और विल भी विशाल का पीछा कर रहे थे क्योंकि वो सोये नहीं थे वो नैन्सी और विशाल की बातों को सुन रहे थे।

नैन्सी जब रेनॉल्डस के कक्ष में पहुँची तब उसने विशाल को वो अंगूठी पहनने को कहा, विशाल ने वो अंगूठी पहनी वह गायब हो गया। मर्बिला, विल, विशाल को सर्पीली सीढ़ियों पर खड़े होकर देख रहे थे, विशाल को गायब देख वह चौंक गये मर्बिला, विल को सर्पीली सीढ़ियों ने रेनॉल्डस के कक्ष पर छोड़ दिया। विशाल नैन्सी जब तक अन्दर जा चुके थे मर्बिला, विल खिड़की से झांक कर देखने लगे।

आप रो क्यों रही हो अर्जीगिलेना, रेनॉल्डस ने विचित्र होकर अर्जीगिलेनो से पूछा आज आपने जो किया वो बेहद गलत किया आपको ऐसा नहीं करना चाहिए।

मैं और कर भी क्या सकती थी, अर्जीगिलेनी ने रोते हुए कहा मैं जब भी उस मनहूस को देखती हूँ तो मुझे अपनी बरबादी याद आती हैं वो अठारह मई की काली रात मुझे झकझोर देती है अपनी बेटी और उसका पति जॉन याद आता है जो उसकी वजह से मारे गए अच्छा होता निकोला उसे मार देती या वो कभी यहाँ आता ही नहीं।

उसमें उसका कोई कसूर नहीं है। मैं आपका दर्द समझता हूँ परन्तु आप बेबजह उसे कसूरवार कह रही हैं।

कसूर है, जिस वॉलवर्डर की सब इज्जत करते थे जिसके लिए सब जान झिड़कते थे आज वो सब वॉलवर्डर को देखने से भी कतराते हैं वॉलवर्डर को तबाह करने का कसूरवार वही विशाल है। आप उसे वॉलवर्डर में लाये मैंने साथ दिया परन्तु मैं उसे अपना लूँ इस बात से सहमत नही हूँ।

नहीं, नहीं, ऐसा नहीं हैं, रेनॉल्डस ने गुस्से में कहा आप उसकी नानी हैं आपको ऐसा नहीं कहना चाहिए।

मेरा उससे कोई रिश्ता नहीं हैं अर्जीगिलेनो ने रेनॉल्डस को रोकते हुए कहा वह हमेशा मेरा दोषी रहेगा क्योंकि उसने गुनाह किया है।

गुनाह वोल्फरोल्ट ने किया है, गुनाह निकोला ने किया है, गुनाह अब आप कर रही हैं, यह कहते हुए रेनॉल्डस अपनी कुर्सी पर बैठ गये।

जिस तरह से मैं अकेलापन महसूस करती हूँ उसे भी अकेलेपन का अहसास होना चाहिए वो आपकी कोई मदद नही करेगा जो इतनी कम

उम्र में सब कुछ तबाह कर सकता हैं वह अब भी सब कुछ बरबाद करेगा ना कि कुछ ठीक करेगा यह कहकर अर्जीगिलेनों भी कुर्सी पर बैठ गई।

एक बच्चे से इतनी नफरत, रेनॉल्डस ने कहा आप तो कभी ऐसी नहीं थीं मोबारूस अर्जीगिलेनो आप तो काफी बदली हुई लग रही हैं वह बिचारा तो पहले से ही काफी दुख झेल रहा है।

उसे कभी पता नहीं चलना चाहिए कि मेरा कभी उससे कोई रिश्ता था मैं उसे कभी माफ नही कर सकती और न उससे कोई रिश्ता रखूँगी।

यह सुनकर विशाल रो रहा था, उसके आँखों में से आँसू बहते ही जा रही थे, मर्बिला। विल भी यह सुनकर उदास हो गये।

यह मेरी नानी हैं, विशाल ने कहा मुझसे यह इतनी नफरत करती हैं पर मेरा इसमें क्या दोष है।

चुप रहो, बोलो मत, नैन्सी ने कहा वो हमें सुन लेंगे। वो यहीं देख रहे है।

आज सोफिया के घर से खत आया हैं, रेनॉल्डस ने अर्जीगिलेनो से गम्भीरता से कहा उसके घर का ख्याल रख रहे विक ने यह खत भेजा है। सारा अपने घर गई हैं वह कल दोपहर में यहाँ लौटकर आएगी। विशाल पर खतरा मडरा रहा है और वॉलवर्डर के सभी जादूगर पर भी, इसलिए आप अभी अपने गुस्से पर काबू रखें। सोफिया ने यह खत मुझे आज सुबह दिया।

ऐसा क्या लिखा हैं खत में जो आप इतने चिन्तित हैं मुझे खत दिखाइए।

रेनॉल्डस ने खत अर्जीगिलेनो को दिया। वो उसे पढ़ने लगी। जिसमें लिखा था।

डियर सोफिया,

आज रात जब मैं सो रहा था तो घर में कोई अनजान शख्स खिड़की तोड़ अन्दर आ गया जब मैं उसे देखने गया तो वह अंधेरे में खड़ा था उसने काली लम्बी टोपी से अपना चेहरा छिपा रखा था उसने मुझ पर छड़ी से वार किया मैं बेहोश

पड़ा था और जब सुबह उठा तो दीवार के पीछे छुपी अलमारी टूटी पड़ी थी घर का बाकी सामान भी टूटा पड़ा था, आप यहाँ जल्दी आने का प्रयास करें।

विक

यह पत्र पढ़ते वक्त अर्जीगिलेनो घबरा गई थी।

हो न हो यह अनजान शख्स विशाल के बक्से की खोज कर रहा होगा, रेनॉल्डस ने कहा पर वह बक्सा अब कहाँ हैं ? इसके बारे में किसी को नहीं पता हैं पर कोई उस बक्से का क्या करेगा ? हमें अब संभल कर रहना होगा।

तभी अचानक विल का हाथ खिड़की में पड़ा जिसके कारण बहुत तेज आवाज हुई, विशाल ने विल, मर्बिला को देख लिया परन्तु रेनॉल्डस के देखने से पहले वह छिप गये। रेनॉल्डस अपने कक्ष से बाहर अर्जीगिलेनो के साथ आने लगे तभी विशाल नैन्सी का हाथ पकड़ कर दीवार से बाहर आया विशाल ने अपनी अंगूठी को दो बार घुमाया जिससे दो अंगूठी बनीं उन अंगूठी को विशाल ने मर्बिला और विल को पहना दिया और रेनॉल्डस व अर्जीगिलेनो के आने से पहले वे गायब हो गये।

भागो–भागो अगर उन्होंने हमें देखा तो हमें बहुत भयंकर सजा मिलेगी, विल ने हड़बड़ी से कहा जल्दी करो।

चुप करो, नैन्सी ने कहा तुम्हें वो नहीं देख सकते पर तुम उन्हें देख सकते हो। यह सुनकर वह सब गायब हो गये।

शायद हवा से खिड़की हिली होगी, अर्जीगिलेनो ने कहा।

परन्तु रेनॉल्डस चेहरे से चिन्तित दिख रहे थे जैसे वो जानते हों यहाँ कौन है ? फिर वह खिड़की को देख कर चले गये।

बाल बाल बचे, मर्बिला ने कहा विल और मेरी तो जान निकल गई।

सर्पीली सीढ़ियों से वह चारों नीचे आये और वह काफी चिन्तित थे फिर नैन्सी ने विल और मर्बिला से कहा मै नैन्सी हूँ। तुमसे मिलकर अच्छा लगा मुझे सिर्फ विशाल देख सकता था परन्तु तुम मुझे देख सकते हो क्योंकि ऐसा मैने चाहा। मैं यहाँ होकर भी नही हूँ।

अब समझ आया नैन्सी भी प्रारूप प्रक्रिया से यहाँ आ जा सकती हैं, मर्बिला ने कहा मोबारूस रेनॉल्डस ही थे जिन्होंने विशाल को निकोला के गिरफ्त से छुड़ाया था।

इसका मतलब विशाल सच बोल रहा था, विल ने कहा परन्तु खूसट मोबारूस अर्जीगिलेनो विशाल की नानी हैं यह कैसे हो सकता हैं ?

हां मैं भी यही सोच रही थी कि विशाल कि माँ का सरनेम और मोबारूस अर्जीगिलेनो का सरनेम अलग–अलग हैं फिर वह विशाल की नानी कैसे हो सकती हैं ?

वो इसलिए क्योंकि जब तुम्हारी माँ दस साल की थी तब मोबारूस अर्जीगिलेनो के पति यानि तुम्हारे नाना ने उन्हें छोड़ दिया था और विशाल तुम्हारी माँ तुम्हारे नाना से नफरत करने लगी इसलिए तुम्हारी माँ ने अपने पिता के सरनेम को त्याग कर अपनी माँ का सरनेम रॉय अपनाया बाद में तुम्हारे पिता से शादी कर के वह रीया स्मिथ बन गई। तुम्हारी नानी बहुत अच्छी हैं विशाल बस वह अभी नाराज हैं।

उस रात का आधा सच नैन्सी तुम्हें पता है, विशाल ने कहा तुम मुझे बता सकती हैं।

मैं नहीं जानती विशाल, नैन्सी ने उदास होकर कहा उस रात मैंने अपनी जादुई ताकतों का इतना उपयोग कर लिया था कि मैं बेहोश होकर गिर पड़ी। पर कोई है जो तुम्हारे सवालों का जबाव दे सकता है।

वहाँ कौन हैं ?, ग्लेब ने चिल्लाकर कहा इस समय कौन सा बच्चा कमरे से बाहर घूम रहा है। रूको मैं अभी आता हूँ।

ग्लेब कि आवाज सुन कर नैन्सी गायब हो गई और तभी कोन्सेनटाइन हाँफते हुए भाग कर आया और वह काफी चिन्तित था तभी कोन्सेनटाइन ने ग्लेब से कहा मैं हूँ मुझे कुछ काम था। तभी विशाल की नजर कोन्सेनटाइन की उँगली पर गई जिसमें वही अंगूठी पहनी हुई थी जो विशाल को सुबह मिली थी फिर कोन्सेटाइन वहाँ से चला गया और ग्लेब भी अपनी जगह जाकर चला गया।

मोबारूस कोन्सेनटाइन यहाँ क्या कर रहे हैं ?, विशाल ने घबराते हुए कहा और वो अंगूठी। नैन्सी उस अंगूठी के बारे में तुम जानती हो। नैन्सी कहां गई।

अंगूठी को छोड़ो, पहले यहाँ से चलो, विल ने कपँकपाते हुए कहा पकड़े गये तो बहुत बुरा होगा और यहाँ कितना अंधेरा है।

हाँ तुमने ठीक कहा, विशाल ने कहा।

चलो चलते हैं कमरे में सुबह जगना भी है, मर्बिला ने कहा।

गलियारे में काफी अंधेरा होने के बाद भी वह तीनों कमरे में सोने चले गये। विशाल को सोते वक्त सपना आया जिसमें विशाल वालवर्डर की ऊपरी सतह पर था जहाँ वो दीवार के अंदर हो रहे छोटे से छेद में से देख रहा था दीवार के उस पार नैन्सी को अंधेरों ने जकड़ रखा था नैन्सी अपने आप को बचाने के लिए जोरों से चीख रही थी और निकोला उसे छड़ी के जादू से उसे दर्द से तड़पा रही थी और नैन्सी से कह रही थी अब तुम प्रारूप प्रक्रिया का इस्तेमाल कर विशाल की मदद नही कर सकती अब तुम काले कवच में बंद हो विशाल जोरों से चीखा उसे छोड़ दो तभी निकोला ने विशाल को घूरा और दीवार दरवाजा बन गई फिर नैन्सी को जिस अंधेरे ने जकड़ रखा था वो विशाल के पास तेजी से गया और विशाल को दरवाजे के अंदर खींच फिर निकोला अर्जीगिलेनो बन गई और फिर तेज–तेज हँसने लगी। दरवाजा फिर से सख्त दीवार में बदल गया और विशाल पसीना–पसीना होकर कपँकपाँते हुए उठा।

विशाल ने खुद को संभाला और दुबारा सो गया और जब अगले दिन उठा तो वह उसी सपने को सोचने लगा।

अध्याय–8

दीवार के पीछे छुपा अदृश्य दरवाजा

फूड़ी हॉल में नाश्ता करने के बाद सभी बच्चे हॉल में प्रार्थना करके वॉलवर्डर में इधर–उधर घूमने लगे परन्तु विशाल बेहद उदास होकर बैठा था विल उसे अपने घिसे पिटे चुटकलों से हँसाने की कोशिश कर रहा था और मर्बिला उसके चुटकलों पर उबासी भरते हुए उसे चुप करा रही थी तभी विशाल उठ कर अर्जीगिलेनो के कक्ष की तरफ गुस्से में जाने लगा।

विशाल, विशाल, विल तेज आवाज में चिल्लाया तुम कहाँ जा रहे हो?

हमें उसके साथ जाना चाहिए, मर्बिला ने कहा वह काफी दुखी है।

रूको, रूको कर क्या रहे हो ?, विल ने विशाल का हाथ खींच कर उसे रोकते हुए कहा, कहाँ जा रहे हो ? हां।

मुझे अर्जीगिलेनो से बात करनी हैं, विशाल ने हताशा होकर कहा मुझे जबाब चाहिए।

क्या पूछोगे ? हाँ कहोगे क्या ?, मर्बिला ने गुस्से से कहा नैन्सी ने कहा था वो पहले ऐसी नहीं थी बस वो उस हादसे की वजह से दुखी हैं और वह बस इसलिए तुमसे नफरत करती हैं तुम उन्हें दिखा दो कि सभी तुमसे जो उम्मीद करते हैं वो तुम पूरी कर सकते हो फिर सब ठीक हो जाएगा विशाल फिर उनका गुस्सा, नफरत और गलतफहमी दूर हो जाएगी।

मुझे नहीं पता वालवर्डर और जादुई दुनिया का श्राप से कैसे मुक्त करूँ, विशाल ने गुस्से में चलते हुए कहा। क्या तुम श्राप को हटाना जानते हो और क्या विल तुम जानते हो। चुप क्यों हो जबाब दो।

यह कह कर विशाल भागा–भागा अर्जीगिलेनो के कक्ष की तरफ गया और बिना पूछे कक्ष के अन्दर प्रवेश किया जहाँ अर्जीगिलेनो कुर्सी पर बैठ कर मेज पर रखे कागजों को पढ़ रही थी तभी विशाल को देखकर वो खड़ी हो गई तभी कुर्सी और सभी कागज नीचे गिर गये। फिर विशाल ने कहा नानी।

अर्जीगिलेनो नानी शब्द सुनकर बेहद क्रोधित हो उठी फिर चिल्लाकर कहा तुमसे मेरा कोई रिश्ता नहीं है। मैं तुम्हारी नानी नहीं हूँ निकल जाओ मेरे कक्ष से।

आप झूठ बोल रही हैं, मर्बिला ने कक्ष में प्रवेश करते हुए कहा माफ कीजिएगा मोबारूस अर्जीगिलेनो आपके मना करने से रिश्ते टूट नहीं जाएंगें।

यह मनहूस इससे मेरा कोई रिश्ता नहीं है, अर्जीगिलेनो ने क्रूरता भरी आवाज में कहा न जाने इसे वॉलवर्डर में क्यूं लाया गया है, दफा हो जाओ विशाल अपने वाहियाद दोस्तों को भी ले जाओ वरना तुम्हें और तुम्हारे दोस्तों को वॉलवर्डर से निकालने में मुझे वक्त नहीं लगेगा।

पर मुझे जबाव चाहिए, विशाल ने उदास होकर कहा मेरा क्या कसूर हैं ? जो आप मुझसे इतनी नफरत करती हैं।

आपको जबाब देना होगा मोबारूस अर्जीगिलेनो, विल ने कहा विशाल का यह हक है।

अर्जीगिलेनो का क्रोध बढ़ता ही जा रहा था वह विशाल की तरफ बढ़ती हुई आयी और कहा यदि फिर मेरे कक्ष में बिना पूछे प्रवेश किया तो तुम इस जादुई दुनिया में कभी प्रवेश नहीं कर सकते भूल जाओगे कि तुम किसी जादुई दुनिया में थे फिर अर्जीगिलेनो ने अपनी छड़ी निकाली और तीनों पर जादू किया फिर छड़ी से लाल रोशनी निकली और विशाल मर्बिला और विल के साथ अर्जीगिलेनो के कक्ष से गायब होकर किसी

कमरे में पहुँच गये जहाँ लाल रंग के सोफे रखे थे और सोफे की कुछ ही दूरी पर आग जलाने वाले स्थान पर आग जल रही थी।

विशाल के आज के दिन की भी शुरूआत अच्छी नही हुई फिर वह तीनों जाकर सोफे पर बैठ गये।

तुमने सही बोला था मर्बिला मुझे मोबारूस अर्जीगिलेनो के कक्ष में नहीं जाना चाहिए था, विशाल ने कहा अब मैं तभी उन्हें अपनी नानी कहूँगा जब सब कुछ ठीक हो जाएगा।

तुमने सही फैसला लिया विशाल, मर्बिला ने कहा।

यह कमरा बहुत अच्छा है, विशाल ने कहा आग भी मिल गई और शान्त जगह भी।

सामने आग जलने के बाद भी तुम कँप क्यों रहे हो, मर्बिला ने विल से कहा अब कुछ बोलोगे चेहरे पर इतना डर क्यों हैं ?

अरररररर मुझे लगा मोबारूस अर्जीगिलेनो आज तो हमें मार ही डाल देती, विल ने हड़बड़ाहट मे कहा हमें या तो वो किसी सामान या जानवर मे बदल देती नहीं तो कहीं कैद कर के डाल देती हमें तो कोई ढूँढ़ भी नही पाता विशाल हम तो बच गये।

हाहाहाहाहाह मर्बिला और विशाल जोरों से हँसे फिर विशाल चुप पड़ गया।

विल तुम तो डरपोक और फट्टू हो, मर्बिला ने हँसते हुए कहा मोबारूस अर्जीगिलेनो हमें सजा दे सकती हैं पर तुम जो सोच रहे वो ऐसा कुछ नही करेंगी।

यह सुनते ही विल का मुँह बन गया और उसने मर्बिला से कहा तुम मुझ पर हँसना बंद करो जब तुम्हें मोबारूस अर्जीगिलेनो गायब कर देती तब तुम्हारी हंसी और तुम गायब हो जाती।

तुम दोनों लड़ना बंद करो, विशाल ने कहा मुझे तुम्हें कुछ बताना हैं।

अब क्या रह गया ?, विल और मर्बिला ने एक साथ चौंकते हुए कहा।

मुझे रात में एक सपना आया था मैं वॉलवर्डर के ऊपरी हिस्से में था जहाँ एक दीवार में छोटा–सा छेद हो रहा था जिस में से मैं झाँक रहा था

दीवार के पीछे नैन्सी को अंधेरों ने जकड़ रखा था और निकोला उसे मेरी मदद करने के कारण अपनी छड़ी से तड़पा रही थी और उसे यहाँ आने से रोकने की बात कर रही थी तभी निकोला की नजर मुझ पर पड़ी और फिर दीवार दरवाजा बन गया फिर अंधेरों ने मुझे भी जकड़ कर दरवाजे के अंदर ले लिया, निकोला मोबारूस अर्जीगिलेनो में बदल गई इसके बाद वह तेज–तेज हँसने लगी और दरवाजा फिर दीवार बन गया कुछ देर बाद मैं नींद से उठ गया।

सपना तो डरावना था परन्तु इसमें डरने वाली क्या बात है, विल ने मुस्कुरा कर कहा यह सच नहीं होने वाला है बस एक बात सच हो चुकी हैं।

क्या बात ?, मर्बिला ने पूछा।

यहीं की मोबारूस अर्जीगिलेनो निकोला बन चुकी हैं।

हाहाहाहाह तुम बहुत मजाकिया हो विल, विशाल ने हँसी रोकते हुए कहा पर वो सपना इतना हकीकत था जैसे वो सब कुछ मेरे सामने हो रहा हो। मैं वहाँ मौजूद था पूरे होशोहवास में था। हमें ऊपरी हिस्से में जाकर उस दीवार को ढूँढ़ना चाहिए शायद उस दीवार से हमें कोई मदद मिले।

तुम्हें मोबारूस रेनॉल्डस की बात याद हैं न यदि तुम भूल गये हो तो याद मैं दिला दूँ कि ऊपरी हिस्से में जाना मना है, मर्बिला ने सपाट लहजे में कहा। माना तुम कई दिन से रातों में ऊपरी हिस्से में जा रहे हो परन्तु जब तुम्हारे साथ नैन्सी थी पर अब तुम्हारे सपने के मुताबिक अब वो भी हमारी मदद नहीं कर सकती इसलिए ऊपर जाना हमारी बहुत बड़ी बेबकूफी होगी और यह बेबकूफी हमें वॉलवर्डर से बाहर भी कर सकती है।

हम सब के सो जाने के बाद जाएंगे, विशाल ने समझदारी दिखाते हुए कहा हमें यह करना होगा।

ककककक क्या सब के सो जाने के बाद। वॉलवर्डर पहले से काफी डरावना है और ऊपर कोई नहीं जाता सोचो ऊपरी हिस्सा कितना डरावना होगा मैं तो कल रात के नैन्सी के भूत को ही नहीं भुला पा रहा हूँ तुम दोनों खुद तो मरोगे और संग में मुझे भी मरवाओगे यह कहते हुए बिल का चेहरा डर से लाल टमाटर जैसा लाल हो रहा था।

तुम डरना बंद करोगे, विशाल ने आँखों को टिमटिमाते हुए कहा नैन्सी भूत नहीं हैं वो सिर्फ हमारी मदद कर रही हैं।

अभी यह सुबह का वक्त हैं, मर्बिला ने विशाल को घूरते हुए कहा अब यह बातें खत्म करो और क्लास लेने चलो।

ठीक हैं, विल ने ऊबासी भरते हुए कहा।

मर्बिला ने कमरे का दरवाजा खोला तो उसने देखा दरवाजे के बाहर सभी बच्चे कोन्सेनटाइन के पीछे–पीछे जा रहे थे छिपते–छिपाते वह तीनों भी उन बच्चों में शामिल हो गये।

तुम तीनों कहाँ से आये हो ?, डेनियल ने चौंकते हुए कहा तुम तीनों तो अभी यहाँ नहीं थे चुप क्यों हो बोलो ?

तुम अपने काम से काम रखो, मर्बिला ने कहा तुम्हारी आवाज यदि मोबारूस कोन्सेनटाइन के कान में गई तो तुम्हारा क्या होगा तुम जानते हो इसलिए चुपचाप चलो, ठीक है।

कोन्सेनटाइन सभी बच्चों को लेकर यू आकार के बने दरवाजे के अन्दर ले गया जहाँ पत्थर के मेज व कुर्सी पाइप के आकार के बने थे कोन्सेनटाइन ने बच्चों को बैठने के लिए कहा जब सब बच्चे बैठ गये तब वह अपनी जगह पर बैठ गया। कक्ष में काँच के जार, पत्थर की बनी अलमारी में रखे थे किसी में रंग बिरंगे तरल द्रव था तो किसी में गैस जिसमें से धुंआ निकल रहा था किसी में ठोस खाने की सामग्री तो कहीं जड़ी बूटियाँ तो मशरूम, कीड़े व नाखून, बाल आदि अजीब सामग्रियाँ कमरे में रखी थीं।

यह तो हमेशा गुस्से में रहते हैं, विल ने कोन्सेनटाइन को घूरते हुए कहा हमें यह क्या पढ़ाने वाले होंगे?

चुप रहो, विशाल ने विल को रोकते हुए कहा अगर उन्होंने तुम्हें बोलते हुए सुना तो तुम तो समझो गये।

आप सभी ने इंसानी दुनिया में रसायन शास्त्र पढ़ा होगा। ठोस, द्रव और गैस को अच्छी तरह जाना होगा। यहाँ मैं आपको यही सिखाऊँगा लेकिन वो इन सब से भिन्न होगा पर मैं जो आपको सिखाऊँगा उसमें

आपको मजा आएगा। यह जादू सबसे हटकर हैं जिसका नाम हैं–लोक्सो मोरो।

जिसका मतलब ऐसे जादू का निर्माण जिससे जादुई घोल, गैस और ठोस पदार्थ बनाना जिससे हम देर तक गायब हो सकते हैं, खुश भी हो सकते हैं, किसी को दुखी भी कर सकते हैं, बेहोश करना, रूप बदलना और जवान व सुंदर बनना। बहुत खासियत हैं लोक्सो मोरो जादू की। परन्तु यह सब बनाना इतना आसान नहीं होता बहुत मेहनत करनी पड़ती है।

कोन्सेनटाइन की सुन्दर बनने वाली बात को सुनकर ऑलिबिया अपने बालों में हाथ फेरने लगी और सोचने लगी इसकी विधि को सीख कर इसका इस्तेमाल अपने ऊपर करूंगी एडम तो बस विशाल, विल और मर्बिला को दुखी करने की सोचने लगा और विशाल तो बस खिड़की से बाहर ही देख रहा था उसे पता ही नहीं था कोन्सेनटाइन क्लास में क्या बात कर रहा हैं और कोन्सेन्टाइन बार–बार विशाल को ही घूर रहा था।

तुम उठकर यहाँ मेरे पास आओ मिस्टर मर्फी, कोन्सेनटाइन ने विल की तरफ इशारा करते हुए कहा।

विल खड़ा हुआ और चारों तरफ गर्दन घुमा कर देखने लगा कि कोन्सेनटाइन किसे बुला रहा हैं ?

मैं तुम्हें ही बुला रहा हूँ, इधर–उधर देखना बंद करो और जल्दी आओ।

विल हर तरफ देखकर कँप–कँपाते पैरों से कोन्सेन्टाइन के पास जाकर खड़ा हुआ।

कोन्सेनटाइन तेज रफ्तार से विशाल की तरफ जाने लगा जहाँ उसके साथ मर्बिला बैठी थी कोन्सेनटाइन ने अपनी स्टिक को विशाल की मेज पर तेज–तेज मारा विशाल हड़बड़ा कर खड़ा हुआ।

वॉलवर्डर में आप पढ़ने आए हैं या बाहर देखने। कहो तो आपको बाहर ही बैठा दूँ मिस्टर स्मिथ, यह कहकर कोन्सेनटाइन फिर विल के पास चला गया। विल पूरी तरह से कँपकँपा रहा था सोच रहा था यह मेरे साथ क्या करने वाले हैं ?

कान्सेनटाइन ने अपने काले चोगे से छड़ी निकाली और वहाँ रखी सामग्री की तरफ जादू किया जिससे वो छड़ी अलमारी से गायब हो कर कोन्सेनटाइन के मेज पर आ गई और विल से कहने लगे तो मिस्टर मर्फी मेज पर रखी कौन–सी सामग्री तुम्हें पसन्द हैं वही आप पर इस्तेमाल करूँगा जो आपको पसन्द हो।

वॉलवर्डर में तो मिस्टर व मिसेस कहना मना हैं विल ने डरती हुई आवाज में कहा फिर आप इन शब्दों का इस्तेमाल क्यूं कर रहे हो?

हमें आप सभी बच्चों को मिस्टर व मिस कहने का हक हैं पर हमें और सभी पढ़ाने वाले जादूगरों को मोबारूस ही कहोगे, कोन्सेनटाइन ने सपाट लहजे में कहा चलो तो तुम्हें यह लाल वाला तरल द्रव पीना चाहिए। कोन्सेनटाइन ने मेज पर से वो छोटी काँच की शीशी विल के हाथ में थमा दी।

विल ने बहुत सोचते–समझते थोड़ा–सा उसे पीया विल को उसका स्वाद काफी पसन्द आया फिर उसने वो पूरी शीशी का लाल द्रव पी लिया।

मजेदार है, विल ने कहा।

इसके बाद विल हिलने लगा, कानों में से धुंआ निकला, बाल खड़े हो गये, आँखें गोल–गोल घूमने लगी फिर वह कहने लगा मैं नहीं जानता कौन हूँ मैं कहाँ से आया उल्लू हूँ या पागल हूँ मैं नही जानता मैं कौन हूँ? हाथों को घुमा घुमा कर घूम–घूम कर यह ही कहता रहा।

हाहाहाहाहाहाह कक्ष में हँसी की गूँज उठ रही थी कोन्सेनटाइन ने मेज पर रखी प्लेट में से एक कुकीज उठा कर विल के मुँह में डाल दी विल ने जैसे ही उसे चबाया वह सीधी मूर्ति की तरह खड़ा हो गया और वह पहले की तरह ही ठीक हो गया। कक्ष में अब भी विल पर सब हँस रहे थे विल शर्मिन्दा होकर मर्बिला के पास जा बैठा।

तुम दोनों हँसना बंद करो, विल ने मर्बिला ओर विशाल से कहा आज का दिन वैसे भी बुरा हैं वहाँ देखो एडम और मर्बिला कैसे चिढ़ा रहे हैं।

खामोश, सभी की हँसी कोन्सेनटाइन की आवाज से बंद हो गई यहाँ पढ़ाई हो रही हैं कोई मजाक नहीं हो रहा है यह भी पढ़ाई का एक हिस्सा हैं तो यह लोक्सो मोरो जादू है अब चलिए।

रूको, कोन्सेनटाइन ने कहा मेरी क्लास इतनी जल्दी खत्म नहीं होती अब हम प्रयोगशाला में जाएंगे।

यहाँ तो प्रयोगशाला नहीं हैं, डेनियल ने कहा।

कोन्सेनटाइन अपनी कुर्सी से उठा और बोर्ड वाली दीवार के अन्दर जाने लगा उसका आधा हिस्सा दीवार के उस पार तो आधा हिस्सा कक्ष में था तब उसने दीवार के अन्दर से अपना चेहरा बाहर निकाला और कड़क आवाज में कहा सभी बच्चे मेरे पीछे आओ। सभी बच्चे एक एक कर दीवार के पार जाने लगे सभी वॉलवर्डर के चमत्कारों से अचंभित थे।

घबराओ मत, कोन्सेनटाइन ने तसल्ली देते हुए कहा वॉलवर्डर में ऐसे कई दरवाजे हैं जो कभी–कभी दिखते हैं तो कभी नहीं दिखते, कोई होकर भी नहीं हैं कोई दरवाजा दीवार हैं तो कोई दीवार दरवाजा है तो कुछ अपने समय व दिन के हिसाब से खुलते हैं तुम्हें वक्त के साथ सब समझ आ जाएगा।

प्रयोगशाला कक्ष काफी बड़ा था, वहाँ चोकोर आकार के लम्बे पत्थर बने थे जिन पर प्रयोग करने का सामान रखा था सभी बच्चों ने दस्ताने पहने और कोन्सेनटाइन ने चॉक पर जादू किया जो हवा में झुलती हुई बोर्ड के पास गई और प्रयोग विधि लिखने लगी। सभी बच्चे प्रयोग विधि पढ़कर प्रयोग करने लगे। सभी ने गोल पत्थर के फ्लास्क को स्टैण्ड पर रखा फिर नीचे आग लगायी फिर सभी ने फ्लास्क पर अपनी छड़ी दो बार झटकी और खाली फ्लास्क में नीले रंग का गाढ़ा तरल द्रव का घोल आ गया सभी ने उसमें बोर्ड पर लिखी सामग्री को डालना शुरू किया सभी ने उसमें काले मशरूम, दो समुद्र की कोमल जड़ी–बूटी, सूखी खाड़ी के पीले फूल व लाल घास फिर थोड़ी देर गर्म कर कुछ देर बाद लाल द्रव डालना था परन्तु एडम ने लाल के बजाय नीला द्रव जिससे उसका नीला घोल काला हो गया और फट की आवाज से फूटा। उसका चेहरा काला हो गया और बाल खड़े हो गये और कपड़ों पर काली राख लग गई और सभी बच्चे हँस पड़े। प्रयोग करने में सभी बच्चों को काफी देर हो गयी।

हम क्या बना रहे हैं?, विल ने मर्बिला से दुखी होकर पूछा मुझे कुछ समझ नही आ रहा हैं।

हँसाने वाला केक बना है बुद्धू, मर्बिला ने कहा देखो मेरी बनने लगी।

मर्बिला के घोल से एक छोटा केक निकला और वो काफी खुश हो गई। जिस–जिस बच्चों ने वो केक बना लिया कोन्सेन्टाइन ने उसे जाने दिया जिसने नही बनाई थी उन्हे दण्ड के तौर पर प्रयोगशाला की सफाई का काम दिया गया जिसमें विल, एडम भी शामिल थे विल दुखी था क्योंकि उसे सफाई करनी पड़ रही थी।

इतनी लम्बी क्लास चलेगी मैंने सोचा नहीं था, विशाल ने थकी आवाज में कहा बिचारा विल फँस गया मोबारूस कोन्सेनटाइन सच में बहुत खड़ूस हैं।

तुमने सच कहा विशाल, मर्बिला ने कहा।

क्या मेरे बारे में कुछ बोला जा रहा हैं, कोन्सेनटाइन ने कड़क आवाज में कहा जो कि विशाल के पीछे से आ रही थी।

नहीं नहीं मोबारूस, मर्बिला ने कहा

अच्छी बात है क्योंकि हमारे बारे में कोई बात करे हमें यह कतई पसन्द नहीं। अब अच्छा होगा कि तुम अपने कमरे में जाकर कुछ पढ़ो और कुछ देर बाद मोबारूस क्लेब ली की क्लास भी शुरू होने वाली है।

ठीक है, विशाल ने सांस भरते हुए कहा चलो मर्बिला।

विशाल और मर्बिला कमरे में पहुँच गये विशाल ने अपने बक्से को मर्बिला के सामने बड़ा किया और मर्बिला बक्से को देख कर अचम्भित हो गई फिर उसने उसमें से सारी किताब निकाल कर मर्बिला को दे दी फिर मर्बिला ने किताबों को अपने बक्से में रख लिया और वह विशाल के बक्से के सामान को देखने लगी फिर कुछ देर बाद किसी की आहट हुई और विशाल ने बक्से को छोटा कर अपने जेब में रख लिया।

तुम दोनों यहाँ हो, डेनियल ने कहा मोबारूस क्लेब ली ने क्लास शुरू कर दी तुम्हें ढूढ़ने के चक्कर में मैं भी लेट हो गया। कुछ ठीक करने के लिए उस ठीक करने का अभ्यास भी होना चाहिए।

क्लेब ली द्रुम कक्ष में पढ़ाते थे द्रुम कक्ष यानि पेड़ व पौधों का कक्ष। द्रुम कक्ष में काफी नीले, हरे व पीले रंग के बेल व कई अलग प्रजाति के

पेड़ व पौधे जिनमें बोलने, चीखने व चलने वाले पेड़ व पौधे भी थे इसलिए चलने वाले पौधों को कैद कर के रखा गया था। क्लेब ली काफी छोटे होने के कारण स्टूल पर खड़े होकर पढ़ा रहे थे। विशाल और मर्बिला डेनियल के साथ भागे–भागे आए फिर विल के पास जाकर बैठ गये क्लेब ली उन्हें अपनी मोटी–मोटी आंखों से घूर रहा था।

कहाँ गये थे?, विल ने विशाल को घूर कर पूछा मैं वहाँ सफाई कर रहा था और तुम लोग घूम रहे थे।

बोला था ना डेनियल इन तीनों से दूर रहो, एडम ने हँसते हुए कहा लेट होने का कीड़ा अब तुम्हारे अंदर आने लगा है कुछ दिन पश्चात तुम भी इनके जैसे बन जाओगे। बस करो, क्लेब ली ने कहा सभी के सामने गमलों में पौधे रखे हैं जिनका नाम हैं– मलेटो, जो कि बेहद जहरीला पौधा होता है इसको सूँघने से ही हम पूरा एक दिन तक बेहोश हो सकते हैं और इसके सेवन से तत्काल मृत्यु हो जाती है।

पर मैनें तो इसे सूँघ लिया, जोजफ ने धीमी आवाज में कहा और वह नीचे गिर गया।

क्लैब ली ने ग्लेब को बुला कर जोजफ को चिकित्सालय में भेज दिया फिर वह कहने लगे। मैं भी पेड़ों से उत्पन्न हुआ हूँ इसलिए मैं इतना हरा भरा हूँ। क्लेब ली ने मलेटो के जड़ व तने के उपयोग लिखवाये और उसके बचाव के उपाय बताए।

विशाल को उनकी सभी बातें समझ नहीं आ रही थी वह तो बस अपने सपने के बारे में ही सोच रहा था। मर्बिला और विल को पेड़ों के बारे जानकर अच्छा लग रहा था। क्लेब ली की क्लास खत्म कर सभी बच्चे निकोलस की क्लास में चले गये। निकोलस की क्लास किताबों से भरी थी कक्ष में काफी सफाई थी। हर चीज अपनी जगह व्यवस्थित थी। निकोलस को सम्भोहन का विषय दिया वह वस्तुओं पर अपना नियंत्रण करना सिखाने लगा। छोटी–छोटी वस्तुओं को हवा में उड़ाना, वस्तुओं को आगे पीछे खिसकाना इस विषय में सभी को मजा आया बस साइमन दुखी था क्योंकि उसका भाई जोजफ उसके पास नहीं था निकोलस के पढ़ाने का तरीका काफी खुशमिजाज था।

सभी बच्चे जोजफ को देखने चिकित्सालय गये जोजफ आंखे बंद करके लेटा हुआ था साइमन ने जोजफ का हाथ पकड़ा और कहने लगा तुम ठीक हो जाओ अब मैं तुमसे नहीं लडूंगा।

उसे आराम की जरूरत हैं, क्लेब ली ने कहा अब तुम सभी रात का खाना खाने फूड़ी हॉल में जाओ यह ठीक हो जाएगा।

सभी बच्चे फूड़ी हॉल में जाकर खाना खाने लगे।

सभी इधर ध्यान दें, अर्जीगिलेनो ने खड़े होकर कहा प्रमुख मोबारूस रेनॉल्डस कुछ सूचित करना चाहते हैं।

अभी तक आपको एक दिन में तीन विषय पढ़ाये गये परन्तु कल से आपको सभी विषयों को एक साथ पढ़ाया जाएगा मतलब 7 विषय पढ़ाये जाएंगे और दिसम्बर के महीने का अंतिम दिन है। कल से नई साल की शुरूआत है और हमारी भी एक नई शुरूआत होगी।

ओ नहीं एक दिन में तीन विषय क्या कम थे जो अब सात विषय वो भी एक ही दिन में, विल ने उबासी भरते हुए कहा अब क्या होगा?

तुम चुप करो, मर्बिला ने कहा हमें कमरे में चलना चाहिए।

कमरे में पहुँचने के बाद मर्बिला विशाल के अनोखे बक्से के बारे में बताने लगी और विशाल सबके सोने का इंतजार कर रहा था कुछ देर बाद मर्बिला विशाल की दी किताबों में से एक किताब पढ़ने लगी वह किताब को काफी अलग तरह से पढ़ रही थी वह किताबों के पन्नों को पलटती जा रही थी।

यह तुम कैसे पढ़ रही हो?, विशाल ने धीमी आवाज में कहा।

हां मैं भी यही कहने वाला था, विल ने कहा तुम पढ़ भी रही हो या सिर्फ पन्ने पलट रही हो।

तुम नहीं समझोगे और मैं तुम्हें कुछ बता भी नहीं सकती, मर्बिला ने सिर झुका कर कहा छोड़ो। उसे देखो सब सो गये। हमें चलना चाहिए।

विशाल ने कमरे का पीछे का दरवाजा खोला मर्बिला और विल विशाल के पीछे दबे पाँव रखते हुए सर्पीली सीढ़ियों के पास गये फिर वह सीढ़ी पर चढ़ गये।

हमें ले जाओ छुपे दरवाजों की तरफ, विशाल ने सीढ़ी से आग्रह करते हुए कहा परन्तु सीढ़ी अपनी जगह से हिली ही नहीं।

लगता है हमें खुद ही जाना होगा, मर्बिला ने कहा पर किस तरफ जाएं? हमें नहीं पता। अब क्या करे ?

वो एक सपना था हकीकत नहीं हैं, विल ने गुस्से से कहा हमें कोई पकड़ ले इससे पहले चले जाना चाहिए और आज तो नैन्सी भी नहीं हैं।

मैंने जो देखा वो हकीकत हैं मैं वहाँ मौजूद था सब कुछ मैंने महसूस किया, विशाल ने काफी भरोसे से कहा वहाँ हमें कोई न कोई सुराग मिलेगा।

वह सीढ़ी पर चढ़ते गये और ऊपरी गलियारों में पहुँच गये वहाँ काफी दीवारें और दरवाजे थे। हर तरफ बहुत अंधेरा, मकड़ियों के जाल व टूटा हुआ बिखरा सामान। तीनों ने अपनी छड़ी निकाली और बोला प्रकाश प्रकट भवः उनकी छड़ी से रोशनी हो गई वह सभी दीवारो को छू–छू कर देखने लगे पर वह सब दीवार थी ना कि कोई दरवाजा फिर वह दरवाजों में से झांकने लगे तो उन्होंने देखा कि दरवाजों के अन्दर कोई था फिर वह हर कमरे के दरवाजों में से झांकने लगे तो हर कमरे में कोई था विशाल ने कमरे के अन्दर छड़ी से रोशनी की तब देखा हर कमरे में मूर्तियां थीं। विशाल जिस दरवाजे को ढूंढ़ रहा था उसे वो नही मिला तो वह मर्बिला और विल के साथ नीचे की तरफ जाने लगा तभी विल ने एक दरवाजे की तरफ छड़ी करके बोला–सुब्रागो प्रियांग। दरवाजा झट से खुल गया।

यह तुमने क्या किया?, मर्बिला ने डरते कहा ऊपरी स्तर में आना मना हैं और तुमने यहाँ का एक दरवाजा खोल दिया वैसे तो तुम्हें कोई मंत्र याद नहीं रहता और तुम्हें बस यही मंत्र याद रहा।

रूको हमें अंदर जाना चाहिए, विशाल ने सोचते हुए कहा डरो मत अंदर चलो कुछ नहीं होगा।

वह तीनों छड़ियों की रोशनी की सहायता से कमरे के अंदर गये मर्बिला ने देखा वहाँ दो मूर्तियां थी मर्बिला ने एक मूर्ति को छुआ। वहाँ मौजूद मूर्तियां हिलने लगी एक मूर्ति ने मर्बिला का हाथ पकड़ लिया विल यह देखकर कमरे से भागा विशाल मर्बिला का हाथ छुड़ाने लगा परन्तु

मर्बिला का हाथ मूर्ति ने कसकर पकड़ा था विशाल उसे नही छुड़ा पा रहा था फिर मर्बिला और विशाल ने एक साथ मंत्र बोला– मृत्यःदेवा मूर्ति टूट कर बिखर गई। मूर्ति का हाथ मर्बिला के हाथ में रह गया मर्बिला ने मूर्ति के हाथ को फेंका फिर विशाल ने मर्बिला का हाथ पकड़ा और उसे कमरे के बाहर भगा ले आया फिर विल ने हिम्मत दिखाते हुए मंत्र बोला लेब्रो लेब्रियम और दरवाजा बंद हो गया। वह तीनों भाग कर नीचे जाने लगे तभी मूर्ति ने वो दरवाजा तोड़ दिया जिसकी बहुत तेज आवाज हुई और दरवाजे के चिथड़े उड़ गये। उनका चेहरा भयभीत हो उठा उन्हें डर लगा कि दरवाजे के टूटने की आवाज सभी ने सुन ली होगी। वह मूर्ति उनकी तरफ भाग कर आने लगी उन्होंने भागती हुई मूर्ति पर निशाना साधते हुए मृत्यःदेवा मंत्र बोला लेकिन हर बार मंत्र चुकने लगा तब वह तीनों रूके और एक साथ बोला मृत्यःदेवा फिर छड़ी में से हरे रंग की चिगारी निकली और मूर्ति से टकराई और मूर्ति राख बन गई। तीनों ने सांस भरी। मर्बिला विशाल और विल को उस कमरे में लेकर गया जिसका दरवाजा मूर्ति ने तोड़ दिया था मर्बिला ने अपनी छड़ी घुमायी और बोला हिलेरोल्युसा और कमरे का दरवाजा फिर जुड़ कर पहले जैसा हो गया।

तुमने यह मंत्र कब सीखा?, विशाल ने हाँफते हुए पूछा।

तुम्हारी दी हुई किताबों से। अब नीचे चलो इससे पहले कि कोई और मूर्ति आए।

नीचे जाते हुए रास्ते में विशाल को सिगोंरिया का रूमाल मिला फिर विशाल की नजर सिंगोरिया पर गई जो कि छुपते–छुपाते सर्पीली सीढ़ियों से जा रहा था।

तुमने तो मरवा दिया था, मर्बिला ने विल से कहा।

मैं तो बस मोबारूस सारा के मंत्र को जाँच रहा था, विल ने कहा मुझे नहीं पता था यह हो जाएगा मुझे माफ करना।

विशाल को वो दरवाजा नहीं मिला तो वह निराश होकर बैठ गया मर्बिला और विल भी लड़ते लड़ते सो गये। विशाल यह सोचते सोचते सो गया कि मोबारूस सिंगोरिया वहाँ मौजूद थे उन्होंने ही मूर्तियों को जगाया होगा।

आज भी विशाल निराश होकर उठा। रोजमर्रा की तरह वह क्लास लेने गया। सभी बच्चों ने एक–दूसरे को नये साल की शुभकामनाएँ दी। साइमन खुश था क्योंकि जोजफ उसके साथ था। आज की क्लास सोफिया लेने वाली थी इसलिए उसने सभी बच्चों को मैदान में बुलाया था सभी ने अपने चोगे पहन रखे थे हर तरफ बर्फ पड़ रही थी सिर्फ मैदान को छोड़कर क्योंकि सोफिया ने अपने जादू से बर्फ को कुछ देर के लिए मैदान में गिरने से रोक रखा था।

नये साल की आप सभी को शुभकामनाएँ, सोफिया ने तेज आवाज में कहा मैं यहाँ ऊपर हूँ।

सभी बच्चे इधर–उधर देखने लगे जब सभी ने ऊपर देखा तो सोफिया बहुत ऊँचे टावर पर खड़ी थी उसके हाथ में एक काँच का जार था जिसमें काफी छोटे केक थे वह उसे लेकर नीचे कूद गई फिर सोफिया की पीठ से सुनहरे रंग के पंख निकलने लगे जो कि काफी बड़े थे वह पंख बार बार रंग बदल रहे थे वह तेज गति के साथ नीचे आई। सभी बच्चों के लिए वह काफी सुदंर नजारा था। सोफिया सफेद कपड़ों में खूबसूरत लग रही थी वह अपनी छड़ी से जादू कर एक मेज लेकर आयी फिर उस पर जार रख दिया।

उड़ना सभी चाहते हैं सोफिया ने कहा वॉलवर्डर में पहले सब झाड़ू से उड़ते थे परन्तु फिर मंत्रिमण्डल ने झाड़ूओं पर रोक लगा दी क्योंकि झाड़ू से अपराध अधिक बढ़ने लगे इसलिए मंत्रिमण्डल ने सभी झाड़ूओं को नष्ट करा दिया।

झाड़ू से क्या अपराध हो सकते हैं?, मर्बिला ने संकोच में पड़ कर कहा।

वोल्फरोल्ट ने हमेशा से ही सबको परेशान किया हैं उसने अपने काले जादू से जादुई दुनिया के सभी झाड़ूओं को एकत्रित किया उन पर काला जादू किया और फिर उन सभी झाड़ूओं से सभी जादूगरों को खत्म करने को कहा सभी झाड़ू काबू से बाहर हो गयी। वह सब कुछ तबाह करने लगीं। जादूगरों को पीट–पीट कर घायल करने लगीं। सभी ने बाहर निकलना बंद कर दिया तब प्रमुख मोबारूस रेनॉल्डस ने अपने जादू से

सब झाड़ूओं को अपने नियन्त्रण में किया फिर सब ठीक हो गया परन्तु मंत्री मण्डल ने जादूगरों की हालत देखते हुए उन्हें नष्ट करने को कहा प्रमुख मोबारूस ने उन्हें बहुत समझाया पर वो नहीं माने और आज उड़ने वाले झाड़ू का नामोनिशान नहीं है।

आपके यह सुदंर पंख कैसे आए?, ऑलिविया ने उत्सुक होकर पूछा।

मैं भूतों और पिशाचों की प्रजाति से हूँ इसलिए मेरे यह पंख हैं जब मेरा जन्म हुआ जब मैं सब से अलग थी। मेरी जाति के सभी मुझसे नफरत करते थे। मेरी माँ ने मुझे बचा के रखा ताकि मुझे कोई हानि न पहुँचा सके मैं जब 10 साल की हुई तब तो मेरे पंख निकल आए जो कि असामान्य बात थी क्योंकि इतनी उम्र पर ऐसा किसी के साथ नहीं होता। मेरे पंखों का रंग बदलता हैं और हमारी जाति मैं पिशाचों के काले और कत्थई ही पंख होते हैं इसलिए सब मुझसे जलने लगे वे सोचते मैं उनकी जाति के लिए बहुत बड़ा खतरा हूँ। एक रात मैं जब सो रही थी तो मुझे उन पिशाचों ने अगवा कर लिया। मेरी बलि देने की तैयारी की। जिसमें मेरे पिता भी मौजूद थे जब मेरी माँ ने उनसे छिपते–छिपाते मुझे आजाद किया मैं जब पिशाचों से दूर होने के लिए उड़ने लगी तब पिशाचों ने मेरी माँ को पकड़ कर उनकी गर्दन उनके धड़ से अलग कर दी मेरे सामने मेरी माँ को मार डाला फिर वह मेरा पीछा करने लगे। मैं पहली बार उड़ रही थी जिस कारण मैं लड़खड़ा रही थी मुझ पर उड़ना नहीं आ रहा था तब मैं प्रमुख मोबारूस रेनॉल्डस से टकरा गई जो झाड़ू पर उड़ कर कहीं जा रहे थे और उन्होंने देखा मेरे पीछे पिशाच पड़े हैं उन्होंने मेरा हाथ पकड़ा और वह मुझे लेकर गायब हो गये फिर मुझे वॉलवर्डर में रखा पढ़ाया जादू सिखाया सभी का विरोध भी झेला। जब मैं बड़ी हुई तब मैंने अपने पंखों का जादू जादुई दुनिया को तोहफे के रूप में दिया। अब आप सब उस जार में से एक–एक केक उठा कर खाए हर केक में पंख उगाने की घुटी हैं जो पिशाचों को उनके जन्म होने पर दी जाती हैं पर यह अत्यंत कड़वी होती हैं इसलिए इस घुटी को केक में मिला कर दे रही हूँ। इसे खाने के बाद आपको बहुत तेज नींद आएगी इसलिए केक को खाकर अपने कमरे में सोने चले जाना। हम रात को फूड़ी हॉल में मिलेंगे।

सभी ने एक–एक केक खाया और सोफिया के कहे अनुसार अपने कमरे में सोते–सोते हिलते डुलते जाने लगे विशाल ने सोफिया से कहा मुझे आपकी माँ के लिए अफसोस हैं यह कह कर वह भी सभी के साथ कमरे में चला गया। कमरे में पहुँच कर वह सब सो गये फिर सभी की आँखें रात को खुली और ग्लेब उन्हें फूड़ी हॉल में ले जाने के लिए कमरे में गया। सभी काफी थके हुए थे वह सब तैयार होकर ग्लेब के साथ फूड़ी हॉल में जाने लगे।

फूड़ी हॉल को काफी अच्छा सजाया गया और नये साल का जश्न मनाया गया। सभी ने खूब खाना खाया और मजा किया फिर दूसरे दिन 10 बजे सोफिया के साथ मैदान में पहुँच गये।

तो आप सभी को कल नींद अच्छी आयी, सोफिया ने हँसते हुए कहा मैं जानती हूँ आपको होश भी नहीं रहा होगा अब आप महसूस करो की आप हवा मैं हो आपको पंखों की जरूरत हैं पूरे मन से कोशिश करनी होगी।

सोफिया के कहे मुताबिक सभी ने यह महसूस किया तभी विल के पीठ से पंख निकलने लगे जिससे उसके पंखों ने डेनियल और मर्बिला को गिरा दिया विल खुश होकर हँसने लगा उसके पंख बैंगनी रंग के थे फिर सब एक–दूसरे से दूर खड़े हो गये ताकि वह भी न गिर जाए। सबने फिर से कोशिश की। ऑलिविया के लाल, साइमन और जोजफ के नीले, मर्बिला के गुलाबी, डेनियल और एडम के सफेद बाकी बच्चों के भी तरह तरह के पंख निकले सबसे अंतिम में विशाल के पंख आए जो की सबसे घने थे जो पाँच रंगों में बदल रहे थे सफेद, आसमानी, नीले, सुनहरी व लाल। सभी उसके पंखों को देखकर दंग थे।

मेरे बाद एक तुम्हीं हो जिसके पंखों का रंग बदलता है, सोफिया ने चौंकते हुए कहा सब कहते थे तुम में अलग खासियत है आज तुम्हें देख भी लिया और देखो सभी मोबारूस तुम्हें ही देख रहे हैं।

विशाल ने जब पीछे मुड़ कर देखा तो सब मोबारूस उसे देख कर जाने लगे। सारा और निकोलस इशारों में उसके पंखों की तारीफ कर रहे थे।

सभी को ज्यादा ऊपर नही उड़ना, क्योंकि ऊपर उड़ना खतरनाक है, सोफिया ने तेज आवाज मे कहा।

बच्चे हवा में धीरे–धीरे उड़ने लगे, सभी के पैर हवा में और चेहरे पर मुस्कान थी लेकिन कुछ बच्चे ड़गमगा कर ही उड़ रहे थे। कोई नीचे की ओर गिर रहा था तो कोई काफी तेजी से उड़ रहा था जोजफ और साइमन टावर से टकराने वाले थे पर सोफिया ने उन्हें बचा लिया।

ऑलिविया ने उड़ते हुए विशाल को धक्का दिया तो विशाल की दिशा बिगड़ गई फिर एड़म ने फिर से विशाल को धक्का दिया वह नीचे गिरने लगा मर्बिला और विल ने विशाल को संभाला और फिर तीनों ने मिलकर ऑलिविया और एडम को धक्का दिया और उन्हें गिरने से बचाया भी क्योंकि वह तीनों साफ दिल के थे।

विशाल ने कोन्सेनटाइन की क्लास ली। वहाँ सभी ने काढ़ा बनाया जिससे कुछ समय के लिए किसी को बेहोश किया जा सकता है सभी ने चार–चार के समूह में वो काढ़ा तैयार किया जब विशाल, मर्बिला, विल और डेनियल अपना काढ़ा कोन्सेनटाइन को दिखा रहे थे तो कोन्सेनटाइन के चोगे से वही अंगूठी गिर गई जैसी विशाल को पायी थी। कोन्सेनटाइन ने बिना देर किये विशाल से नजरें चुराते हुए अंगूठी उठा कर रख ली और बिना काढ़े की जाँच करे उसे ठीक बता कर वह दीवार से पार चला गया।

इन्हे क्या हुआ?, विल ने कहा अकड़ू मोबारूस।

सभी क्लास लेने के बाद विशाल ने झटपटी आवाज में कहा हमें सोफी के पास जाना होगा। मर्बिला और विल कुछ पूछते इससे पहले विशाल उन दोनों को खींच कर ले गया।

हम अंदर आ सकते हैं, विशाल ने सोफिया से विन्रमता से पूछा हमें आप से काम है।

हाँ, सोफिया ने कहा पर मेरे पास ज्यादा वक्त नहीं हैं जो काम हैं जल्दी बताओ।

यह अंगूठी देखिये मोबारूस सोफिया क्या यह अंगूठी सभी मोबारूस के पास है? मैंने यह अंगूठी मोबारूस कोन्सेनटाइन पर देखी थी।

नहीं यह अंगूठी सबके पास नहीं हैं, सोफिया ने अंगूठी को हाथ में लेकर कहा पर यह अंगूठी मोबारूस सिंगोरिया पर देखी थी उन्होंने फिर उसे मुझसे छुपा लिया इस अंगूठी का रहस्य सारा बता सकती हैं। सोफिया तीनों के साथ सारा के कक्ष में गई सारा के साथ निकोलस भी था उसके हाथ में भी वहीं अंगूठी थी।

तुम्हारे पास यह अंगूठी कहाँ से आयी, सोफिया ने निकोलस से क्रोधित होकर पूछा उसे हमसे छुपाने की कोशिश मत करो।

सोफिया क्रोध पर नियंत्रण रखो, सारा ने धीमी आवाज में कहा हमें यह अंगूठी मैदान की ओर झाड़ियों में मिली हैं बस हम बस यह पता करने की कोशिश कर रहे हैं कि यह किसकी अंगूठी हैं।

इस अंगूठी का क्या मतलब हैं?, मर्बिला ने सारा से पूछा।

ये काले जादू में प्रवेश करने वाले शख्स को दी जाती हैं ऐसी अंगूठियाँ 5 होती हैं जब उसकी प्रक्रिया पूरी होती हैं तो यह अंगूठियाँ अपने आप उसकी उंगलियों से गिरने लगती हैं।

इसका मतलब वॉलवर्डर के किसी भी एक शख्स को निकोला अपना गुलाम बना रही हैं, विशाल ने कहा हमें रोकना होगा। हमें प्रमुख मोबारूस रेनॉल्डस को बताना होगा। मोबारूस कोन्सेनटाइन या सिंगोरिया को ही निकोला गुलाम बना रही हैं।

नहीं वो ऐसे नहीं हैं, सोफिया ने कहा यह अंगूठी मोबारूस सारा, निकोलस, सिंगोरिया, कोन्सेनटाइन और तुम पर भी थी इसका मतलब सब गुनहगार नहीं हैं हमें सबूत इकट्ठे करने होंगे जिसमें समय लगेगा।

फूड़ी हॉल में जाने का समय हो गया था तुंम तीनों को वहाँ होना चाहिए, सारा ने कहा इस काम को हम पर छोड़ दो और तुम अपनी पढ़ाई पर ध्यान दो और एक बात और इस बात का जिक्र किसी से मत करना।

फूड़ी हॉल में आज अलग मंजर था सभी मोबारूस एक–दूसरे को शक की नजरों से घूर रहे थे। कोन्सेनटाइन व सिंगोरिया ने भी पता कर लिया था की अंगूठियां किस–किस पर हैं सब जानना चाहते थे की पाँचवी अंगूठी किसके पास हैं। कुछ देर पश्चात वह सब विशाल को घूरने लगे।

तुम उन्हें मत देखों, विल ने व्यंग से कहा लग रहा हैं सभी तुम्हें आज कैद करने की सोच रहे हैं।

मर्बिला विल की बात सुनकर हँस गई और रेनॉल्डस व अर्जीगिलेनो भी सभी मोबारूस को देख कर हँस रहे थे जैसे वो जानते हों सबके बीच क्या खिचड़ी पक रही है।

फूड़ी हॉल में खाना खा कर कमरे में सभी बच्चों के सोने का इंतजार किया और सबके सोने के बाद मर्बिला, विल के साथ ऊपरी स्तर में जाने लगा।

रूको विशाल, मर्बिला ने कहा वॉलवर्डर में 300 से ज्यादा ऐसी सीढ़ियां हैं और ऊपरी स्तर काफी बड़ा है न जाने कितने दरवाजे हैं और न जाने कितनी दीवार, तुम्हारे सपने वाला दरवाजा और दीवार ढूंढ़ना मुश्किल है।

लेकिन विशाल ऊपर गया और हर दीवार को देखता रहा। विशाल हर रोज उठता, नाश्ता करता, क्लास मे पढ़ता, रात का खाना खाता और सबके सो जाने पर उस दरवाजे को ढूंढ़ता ऐसा करते हुए उसे जनवरी का महीना और फरवरी का आधा महीना बीत गया। मर्बिला के यह महीने किताब पढ़ने मे गुजरें मर्बिला और विल को भी सभी मंत्र याद कराती और विशाल उस दरवाजे को ही सोचता।

प्रमुख मोबारूस रेनॉल्डस के कहने पर सभी मोबारूस साल भर की पढ़ाई को चार–पाँच महीनों में ही बच्चों को पढ़ा रहे थे और सभी बच्चे भी काफी मेहनत कर रहे थे। हर विषय पर कड़ी मेहनत कर रहे थे।

एक रात सारा और निकोलस बच्चों को तारों के द्वारा रास्तों को समझना और तारों के बारे में जानकारियाँ दे रहे थे कुछ देर बाद बच्चे फूड़ी हॉल में जाने लगे परन्तु विशाल भागा–भागा कमरे में गया। मर्बिला और विल भी उसके पीछे थे। विशाल पीछे के दरवाजे से सर्पीली सीढ़ियों की तरफ जाने लगा।

अभी सब जग रहे हैं, विल ने गुस्से से कहा ऊपर कुछ नही हैं वो सिर्फ तुम्हारा एक सपना था ऊपर सिर्फ और सिर्फ खतरा है। बंद करो पागलपन।

विल ने सही कहा विशाल, मर्बिला ने शान्ति से कहा प्रमुख मोबारूस रेनॉल्डस हमें अपनी जिम्मेदारी पर लाये हैं यदि हमें कुछ हुआ तो वो जिम्मेंदार होगे वो सबको क्या जबाब देंगे।

तभी विशाल की नजर नैन्सी पर गई जो कि सर्पीली सीढ़ियों पर खड़ी थी वह तीनों नैन्सी के पीछे–पीछे जाने लगे नैन्सी बिना कुछ कहे आगे बढ़ी जा रही थी वह चलते–चलते एक दीवार में घुस गई और वह बाहर नहीं आई। विशाल भी दीवार के पार जाने के लिए दीवार की तरफ भागा वह दीवार से टकरा कर नीचे गिर गया।

नैन्सी भी हमारे साथ मजाक कर रही हैं, विल ने विशाल को उठाते हुए कहा।

विशाल माथे को मसलते हुए इधर–उधर देखता रहा फिर उसकी नजर दीवार के पास रखे शेर की मूर्ति पर गई वह मूर्ति गलियारे मे मौजूद दरवाजों के पास रखी थी। विशाल समझ गया नैन्सी जिस दीवार में गई वो एक दरवाजा हैं।

यह दीवार ही दरवाजा है, विशाल ने यकीन के साथ कहा यह शेर की मूर्तियाँ गलियारे में मौजूद सभी दरवाजों के पास रखी हैं और इस दीवार के पास भी रखी हैं तुम दोनों समझ रहे हो न मैं क्या कह रहा हूँ।

मर्बिला ने गुस्से मे आकर दीवार की तरफ छड़ी करके बोला प्रत्युसा प्रयांग फिर दीवार के पत्थर गायब होने लगे और फिर वह दीवार दरवाजा बन गया फिर वह दरवाजा खुला और उन तीनों को किसी ने अंदर खींच लिया।

कौन हैं, तीनों ने इधर–उधर देखते हुए कहा।

हमें अंदर किसने लिया ?, विल ने डरी आवाज मे कहा।

नैन्सी, नैन्सी तुम यहाँ हो, मर्बिला ने हकलाती आवाज में कहा।

तीनों ने अपनी छड़ी से रोशनी प्रकट की। कमरा काफी बड़ा था। कमरे का सारा सामान टूटा और बिखरा पड़ा था। हर तरफ जाल ही जाल थे। विशाल खुश था कि उसे कमरा मिल गया। उसका सपना सच था वह इधर–उधर कुछ ढूंढ़ने लगा।

तुम क्या ढूंढ़ रहे हो?, विल ने सोचते हुए कहा हमें भी बताओ, हम भी तुम्हारी मदद करते हैं।

कुछ भी जो वोल्फरोल्ट और निकोला से मिलता हो जिससे उनका कुछ सुराग मिले या इस वॉलवर्डर के श्राप को तोड़ने का कोई उपाय।

तीनों ने काफी देर तक सुराग ढूंढ़ने की कोशिश की परन्तु उन्हें कुछ नहीं मिला फिर भी वह तीनों खुश थे और हँस रहे थे क्योंकि इतनी मेहनत के बाद वह कमरा मिला।

आखिर यह कमरा किसका होगा?, विशाल ने सोचते हुए कहा इसे छुपाया क्यूं गया हैं? मैं यह पता करूँगा।

इसके बाद वह अपने कमरे में जाने लगे। उन्हें छिप–छिप कर इधर–उधर जाने की आदत हो गई थी वह सबकी नजर से बच भी जाते नैन्सी भी उनकी मदद कर रही थी पर कैसे? वो यह नहीं जानते थे वह यह ही सोचते कि हमें कोई देख तो नहीं रहा है या कोई हमारी मदद तो नहीं कर रहा हैं। वह चलते–चलते नीचे आकर चुपके से दरवाजा खोल कर अपने बिस्तर पर सो गये परन्तु ऑलिविया और एडम उन्हें देख रहे थे बोल रहे थे कि यह कहाँ जाते हैं? हमें यह पता करने के लिए इनका पीछा करना होगा ताकि मोबारूस अर्जीगिलेनो को इनकी सारी बात बता सकें।

अध्याय–9

भूतों की काली रात

आज विशाल जब जगा वह काफी खुश था फूड़ी हॉल में नाश्ते की टेबल पर बैठ कर विशाल यही सोच रहा था आखिर किसका कमरा है? वह क्यों छुपाया गया होगा? विल और मर्बिला की भी आंखें ड़गमगा रही थी जैसे वे कई दिनों से ठीक से सो नहीं पाये हों। ऑलिविया व एडम उन तीनों को घूर रहे थे।

सुबह तो यह लोग सोते मिलते हैं, ऑलिविया ने सेब खाते हुए कहा दिन–भर इनकी आंखे डगमगाती रहती हैं और सब के सो जाने के बाद यह वॉलवर्डर में घूमते हैं। एडम यह जाते कहाँ हैं।

सबके सोने के बाद हम भी इनके पीछे जाएगे, एडम ने हल्की सी मुस्कुराहट के साथ कहा हमें आज पता चल जाएगा आज के बाद इनकी रात की जासूसी खत्म हो जाएगी फिर सभी मोबारूस से इनकी शिकायत करेगे। बड़ा मजा आएगा इन्हें दुखी देख कर हाहाहाहाह।

तुम दोनों हँसते रहोगे या नाश्ता भी करोगे, जोजफ ने सेब खाते हुए कहा।

वह हमें देख कर मुस्कुरा क्यों रहे हैं, विल ने चिढ़ते हुए कहा।

वो तो हमेशा ही ऐसा करते हैं, विशाल ने कहा।

जाने दो उन पर ध्यान मत दो, मर्बिला ने झुकी हुई नजरों से कहा।

तुम नीचे क्या देख रही हो यह कहते हुए विल ने नीचे से झांक कर देखा तो मर्बिला किताब को पढ़ रही थी नाश्ते के वक्त पर तो किताब पढ़ना बंद करो।

तुम बकवास बंद करो, और अपने नाश्ते पर ध्यान दो। मुझे परेशान मत करो और तुम विशाल हँसना बंद करो।

सभी बच्चे इधर ध्यान दें, रेनॉल्डस ने तेज आवाज में कहा।

मै आपको सूचित करना चाहूँगा की आज भूतों की काली रात है इसलिए आज आधे दिन तक ही आपकी क्लास रहेगी फिर आप अपने कमरे में रात का खाना खाकर सोने चले जाएंगे। बाहर से चाहे कैसी भी आवाज आए आप में से कोई कमरे से बाहर नहीं जाएगा। यदि आप में से कोई भी आज की रात बाहर दिखता है तो आपको मोबारूस अर्जीगिलेनो के द्वारा दण्ड़ मिलेगा। अब नाश्ता खत्म कर अपनी क्लासों में जाएं।

सभी बच्चे यह बात सुनकर काँपने लगे और अपने खड़े रोंगटों को बैठाने लगे, बार–बार एक ही बात बोल रहे थे भूतों की काली रात, भूतों की काली रात।

यह वॉलवर्डर ही काफी भयानक है। ऊपर से यह भूतों की काली रात, विल ने हकलाती आवाज में कहा आज की रात और निकल जाए। विल का चेहरा डर से सफेद पड़ रहा था।

तुम डरपोक हो, ऑलिविया ने हॉल से बाहर जाते हुए कहा।

अर्जीगिलेनो की क्लास लेने के बाद सभी ने सोफिया की उड़ने की क्लास ली फिर अंत में निकोलस की क्लास में पढ़ कर वह सभी बच्चे इधर–उधर घूमने लगे। विशाल, मर्बिला और विल के साथ किताबें पढ़ रहा था और मंत्रों का अभ्यास कर रहा था और 7 बजने पर रात का खाना खाने फूड़ी हॉल में जाकर बैठ गये। जब सभी ने खाना खा लिया तब रेनॉल्डस के कहे मुताबिक 8 बजे से पहले सभी बच्चे अपने कमरे में जाकर सो गये। विल तो डर कर मखमल का कम्बल ओढ़ कर सो गया। मर्बिला तो कम्बल में छड़ी से रोशनी कर किताब पढ़ रही थी और सब बच्चे डर कर सो गये और विशाल सिर्फ ऊपरी स्तर पर जाने की सोच रहा था।

रात के 9 बजे गये तब सारा और निकोलस सभी बच्चों को देखने आए की कोई जगा हुआ तो नहीं हैं। गिनती करने पर सभी बच्चे अपने बिस्तर पर थे वह फिर कुछ देर रूक कर चले गये। ड्रिगो ग्लेब भी अपने कमरे में सो रहा था आज उसे वॉलवर्डर की निगरानी का काम नहीं दिया गया।

विल, मर्बिला उठो, विशाल ने धीमी आवाज में कहा हमें कमरे से बाहर जाना हैं। आज की रात हमें कहीं नहीं जाना चाहिए, मर्बिला ने विशाल की बात रोकते हुए कहा इसी कमरे में रहो। बाहर घूमते हुए पकड़े गए तो वॉलवर्डर से बाहर कर दिया जाएगा।

मर्बिला सही कह रही है, विल ने ऊबासी भरते हुए कहा सो जाओ विशाल।

सब सो रहे हैं, नहीं पकड़े जाएंगे, चलो।

विशाल ने उनसे जिद की और कमरे के दूसरे दरवाजे से गलियारों में ले गया। ऑलिविया और एडम भी उनके पीछे–पीछे चल दिये वह तीनों जहाँ मुड़ते वह दोनों भी वहाँ मुड़ जाते। वह तीनों झम्हाई लेते हुए सर्पीली सीढ़ी पर चढ़ गये और जब वह तीनों थोड़ा ऊपर पर पहुँच गये तब वह दोनों भी सर्पीली सीढ़ी पर चढ़ गये।

कभी सीढ़ी चलती है कभी चलती ही नहीं है, मर्बिला ने कहा।

एडम ने खुश होते हुए सांस खीची।

क्या हुआ?, ऑलिविया ने कहा।

यह सीढ़ियाँ तो साँप की तरह चलती और मुड़ती हैं, एडम ने हँसते हुए कहा मजा आ गया।

ऊऊऊऊऊऊऊऊह, चुप, यह कहकर ऑलिबिया एडम को लेकर छिप गई।

विल ने सांस खीचीं।

क्या हुआ?, विशाल ने पूछा।

अभी किसी की आवाज आयी थी कहीं भूत तो नहीं आ गये मोबारूस ने कहा था आज कमरे से मत निकलना।

ओ हो विल शान्त रहो।

सर्पीली सीढ़ियों ने तीनों को ऊपरी सतह पर छोड़ दिया। ऑलिविया और एडम अभी सीढ़ियों पर ही थे विशाल छड़ी से रोशनी करते हुए छिपे हुए दरवाजे की तरफ बढ़ रहा था और विल व मर्बिला भी इधर–उधर देखते हुए अपनी छड़ी की रोशनी के साथ चल रहे थे।

क्या हम सही कर रहे हैं?, एडम ने ऊपरी सतह के गलियारों में पहुँच कर कहा ऊपरी सतह तो बहुत डरावनी है और आज भूतों की काली रात भी है।

चुप रहो, शान्ति से उनका पीछा करते रहो, ऑलिविया ने धीमी आवाज में कहा।

मैंने फिर किसी की आवाज सुनी विशाल, विल ने मरी–मरी आवाज में कहा क्या तुम दोनों को आवाज सुनायी नहीं दे रही? भूत जाग गये।

इस बार मैंने भी आवाज सुनी हैं, मर्बिला ने कहा।

तभी अचानक गलियारों के सारे ऊपरी सतह के कमरों के दरवाजे एक साथ खुले। विशाल जहाँ खड़ा था वहाँ के दरवाजे भी जोरदार आवाज के साथ खुले भड़ाम भड़ाम भड़ाम भड़ाम भड़ाम।

अरररररर आओ विशाल भागो, विल ने विशाल का हाथ खींचते हुए कहा मर्बिला मूर्तियाँ आ रही हैं भागो भागो।

कमरों में से मूर्तियाँ भागी–भागी आ रही थीं संगमरमर के पत्थरों पर मूर्तियों के पैरों की ठप–ठप चलने की आवाज आ रही थी। विशाल ने कहा मैं तुम दोनों की जान खतरे में नहीं डाल सकता हमें यहाँ से भागना होगा। विल व मर्बिला चिल्लाये मूर्ति आ रही हैं भागो भागो।

अअअअअअअअअ भागो भागो।

यह इतना मूर्ति मूर्ति क्यूँ चिल्ला रहे हो?, ऑलिविया ने इतराते हुए कहा।

वह भागे–भागे पीछे की तरफ जाने लगे और ऑलिविया व एडम से टकरा गये वह पाँचो चिल्लाये आआआआआआआ।

तुम तुम दोनों यहाँ क्या कर रहे हो, विशाल ने सपाट लहजे में कहा भागो।

हम क्यूँ भागे, ऑलिविया ने घमण्ड से कहा भागोगे तो तुम और वो भी इस वॉलवर्डर से समझे तुम तीनों।

जान बचानी हैं तो भागना ही पड़ेगा, मर्बिला ने कहा।

दाँए देखो, बाँए देखो जहाँ देखना हैं वहाँ देखो हर तरफ मूर्ति हैं, यह कहते हुए विल का चेहरा डर से सफेद पड़ रहा था।

ऑलिविया एडम हर तरफ देखने लगे, हर तरफ सफेद चॉक जैसी मूर्ति जो उन्हें घूरती हुई उन्हीं की तरफ आ रही थीं मूर्तियाँ इधर से उधर छलाँग लगा रही थी। वह दोनों भी चिल्लाये आआआआ।

हमें भागना नहीं चाहिए, विशाल ने हिम्मत दिखाते हुए कहा हमारे पास पंख, यह जादू की छड़ी सब हैं। हम इनका सामना कर सकते हैं। विल और एडम तुम सभी बच्चों और मोबारूस को जगाकर इन मूर्तियों के बारे में जानकारी दो। मर्बिला और ऑलिविया तुम मेरे साथ आओ इनका सामना करते हैं।

तुम मुझे आदेश मत दो, ऑलिविया ने चिल्लाकर कहा।

तुम बाद में झगड़ लेना, मर्बिला ने सपाट लहजे में कहा अभी तो इन मूर्तियों से झगड़ो।

पाँचों अपने पंखों की सहायता से उड़े एडम और विल निचले स्तर में जाकर सभी बच्चों और मोबारूस को जगाने लगे। विशाल, मर्बिला और ऑलिविया के साथ हवा में गोला बना कर उड़ते हुए मूर्तियों पर छड़ी से निशाना लगाते हुए मृत्यःदेवा मंत्र से मूर्तियों को नष्ट करने लगे परन्तु मूर्तियाँ कम होने के बजाय बढ़ती जा रही थीं। एडम ने सभी बच्चों को जगा कर ऊपरी सतह पर छड़ी के साथ भेजा और विल ने घंटा बजाकर सभी मोबारूस को जगाया।

सभी मोबारूस घंटे की आवाज सुनकर अपने कमरे से बाहर आए सब काफी घबराए हुए थे परन्तु वहाँ कोन्सेनटाइन नहीं था।

सभी मूर्तियां जाग गई हैं वो हमला कर रही हैं विल ने तेज आवाज में मोबारूस से कहा सभी बच्चे वहीं हैं उन्हें आपकी मदद चाहिए।

ये कैसे हो सकता है, अर्जीगिलेनो ने चौंकते हुए कहा मैं मोबारूस रेनॉल्डस को सूचित करती हूँ आप सभी मोबारूस बच्चों के पास जाओ।

सभी मोबारूस नीचे से हवा की तरह गायब होकर ऊपरी सतह पर पहुँच गये जहाँ काफी मूर्तियाँ थी ऊपर से नीचे दाँए–बाँए हर तरफ मूर्तियां जिनसे मोबारूस भी सामना करने लगे।

विशाल लगातार वार कर रहा था तभी एक मूर्ति ऊपर से विशाल पर कूदी विशाल फर्श पर गिर गया मूर्ति विशाल के हाथों को मोड़ने लगी विशाल ने जैसे–तैसे अपना दूसरा हाथ छुड़ाया और मूर्ति पर वार करने के लिए उसने मंत्र बोला हलरो ल्यूरा और मूर्ति दूर जाकर टूट गई। विल और मर्बिला भी उन मंत्रों का प्रयोग कर रहे थे जो कि क्लास में अभी तक नही पढ़ाए गए थे वह कभी निलबेसो भवः बहुत लोगों को एक साथ मारने का मंत्र तो कभी दम घुटने वाला क्लेरेबोरा मंत्र इस मंत्र के प्रयोग से मूर्तियां अकड़ कर गिर रही थी। सभी मोबारूस विशाल के साथ मर्बिला और विल को देख रहे थे। डेनियल घायल होकर भी लड़ रहा था। बच्चे मूर्तियों को कभी किसी सामान या कीड़े में बदल देते तो कभी पिजड़े में कैद कर देते सभी सीखे हुए जादू का पूरा प्रयोग कर रहे थे।

विशाल की नजर कोन्सेनटाइन पर गई जो मंत्रों का जाप कर रहा था फिर विशाल को देख वह कोन्सेनटाइन हवा में सांय सांय उड़ते हुए मूर्तियों पर छड़ी से वार कर रहा था और वह लगातार मूर्तियों को अपने जादू से तबाह कर रहा था और निकोलस साँप का रूप धारण कर मूर्तियों को तबाह कर रहा था। सोफिया और सारा हवा में लहराती हुई वार कर रही थीं और सिंगोरीया छड़ी से आग निकाल उन्हें भस्म कर रहा था। मूर्तियां बढ़ने लगीं और वह बौखला गईं उनके पीठ से भी पंख निकलने लगे और उनके लंबे लंबे दांत और नाखून हो गये। वह बच्चों पर झपटने लगीं बच्चे घायल होने लगे। तभी विशाल के कान में रेनॉल्डस की आवाज आयी और विशाल की आंखें बंद हो गई, रेनॉल्डस विशाल से कह रहा था रात को सिर्फ सुबह नष्ट करती है और रात में पल रहे दानवों को सूरज

की रोशनी नष्ट करती है तभी विशाल ने मर्बिला और विल से कहा मार्तण्डरोशन विधि का निर्माण करना होगा।

तीनों अपने पंखों के साथ हवा में उड़े जिसमें विशाल के पंख रंग बदल रहे थे उन तीनों ने हवा में छड़ी से मन में मंत्रों का जाप करके एक बड़ी गोल प्लेट के आकार का गोला तैयार किया जिस में कुछ देर बाद तेज प्रकाश निकलने लगा तब तीनों ने एक साथ बोला आलइसोमोरा। वह आग जैसा तपता गोला वालवर्डर के भीतर सबसे ऊपर स्थित हो गया और फिर उस गोले के प्रकाश से सारी मूर्तियाँ चरमराने लगीं और तबाह हो गईं। वह तपता हुआ गोला धड़ाम की आवाज के साथ फूटा और वॉलवर्डर के अंदर का श्राप हटने लगा। वॉलवर्डर में से काला–काला धुंआ बाहर जाने लगा वॉलवर्डर के अंदर के टूटे हिस्से ठीक हो गये। सभी मोबारूस और बच्चों के चेहरों की हवाइयाँ उड़ी हुई थीं। यह इन्होंने कैसे किया? यह इन्होंने कैसे किया? बस एक रेनॉल्डस ही थे जो विशाल को देख कर मुस्कुरा रहे थे। विल और मर्बिला जोर से हँसने लगे।

नहीं, निकोला ने प्रिंस कालोनी में तेज चिल्लाते हुए कहा यह नहीं हो सकता। तुम वहाँ होकर भी कुछ न कर सके तुम्हें काले जादू का हिस्सा बना कर गलती की मैंने। आका से क्या कहूँ क्या कहूँ।

निकोला अपने बालों को नोंच रही थी वह चिल्ला रही थी तुमने यह सही नही किया विशाल वॉलवर्डर श्राप मुक्त हो सकता है पर जादुई दुनिया कभी श्राप मुक्त नहीं होगी तुम अंधेरे में ही जियोगे।

निकोला, निकोला के सामने खड़े काले धुँए ने कहा तुम्हें विशाल को मारना नहीं था तुम्हें उसे यहां वापस लाना था हमें उसकी जरूरत है पर तुम्हारी एक गलती की वजह से आज मेरा श्राप वॉलवर्डर के अंदर से हट गया वो मूर्तियां तबाह हो गई जिनका निर्माण मैंने किया था लोग विशाल की तारीफ कर रहें हैं और मुझसे डर भी नहीं रहे हैं सिर्फ और सिर्फ तुम्हारी वजह से।

उस काले धुँए ने अपना धुँए वाला हाथ निकाला और हाथ को ऊपर करने लगा निकोला भी ऊपर उड़ने लगी वह तड़पने लगी फिर उसने निकोला को नीचे फेंक दिया और कहने लगा मैं तुम्हें मार भी नहीं सकता

पर मैं यूँ लाचार बने नहीं रहना चाहता निकोला तुम्हें उसे लाना होगा मुझे मेरा रूप चाहिए फिर वह गायब हो गया।

आप लाचार नहीं रहोगे, निकोला ने गुस्से से कहा वॉलवर्डर का कोई जादूगर खुश नही रह सकता।

डेनियल सबसे ज्यादा घायल था और साइमन और जोजफ तो छुपे हुए थे।

सोफिया और सारा सभी बच्चों को चिकित्सालय ले जाओ और इनका इलाज करो, कोन्सेनटाइन ने कहा यहाँ का इंतजाम हम देखते हैं।

तभी तीन मूर्तियां ऊपरी स्तर से सिंगोरीया और कोन्सेनटाइन पर झपटने वाली थीं परन्तु विशाल ने भागते हुए उन दोनों को धक्का दिया और मूर्तियों की तरफ छड़ी करके मंत्र बोला हलेरो ल्यूरा वह तीनों मूर्तियां हवा में राख बन कर उड़ गईं सिंगोरीया और कोन्सेनटाइन विशाल को घूर कर देखने लगे।

मूर्तिया तो नष्ट हो जानी चाहिए थी, विशाल ने नजरें चुराते हुए रेनॉल्डस से पूछा।

यह मूर्तियां अंतिम थीं, रेनॉल्डस ने मुस्कुराकर कहा यह मैं महसूस कर सकता हूँ। विशाल तुमने आज बहुत बहादुरी दिखाई तुम तीनों ने आज बहुत बड़ा काम किया है। मुझे तुम सब से यही उम्मीदें थीं।

सभी बच्चों को सोफिया और सारा ले जा सकती हैं बस आप पांचों को छोड़कर, अर्जीगिलेनो ने विशाल, मर्बिला, विल, एडम और मर्बिला की तरफ इशारा करते हुए कहा आप नहीं जा सकते।

हम दोनों तो बस इन तीनों का पीछा कर रहे थे, ऑलिविया ने आंखें झुका कर कहा ये तीनों डेढ़ महीनों से रात में बाहर घूमते हैं हम तो बस आज उन का पीछा कर पता करना चाहते थे कि यह कहाँ जाते हैं? हम आपसे इनकी शिकायत करने ही वाले थे।

यह सुन कर वह तीनों ऑलिविया और एडम को घूरने लगे।

चुप ऑलिविया, अर्जीगिलेनो ने कहा आप तीनों ने हमारे प्रमुख मोबारूस रेनॉल्डस के बनाये नियमों और बातों का उल्लंघन किया है

उनके मना करने के बाद भी आप ऊपर जाते रहे। आज की भूतों की रात में जाने को मना किया तो आप आज की रात ऊपर गये और साथ में ऑलिविया और एडम तुमने भी नियम तोड़ दिया। आप सभी ने अपने साथ–साथ सभी बच्चों की जान खतरे में डाल दी उन सभी को लड़ने के लिए प्रोत्साहित किया।

रेनॉल्डस अब भी हँस रहे थे और वह तीनों भी हँस रहे थे तभी उन तीनों की नजर ऊपरी माले पर गई जहाँ नैन्सी उन्हें देख कर मुस्कुरा रही थी।

हमें माफ कर दो, प्रमुख मोबारूस रेनॉल्डस सभी ने एक साथ कहा।

भले ही आप सभी ने आज बहुत अच्छा काम किया पर आप सभी को सजा तो भुगतनी पड़ेगी, अर्जीगिलेनो ने कहा वॉलवर्डर के नियमों के साथ खिलवाड़ करने वाले को सजा तो मिलती है।

इन सबकी गलती नहीं है, विशाल ने कहा इन सब को ऊपर मैं लेकर जाता था और ऑलिविया और एडम भी मेरे कहने पर ही आए। मुझे सजा दीजिए।

हाँ, ऑलिविया और एडम ने एक साथ कहा विशाल सच बोल रहा है।

नहीं, मर्बिला, विल ने एक साथ विशाल का हाथ पकड़ कर कहा हम अपनी मर्जी से जाते थे और ऑलिविया और एडम भी अपनी मर्जी से ऊपर आए हम सबको सजा मिलनी चाहिए ना कि अकेले विशाल को।

यह सुनकर ऑलिविया और एडम की सांस खिच गई और मर्बिला व विल उन्हें घूरने लगे विशाल खुश था कि उसे इतने अच्छे दोस्त मिले।

आखिर आप लोग रात मैं ऊपर क्या करने जाते थे?, कोन्सेनटाइन ने पूछा जो मंत्र सिखाये नहीं गये हैं वो कैसे आपको पता हैं उन्हें उपयोग करने का तरीका और मार्तण्डरोशन विधि का निर्माण आज तक किसी ने नहीं किया आप किससे सीखे बताइए।

वह तीनों शान्त रहे। सभी मोबारूस ने पूछा और सारा और सोफिया ने उन्हें बड़े प्यार से समझाते हुए पूछा पर वह शान्त रहे।

तुम बताओ विल, अर्जीगिलेनो ने कहा तुम्हारी सजा माफ हो जाएगी।

मैं नही जानता, विल ने सर को झुका कर कहा।

तो ठीक है फिर अर्जीगिलेनो जो सजा सुनांएगी उसे आप पूरा करेंगे, रेनॉल्डस ने सांस भरते हुए कहा मोबारूस अर्जीगिलेनो जो आप ठीक समझें वो कीजिए।

आप तीनों को तो डर नहीं लगता, अर्जीगिलेनो ने सिर हिलाते हुए कहा जहाँ हम सब मोबारूस में से ऊपर कोई नहीं जाता हैं वहाँ आप तीनों अकेले रात को जाते हैं, हिम्मत से लड़ते हो, जो सिखाया और पढ़ाया नहीं गया वो सीख लेते हो तो आप इसी भूतों की रात मैं आज और अभी ही भूतों की दुकान में जाओगे और वहाँ जाकर अपनी हिम्मत दिखाइए।

तीनों ने लम्बी सांस खींची उन्हें समझ नहीं आ रहा था अर्जीगिलेनो उनकी तारीफ कर रही थी या उन्हें डांट रही थी।

आप ऐसा नहीं कर सकतीं, सोफिया ने घबराते हुए कहा वह अभी बच्चे हैं उन्हें कोई और सजा सुना दो पर वॉलवर्डर से बाहर न भेजो।

सोफिया ने सही कहा मोबारूस अर्जीगिलेनो, सारा ने सोफिया का पक्ष लेते हुए कहा आप इनकी जान के साथ खिलवाड़ कर रही हैं।

आप दोनों मुझे न बताएं मैं क्या कर सकती हूँ और क्या नहीं, अर्जीगिलेनो ने दोनों को रोकते हुए कहा आप दोनों यहाँ से जाएं बच्चों को इलाज की जरूरत है। मिस्टर ग्लेब आप तीनों को भूतों की दुकान के बाहर तक छोड़कर आएंगे और जब यह तीनों अंदर चले जाएं तब ही वापस आना और तुम दोनों छड़ी का उपयोग पूरी तरह सीख ही गये हो तो कल सुबह उठ कर ऊपरी सतह के कमरों की सफाई में आप जुट जाना।

यह सुनकर ऑलिविया व एडम का चेहरा लाल–पीला पड़ गया। विशाल, मर्बिला और विल ग्लेब के पीछे–पीछे वॉलवर्डर से बाहर आए और भूतों की दुकान की तरफ जाने लगे। आसमान में चाँद लाल रंग का चमक रहा था। ड़िगो ग्लेब लालटेन लिए आगे बढ़ता ही जा रहा था।

अच्छा हुआ हम तीनों ने किताब में लिखी मार्तण्डरोशन विधि का उपयोग सीख लिया था तुम दोनों चाहते तो सच बता सकते थे, विशाल

ने कहा सजा से भी बच जाते। मुझे लगता हैं कोन्सेनटाइन ने सारी मूर्तियां जगायी थीं वह ऊपरी सतह पर मंत्रों का जाप कर रहा था।

मुझे भी ऐसा ही लगता हैं, विल ने कहा वह अपने कक्ष में नहीं था अभी उन अकडू मोबारूस कोन्सनटाइन को छोड़ो हमें तो सजा तुम्हारे साथ बिताने में मजा आएगा।

विशाल तुम अर्जीगिलेना के सामने क्यों हीरो बन रहे थे, मर्बिला ने मुँह बनाते हुए कहा इन्हें छोड़ दो मुझे सजा दो यह सब बकबास मत किया करो हम तुम्हारे साथ हैं और हम तुम्हें अकेले भूतों से क्यों मिलने दें।

हाँ, विल ने हँसते हुए कहा मर्बिला सही कह रही हैं, हमें भी भूतों से मिलना है और बिचारे ऑलिविया और एडम बहुत हमारे पीछे आने का शौक रखते हैं हमें तंग करते हैं अब सफाई करेंगे और सजा भुगतेंगे।

हाहाहाहाहाहह तीनो ने हँसते हुए कहा चलो भूतों से मिलते हैं और मोबारूस अर्जीगिलेनो की सजा पूरी करते हैं।

शान्ति से चलो, ग्लेब ने एक आंख से घूरते हुए कहा सजा भुगतने जा रहे हो ना कि मजे करने या घूमने।

अच्छा मर्बिला तुम्हें कैसे पता चला की हमें मार्तण्डरोशन विधि की जरूरत पड़ेगी।

वाकई में तुम बहुत सवाल करते हो, मर्बिला ने बात काटते हुए कहा अब तो विल भी बहुत सवाल करने लगा है। अच्छा बाबा वक्त आने पर सब बता दूंगी।

तीनों के लाल चोगे जमीन पर पड़ी बर्फ में घसीट रहे थे और झाड़ियों से भरे रास्ते में वे चलते–चलते वह भूतों की दुकान पर जा पहुँचे। दुकान के अंदर जाने में उनके कदम ड़गमगाये फिर वह निडर होकर अंदर चले गये। जब काफी देर हो गई तब ग्लेब गायब होकर वॉलवर्डर में वापस आ गया। जहाँ सोफिया, निकोलस और सारा घायल बच्चों का इलाज कर रहे थे और विशाल और उसके दोस्तों के लिए उदास भी थे वह सोच रहे थे अब वह उन तीनों से कभी नहीं मिल पायेंगे , बाकि के बच्चे क्लास में सो रहे थे जहाँ ऑलिविया और एडम विशाल के पीछे जाने का अफसोस कर

रहे थे और खुश भी थे कि वह उन तीनों को वॉलवर्डर में कभी नहीं देखेंगे बाकी मोबारूस अपनी कक्ष में तीनों के लिए चिन्तित थे परन्तु रेनॉल्डस शान्ति से खुश होकर अपने कक्ष में बैठे रहे।

वह तीनों दुकान के अंदर पहुँच चुके थे जहाँ सभी मेज पर आत्माएँ व भूत बैठे थे कुछ आत्मा हवा में लम्बे–लम्बे दुशाले पहने अपने बालों को संभाले उड़ रही थीं तो कोई राजाओं वाली पोशाक पहने घूम रहे थे। वह तीनों जाकर बीच में खाली पड़ी मेज की कुर्सियों पर बैठ गये।

मैं जूस लूंगा, विल ने इधर–उधर देखते हुए कहा तुम दोनों क्या लोगे।

मेरे लिए चाय, मर्बिला ने कहा।

मैं भी चाय लेना पसन्द करूँगा, विशाल ने मुस्कुरा कर कहा पर क्या भूतों को चाय बनाना आता है?

दो कप चाय और एक गिलास जूस जल्दी दीजिए, विल ने चिल्लाकर कहा।

जिंदे जादूगरों की आवाज, विशाल के पास वाली कुर्सी पर बैठे भूत ने कहा जिसका कटा सिर उसकी मेज पर रखा था फिर उसने अपना कटा सिर अपने धड़ पर लगाया और कहने लगा खुद चल कर आया है शिकार। हमें आज की दावत में तीन नन्हें जादूगर मिले हैं दोस्तो।

यहाँ जूस नहीं मिलता छोटे जादूगरों यहाँ बस खून मिलता है हर रात को बस खून मिलता है, काले दुशाले पहनी बूढ़ी आत्मा ने कहा।

तो जूस नहीं मिलता तो चाय ही दे दो, मर्बिला ने सभी भूतों को देख कर कहा हम तीनों खून तो बिल्कुल नहीं पीते क्या तुम पीते हो विल और विशाल।

नहीं, विशाल और विल ने बुदबुदाया।

बकबास बंद करो, बुढ्ढे भूत ने घूरते हुए कहा आज भूतों की काली रात में भूतों की दुकान में रात में आने की गुस्ताखी करते हो। आज के दिन तो सभी बाहर निकलने से कतराते हैं और यहाँ रात को कोई नहीं आता। लगता हैं तुम्हें हमारा कोई खौफ नहीं है नन्हें जादूगरों।

हम यहाँ अपनी सजा काटने आए हैं, विशाल ने आज्ञा लेते हुए कहा हमें बस आज की रात आप सभी भूतों के साथ यहाँ रूकना है।

तभी उस बुढ्ढे भूत ने विल का हाथ पकड़ लिया फिर कहा यहाँ सिर्फ भूत ही रूकते हैं हम पहले तुम्हारी बलि देंगे फिर तुम्हारा स्वादिष्ट माँस खाएंगे।

मुझे तो इस घुंघरालू बालों वाली लड़की का माँस खाना है और खून पीना है, और मुझे तो इस सूखे लड़के का माँस खाना हैं सभी भूत यही बात करने लगे।

हमें मत खाओ, विशाल ने डरती आवाज में कहा हमें जाने दो।

अभी तो काफी हिम्मत दिखा रहे थे, कटे हुए सिर वाले भूत ने हँसते हुए कहा जूस और चाय मांग रहे थे और अब डर रहे हो।

विल काफी डर गया डर से उसका चेहरा सफेद पड़ गया और मर्बिला ने डर कर विशाल का हाथ पकड़ लिया। वह तीनों दुकान के एक कोने में ही घुसे जा रहे थे और सभी भूत उनकी तरफ ही बढ़ रहे थे। तभी वहाँ नैन्सी प्रकट हुई जिसमें से सफेद प्रकाश निकल रहा था उसके प्रकाश से सभी भूत डरने लगे उसने अपना हाथ भूतों की तरफ किया और सभी भूत दूर–दूर जा गिरे।

इन्हें आप सब सम्मान देने के बजाए डरा रहे हो और दुख पहुँचा रहे हो, नैन्सी ने गुस्से से कहा आप सब शायद भूल गये हैं कि आप भी जादुई दुनिया के सदस्य हैं, वॉलवर्डर आपका भी है, उस में रहने वाले हर जादूगर से आपका रिश्ता है, आप अंधकार में रह कर भूल गये हैं कि आपको जादूगर समाज में रहने दिया गया, वॉलवर्डर में जगह मिली सिर्फ रीया और जॉन की वजह से। जिसे आप मार रहे थे वो उन्ही का बेटा हैं और वह दोनों उसके दोस्त हैं।

सभी भूत सिर झुका कर नैन्सी की बातों को सुन रहे थे फिर उनमें से बुढ्ढे भूत ने कहा हम सभी को माफ कीजिए। हम सभी जादुई दुनिया और वॉलवर्डर की तबाही के बाद अंधकार में खो गये सब अच्छा–बुरा भूल गये। यह जब तक चाहें यहाँ तब तक रह सकते हैं।

इन्हें आज रात यहाँ रूकने दो ताकि यह अपनी सजा पूरी कर वॉलवर्डर वापस लौट सकें, नैन्सी ने समझदारी से कहा।

शुक्र हैं जान बची, विल ने बुदबुदाया।

हमें यहाँ रहने देने के लिए आप सभी का शुक्रिया, विशाल ने खुश होकर कहा नैन्सी तुम्हारा भी शुक्रिया हमारी मदद करने के लिए और जान बचाने के लिए। परन्तु वह विशाल की बात सुनने से पहले गायब हो गई थी।

तुम अपने माता–पिता की तरह ही बहादुर और दयालु हो और तुम दोनों भी। विशाल तुम्हारे माता–पिता अपने लिए नहीं दूसरों के लिए जीते थे, बूढ़े भूत ने कहा।

तभी सफेद दुशाले पहनी बूढ़ी आत्मा अपने हाथों में जूस और चाय प्लेट में रखकर लायी फिर वह उन तीनों को बिठाकर विशाल, विल और मर्बिला से प्यार से बात करने लगे। बूढ़ा भूत अपनी बीते दिनों की बात बताने लगा वह बोल रहा था– बहुत समय पहले हमें जादुई दुनिया से नष्ट किया जा रहा था सभी जादूगर हमारा विरोध कर रहे थे हमें छिप–छिप कर रहना पड़ रहा था। तुम्हारे माता–पिता ने हमारा हित लेते हुए सभी का विरोध किया। हमें जादुई समाज में जगह दिलायी हमें दुश्मन समझने वाले और हमसे डरने वाले लोग हमारे साथ प्यार से रहने लगे हमें वॉलवर्डर में काम मिला, इज्जत मिली लेकिन जब वॉलवर्डर पर श्राप लगा तो वॉलवर्डर में सूनापन छा गया हमें वहाँ का सूनापन खलने लगा इसलिए हम यहाँ आकर अंधकार में जीने लगे। हम भूल गये कि हम क्या हैं। हमें माफ कर देना हमने आप तीनों के साथ यह सलूक किया।

नहीं, नहीं, नहीं, विशाल ने बुदबुदाया आप हमसे माफी न माँगें। इसमें आपकी कोई गलती नही है।

विल तो मजे से जूस पी रहा था मर्बिला ने भूतों से पूछा आप श्राप हटाने का तरीका जानते हैं या काल्पनिक दुनिया का पता जानते हैं।

न हम श्राप तोड़ने का तरीका जानते हैं और न काल्पनिक दुनिया का पता और वैसे भी काल्पनिक दुनिया का कोई बजूद नहीं है पर कोई

है जो श्राप तोड़ने का तरीका तुम्हें बता सकता हैं और तुम्हारी मदद कर सकता हैं।

कौन हैं वो, तीनों ने जल्दबाजी में कहा।

उस तक पहुँचना का रास्ता सूखी खाड़ियों में से होकर जाता हैं जहाँ तुम्हारी जान को खतरा हैं। बूढ़े भूत ने कुछ देर रूक कर कहा जब तुम इतनी हिम्मत कर हमारे पास इस काली रात में आ सकते हो तो उसके पास भी पहुँच सकते हो मुझे तुम पर विश्वास है, विल यह सुनकर अपने बाल संवारने लगा।

उस तक पहुँचने का कोई रास्ता है आपके पास, मर्बिला ने कहा।

यह सुनकर वह बूढ़ी भूत हवा में तैरते हुए दुकान के कोने में रखे छोटे से बक्से के पास गयी और बक्सा खोलकर एक नक्शा निकाला और विशाल के हाथ में वो नक्शा थमा दिया और बोला था उसने एक दिन जरूरत पड़ेगी मेरी तब यह नक्शा काम आएगा उसने सच कहा था। तुम लोग आए। पर आज करो आराम कल जाना रात में कोई देख न पाए तुम्हें जाते सूखी खाड़ियों में, है वो दयालु बहुत जिसकी है तलाश तुम्हें जिसका नाम हैं–रोबर्टो गोरड़ोन।

जब वॉलवर्डर में शान्ति हो गई तब मोबारूस सोफिया, सारा, निकोलस, सिंगोरिया और कोन्सेनटाइन एक दूसरे के पास आने लगे और वह एक गलियारे में आकर मिल गये और एक–दूसरे को घूरने लगे।

पाँचवी अंगूठी किसके पास है?, सोफिया ने सपाट लहजे में पूछा मैं जानती हूँ आज रात जो मूर्तियाँ जागीं उसमें से आप में से किसी का हाथ था। बच्चों की जान और प्रमुख मोबारूस रेनॉल्डस के विश्वास की तो फिक्र की होती। वो तो अच्छा हैं विशाल ने बच्चों को हिम्मत दी वरना हम तो हार ही मान चुके थे।

चुप करो, कोन्सेनटाइन ने कहा यह सवाल तो हम तुमसे और विशाल से भी कर सकते हैं अंगूठी तो तुम दोनों के हाथ में भी थी। विशाल को मार्तण्डरोशन विधि कहाँ से मिली तुम तो जानती हो सोफिया, मार्तण्डरोशन विधि का इस्तेमाल वही कर सकता हैं जिसने वो विधि खुद सीखी हो।

प्रमुख मोबारूस रेनॉल्डस के अलावा कोई जादूगर ऐसा अभी तक नहीं कर पाया और वो बच्चा ऐसा कर पा रहा हैं क्योंकि वो ही निकोला का गुलाम हैं और मूर्तियों को जगा कर फिर मार्तण्डरोशन विधि का उपयोग कर उन्हें मार कर महान बनना चाहता था और वो सब की नजरों में महान बन गया और यह भी हो सकता हैं कि इसमें तुम उसका साथ दे रही हो सोफिया। मुझे तो मर्बिला और विल के लिए दुख है जो विशाल की वजह से मुश्किल में हैं।

मुझे तो इस कोन्सेनटाइन पर शक है, जो कि बेवजह विशाल पर इल्जाम लगा रहा हैं क्योंकि यह विशाल से जलता हैं, सिगोरिया ने कोन्सेनटाइन को धक्का देते हुए छड़ी दिखाते हुए कहा अपना इल्जाम सोफिया और विशाल पर मत डालो।

कोन्सेनटाइन ने भी छड़ी निकाल कर कहा विशाल से तो तुम भी जलते हो सिंगोरिया और तुम भी कम नहीं हो।

वह दोनों आपस में लड़ने और छड़ी से एक दूसरे पर वार करने लगे। निकोलस और सारा उनका बीच बचाव करने लगे।

तुम दोनों तो हमसे दूर ही रहो, कोन्सेनटाइन ने निकोलस को धक्का देकर कहा तुम्हारी पत्नी गुम है और तुम इस सारा के साथ घूमते हो तुम्हें जरा भी उसकी याद नहीं आती। तुम दोनों तो ढ़ोंग करते हो सीधेपन का तुम्हारे सीधेपन से यह साबित नहीं होता कि तुम दोनों गुनहगार नहीं हो उन अंगूठियों के मालिक तुम भी हो सकते हो।

जब तक साबित नहीं होता सब गुनहगार ही हैं, सिंगोरिया ने कहा।

ओ हो अच्छा तो विशाल के साथ आप में से कोई मिला है आज की तबाही में यह तो अच्छी बात नहीं हैं, अर्जीगिलेनो ने सभी मोबारूस के चारों ओर घूमते हुए गुस्से में कहा आप में से कौन हैं? जिसने अपना ईमान बेचा है।

यह सच नहीं है, सोफिया ने खीझते हुए कहा आपने अपनी आपसी दुश्मनी और बेवजह के गुस्से के लिए विशाल को मरने के लिए भेज दिया यह तो सोचा होता वो एक बच्चा है। उसने वॉलवर्डर को अंदर से श्रापमुक्त किया है वो लौट कर आएगा।

चुप करो, अर्जीगिलेनो ने सोफिया से कहा विशाल को उसके गुनाहों की सजा मिली हैं सभी वो अंगूठियां मुझे दो मैं पता करूंगी कौन हैं जो वोल्फरोल्ट, निकोला और विशाल की मदद कर रहा है जो कि वोल्फरोल्ट को जिंदा कर वॉलवर्डर और जादुई दुनिया को तबाह करना चाहता है अब तुम में से हर एक को सजा मिलेगी।

सभी ने वो अँगूठियां अर्जीगिलेनो को दे दीं इसके बाद वह सब एक दूसरे से नाराज होकर अपने–अपने कक्ष की तरफ जाने लगे। सारी रात बस यही सोचते रहे कौन है? जो अपनी सच्चाई छुपा रहा है सोचने लगे अर्जीगिलेनो अब क्या करेगी।

रेनॉल्डस ने अपने कक्ष में बने पत्थर के बाउल में भरे हुए पानी में छड़ी से जादू किया और पानी रेनॉल्डस को गलियारे में सभी मोबारूस के बीच में हो रहे झगड़े को दिखाने लगा फिर रेनॉल्डस के चेहरे पर हल्की सी मुस्कुराहट आ गई।

सोफिया विशाल के लिए दुआ मांगती रही सोच रही थी कहीं उसे कुछ हो न जाए। जॉन और रीया ने हमेशा मदद की मैं उसकी कोई मदद न कर सकी।

विशाल का शक तो कोन्सेनटाइन और सिंगोरिया पर ही था उनका रवैया ही उन्हें शक की तरफ ले जाता था विशाल, विल और मर्बिला आराम दायक तरीके से हवा में सो रहे थे।

भूतों की काली रात खत्म हो गई परन्तु जादुई दुनिया और वॉलवर्डर अब भी अंधकार में डूबा था। विशाल अंगड़ाई लिए उठा उसने मर्बिला और विल को जगाया विल काफी मशक्कत करने के बाद उठा। वह तीनों हवा में पंखों की सहायता से उड़ कर वॉलवर्डर में जाने लगे जबकि पंखों का उपयोग वॉलवर्डर से बाहर करने को मना था वह वॉलवर्डर में उतर कर भागे–भागे अपने कमरे में गये और फ्रेश होकर फूड़ी हॉल में गये जहाँ सब उन्हें घूर–घूर कर देख रहे थे।

अध्याय–10

रोबर्टो गोरडोन की खोज

देखो

वो जिन्दा है।

भूतों ने उन्हें कैसे छोड़ दिया।

कहीं यह भी तो भूत नहीं बन गये।

आह! ये कैसे हो सकता हैं।

हॉल में मौजूद सभी बच्चों के बीच यही बातें चल रही थीं सभी मोबारूस खड़े हो गये बस रेनॉल्डस ही थे जो अपनी कुर्सी पर बैठ कर मुस्कुरा रहे थे। अर्जीगिलेनो के चेहरे पर गुस्सा था वह अपने हाथों को गुस्से से नोंच रही थीं वह विशाल को ही घूर रही थीं और विशाल उनसे नजरें चुरा रहा था। सिंगारिया और कोन्सेनटाइन अपने हाथों को मुठ्ठी बनाकर मेज पर मार रहे थे जिसे मेज पर रखे बर्तन और खाने की सामग्री हिल रही थी और फिर वह दोनों सिर झुकाये हॉल में से बिना खाना खाये चले गये। सोफिया, सारा और निकोलस अत्यंत खुश थे।

इसके बाद वह तीनों कुर्सी पर बैठ गये और मेज पर रखे नाश्ते को खाने लगे। ऑलिविया और एडम दुखी थे उन्होंने जो सोचा था वो तो नहीं हुआ बल्कि विशाल और उसके दोनों दोस्त वॉलवर्डर में थे और वो चिन्तित भी थे क्योंकि उनकी सजा बाकी थी।

तुमने तो कहा था नैन्सी अब नहीं आएगी, विल ने विशाल से दलिया खाते पूछा जो कि मुँह से टपक रहा था उसने दीवार ढूँढ़ने में भी मदद की और भूतों से बचाया भी।

हाँ, वहीं मैं सोच रहा हूँ, विशाल ने सोचते हुए कहा मैंने सपने में देखा था निकोला नैन्सी से कह रही थी की वो अब उसे मेरी मदद नहीं करने देगी।

कोई है जो हमारी मदद कर रहा हैं, मर्बिला ने कहा वो चाहता हैं कि हम जो कर रहें हैं वो करें ताकि श्राप हट सकें और यह हमारे लिए अच्छी बात है।

सभी बच्चे नाश्ता करने के बाद ऊपरी हॉल में मिलेंगे, अर्जीगिलेनो ने पेपर से हाथ पोंछते हुए कहा प्रमुख मोबारूस रेनॉल्डस को आप सभी को कुछ सूचित करना हैं। सभी जल्द उपस्थित हों।

इसके बाद सभी मोबारूस ऊपरी हॉल में पहुँचने लगे और बच्चे फूड़ी हॉल के तहखाने से निकल कर ऊपरी हॉल की तरफ जाने लगे।

अब कौन–सी बात सूचित करनी है जो हमें चिन्तित करेगी, विल ने चॉकलेट खाते हुए कहा हमें वहाँ नहीं जाना चाहिए।

तुम फूड़ी हॉल से बाहर आकर भी चॉकलेट खा रहे हो, मर्बिला ने मुहँ बनाकर कहा तुम्हारी ये वाहियात आदतें कब जाएंगी? चॉकलेट खाना बंद करो।

मैं ऐसा ही हूँ, विल ने कहा तुम्हें इतनी परेशानी है तो मेरी तरफ मत देखो।

बस करो, डेनियल ने कहा जब देखो लड़ते रहते हो।

प्रमुख मोबारूस रेनॉल्डस खुश हैं, विशाल ने हँसते हुए कहा वो हमें कुछ खुशखबरी ही देने वाले हैं।

सभी ऊपरी हॉल में पहुँच गये जहाँ मोबारूस अपनी–अपनी जगह पर बैठे थे बस कोन्सेनटाइन और सिंगोरिया की जगह खाली थी। रेनॉल्डस ने स्टेज पर खड़े होकर बोलना शुरू किया– आज हम बेहद प्रसन्न हैं कल रात की घटना दुखद थी आप सभी को चोटें भी लगी हैं परन्तु बिना

मेहनत के फल नहीं मिलता यह बात सच है एक पल था जब उन मूर्तियों को मुझे ऊपरी सतह पर कैद करना पड़ा था। सभी मोबारूस मान चुके थे कि वॉलवर्डर में कभी खुशी नहीं आएगी लेकिन हम विशाल, मर्बिला और विल के शुक्रगुजार हैं जिन्होंने सभी के अंदर जो हिम्मत और आत्मविश्वास जगाया वह मुझे काफी अंचम्भित करता है। हम नहीं जानते विशाल सबके सोने के बाद अपने दोनों दोस्तों के साथ ऊपर क्यों जाता था और मूर्तियां कैसे जगीं पर मूर्तियों को जगाने वाले और विशाल के ऊपर जाने के कारण आज मूर्तियां ऊपरी हिस्से से नष्ट हो गईं। मूर्तियां जगाने वाले ने गलत काम किया परन्तु विशाल ने उसके गलत इरादों को नाकाम किया। मूर्तिया नष्ट हुईं। सभी ने काफी अच्छे से उनका सामना किया हम यहाँ बैठे सभी मोबारूस और बच्चों को धन्यवाद करते हैं। आप सब मोबारूस इस मुश्किल समय में हमारे साथ हैं यह देख कर अत्यंत खुश हैं।

एक खुशखबरी यह है कि ऊपरी सतह की सभी मंजिलें अब पूरी तरह सुरक्षित हैं अब आप सभी निचले स्तर के साथ–साथ ऊपरी स्तर में भी जा सकते हैं अब आपकी क्लास ऊपर भी लगेगी। हमें यह भी याद है कि आप मैं से कुछ मोबारूस के कमरे यानि कक्ष ऊपर थे वो अब भी आपके हैं तो अपने कक्ष को फिर से अपना बनाइए। तालियों की आवाज हॉल में गूँज उठी। रेनॉल्डस सीढ़ी से उतर कर विशाल की तरफ गये और उसकी पीठ थपथपाई और फिर विल और मर्बिला को प्यार से देखा। वॉलवर्डर की खुशियां वापस लौटने लगी हैं।

इसके बाद सभी बच्चे रेनॉल्डस और सभी मोबारूस के साथ ऊपर जाने के लिए सीढ़ियों वाले हॉल की तरफ जाने लगे वह गलियारों की तरफ बढ़ रहे थे जहाँ बाकी के बच्चे कभी नही गये थे वह जैसे–जैसे आगे बढ़ रहे थे सभी मशाले जलती जा रही थीं सभी बच्चे सीढ़ियों वाले हॉल में पहुँच कर ऊपर देख कर अचम्भित हो गये क्योंकि वहाँ काफी मंजिलें थीं और काफी सीढ़ियां थी। सीढ़ी आपस में जगह बदल रही थीं बच्चे और मोबारूस सीढ़ी पर चढ़ कर चलने लगे।

सोचा नहीं था कभी ऊपर की मंजिलो में जाने का मौका मिलेगा, डेनियल ने जगह बदलती सीढ़ियों को देख कर कहा।

सभी बच्चे बेहद खुश थे कि उन्हें ऊपर जाने का मौका मिल रहा है कुछ देर बाद सीढ़ी ने बच्चों और सभी मोबारूस को ऊपर छोड़ दिया जहाँ कोन्सेनटाइन और सिंगोरिया दूर–दूर खड़े थे। बच्चे एक तरफ खड़े हो गए फिर सभी मोबारूस एक गोलाकार में खड़े हो गये और छड़ी को एक–दूसरे से मिलाया फिर छड़ियों से सुनहरी रोशनी निकली जो कि पूरे वॉलवर्डर में फैल गयी और ऊपरी सतह की सारी मंजिलों का बिखरा सामान अपनी जगह पर व्यवस्थित होने लगा, मकड़ियों के जाले हटने लगे, संगमरमर के पत्थरों पर चिपकी धूल हट गई, लाल मखमल के पर्दे लगने लगे, मशालों में आग जलने लगी और फिर वॉलवर्डर की ऊपरी सारी मंजिलें सुनहरी रोशनी के साथ चमकने लगीं। विशाल और बाकी के बच्चे इस शानदार नजारं को देखते रह गये। अर्जीगिलेनो, कोन्सेनटाइन, सिगोरिया, सोफिया, सारा, निकोलस और क्लेब ली के सामान हवा में उड़ते हुए ऊपर आये और उनके कमरे में जाने लगे सभी के कमरे कोन में थे और फिर वह सब अपने कमरे में जाकर बैठ गये और वह अपने पुराने दिनों को याद करने लगे। सभी बच्चे ऊपरी मंजिल पर घूम रहे थे।

आप सभी मोबारूस सिंगोरिया की क्लास में जायें, रेनॉल्डस ने कहा आज वो क्लास दूसरी मंजिल पर लगेंगी मिस्टर ग्लेब आपको रास्ता दिखाएंगे।

ड़िगो ग्लेब अपने पीछे–पीछे सभी बच्चों को दूसरी मंजिल पर ले जाने लगा सभी बच्चों को अलग–अलग सीढ़ियों पर चढ़ते देख बोला सभी एक ही सीढ़ी पर चढ़ो वरना रास्ता भटक जाओगे परन्तु बच्चे ऊपरी मंजिलों में घूमने के लिए इतने उत्साहित थे कि ग्लेब की बातें बच्चों के कानों में नहीं पड़ रही थीं। विशाल, मर्बिला और विल तो ग्लेब के पीछे ही चल रहे थे क्योंकि छुपे दरवाजों को ढूँढ़ने की वजह से उन तीनों ने सारी मंजिलें देख ली थीं और बाकी के बच्चे घूमने में लगे थे।

सभी बच्चे बाद में घूमना, सिगोरिया ने अपने कमरे में से निकल कर चिल्लाकर कहा आप सभी यहाँ घूमने नहीं आये।

सिगोरिया की कड़कती आवाज को सुनकर सब भागे–भागे उसके कमरे में गये कमरा बिल्कुल नीचे की तरह था बस बैठने की सीटें अलग

थीं। सिगोरिया बच्चों को जादूगरों पर झाडू के हमले वाली बात विस्तार में बता रहा था।

गोरडोन सूखी खाड़ियों में रहने क्यूं गया होगा?, विशाल ने विल से कहा हमें कैसे पता चलेगा वो कैसा दिखता है।

हां, तुम दोनों को तो हमारी बातें फिजूल लगती हैं, सिगोरिया ने विशाल व विल से कहा तुम्हें तो पढ़ने की जरूरत नहीं हैं तुम तो खुद ही सीख लेते हो और लड़ भी लेते हो। ओ तो मर्बिला आज तुम दोनों से दूर बैठी हैं अच्छा है और अच्छा होगा कि विल तुम भी विशाल से दूर रहो वरना यह मुसीबत में ही डालता है सबको। सिगोरिया पढ़ा कम रहा था विशाल को ताने ज्यादा मार रहा था।

मोबारूस सिंगोरिया, अर्जीगिलेनो ने दरवाजे के बाहर खड़े होकर आवाज लगाई और कहा एडम और आलिविया का सजा का समय हो गया। क्या मैं उन्हें ले जा सकती हूँ? क्लास खत्म होने भी वाली है।

एडम और आलिविया यह सुनकर मेज पर रखी किताबों पर सिर पटकने लगे और वह कमरे से निकल कर अर्जीगिलेनो के पीछे–पीछे चल दिये।

हम किसी की सजा को नहीं भूलते, अर्जीगिलेनो ने दूसरे गलियारे में चलते हुए कहा, तुम्हारे लिए एक गन्दा कमरा हैं जिसकी तुम्हें सफाई करनी हैं। जिसे हमने जान पूछकर तुम्हारे लिए गन्दा छोड़ दिया था।

एडम और आलिविया को अर्जीगिलेनो ने एक बहुत ही गन्दे कमरे में छोड़ दिया जो वाकई में जाल और मिट्टी से भरा पड़ा था। अर्जीगिलेनो ने कहा जब कमरा साफ हो जाएगा हम देखने आएंगे। वे दोनों कमरे की सफाई छड़ी के द्वारा करने लगे परन्तु वह उन पर साफ नहीं हो रहा था। ऑलिविया ने कहा मेरी खूबसूरती तो गई।

उधर तीसरी मंजिल पर कोन्सेनटाइन भी अपने कक्ष में सिंगोरिया की तरह विशाल को ताने मार रहा था उसने मर्बिला विल को भी ताने मारे फिर उसने प्रयोग करवाना शुरू किया। जैसे–तैसे विशाल ने क्लास में पढ़ाई की और फिर सभी बच्चे दोपहर का खाना खाने फूड़ी हॉल में चले गए जहाँ मेज पर खाने के साथ–साथ किताबें भी रखी थीं जिन्हें वो पढ़

रहे थे। वो किताबें बच्चों को सभी मोबारूस ने अपने–अपने विषय की दी थीं। तभी हवा में उड़ते हुए पन्ने आये और एक–एक बच्चे पर चले गए जिन्हें पढ़ कर आधे से ज्यादा बच्चे दुखी हो गये वह पन्ना उनकी परीक्षा स्कीम थी। मर्बिला और डेनियल बेहद खुश थे व विशाल और विल का चेहरा सफेद पड़ा हुआ था। ऑलिविया और एडम के पास जब परीक्षा की स्कीम हवा में तैरती हुई उनके हाथों में आयी और उसे देखा तो वह यह कहते हुए बेहोश हो गये कि इस कमरे की सफाई के वक्त ही यह सूचना भेजनी थी जब अर्जीगिलेनो कमरे में पहुँची तो उन दोनों को बेहोश देख उन्हें उनके कमरे में पहुँचा दिया। परीक्षा की स्कीम के मुताबिक परीक्षा तिथि 1 मार्च को तय की गई।

आज की तारीख क्या है? विशाल, विल ने स्कीम को घूरते हुए पूछा।

24 फरवरी, विशाल ने दुखी मन से जबाब दिया।

तभी जोजफ ने अपने मन से स्कीम की तरफ छड़ी करके मंत्र बोला आग वाले ड्रेगन आग लगा दो इस स्कीम को जला डालो और वह स्कीम एक छोटे से ड्रेगन में बदल गई और उसने जोजफ की तरफ आग उगली मर्बिला ने आँखें चढ़ाई और बोला प्रत्युसा प्रियोला जिससे ड्रेगन गायब होकर कागज को पन्ने में ही बदल गया परन्तु जोजफ का चेहरा आग के धुएँ से काला पड़ चुका था।

बिना सीखे मंत्र का उपयोग करना गलत हैं, मर्बिला ने कहा जब पढ़ोगे तो परीक्षा भी देनी पड़ेगी समझे।

हाँ तुम्हारे लिए कहना आसान है, साइमन ने कहा पर मेरे भाई को जलने से बचाने के लिए तुम्हारा धन्यवाद।

1 सप्ताह में परीक्षा की तैयारी कैसे होगी, विल ने कहा, कहीं मुझे बुखार न आ जाये।

हो जाएगी परेशान मत हो, मर्बिला ने कहा।

साइमन ने अभी ठीक कहा था कि तुम्हारे लिए कहना आसान है, विशाल ने कहा, तुम तो किताब को हवा की तरह पढ़ती हो।

यह सुन कर मर्बिला डेनियल को लेकर कमरे में चली गई और वह दोनों साथ पढ़ने लगे। रात होने पर सभी बच्चे कम्बल में छड़ी से रोशनी कर किताबों को पढ़ रहे थे

ताकि एक दूसरे को पता न चले। सप्ताह के चार दिन बीत गये थे और सभी बच्चे फूड़ी हॉल में व वॉलवर्डर के पुस्तकालय में पढ़ने में समय बीत रहा था जो बच्चे पढ़ते नहीं थे वह भी क्लास में ध्यान देने लगे।

29 तारीख को दोपहर 2 बजे क्लेब ली ने अपनी क्लास में बोर्ड पर एक फूल बनाया जिसका नाम उसने लिखा था सुनहरा फूल। वह बोल रहा था सुनहरे फूल की सिर्फ कल्पना की गई हैं उसका निर्माण अभी तक कोई नहीं कर सका उसने फिर छड़ी से हवा में वो फूल बनाया उस फूल की आकृति में से तीव्र प्रकाश निकल रहा था। क्लेब ली फिर से बोला आप देख सकते हैं कि इसका प्रकाश कितना तीव्र है तो आप सब सोच सकते हैं कि असली फूल का प्रकाश कैसा होगा।

मर्बिला किताब के पन्नों को पलट कर उस सुनहरे फूल के विषय में ढूँढ़ रही थी पर उसे अपनी किताब में सुनहरे फूल का नामोनिशान नहीं मिला।

क्या हुआ?, डेनियल ने मर्बिला से पूछा पन्नें क्यूं पलट रही हो?

यह सुनहरे फूल का विषय हमारे किताब में नहीं है फिर मोबारूस क्लेब हमें यह क्यूं पढ़ा रहे हैं।

तुम्हें इसकी चिन्ता हैं उस फूल को जानने का हमें मौका मिल रहा है उस फूल को देखो वह एक कल्पना है शायद ही हमें यह देखने का फिर मौका मिले काश कि मैं इसे छू पाता, डेनियल ने कहा।

विशाल और विल आज दूर–दूर बैठे थे और वह दोनों मर्बिला का चिन्तित चेहरा देख रहे थे और मर्बिला व डेनियल की बातें समझने की कोशिश कर रहे थे। फिर विशाल फूल को देखने लगा।

यह फूल अंधकार को मिटा कर सुबह ला सकता है, बूढ़े को जवान बना सकता है व अमर बना सकता हैं, क्लेब बेसुध हुए बोल रहा था वह आज काफी अजीब तरीके से पढ़ा रहा था।

अंधकार मिटा सकता है, विशाल के मुँह से निकला।

क्लेब की आँखें झपकी और हवा में बना फूल धुंआ बनकर उड़ गया व बोर्ड पर बना फूल गायब हो गया। उसने इधर–उधर देखा और क्लास में से जाने लगा।

मोबारूस क्लेब रूकिये, विशाल ने आवाज देते हुए कहा।

विशाल के पीछे मर्बिला, विल ओर डेनियल भी गये।

यह सुनहरे फूल के बारे में जो आपने बताया वो सही था, विशाल ने जल्दबाजी में पूछा आप चुप क्यों हैं? बोलिए ना।

सुनहरा फूल, यह कौन–सा फूल होता हैं, क्लेब ने डरा हुआ चेहरा बना कर कहा मैंने यह कब पढ़ाया। मैंने तो बोलने वाले पेड़ों के बारे में पढ़ाया था।

वो आपने कल पढ़ाया था, विल ने कहा।

सुनहरे फूल का विषय हमारे किताब में भी नहीं हैं, मर्बिला ने कहा फिर हमें यह क्यों पढ़ाया?

मुझे सुनहरे फूल के बारे में जानकर अच्छा लगा, डेनियल ने कहा।

क्या बच्चों मैंने आपको सुनहरे फूल के बारे में पढ़ाया था, क्लेब ने क्लास में आवाज लगाकर पूछा क्या इन्हें लगता है मैने सुनहरे फूल के बारे में पढ़ाया जिस फूल का कोई वजूद नहीं है।

नहीं मोबारूस क्लेब हमें तो आपने बोलने वाले पेड़ों के बारे में बताया था, सभी बच्चों ने कहा फिर डेनियल ने कहा हां हमें तो बोलने वाले पेड़ के बारे में पढ़ाया गया था।

फिर क्लेब चिन्तित चेहरा लेकर चला गया।

डेनियल तुम्हें क्या हो गया?, विशाल ने कहा अभी तो तुम खुद बोल रहे थे सुनहरे फूल के बारे में पढ़कर अच्छा लगा।

मुझे कुछ नहीं पता। मुझे जाने दो परीक्षा की तैयारी करनी हैं और डेनियल कक्ष से बाहर जाने लगा।

तुम झूठ क्यों बोल रहे हो?, मर्बिला ने चिल्लाकर कहा।

हाँ यहाँ मौजूद सब बच्चे झूठे हैं, ऑलिविया ने विशाल की तरफ आते हुए कहा डेनियल झूठा है और मोबारूस क्लेब ली झूठे हैं बस तुम तीनों ही हो जो सच बोलते हो। तुम तीनों महान बनना छोड़ क्यों नहीं देते।

विशाल और विल, मर्बिला शान्त रहे बाकी के बच्चे उन तीनों को गुर्राते हुए जाने लगे।

मैं पुस्तकालय की तरफ जा रही हूँ तुम दोनों भी चलो वहीं मिलेगा सुनहरे फूल का रहस्य। वह तीनों वॉलवर्डर के मैदान से होकर जाने लगे। जहाँ अंधेरे के साथ–साथ बर्फ भी थी।

हमें गोरडोन को खोजना हैं मर्बिला, विशाल ने कहा जानता हूँ जो आज हुआ अजीब था पर फूल को बाद में खोज लेंगे और वो फूल बस एक कल्पना है।

काल्पनिक दुनिया को भी सब कल्पना कहते हैं, मर्बिला ने कहा पर तुम्हें यकीन हैं वो काल्पनिक दुनिया सच में हैं। उसी तरह यह फूल भी सच है और क्या पता शायद यह अंधेरा वो फूल ही दूर कर सके।

मर्बिला सही कह रही है विशाल, विल ने कहा शायद पुस्तकालय में जाकर कुछ पता चले और मूर्तियों की घटना को अभी कोई भूला नहीं हैं कुछ दिन रूक जाओ गोरडोन को भी खोज लेंगे।

पुस्तकालय में पहुँच कर मर्बिला ने एक हीरे वाली नग की माला निकाली और वह उसे पहन कर वनस्पति, फूल व पत्तियों से सम्बधिंत किताबों को छड़ी की सहायता से अपने पास लाती और कुछ ही देर में वो किताब पढ़ती। विशाल और विल एक किताब को नही पढ़ पा रहे थे वो जब तक 20 किताबों को पढ़ रही थी और वह दोनों मर्बिला को घूर रहे थे। पुस्तकालय में काफी देर हो गई परन्तु उन्हें कुछ न मिला बस किताबों का ढ़ेर बन गया था फिर विल ने प्रत्युसा प्रियोला मंत्र बोल कर किताबों को उन्हें उनके स्थान पर रख दिया। वह अपने कमरे में जाने के लिए आगे बढ़े और विल का पैर पुस्तकालय में बनी सीढ़ी पर तेज पड़ा फिर पुस्तकालय के किताबों के स्टेड़ अपनी जगह बदलने लगे और तभी विशाल की नजर पुस्तकालय के छूपे कमरे पर गई जिसमें से रोशनी आ

रही थी विशाल भागा–भागा कमरे में गया जहाँ गोल पत्थरों पर कई मोटी–मोटी खुली किताबें रखी थी और एक गोल पत्थर के पास नैन्सी खड़ी थी उसने कहा आओ विशाल पढ़ो इस पन्ने को और वह गायब हो गई।

नैन्सी, विशाल ने कहा और वह किताब के पास गया उस पर वही फूल बन रहा था जैसा क्लेब ली ने बनाया था। मर्बिला ने किताब पढ़ना शुरू किया उस पर वही लिखा था जो क्लेब ने बताया था पन्ने के आखरी लाइन में लिखा था सुनहरा फूल अब कल्पना नहीं रहा उसका निर्माण कर उसे छुपाया गया और उसका निर्माण।

मर्बिला आगे पढ़ो, विल ने कहा चुप क्यों हो गईं?

आगे का पन्ना फटा हुआ है।

क्या? फटा हुआ है, विशाल ने कहा इसका मतलब कोई नहीं चाहता कि फूल का रहस्य हमें पता चले पर कोई नहीं फूल है और वह कल्पना नहीं है।

विशाल, मर्बिला और विल के साथ सोफिया के पास गया जहाँ सारा और निकोलस भी थे विशाल ने क्लेब के कक्ष की बात सोफिया को बताई और सारा ने विशाल से यह बात किसी को न बताने को कहा और बोली तुम तीनों अपनी परीक्षा की तैयारी करो।

जब मैं ऊपर जाता था तब वहाँ मुझे एक बार मोबारूस कोन्सेनटाइन और सिंगोरिया दिखे थे, विशाल ने कहा मोबारूस सिंगोरिया का रूमाल मुझे मिला था और वो हमसे छिप रहे थे। विशाल फिर मर्बिला विल के साथ कमरे में चला गया।

मूर्तियों का हमला और फिर मोबारूस क्लेब का सुनहरे फूल के बारे में बच्चों को पढ़ाना यह कोई इत्तेफाक नहीं हैं, सोफिया ने कहा भूतों के काली रात को ही काले जादू की प्रक्रिया पूरी हो गई थी।

निकोला के गुलाम के पास पाँचवी अंगूठी अभी भी होगी, निकोलस ने कहा वह पाँचवी अंगूठी को जब तक कहीं नहीं छोड़ सकता जब तक उसे दिया काम पूरा न हो जाए।

1 मार्च आ गयी थी और फूड़ी हॉल में कोन्सेनटाइन परीक्षा ले रहा था वह परीक्षा लेते हुए विशाल और विल के पास ही खड़ा रहा और दोनों को घूरता रहा विशाल विल से कुछ भी बोलता तो वह विशाल को डाँटता और सिंगोरिया ने भी विशाल के साथ ऐसा ही व्यवहार किया। मर्बिला व डेनियल बिना इधर–उधर देखे परीक्षा करते, विशाल व विल तो परीक्षा के समय इधर–उधर ही देखते और ऑलिविया, एड्म, जोजफ और साइमन तो दुखी मन से परीक्षा करते। हर विषय की परीक्षा में एक–एक दिन की छुट्टी थी सभी मोबारूस ने अपने–अपने विषय की परीक्षा ली। मार्च के 15 तारीख को परीक्षा समाप्त हुई इससे पहले कि बच्चे चैन की सांस लेते उनके हाथ में प्रयोगात्मक परीक्षा की स्कीम थमा दी गई। जिससे मार्च का पूरा महीना परीक्षा और प्रयोगात्मक परीक्षा में ही चला गया।

अप्रैल के महीने में विशाल और बाकी बच्चों को आराम मिला। मूर्तियों की घटना को काफी दिन हो गये थे। एक रात विशाल ने अपनी अंगूठी को दो बार घुमाया और उससे दो और अंगूठी बन गईं जिसे वह पहन कर तीनों गायब हो गये। वह तीनों दबे पाँव मैदान से होते हुए वॉलवर्डर के पीछे के रास्ते की तरफ लैम्प लेकर जाने लगे जहाँ से सूखी खाड़ियों की तरफ रास्ता जाता था। उन तीनों के चलने के निशान बर्फ में बन रहे थे वह वॉलवर्डर से बाहर आ गये और पलट कर देखने लगे जहाँ वॉलवर्डर के अंदर की रोशनी झिलमिला रही थी वह अब अंदर से महल था पर बाहर से वैसा ही डरावना खंडहर। वह चलते–चलते सूखी खाड़ियों के नजदीक पहुँच गये और जैसे ही उन्होंने उसमें पैर रखा वह वैसे ही वह हरे–लाल–पीले पत्तों वाले बड़े–बड़े पेड़ आ गये और वह बहुत बड़ा घना जंगल बन गया। वह जब ज्यादा घबरा गये जब अंगूठी पहनने के बाद भी वह गायब नहीं थे और वह एक–दूसरे को ताकते हुए समझ गये कि अंगूठी का जादू इन खाड़ियों से बने जंगल में नहीं चलेगा।

अररररररर अब क्या करें?, विल ने कहा हमें आगे जाना चाहिए।

हम जब भूतों की दुकान में निडर होकर जा सकते हैं, तो हम ये भी कर सकते हैं, विशाल ने कहा गोरडोन को ढूँढ़ने के लिए जाना होगा।

जगंल काफी अशान्त था और वह नक्शा देखते हुए आगे बढ़ रहे थे और विल बार–बार पीछे ही देख रहा था। जंगल में बर्फ नहीं पड़ रही थी।

तो तुम्हारे पास जो माला है, उसकी वजह से ही तुम इतनी जल्दी–जल्दी किताबें पढ़ती हो, विशाल ने जंगल में चलते हुए कहा।

हाँ मैं भी यही पूछने वाला था, विल ने कहा वो माला कहां से आयी? इसी के दम पर तुम अपनी पढ़ाई पर इतराती हो।

तुम बकवास बंद करो समझे विल, मर्बिला ने इतराते हुए कहा मैंने उस माला का उपयोग अपने फायदे के लिए नहीं किया है।

हाहाहा, विशाल हँसने लगा।

हँसना बंद करो विशाल मुझे वो माला अपने बिस्तर पर एक पत्र के साथ मिली थी और मुझे नहीं पता वो माला और पत्र किसने भेजा था।

पत्र कैसा पत्र, विल ने विल ने जंगल में लगे फूलों का छूते हुए कहा।

हाँ मर्बिला पत्र में क्या लिखा था?, विशाल ने कहा।

विशाल के पास जितनी किताबे हैं उन्हें उससे मांगो और इस माला को पहन कर उन्हें पढ़ो और इस माला को जब तक पहने रहोगी तब तक पढ़ी हुई सभी किताबें तुम्हारे दिमाग में रहेंगी और परन्तु तुम इस माला का उपयोग कभी अपने फायदे के लिए मत करना। इसलिए ही में किताबों को इतनी जल्दी पढ़ पा रही थी।

मेरे पास जो किताब हैं, उसके बारे में किसी को पता है पर उसे यह सब कैसे पता?

मैंने बताया था कोई हमारी मदद कर रहा हैं विशाल, मर्बिला ने आंखें चढ़ाते हुए कहा अब शान्ति से नक्शा देखते चलो।

बातें करते हुए वह चलते–चलते जंगल के बीचों–बीच में आ गये तब विल जगंल में लगा लाल रंग का फूल तोड़ने लगा।

कितना सुदंर फूल है, विल ने कहा मैं इसे ले लेता हूँ।

रूको, मर्बिला ने कहा कुछ भी न तोड़ो और न कुछ छुओ दोबारा से मुझे किसी झंझट में नही पड़ना इसलिए चुपचाप से चलो यहाँ बोलने और चलने वाले पेड़ भी हो सकते हैं।

लेकिन मर्बिला के कहने से पहले ही विल फूल तोड़ चुका था और मर्बिला, विल से लड़े ही जा रही थी तभी अचानक काफी सारे पेड़ों में

हलचल होने लगी वह तीनों इधर–उधर देखने लगे फिर पेड़ अपनी जड़ों से उखड़ने लगे और उनके हाथ भी निकलने लगे व उन पेड़ों का खूँखार चेहरा बन गया। उनकी आँख आग की बनी हुई थी।

वे तीनों चिल्लाये आआआआआआआआ।

पकड़ो इन घुसपैठियों को, लाल पत्तों वाले पेड़ ने कहा इन्होंने फूल को तोड़ कर हमारा अपमान किया हैं।

अररररर यह तो बोलते भी हैं, विशाल भागो, विल ने मर्बिला को खींचते हुए कहा हम अपने मेरे पंख क्यों नहीं निकाल रहे।

मैं बिना हाथ पकड़े भी भाग सकती हूँ, मर्बिला ने विल से कहा छोड़ो मेरा हाथ और इस जगंल में पंखों का जादू भी काम नहीं कर रहा है इसलिए हमारे पंख नहीं निकल रहे हैं।

ओ हा ठीक हैं।

तुमने फूल क्यों तोड़ा?, विशाल ने कहा।

अच्छा लगा इसलिए, लेकिन अब इस फूल को इन पेड़ों को ही दे देता हूँ, विल ने फूल भागते हुए पेड़ों के पास फेंक दिया।

तुम हमेशा बखेड़ा फैलाते हो यदि मुझे तुम्हारी वजह से कुछ भी हुआ तो मैं तुम्हें अपनी छड़ी से गायब कर दूंगी। मोबारूस क्लेब ली ने पेड़ों की कितनी जानकारी दी फिर भी वो फूल तुमने तोड़ लिया।

तुम नकचड़ी हो।

तुम दोनों लड़ना बंद करो और सोचो अब क्या करें?

वह तीनों तेजी के साथ भागे और पेड़ भी उनके पीछे बौखलाये हुए भाग रहे थे। भागते–भागते मर्बिला अचानक गिर गईं पेड़ भी नजदीक आ रहे थे।

उठो मर्बिला, विशाल ने कहा हमें भागना होगा।

तभी एक पेड़ ने झपट कर मर्बिला का पैर पकड़ लिया विशाल ने पेड़ को छड़ी दिखाते हुए बोला हलेराल्यूरा और उस पेड़ के साथ–साथ और भी पेड़ दूर जाकर गिर गये और विल ने भी मंत्र निलबेसो भवः कई पेड़ अकड़ने व चीखने लगे।

यह तुमने क्या किया, मर्बिला ने दुखी मन से कहा पेड़ों पर छड़ी का उपयोग नहीं करना था।

क्या मतलब तुम्हें बचाया और छड़ी का उपयोग नहीं करते तो तुम्हें वो सारे पेड़ मजे से चबाचबा कर खाते, विल ने मुहँ बनाकर मर्बिला से कहा।

मर्बिला ने विल को गुर्राते हुए कहा छड़ी का उपयोग करना होता तो मैं खुद ही कर लेती अच्छा है अब देखो क्या होता है।

पेड़ों को अकड़ता व मरता देख बाकी के पेड़ काफी चिढ़ गये वह अपने मुँह से आग उगलने लगे परन्तु जगंल में आग फैलने के बजाय बुझ रही थी वह तीनों यह देख कर छुपने की जगह ढूँढ़ने लगे।

उधर एक गड्ढ़ा हैं, विल ने जल्दबाजी में कहा जल्दी चलो फिर उसके हाथों में लगी लैम्प टूट गई।

मर्बिला ने छड़ी निकाली और मंत्र बोला पेट्रोमरेक्सा जिससे छड़ी में से धुँआ निकला जिससे पेड़ उन्हें न देख सकें और वह तीनों गड्ढ़े में छिप गये।

तुम इतने मंत्र याद कैसे कर लेती हो, विल ने कहा तुमने तो हमें बस लड़ने वाले मंत्र ही सिखाये थे।

तुम दोनों को क्लास में ध्यान देना चाहिए।

पेड़ इधर–उधर भटकते हुए उन्हें खोजने लगे वह काफी गुस्से में थे। कुछ न मिलने पर वह लौट कर चले गये।

विशाल ने कुछ देर बाद गर्दन को ऊपर उठाया और इधर–उधर देखने लगा जब शान्ति दिखी तो वह तीनों गड्ढ़े में से निकल कर बाहर आये।

ऐसे पेड़ों को मैं गलती से भी नहीं छूना चाहूँगा, विल ने कहा। फिर विल जगंल के सारे पेड़ों को घूरने लगा।

नक्शे के मुताबिक हम कहाँ हैं?, विशाल मर्बिला ने सूखी घास को अपने बालों में से हटाते हुए पूछा।

विशाल अपने चोगे ओर पेन्ट में नक्शा ढूढ़ने लगा पर वो उसे नहीं मिला।

क्या हुआ?

लगता है नक्शा गिर गया।

गिर गया, विल ने कहा अब क्या होगा।

मेरा हाथ छोड़ो विल, मर्बिला ने कहा।

मैंने तुम्हारा हाथ नहीं पकड़ा है, विल ने छड़ी में रोशनी करते हुए कहा।

मर्बिला छड़ी में रोशनी करके पीछे घूमी और बोली मेरा हाथ आआआआआ फिर वह चीखी क्योंकि उसके सामने चोगा पहने हड्डी थी फिर विशाल ने मृत्युदेवाः मंत्र बोल कर हड्डी को नष्ट कर दिया।

ककककक कब्रिस्तान, विल ने काँपती आवाज में कहा हम जिस गड्ढ़े में थे वो भी एक कब्र है। पेड़ों का हमला कम था जो कब्रिस्तान में आ गये मैं तो लौट कर जा रहा हूँ।

जाओ जाओ जल्दी जाओ, मर्बिला ने कहा पीछे खूखांर पेड़ तुम्हारा इंतजार कर रहे हैं।

आआआआ, विल ने चीखते हुए मर्बिला को पकड़ लिया।

हटो, मर्बिला ने विल का हाथ झटक कर बोला।

चुप रहो, विशाल ने कहा डरने वाली बात क्या है हमें बस कब्रिस्तान से होकर जाना है, नक्शे में कब्रिस्तान के बाद एक छोटी नदी आएगी फिर गोरडोन का घर मिलेगा।

कब्रिस्तान में सफेद धुएँ के साथ–साथ हवा साँय सायँ आवाज में बह रही थी। विल और मर्बिला के दाँत कट–कट–कट की आवाज में टकरा रहे थे।

तीनों दबे पाँव रखे कब्रिस्तान में चल रहे थे। वह शान्ति से चलते–चलते आधा कब्रिस्तान पार कर चुके थे तभी सारी कब्र चटकने लगी और उनमें से चोगा व दुशाला पहने हड्डियाँ खंजर लेकर कब्रों से बाहर निकलने लगीं।

हड्डियाँ, हड्डियाँ , हड्डियाँ, मर्बिला चीख रही थी और कह रही थी मुझे नफरत हैं इन हड्डियों से। इनसे हम पक्का मरेंगे विशाल।

मना किया था मत आओ विल ने हर तरफ देखते हुए कहा अब मरने को तैयार हो जाओ। तुमसे मेरा आखिरी अलविदा।

विशाल और मर्बिला ने विल को घूरा फिर मर्बिला, विल ने हड्डियों पर हमला किया और हड्डियाँ टूट कर बिखर गईं कुछ देर बाद वह हड्डियाँ अपने आप को जोड़ने लगी और फिर वह उन तीनों के पीछे भागने लगीं।

आआआआ, तीनों फिर एक साथ चीखे, भागो भागो।

विशाल ने कई मंत्रों से वार किया पर हड्डियाँ हर बार–बार टूट कर बिखर जाती।

अब क्या करें? क्या करें?, विल ने कहा मर्बिला अपने मंत्रों का उपयोग करो हमारी जान बचाओ।

किसी मंत्र का उपयोग नहीं हो रहा है।

नैन्सी आओ हमारी जान बचाओ। नैन्सी अब क्यूँ नहीं आ रही, यह कहते हुए विल का चेहरा सफेद पड़ रहा था।

हमें कुछ नहीं होगा, विशाल ने कहा मुझे विश्वास है।

सभी हड्डियाँ काले चोगे में भयानक लग रही थीं वह सभी तीनों के पीछे तेज–तेज भाग रही थी और वह तीनों नीचे गिर गये। तभी वहाँ एक बड़ा भेड़िया आया जो काफी भयानक था। पहले उसने विशाल को घूरा और फिर हड्डियों पर भी गुर्राने लगा।

फिर वहाँ पेड़ भी आ गये और कहने लगे यह हमारे शिकार हैं इन्होंने हमारे साथियों को मारा हैं इन्हें हमें दे दो।

यह हमारे शिकार हैं, हड्डियों ने डरावनी आवाज में कहा इन्हें हमें सौंप दो इन्होंने हमारे इलाके में प्रवेश किया और हम पर प्रहार करने की गुस्ताखी भी।

यह सुनकर वह भेड़िया तेज आवाज में गुर्राया फिर उपद्रव मचाते हुए पेड़ों और हड्डियों पर वार किया। पेड़ और हड्डियां दूर जा गिरे और अपने

कदमों को पीछे कर लौटने लगे। जब वह सब चले गए तब भेड़िये ने कहा उठो बुद्धुओं।

तुमने हमें उनसे बचाया और अब तुम हमें खाओगे, विल ने भेड़िये से नजरें चुराते हुए कहा एक बार में खा लेना ताकि हमें दर्द न हो।

चुप करो बुद्धु, भेड़िये ने विल से कहा तुम तीनों मेरे पीठ पर बैठ जाओ।

हमें बचाने के लिए तुम्हारा धन्यवाद, विशाल ने भेड़िये से कहा तुम बोलते भी हो और मोबारूस निकोलस की तरह रूप बदलते हो।

तो तुम वॉलवर्डर से आए हो, भेड़िये ने पानी में चलते हुए कहा तो वॉलवर्डर एक नयी शुरूआत करने लगा और बच्चों को जादू की पढ़ाई भी सिखा रहे हैं।

तुम वॉलवर्डर को कैसे जानते हो?, मर्बिला ने कहा तुम भी वहाँ रहते थे।

छोड़ो उस बात को तुमने निकोलस का नाम लिया तो मैं पहचान गया कि तुम वॉलवर्डर से आये हो।

विशाल यह तो हमें गोरडोन के पास ले जा रहे हैं, विल ने कहा।

गोरड़ोन, तुम्हें उस से क्या काम हैं?, भेड़िये ने अचम्भित होकर कहा तुम उससे क्यों मिलना चाहते हो? और तुम्हें उसका पता कैसे मिला?

विशाल यह तो तुम्हारी तरह ही हैं सवाल बहुत करते हैं, विल और मर्बिला ने एक साथ हँसते हुए कहा।

हमें उसका पता नक्शे से मिला जो हमसे गुम गया और वो नक्शा हमें भूतों की दुकान से मिला, विशाल ने कहा तुम गोरडोन को जानते हो तो हमें उसके पास ले चलो।

इसका मतलब आप तीनों को अपनी जान की कतई चिन्ता नहीं हैं, भेड़िये ने कहा तभी आप तीनों रातों में वॉलवर्डर के नियमों को तोड़ते हुए घूमते हो मैं नही जानता आप भूतों की दुकान में भूतों से कैसे बचे? परन्तु अभी तुम बाल–बाल बचे हो।

वह भेड़िया फिर एक घर के पास रूका जो कि पत्थरों का गोलाकार में बना हुआ था, मशालें जल रही थीं और घर के ऊपर जुगनु घूम रहे थे जिससे रोशनी हो रही थी फिर वह भेड़िया एक बौने के रूप में आ गया जिसके लम्बें लाल बाल व दाढ़ी थी, सिर पर लम्बी नुकीली टोपी और दुशाले के ऊपर कत्थई चोगा व वह मोटा था। वह अजीब दिख रहा था।

यह तुम्हारा असली रूप हैं, या और भी रूप हैं, विल ने जुगनुओं को देखते हुए कहा जल्दी बताइये आपका क्या नाम हैं?

मैं ही गोरडोन हूँ, उस बोने व्यक्ति ने कहा यही मेरा असली रूप हैं अब आप मुझे बताएं आप मुझसे क्यूं मिलना चाहते थे? मैं आपकी क्या मदद कर सकता हूँ?

मैं विशाल हूँ, विशाल ने कहा रूको, गोरडोन ने विशाल को रोकते हुए कहा कुछ मत बोलो। तुम विशाल हो, विशाल स्मिथ। जॉन और रीया के बेटे।

हाँ मैं विशाल स्मिथ हूँ, विशाल ने फिर से अपना नाम बताया।

गोरडोन ने यह सुनकर विशाल को गले लगा लिया और कहने लगा तुम लौट आये यह कोई सामान्य बात नहीं है तुम्हारी बहुत याद आयी।

गोरडोन तुमने मेरे माता–पिता को देखा था, विशाल ने उदास होकर कहा वो कैसे दिखते थे?

जैसे तुम दिखते हो विशाल विनम्र और दयालु। तुम तीनों घर के अंदर चलो बाहर खतरा है फिर वह सीढ़ियों पर चढ़कर घर के अंदर गये। घर काफी साफ–सुथरा था। गोरडोन ने आग जलाई ताकि कमरा गर्म हो जाए और फिर गोरडोन ने छड़ी से कोयले को सुलगाया और फिर चाय की केतली में चाय बनाने लगा। वह तीनों कुर्सियों पर बैठ कर गोरडोन की बातें सुनने का इंतजार करने लगे।

गोरडोन चार कपों में चाय लाया कपों को मेज पर रखा और फिर कुर्सी पर बैठ गया और कहने लगा आपको वॉलवर्डर के तसुरालम रूप कक्ष में ले जाया गया होगा जहाँ आपने अपना साथी को चुना होगा। मैं नैन्सी का साथी हूँ जिसने मुझे अपनी होशयारी और अक्लमंदी से अपने से

बड़े–बड़े जादूगरी बच्चों से जादू के युद्ध कला में हरा कर मुझे जीता। सभी उसकी प्रतिभा को देख कर दंग थे। यह कोई सामान्य बात नहीं थी मेरे लिए तो बिल्कुल भी नहीं थी क्योंकि मुझे आज तक जिसने भी जीता उसने मुझे गुलाम बना कर अपने फायदों के लिए ही उपयोग किया और जलील किया परन्तु नैन्सी ने मुझे जीत कर आजाद कर दिया और एक नई जिन्दगी को जीने के लिए कहा मैं फिर उसके साथ उसका दोस्त बन कर रहा अब वो मुझसे दूर हैं उसकी बहुत याद आती हैं। नैन्सी अनाथ थी और वह तुम्हारे माता–पिता को वॉलवर्डर के बाहर पायी थी। रीया ने सबके मना करने के बाद भी उसे गोद लिया, वॉलवर्डर में उसे पढ़ाया, रहने को जगह दी और माँ का प्यार भी। यदि तुम तीनों नैन्सी से मिलते तो तुम भी उसे पसन्द करते और उससे दोस्ती करते।

हम नैन्सी से मिल चुके हैं, विशाल ने चाय पीते हुए कहा उसने हमारी काफी मदद की हैं, काफी जानकारी दी, भूतों के हमले से भी बचाया। उसकी मदद हमारे बहुत काम आयी।

यह सुनकर गोरडोन सोच में पड़कर खामोश रहा फिर उसने बोला तुम्हारे माता–पिता ने वॉलवर्डर के ऊपरी सतह के सातवें मंजिल पर बन रहे कमरे में अपना कक्ष निर्माण का कार्य शुरू किया। उन्हें वो कमरा अपने मेहनत से मिला था वो कोई आम कमरा नहीं था उसे अपने हिसाब से घटाया बढ़ाया जा सकता था वहाँ कमरे को आदेश देने पर किसी भी दीवार का निर्माण किया जा सकता था पर अब वह कमरा तो छुपा हुआ हैं और ऊपरी सतह पर जाना मना है।

नहीं, मर्बिला ने गोरडोन को रोकते हुए कहा अब ऊपरी स्तर की सभी मंजिलों पर जा सकते हैं। ऊपरी स्तर की सभी मंजिलों में मौजूद सभी मूर्तिया नष्ट हो चुकी हैं और अब तो हमारी क्लास और परीक्षा ऊपर की मंजिलों पर ही हुई।

हमने वो छुपा दरवाजा खोज लिया, विशाल ने कहा बस वो काफी छोटा था और काफी गन्दा भी था।

गोरडोन फिर चुप पड़ गया कुछ देर बाद सोच कर बोला तुम्हारे पिता ने वैसे तो काफी प्रयोग किये थे परन्तु एक प्रयोग जो सबसे महत्पपूर्ण

था–सुनहरा फूल जिसके बारे में तुम्हें कोई जानकारी नहीं होगी जितना मुझे लगता है।

हमें इसके बारे में जानकारी हैं, विल ने कहा मोबारूस क्लेब ली ने हमें इसके बारे में पढ़ाया। बस यह बात अलग है कि हमें पढ़ाने के बाद वो भूल गये कि उन्होंने क्लास में सुनहरे फूल के बारे में पढ़ाया और बाकी के बच्चे भी भूल गये। बस हमें पता नहीं कैसे याद रहा?

पुस्तकालय में छुपे कमरे में सुनहरे फूल के बारे में भी पढ़ा परन्तु उसका निर्माण किसने किया यह नहीं जान सके क्योंकि किताब के पन्ने फटे हुए थे, विशाल ने कहा।

ओ अच्छा, गोरडोन ने लम्बी सांस खिंचते हुए कहा तुम बच्चे ही हो न। तुमने तो बहुत कुछ पता कर लिया। जो कि असम्भव था। जिन कमरों को कोई नहीं ढूंढ़ सकता था वो तुमने ढूंढ़ लिये। वो पन्ना मैंने ही फाड़ा था जिससे सुनहरे फूल को कल्पना ही समझा जाए और कोई उसके बारे में न जान पाए। तुम्हारे पिता के कमरे और पुस्तकालय के कमरे को मैंने ही छुपाया था।

सुनहरे फूल का निर्माण किसने किया था?, मर्बिला ने चाय खत्म करके पूछा यह कहाँ मिलेगा?

इसका उपयोग कैसे करते हैं?, विशाल ने तपाक से पूछा।

बोलो गोरड़ोन, विल ने गोरडोन का हिलाते हुए पूछा।

शान्त, गोरडोन ने तीनों से कहा इसका प्रयोग तुम्हारे माता–पिता ने किया था। इस प्रयोग से तुम्हारे माता–पिता को काफी प्रसिद्धि मिली फिर उस फूल पर वोल्फरोल्ट की नजर पड़ गई। वोल्फरोल्ट ने निकोला को फूल लेने तुम्हारे पिता के पास भेजा। निकोला ने फूल के बदले कई तरह की भेंट देने को कहा, पैसा और बेशुमार ताकत परन्तु तुम्हारे पिता के मन में कोई लालच नहीं था इसलिए निकोला को जॉन और रीया ने निकाल दिया। यह बेइज्जती वोल्फरोल्ट और निकोला बर्दास्त न कर सके इसके बाद तो वोल्फरोल्ट ने काफी बार तुम्हारे पिता पर हमला किया उन्हें बदनाम करने की कोशिश की पर जॉन और रीया हर बार बच निकले वो काफी हिम्मत वाले थे। फिर वोल्फरोल्ट और निकोला बौखला गये

इसलिए तुम्हारे पिता ने सुनहरे फूल को काल्पनिक दुनिया में छुपा दिया। काल्पनिक दुनिया का निर्माण भी तुम्हारे पिता ने ही किया था पर अफसोस यह प्रयोग वह किसी को दिखा न सके।

विशाल ने थूक निगला और बोला काल्पनिक दुनिया का निर्माण मेरे माता–पिता ने किया था परन्तु काल्पनिक दुनिया की रानी तो निकोला है और काल्पनिक दुनिया कहाँ हैं? गोरडोन तुम जानते हो।

रूको, रूको इतने सवाल मत करो, गोरडोन ने कहा पहले पूरी बात सुनो।

ठीक है, विशाल ने बुदबुदाया।

काल्पनिक दुनिया की रानी निकोला नहीं हैं, गोरडोन ने कहा वो कभी वहाँ गई ही नही हैं। वोल्फरोल्ट और निकोला को सुनहरा फूल नहीं मिला तब उन दोनों ने काले जादू का इस्तेमाल किया वो अपने आपको और ताकतवर बनाने लगे जिसके कारण दोनों कुरूप हो गये और फिर जादुई दुनिया में आतंक फैलाने लगे जिससे सब उन से डरने लगे। उसने झाड़ूओं के हमले से लेकर बहुत बुरे काम किये और फिर तुम्हारा जन्मदिन आया जब तुम्हारे माता–पिता और हम सब बहुत खुश थे तैयारियों में इस कदर लगे हुए थे की वह सभी बातों को भूल गये सभी बड़े–बड़े जादूगर तुम्हारे जन्मदिन में आ चुके थे तभी रूको गोरड़ोन, विशाल ने गोरडोन की बात काटते हुए कहा उस रात की आधी सच्चाई पता है मुझे सोफी बता चुकी हैं मोबारूस सोफिया पर हमले के बाद क्या हुआ?

पर हमें भी जानना हैं, विल और मर्बिला ने एक साथ कहा।

मैं तुम्हें बाद में बता दूंगा, विशाल ने कहा अभी वक्त नहीं है।

जब सोफिया पर हमला हुआ वह नीचे गिर गई। मैं साँप के रूप में वहीं था वो साँप मैं ही था जिसे देख कर सोफिया चीखी थी। नैन्सी को पता था वोल्फरोल्ट ऊपर ही आ रहा हैं इसलिए उसने आदृश्य कमरे का निर्माण किया वह तुम्हें लेकर उस अदृश्य कमरे में छुप गई। वोल्फरोल्ट और निकोला तुम्हारे पिता को छड़ी से तड़पा रहे थे और तुम्हारी माँ सब सहन कर रही थी। फिर वोल्फरोल्ट ने कहा अपने बच्चे को बचाना है तो वो फूल दे दो वरना वो मनहूस मरेगा। जब काफी देर होने के बाद वह

दोनों तुम्हें नहीं ढूंढ़ सके तब वोल्फरोल्ट ने अपनी छड़ी से बहुत सारे चमगादड़ बनाये और उनसे कहा जाओ मेरे बच्चों ढूंढ़ों उस मनहूस को जल्दी जाओ। सभी चमगादड़ हर जगह फैल गये फिर तुम्हें ढूढ़ने लगे और अंत मैं सभी चमगादड़ एक झुण्ड में आये और अदृश्य कमरे के चारों ओर चिपक कर तेज–तेज चिल्लाने लगे।

वोल्फरोल्ट ने निकोला के साथ मिलकर छड़ी से उस अदृश्य कमरे पर वार किया और चमगादड़ गायब हो गये और वह अदृश्य कमरा गायब होने लगा। वह अदृश्य वहीं गलियारे में था जहाँ वोल्फरोल्ट और निकोला बार–बार आ जा रहे थे।

तो यहाँ लेकर छुपी हो इस मनहूस को, वोल्फरोल्ट ने हँसते हुए कहा इतनी कम उम्र में काफी अच्छा जादू कर लेती हो नन्ही नैन्सी। तुम दोनों हमारे सामने ही छुपे थे और हमें तुम देख रहे थे और हम तुम्हें नहीं देख पा रहे थे। तुम तो कमाल की जादूगर हो और तुम हमारे लिए खतरा भी हो। देखो निकोला यह जॉन और रीया तो नये–नये जादूगर पाल रहे हैं इन सबका मैं ही नाश करूँगा बस वो फूल मिल जाए। अफसोस नैन्सी तुम विशाल को नहीं बचा सकतीं।

विशाल को कुछ मत करो वोल्फरोल्ट, रीया ने रोते हुए कहा उन दोनों को छोड़ दो वो दोनों बच्चे हैं बदले में हमारी जान ले लो।

तुम्हारी यह ख्वाहिश भी पूरी करेंगे, वोल्फरोल्ट ने हवा की तरह तुम्हारी माँ के पास आते हुए कहा। सुनहरा फूल कहाँ है? बस यह बता दो।

कहाँ हैं वो सुनहरा फूल, निकोला ने जॉन पर वार करते हुए चिल्ला कर कहा बताते क्यूं नहीं?

फूल काल्पनिक दुनिया में हैं वोल्फरोल्ट, जॉन ने वोल्फरोल्ट और निकोला को घूर कर चिल्लाते हुए कहा तुम्हें भी वहीं कैद करूँगा तुम्हारे आंखों के सामने सुनहरा फूल होगा पर तुम उसे देखोगे बस देखोगे न छू सकोगे न उसे अपने गलत इरादों के लिए उपयोग कर सकोगे और तुम दोनों सिर्फ और सिर्फ उसे देख कर तड़पोगे फिर जॉन ने अपनी छड़ी निकाली पर उसके कुछ बोलने से पहले ही वोल्फरोल्ट ने जॉन पर हमला

किया जॉन की छड़ी तुम्हारे पास जा गिरी विशाल और तुम्हारी माँ ने निकोला को धक्का दिया फिर वह जॉन की तरफ भागी और वोल्फरोल्ट की छड़ी की नीली रोशनी का वार रीया और जॉन दोनों पर लगा और वह अकड़ने लगे उनके मुंह से निकला विशाल और वह दोनों गायब हो गये।

माँ पापा, नैन्सी चीखी। तुमने उनके साथ क्या किया? तुम दोनों दुष्ट हो।

चुप, निकोला ने नैन्सी पर चिल्लाते हुए वार किया और वह बेहोश हो गई। यह आपने क्या किया आका अब सुनहरा फूल कैसे मिलेगा?

वोल्फरोल्ट ने तुम्हारे सिर पर हाथ रखा और आँख बंद करके तुम्हारे दिमाग को पढ़ने लगा फिर वह बोला जो इसके माता–पिता न दे सके वो यह देगा। यह काल्पनिक दुनिया की खोज करेगा यह हमारे लिए सुनहरा फूल लायेगा परन्तु यह तब ही ऐसा कर सकता हैं जब यह 11 साल का हो जाएगा और 11वें साल में इसका क्रिसमस निकल जाएगा फिर हम जो चाहते हैं फिर यह वही करेगा हमारा गुलाम बन कर रहेगा।

जब तक मुझे इसे सहन करना होगा, निकोला ने गलियारे के सामान को फेंकते हुए कहा इसे जिन्दा रखना पड़ेगा। यह मनहूस है और यह उन दोनों का बेटा है।

पर अब ये हमारा है निकोला, अब इससे जो तुम कहोगी यह वही करेगा और जॉन और रीया का गुस्सा तुम इस पर उतारना फिर वोल्फरोल्ट ने निकोला को चूमा और हँसने लगा।

तुम विशाल अपने पालने में बैठ गये और अपने पिता की छड़ी को उठाकर वोल्फरोल्ट और निकोला पर निशाना साधते हुए कुछ बोलने लगे छड़ी में से लाल रोशनी निकलने लगी और वोल्फरोल्ट और निकोला चीखे नहीं तुम ऐसा नहीं कर सकते तब निकोला ने अपने हाथों को लम्बा किया फिर तुम्हें और नैन्सी को उठा लिया। तुम्हारा वार तुम और नैन्सी दोनों पर भी लगा और तुम दोनों भी वोल्फरोल्ट और निकोला के साथ वहाँ से गायब हो गये।

मैंने वोल्फरोल्ट और निकोला पर वार किया, विशाल ने थूक निगलते हुए पूछा पर मैंने ऐसा कैसे किया। हम कहाँ गायब हो गये।

यह तो बस तुम ही जानते हो विशाल, गोरडोन ने कहा तुमने क्या बोला? तुम कहाँ गायब हुए? वोल्फरोल्ट और निकोला कहाँ हैं? सिर्फ तुम जानते हो।

और चाय मिलेगी, विल ने कहा चाय अच्छी थी पर वो खत्म हो गई।

उन तीनों ने विल को घूरा और फिर गोरडोन ने उसे और चाय दी।

वोल्फरोल्ट जाते–जाते जादुई दुनिया को श्राप दे गया जिससे जादूई दुनिया में तबाही छा गयी वह श्रापित हो गया। वह श्राप था............क्रोकन क्लेबो।

जिससे वॉलवर्डर भी श्रापित हो गया और जादुई दुनिया में नदियाँ काली हो गईं, यह जगंल सूखी खाड़ियों में बदल गया और हरियाली सूख गई सभी बचे जादूगर इंसानी दुनिया में छुप गये और जादुई दुनिया से जुड़ा हर व्यक्ति इस श्राप को अब तक भुगत रहा है। मेरा सब कुछ मेरी आंखों के सामने छिन गया और मैं कुछ न कर सका। सोफिया को मैंने ही उसके घर छोड़ दिया और उन चार छड़ियों को प्रमुख मोबारूस रेनॉल्डस को दे दी जिनमें से तीन छड़ियाँ तुम्हारे पास हैं बस विल और मर्बिला की छड़ियों की बनावट बदल गई है फिर मैं यहाँ रहने लगा। अब तुम तीनों को यहाँ से जाना होगा।

पर वो चौथी छड़ी कहाँ हैं?, विशाल ने पूछा।

हां वो जन्मदिन हॉल कहाँ है? मर्बिला ने पूछा बताइये।

विल तो चाय पीने में ही लगा था।

मैं और कुछ नहीं बता सकता, गोरडोन ने कहा अच्छा होगा इन मामलों से तुम दूर रहो वरना तुम तीनों के लिए बहुत खतरा होगा।

विशाल फिर वॉलवर्डर में अब तक की सभी बातें बताने लगा उसे लगा शायद गोरडोन और मदद कर दे पर गोरडोन ने कहा मुझे कुछ नहीं सुनना अब मैं वहाँ से दूर हूँ और वहाँ से मेरा कोई रिश्ता नहीं है।

वह तीनों वहाँ से जाने लगे तभी गोरडोन ने उन्हे रोका और कहा तुम यहाँ अपने पंख उपयोग नहीं कर सकते और बाहर पेड़ व हड्डियाँ हैं फिर गोरडोन ने लाल जल निकाला। विशाल ने कहा तुम गोरडोन हमारे साथ

चलो और गोरडोन ने कहा वहाँ नैन्सी नहीं हैं, वहाँ रहकर बीती बातें दुख देती हैं जिस दिन सब ठीक हो जाएगा मैं वापस आ जाऊँगा। फिर गोरडोन ने लाल जल छिड़का और वह अपने कमरे में पहुँच गये जहाँ सब बच्चे सो रहे थे और वह भी कुछ देर बाद सो गये।

अध्याय–11

दो अज्ञात चिट्ठियां

दोपहर के समय फूड़ी हॉल में विशाल और सभी बच्चे बैठकर पढ़ और खेल रहे थे। ऑलिविया और एडम फल खाते हुए हमेशा की तरह उन तीनों को घूर रहे थे और विशाल, मर्बिला और विल ऊबासी लेते हुए उन्हें अनदेखा कर रहे थे।

कल रात को भी यह तीनों अपने बिस्तर पर नहीं थे, एडम ने कहा।

मुझे पता है, ऑलिविया ने आईना देखते हुए कहा।

पर तुम्हें यह नहीं पता कि यह तीनों कमरे में प्रकट हो गये।

पता है, ऑलिविया ने इतरा कर कहा मैंने देखा था।

पता है, एडम ने मुँह बना कर कहा तो चलो मोबारूस अर्जीगिलेनो से शिकायत करते है मजा आएगा।

मजा आएगा। खाक मजा आएगा, भूल गये हमें सफाई करनी पड़ी और मैं बेहोश हो गई देखो मेरे चेहरे का क्या हाल हो गया। चुपचाप बैठो वरना हमें फिर सजा मिल जाएगी। हमें उनसे कोई मतलब नहीं है।

तुम तीनों रातों को जागने के बजाए सो लिया करो, डेनियल ने कहा मुझे माफ करना उस दिन मोबारूस क्लेब ली ने पेड़ों के बारे में ही पढ़ाया मुझे यही याद था। सुनहरे फूल के बारे में कुछ नहीं पता पर मुझे तुम पर विश्वास है विशाल।

कोई बात नहीं हैं, विशाल ने कहा इसमें तुम्हारी कोई गलती नहीं हैं।

काल्पनिक दुनिया कहाँ होगी?, विल ने धीमी आवाज में कहा

सही कहा, विल वो चौथी छड़ी और जन्मदिन हॉल का भी कुछ नहीं पता, मर्बिला ने किताब को गुस्से से बंद करते हुए पूछा।

काल्पनिक दुनिया का तो कुछ नहीं पता पर मुझे लगता है जन्मदिन हॉल और चौथी छड़ी भी गोरडोन ने ही छुपायी हैं। हम यह भी खोज सकते हैं।

हाँ, विल और मर्बिला ने मुस्कुरा कर एक साथ कहा।

तभी विशाल का पक्षी हॉल में उड़ते हुए आ रहा था और उसके मुँह में पत्र लगा हुआ था। सभी बच्चे उसके पत्र को घूर रहे थे क्योंकि वॉलवर्डर में काफी वक्त बाद किसी का पत्र आया था। पक्षी विशाल के पास जाकर बैठ गया और विशाल को चिटठी दे दी। लिफाफे पर किसी का नाम नहीं था। विशाल ने पत्र खोला और पढ़ा–

डियर मिस्टर स्मिथ,

> मैं जानता हूँ इतनी सी उम्र में आपने बहुत कुछ देख लिया और असम्भव कामों को सम्भव कर दिखाया और आप काफी दुविधा में भी हो परन्तु आपके पास आपके पिता की पीले चमड़े की किताब है जिसे आप पढ़ना भूल गये। सभी सवालों के जबाब उसी किताब में हैं उसे पढ़ो और अपनी दुविधा दूर करो।

आपका शुभचिंतक

विशाल पत्र को पढ़कर चिन्तित हो उठा वह सोचने लगा। पीले चमड़े की किताब का जिक्र तो मैंने कभी किसी के सामने नहीं किया फिर यहाँ किसको इस किताब के बारे में पता है? बस नैन्सी को पता था पर वो किसी को नहीं बताएगी मुझे उस पर विश्वास हैं। मैं उसे कैसे पढ़ना भूल गया जबकि माँ और पापा ने पत्र में किताब पढ़ने को कहा था।

सभी बच्चे विशाल और उसके हाथ में लगे पत्र को घूर रहे थे। विशाल ने उस पत्र को छिपा कर चोगे में रख लिया वह दुखी मन से उस कमरे

से भागते–भागते बाहरी गलियारे में आ गया मर्बिला और विल भी उसके पीछे जाने लगे।

क्या हुआ विशाल? विल ने उसे रोकते हुए कहा उस पत्र में क्या लिखा था? जिसे पढ़कर तुम इतने दुखी हो गये।

बोलते क्यों नहीं विशाल, मर्बिला ने कहा हम तुम्हारे दोस्त हैं हमें पता होना चाहिए।

न उन अंगूठियों का रहस्य पता चला, विशाल ने रूँआसी आवाज में कहा न काल्पनिक दुनिया का पता, न वॉलवर्डर को श्राप से बचाने का और न नैन्सी को बचाने का तरीका। हमें कुछ नहीं पता है। अर्जीगिलेनो ठीक कहती थी मुझसे जो उम्मीदें हैं वो गलत हैं।

पहले मुझे वो पत्र दिखाओ, मर्बिला ने विशाल को समझाते हुए कहा वॉलवर्डर अब बदल गया और अन्दर का हिस्सा श्राप मुक्त हुआ, मूर्तियाँ नष्ट हुईं और वक्त रहते हमें हमारे सभी सवालों का जबाब मिल जाएगा बस संयम रखो। फिर मर्बिला ने विशाल के चोगे से पत्र निकाला और विल को पढ़ने को कहा।

विल धीमी आवाज में पत्र पढ़ने लगा।

पीले चमड़े की किताब, मर्बिला ने चौंक कर कहा तुम्हारे पास वो किताब थी तुमने फिर भी वो किताब नहीं पढ़ी। तुम भी विल के साथ रह कर घनघोर लप्पुझन्ना हो गये हो विशाल।

तुम बकवास बन्द करो, विल ने कहा।

विशाल ने हँसकर दोनों को गले लगाया।

मर्बिला विल और विशाल को कमरे में लेने गई जहाँ वो अपने बिस्तर और सामान पर अपनी वो माला को ढूँढ़ने लगी तभी विल की नजर बिस्तर के नीचे गई जहाँ माला टूटी पड़ी थी। विल ने उसे उठाया जिसे देख कर तीनों चिन्तित हो गये।

यह कौन कर सकता है?, विशाल ने माला को हाथ में लेकर कहा इसमें से अब भी काला धुआँ निकल रहा है इसका मतलब यह किसी ने अभी–अभी किया है।

हम पर कोई नजर रख रहा है, विल ने कहा माला टूट गई अब तो किताब पढ़ने में वक्त लगेगा।

इससे कोई फर्क नहीं पड़ता, मर्बिला ने कहा किताब को पढ़ना ही होगा। माला टूटने से हम नहीं टूटेंगे और न हार मानेंगे। विशाल तुम इस किताब को तब तक पढ़ो जब तक तुम्हें सभी सवालों के जबाब नहीं मिल जाते। मै शायद जानती हूँ नैन्सी को ठीक करने का तरीका कहाँ मिलेगा।

नैन्सी को ठीक करने का तरीका पर नैन्सी कहाँ हैं? हमें तो यह नहीं पता उसे ठीक कैसे करेंगे?

गोरडोन ने कहा था कि विशाल के साथ–साथ निकोला और वोल्फरोल्ट नैन्सी को भी ले गये थे और चारों गायब हो गये थे। क्या पता हम जिस राह पर चल रहे हैं वहाँ नैन्सी हमें मिल जाए। विल मेरे साथ चलो और विशाल तुम किताब पढ़ो।

कहाँ?, विल ने मर्बिला से पूछा।

बस चलो, मर्बिला ने कहा।

मर्बिला विल को लेकर पुस्तकालय में गई जहाँ और भी बच्चे किताब पढ़ रहे थे मर्बिला ने विल से कहा काढ़े से जुड़ी किताबों को देखो और कुछ ऐसा ढूढ़ों जो नैन्सी को ठीक कर सकता हो।

हमारे पास वो माला नहीं है जिससे किताबों के पन्ने पलटने से किताब पढ़ जाएगी। अब तो एक किताब को देखने में वक्त लगेगा।

मर्बिला ने विल की बात अनसुनी करते हुए 6–7 किताब एक साथ उठायीं और मेज पर किताबों को रखकर एक किताब पढ़ने लगी और विल मर्बिला की वजह से ही पर किताब पढ़ रहा था। विशाल भी कमरे में बैठ कर किताब को वहीं से पढ़ने लगा जहाँ से उसने पढ़ना छोड़ा था परन्तु उसने जितना पढ़ा उसमें बस बक्से की खासियत और बक्से के सामान के बारे में लिखा था और मर्बिला, विल किताबों की विषय सूची को देखते रहे पर उन्हें कुछ न मिला। वह तीनों क्लास लेते फिर खाली समय में किताबों में लग जाते पर उन्हें वो नहीं मिल रहा था जो उन्हें चाहिए था। अप्रैल का महीना भी निकल गया पर उनके हाथ कुछ न लगा। मर्बिला पुस्तकालय

में विल के साथ किताबें पढ़ रही थी पर वह कुछ और सोचने में लगी हुई थी विल बार–बार उससे यही पूछ रहा था की वह क्या सोच रही है? पर वह खामोश थी।

रात के अंधेरे में विशाल बिस्तर पर करवटें बदल रहा था वह अपने बिस्तर पर बैठ गया और जब उसका मन नहीं लगा तब वह ऊपरी गलियारे में गया और वहाँ मौजूद खिड़की पर बैठ कर चाँद को देखने लगा तभी गलियारों में रोशनी फैली।

नैन्सी, विशाल ने आवाज लगाते हुए कहा।

नहीं मैं हूँ, रेनॉल्डस ने उदारता के साथ कहा चाँद तो यहाँ हमेशा रहता है फिर तुम आज उसमें क्या देख रहे हो? और चाँद को देख कर भी तुम दुखी प्रतीत होते हो तुम्हारे वो दो दोस्त कहाँ गये? उन्होंने तुम्हें आज अकेले कैसे छोड़ दिया?

वो दोनों सो रहे हैं, विशाल ने दुखी मन से कहा चाँद को देखकर सुकून मिलता है पर जो हम ढूँढ़ते हैं वो नहीं मिलता और जो हमारा होता हैं वो हमसे छीन लिया जाता है फिर अकेलेपन में खो जाते हैं।

तुम अकेले नहीं हो, रेनॉल्डस ने विशाल के पास बैठकर कहा तुम्हारे पास सब है बस तुम उसे महसूस करना सीखो। सब कुछ तुम्हारे पास है पर तुम उसे देख नहीं पा रहे हो उसे समझने की कोशिश करो जो तुम खोज रहे हो। परन्तु तुम कभी हार मत मानो बस जिन्दगी की ओर चलते जाओ जहाँ वो ले जाये वहाँ बिना सवाल किये ईमानदारी और अपनी हिम्मत के साथ जाओ। सफलता तुम्हें जरूर मिलेगी।

मैं आपकी बातों का मतलब नहीं समझा, विशाल ने नासमझी के साथ कहा आप मुझे क्या समझाना चाहते हो?

वक्त आने पर समझ जाओगे, रेनॉल्डस ने मुस्कुराते हुए कहा जिन्दगी बहुत कुछ सिखाती है हमें बस उससे सीख लेनी चाहिए बस तुम धैर्य रखो अब तुम अपने कमरे में जाकर सो जाओ।

सभी बच्चे अगले दिन अर्जीगिलेनो की क्लास में बैठ कर शान्ति से पढ़ रहे थे।

कुछ तो है जो हमसे छूट रहा है, मर्बिला ने क्लास में इधर–उधर देख कर कहा पुस्तकालय की किताबों में अब तक कुछ नहीं मिला। विशाल की दी हुई सभी किताबों को पढ़ा रूको, रूको, रूको सभी किताबें नहीं पढ़ीं।

मतलब, विशाल ने कहा।

विल भाग–1 के सेट में कितनी किताबें थीं, मर्बिला ने तपाक से पूछा।

आठ किताब थी, विल ने धीमी आवाज में कहा तुम दोनों बोलना बंद करो बार–बार सभी बच्चे और मोबारूस अर्जीगिलेनो यही देख रहे हैं।

हमने सिर्फ सात किताब ही पढ़ी थी, मर्बिला ने खुश होकर कहा तभी तो मैं सोच में थी कि कुछ छूट रहा है मैने उस किताब को पढ़ना तो दूर छुआ तक नही हैं पर तुम तो अपनी किताब पढ़ रहे हो न विशाल।

विल बार–बार साँस को खींचने में लगा था।

हाँ, विशाल ने कहा पर उसमें अभी तक उस किताब से कुछ खास जानकारी नहीं मिली पर मैं उसे अंत तक पढ़ूंगा।

हाँ मर्बिला ने कहा किसी ने पत्र बेवजह तो नहीं भेजा होगा उसमें जानकारी तो मिलेगी।

विल ने सांस खीचते हुए मर्बिला और विशाल के हाथों को दबाया और वह कुछ बोल भी रहा था पर उसकी आवाज कँपकँपा रही थी। मर्बिला और विशाल उसे अनदेखा करते हुए बातें कर रहे थे।

आप तीनों यहाँ बात करने आये हैं, अर्जीगिलेनो ने गुस्से से बौखला कर कहा आपको हमारा कोई खौफ नहीं हैं और तो और पूरी क्लास को अपनी बातों से परेशान कर रहे हो निकल जाओ मेरी क्लास से और आज तुम्हें किसी क्लास में बैठने नहीं दिया जाएगा अब बाहर जाकर बात करो।

पर मैं तो चुप था, विल ने कँपकँपाती आवाज में कहा।

जाओ, अर्जीगिलेनो ने गुर्राते हुए कहा।

एडम और ऑलिविया हँसने लगे और वह तीनों क्लास से बाहर जाने लगे। जब वह बाहर आये तब विशाल और मर्बिला हँसने लगे और विल उन्हें घूरने लगा।

तुम दोनों हँस रहे हो, विल ने गुस्से से कहा तुम दोनों जान बूझ कर बात कर रहे थे ताकि तुम्हें मोबारूस अर्जीगिलेनो क्लास से बाहर निकाल दे। मर्बिला तुम ऐसा कर सकती हो विश्वास नही हो रहा तुम तो क्लास छोड़ती तक नहीं हो।

ओ चुप करो विल, मर्बिला ने कहा।

अब कमरे में चलो, विशाल ने दोनों से कहा वो किताब ढूंढ़ते हैं।

वह तीनों जब कमरे में गये तब वहाँ विशाल का सामान बिखरा पड़ा था जैसे कोई कुछ ढूंढ़ने आया हो।

जरूर यह ऑलिविया और एडम का काम होगा, विल ने कहा वो हमसे चिढ़ते क्यूं हैं।

कोई बात नहीं, विशाल ने कहा हम किताब ढूंढ़ते हैं।

मर्बिला और विल अपने सामान में किताब को ढूंढ़ने लगे और विशाल अपने अनोखे बक्से में किताब ढूंढ़ने लगा तभी विशाल के शर्ट की जेब से सुनहरा सिक्का मर्बिला के बिस्तर के नीचे जा गिरा और जब विशाल सिक्के को निकालने के लिए झुका तो वो चिल्लाया मर्बिला, विल किताब बिस्तर के नीचे है। विल ने किताब को निकाला जिसका नाम था–गुप्त कलाएँ व श्राप।

मर्बिला किताब खोलकर विषय सूची को देखने लगी तभी विल की नजर क्रोकन क्लेबो श्राप पर गई जो की पेज संख्या 430 पर था। मर्बिला ने उसे पढ़ना शुरू किया जिस पर लिखा था– क्रोकन क्लेबो श्राप काले जादू का सबसे बड़ा श्राप है जिसका निर्माण क्राइली क्लेस ने किया था और क्राइली क्लेस के नाम से ही इस श्राप का नाम क्रोकन क्लेबो रखा गया। इस श्राप को जब क्राइली क्लेस बना रहा था तब उसके मटके में उपस्थित काले काढ़े में से गोल आकार का धुआँ निकला जिससे क्राइली क्लेस जिस स्थान पर खड़ा था वह दूर–दूर अंधकार में डूब गया जबकि आसमान में सूरज चमक रहा था और पानी काला और हरियाली सूख कर राख बन गई। क्राइली क्लेस काले जादू का सदस्य था पर वह अच्छा था वह समझ गया जिसकी उपस्थिति मात्र से ही इतनी तबाही हो सकती है

तो यदि इसका उपयोग हुआ तो तबाही आ जाएगी इसलिए क्राइली क्लेस ने उस धुएँ जो कि क्रोकन क्लेबो श्राप था उसको अपनी छड़ी में एकत्रित कर लिया और छड़ी को छुपा दिया। इस श्राप को बनाया तो गया परन्तु इस श्राप को तोड़ने का उपाय न मिला बाद में जादूगर एल्बर्ट रेनॉल्डस ने इस श्राप को तोड़ने का उपाय निकाला और सुनहरे फूल की कल्पना की। उसकी काल्पनिक रचना में ही इतना प्रकाश था कि देखने वाला चकाचौंध हो जाए। रेनॉल्डस ने सुनहरे फूल की काल्पनिक रचना मंत्रिमण्डल में उपस्थित सभी सदस्यों को दिखायी ताकि उन्हें इस फूल को बनाने की अनुमति मिल जाए जब रेनॉल्डस ने छड़ी से सुनहरे फूल की रचना हवा में बनाई तब उसके प्रकाश से सबकी आंखें डगमगाने लगी और वहाँ बैठा मंत्रिमण्डल का एक सदस्य जो कि काफी अस्वस्थ था वो उस फूल के प्रकाश से ठीक होने लगा। रेनॉल्डस और वहाँ बैठे गंत्रिमण्डल के सभी सदस्य यह देखकर काफी अचम्भित हो गये। रेनॉल्डस अपने इस प्रयोग पर खुश हो गया और सोचने लगा कि मंत्रिमण्डल अब उसे यह फूल बनाने की अनुमति दे देगा परन्तु मंत्रिमण्डल ने यह कहते हुए इस फूल को नकार दिया कि यदि इस सुनहरे फूल का निर्माण हुआ तो सभी जादूगर अपनी लालसा और लालच के कारण इसका इस्तेमाल अपने फायदों के लिए करेंगे और इसे पाने के लिए एक–दूसरे को मारने पर अफसोस भी नहीं करेंगे और यह सुनहरा फूल जादुई दुनिया के लिए खतरा है।

विशाल यह सुनकर चिन्तित हो गया और सोचने लगा कि जब इसकी कल्पना मोबारूस रेनॉल्डस ने की तो इसे मेरे पिता ने बिना मंत्रिमण्डल की अनुमति क्यूं बनाया? वो छुपी हुई क्राइली क्लेस की छड़ी वोल्फरोल्ट को कैसे मिली फिर वह मर्बिला और विल के साथ उस किताब को लेकर सोफिया के पास गया जहाँ निकोलस और सारा भी थे। मर्बिला ने किताब को सारा के हाथ में दे दिया।

यह किताब तुम्हें कहाँ से मिली?, निकोलस ने कहा यह किताब तो वॉलवर्डर में नहीं हो सकती क्यूंकि ऐसी सभी किताबों को नष्ट कर दिया गया।

हमें सुनहरे फूल के बारे में सब पता है, मर्बिला ने कहा।

हम तीनों के पास जो छड़ियाँ हैं वो उन्हीं चार छड़ियों में से हैं और चौथी छड़ी वॉलवर्डर में ही छुपी है, विल ने कहा।

काल्पनिक दुनिया का निर्माण मेरे पिता ने किया यह भी हमें पता है, विशाल ने कहा सुनहरा फूल काल्पनिक दुनिया में छुपा है और यह सब बातें हमें गोरडोन ने बताई।

आप तीनों को किसी बात का डर नहीं है, सोफिया ने कहा तुम इस अंधेरे में गोरडोन से मिलने गये।

हाँ वह सूखी खाड़ियों में रहता है, विल ने कहा वहीं सूखी खाड़ियां जो कि पैर रखने पर घने जगंल में बदल जाती हैं। वहाँ डरावने चलने और बोलने वाले पेड़ और जिन्दा हड्डियां। वो तो अच्छा है भेड़िये के रूप में गोरडोन ने हमें बचा लिया वरना हम तो खाड़ियों में ढ़ेर हो जाते।

सूखी खाड़ियां, सोफिया ने कहा यदि यह बात मोबारूस अर्जीगिलेनो के सामने बोली होती तो वो तुम तीनो को वॉलवर्डर से बाहर कर देतीं क्यूंकि प्रमुख मोबारूस रेनॉल्डस की बात का आप तीनों ने दूसरी बार उल्लंघन किया और नियमों को भी तोड़ा है।

अभी अर्जीगिलेनो यहाँ नहीं हैं, मर्बिला ने तपाक से कहा वो अपनी क्लास ले रही है और हमें क्लास से निकाल दिया है और आज बाकी की क्लास में न बैठने की दी सजा दी है इसके लिए हम तीनों माफी मांगते हैं पर हमें आपकी जरूरत है।

विशाल ने सोफिया, सारा और निकोलस को गोरडोन की बताई सभी बातें बताई और सोफिया ने साँस लेते हुए कहा कि मैं और सारा नहीं जानती थीं कि तुम्हारे माता–पिता ने काल्पनिक दुनिया का निर्माण किया था। उन्होंने हमसे यह बात क्यूं छुपाई हम इसके बारे में भी नहीं जानते। विशाल को पता था कि सोफिया झूठ बोल रही थी।

निकोलस ने विशाल को बताया कि क्राइली क्लेस जब क्रोकन क्लेबो श्राप निर्माण कर रहा था तब रेनॉल्डस अपने कक्ष में उपस्थित पत्थर के बाउल में भरे पानी में यह सब देख रहे थे जो कि किताब में लिखा है। रेनॉल्डस को क्राइली क्लेस द्वारा श्राप बनाने की बात गोरडोन ने ही बताई थीं तब गोरडोन नैन्सी का साथी नहीं था वह क्राइली क्लेस के सेवक

कार्ल स्वेबी का साथी था। रेनॉल्डस सभी जादूगरों के पास गये पर किसी के पास इस श्राप का कोई तोड़ नहीं था तब उन्होंने सभी किताबों को पढ़ा, जंगलों में घूमे पर उन्हें कुछ न मिला। एक रात जब वह अपने कक्ष में सो रहे थे तब उन्हें एक सपना आया जिसमें एक नदी में से एक विचित्र आकृति का फूल निकला जिस पर सूर्य का सारा प्रकाश जाने लगा और वह फूल एक तीव्र प्रकाश के साथ हवा में उड़ा। रेनॉल्डस की जब आँखें खुली तो उनके मुँह से निकला सुनहरा फूल।

फिर सारा ने विशाल को बताया कि रेनॉल्डस के सुनहरे फूल की काल्पनिक रचना के प्रभाव को देखकर मंत्रिमण्डल ने सुनहरे फूल को नकार दिया और जब क्राइली क्लेस द्वारा श्राप बनाने की बात रेनॉल्डस ने बताई तो मंत्रिमण्डल ने कहा कि क्राइली क्लेस दिल का अच्छा है वो क्रोकन क्लेबो श्राप का कभी इस्तेमाल नहीं करेगा।

सोफिया ने कहा मंत्रिमण्डल ने ठीक कहा था क्राइली क्लेस ने क्रोकन क्लेबो श्राप का इस्तेमाल नहीं किया पर उसने श्राप का निर्माण करके सबसे बड़ी गलती की थी और जिस छड़ी में उसने वो श्राप छुपाया उसे वोल्फरोल्ट और निकोला ने कार्ल स्वेबी के साथ मिलकर क्राइली क्लेस पर हमला कर छुपी हुई छड़ी को छीन लिया यह बात जानकर भी मंत्रिमण्डल ने सुनहरे फूल का निर्माण नहीं करने दिया। मंत्रिमण्डल का सुनहरे फूल का निर्माण न करने देने का फैसला गलत था इसलिए प्रमुख मोबारूस रेनॉल्डस से आज्ञा लेकर तुम्हारे माता–पिता ने बिना मंत्रिमण्डल की अनुमति के सुनहरे फूल का निर्माण किया। इससे उन्हें काफी लोकप्रियता मिली पर मंत्रिमण्डल का विरोध भी मिला परन्तु सभी जादूगरों का साथ तुम्हारे पिता को मिला इसलिए मंत्रिमण्डल के सदस्य कुछ न कर सके। यदि आज तुम्हारे पिता का बनाया सुनहरा फूल होता तो आज यह श्राप का नामोनिशान होता?

प्रमुख मोबारूस रेनॉल्डस ने दूसरे सुनहरे फूल का निर्माण क्यूं नहीं किया?, विशाल ने पूछा वो तो ऐसा कर सकते थे।

यह करना असम्भव है, सारा ने अफसोस के साथ कहा प्रमुख मोबारूस रेनॉल्डस ने श्राप लगने के बाद कई बार सुनहरे फूल का निर्माण

किया पर उस फूल में वो ताकत नहीं थी जो होनी चाहिए थी क्योंकि यह श्राप उसे बनने नहीं दे रहा था वो श्राप फूल को राख बना देता।

अब तुम तीनों अपने कक्ष में जाओ, सोफिया ने कहा।

मर्बिला गलियारों में चलते हुए उसी किताब में न्याय देने वाला द्रव पढ़ रही थी।

यह क्या पढ़ रही हो?, विशाल ने पूछा।

न्याय देने वाला द्रव, मर्बिला ने विशाल से कहा शायद यह नैन्सी को ठीक कर सके। मैं इसे विल के साथ बनाने की कोशिश करती हूँ तुम अपनी किताब पढ़ो।

मर्बिला विल को कोन्सेनटाइन के प्रयोगशाला कक्ष में ले आयी और किताब में लिखी सामग्री लाल–पीले पेड़ की जड़, लीब्रोसोसो की सूखी घास, युनिकोर्न के तीन बाल, काले साँप के जहर की दो बूँद और दो काले मोरा कीड़े को ढूंढ़ने लगी जिसमें विल उसकी मदद कर रहा था। उधर विशाल अपनी किताब पढ़ रहा था जिसमें अनोखे दरवाजे के निर्माण करने का मंत्र लिखा था। यह वही अनोखा दरवाजा जिसे विशाल ने डरावने घर में देखा था विशाल उस मंत्र को याद करने लगा।

मर्बिला ने मटके के आकार के फ्लास्क के नीचे छड़ी से आग जलाई और विधि के अनुसार पहले सिवेरो मवयेरो मंत्र बोला जिससे फ्लास्क में हरा घोल आ गया फिर विल एक–एक सामग्री को घोल में डालता गया।

विल दीवार के पार गर्दन निकाल कर देखने लगा जहाँ कोन्सेनटाइन कुर्सी पर बैठा था। विल ने झट से गर्दन अंदर कर ली।

मोबारूस कोन्सेनटाइन प्रयोगशाला के बाहर है, विल ने कहा यदि वह अंदर आया तो हम तो गये।

मुझे पक्का पता हैं वह अंदर नहीं आएंगे, मर्बिला ने कहा बस तुम शोर मत करो।

ये घोल तो लाल होता जा रहा है, विल ने कहा इसे तो नीला होना था हम असफल हुए। अब क्या होगा फूड़ी हॉल में भी जाने का समय हो रहा है।

चुप करो बेबकूफ, बस अंतिम युनिकोर्न के बाल डालने हं मर्बिला ने यह कहते हुए वो बाल घोल में ड़ाल दिये और वह घोल नीले रंग में बदल गया कुछ देर होने के बाद वो घोल मर्बिला ने काँच की शीशी में भर लिया और उस शीशी को कपड़े में लपेट कर छिपते–छिपाते प्रयोगशाला से निकाल कर फूड़ी हॉल में जाने लगे जहाँ विशाल उन्हीं का इंतजार कर रहा था। वह भागे–भागे विशाल के पास आये।

काम हो गया विशाल, विल ने चिकन उठाकर कहा न्याय देने वाला द्रव तैयार है।

सच, विशाल ने खुश होकर कहा।

हाँ, पर किताब के मुताबिक इसका असर देखने के लिए 1 हफ्ते का इंतजार करना होगा, मर्बिला ने सोचते हुए कहा आज 8 मई है तो इसका असर 15 मई तक को होगा।

विशाल सुनकर सोच में पड़ गया और बोला हर चीज के लिए इतना इंतजार किया यह इंतजार भी कर लेंगे।

तुम्हें किताब में कुछ मिला, मर्बिला ने विशाल से खाना खाते हुए पूछा।

नहीं बस अनोखा दरवाजा मिला जो हमें वहाँ ले जाता हैं जहाँ हमें जाना होता है पर यह हमें काल्पनिक दुनिया में नहीं ले जा सकता क्यूंकि उसे वहाँ का कुछ पता नही है इसे जहाँ की जानकारी होती है यह वहीं ले जा सकता है पर यह हमारे काम आएगा।

दोपहर का खाना खाने के बाद सभी बच्चे क्लासों में गये पर वह तीनों कमरे में गये और न्याय देने वाले द्रव को देखने लगे फिर वह तीनों विशाल की किताब को पढ़ने लगे और फिर रात का समय हो जाने पर निकोलस बच्चों को तारों के बारे में पढ़ा रहा था तो सारा ने अपनी जिम्मेदारी पर निकोलस की क्लास उन तीनों को लेने दी और रात का खाना खाकर सभी बच्चे सोने चले गये। सब बच्चे सो गये परन्तु विशाल जाग कर किताब पढ़ रहा था तभी अचानक कमरे के बाहर से बहुत शोर आने लगा विशाल ने गायब होने वाली अंगूठी पहनी और कमरे से गलियारों में जाने लगा तभी उसने देखा सभी मोबारूस आपस में झगड़ रहे थे तभी वहाँ अर्जीगिलेनो आ गयी।

यह क्या शोर मचा रखा है?, अर्जीगिलेनो ने कहा आप भूल रहे हैं कि आप मोबारूस हैं और आप सभी को इस तरह से लड़ना शोभा नही देता।

यही दोनों हैं जो निकोला से जा मिले हैं और उन मूर्तियों को जगाया, सोफिया ने कोन्सेनटाइन और सिंगोरिया की तरफ इशारा करते हुए कहा आज इनका सच सामने आया तो यह लड़ने पर आ गये।

परन्तु यह कैसे हो सकता है?, अर्जीगिलेनो ने चौंकते हुए कहा यह दोनों तो एक–दूसरे से नफरत करते हैं यह एक दूसरे का साथ नहीं दे सकते। तुम्हारे पास कोई सबूत हैं सोफिया।

इनका एक–दूसरे से नफरत करना बस एक नाटक था, सारा ने कोन्सेनटाइन के पास जाकर कहा और फिर कोन्सेनटाइन के हाथ के काले दस्तानों को उतार दिया जिसमें वो काले नग वाली पाँचवी अंगूठी थी।

और यह काले जादू की किताबें जो कि सिंगोरीया के कमरे से पायी गईं, निकोलस ने किताबें अर्जीगिलेनो को देते हुए कहा इन्हे मंत्रिमण्डल को सौंप दो ताकि इन्हें इनके किये की सजा मिल सके।

नही, नहीं, अगर ऐसा किया तो मंत्रिमण्डल के सदस्य वॉलवर्डर को बंद करा देंगे, अर्जीगिलेनो ने कोन्सेनटाइन को घूरते हुए कहा आप दोनों को वॉलवर्डर में इतना सम्मान मिला और आपने इतना बड़ा विश्वासघात किया। इन्हें प्रमुख मोबारूस रेनॉल्डस ही दण्डित करेंगे। इनके लिए वहाँ कारावास बनाओं जहाँ बच्चे इन्हें न देख पायें और उन्हें वहीं कैद करो।

सारा और सोफिया उन्हें ऊपरी मंजिलों पर ले जाने लगी तभी कोन्सेनटाइन और सिंगोरिया ने दोनों पर वार करने की कोशिश की परन्तु अर्जीगिलेनो ने छड़ी के वार से दोनों को जंजीरों में जकड़ दिया और उनकी छड़ी छीन कर उन्हें वहीं पिंजड़े में कैद कर दिया फिर अर्जीगिलेनो ने कहा हम तो नहीं चाहते थे कि बच्चे आप दोनों को इस हाल में देखें पर आप दोनों इसी लायक हैं।

मोबारूस अर्जीगिलेनो बाहर से कठोर हैं परन्तु वह वॉलवर्डर से अत्यंत प्यार करती हैं, विशाल ने अपने आप से कहा एक दिन मुझसे भी नानी बेहद प्यार करेंगी।

विशाल खुश था कि गुनहार पकड़ा गया। उसे काफी नींद आ रही थी वह कमरे में आया और कम्बल को जोर से झटका जिस से कम्बल पर रखी पीले चमड़े की किताब उसके बिस्तर से दूर जा गिरी। आज रात वह चैन की नींद सोया था। सुबह के नाश्ते के लिए सब बच्चे तैयार होकर फूड़ी हॉल में जाने लगे। रास्ते में सभी बच्चे कोन्सेनटाइन और सिंगोरिया को घूरने लगे परन्तु वह दोनों सिर्फ विशाल को घूर रहे थे। बच्चे यही सोच रहे थे इन्हें कैद क्यों किया है फिर विशाल ने मर्बिला और विल को रात की सभी बातें बताई। जब सब बच्चे फूड़ी हॉल में नाश्ता कर रहे थे तब विशाल का पक्षी दूसरा पत्र लेकर आया। सभी मोबारूस और बच्चे उस पत्र को घूरने लगे। विशाल ने सबसे नजरें चुराते हुए पत्र को अपने चोगे में छुपा लिया और नाश्ता खत्म कर वह अपने कमरे मे गया। मर्बिला और विल भी उसके साथ थे।

इसे पत्र के लिफाफे पर भी कुछ नहीं लिखा था। विशाल ने पत्र को निकाला और पत्र को पढ़ने लगा–

डियर मिस्टर स्मिथ,

आप किताब को इतनी धीमी गति से पढ़ोगे तो बहुत वक्त निकल जाएगा और आपके हाथ कुछ नहीं लगेगा। किताब का पेज संख्या 380 से 381 तक पढ़ो आपको सब समझ आने लगेगा। यह मेरा अंतिम पत्र है मैं और मदद नही कर सकता।

आपका शुभचिंतक

विशाल खुश होकर बोला आप जो भी हो आपका धन्यवाद। वह अपने बिस्तर पर किताब को देखने लगा परन्तु वह वहाँ नही थी उसका खुशी भरा चेहरा फिर उदास हो गया। उसने मर्बिला और विल से पूछा तुमने मेरी किताब देखी है मैंने रात को यहीं रखी थी उन तीनों ने पूरे कमरे को देखा पर किताब नहीं मिली।

किताब कहाँ जा सकती है, मर्बिला ने सोचते हुए कहा।

यह काम ऑलिविया और एडम का होगा, विल ने कहा वह दोनों मोबारूस सारा की क्लास मे जा रहे होंगे। वह तीनों भागे–भागे ऊपर की

चौथी मंजिल पर गये और विशाल ने ऑलिविया का हाथ पकड़ा और पूछा मेरी किताब कहाँ है?

हाथ छोड़ो मेरा, ऑलिविया ने कहा कौन–सी किताब? मैं किसी की किताब के बारे में नहीं जानती।

तुम झूठ बोल रही हो, विल ने कहा।

तुम्हारी किताब हमारे पास नहीं है, एडम ने कहा इसलिए अपनी बकवास बंद करो।

विशाल निराश होकर सारा की क्लास में चला गया और पढ़ने लगा। विशाल को किताब ढूंढ़ते–ढूंढ़ते दिन बीतते जा रहे थे पर उसे किताब नहीं मिल रही थी। विशाल की उदासी बढ़ती जा रही थी।

विशाल मर्बिला और विल के साथ पुस्तकालय की तरफ जा रहा था तभी उसकी नजर वॉलवर्डर में लगे पर्चो पर गई जिसमें लिखा था–

शोक दिवस

प्रमुख मोबारूस : एल्बर्ट रेनॉल्डस

18 मई को हुई घटना जिसे कभी कोई भुला नही सकता। उस घटना में हमने अपनों को खोया। उन प्रिय अपने जादूगरों का शोक व्यक्त करने के लिए 18–5–2018 को वॉलवर्डर में उपस्थित होने की कृपा करें।

आपकी
रीचेल अर्जीगिलेनो
डिप्टी हेड़मिस्ट्रेस

मेरे जन्मदिन पर शोक दिवस, विशाल ने उस पर्चे को फाड़कर फेंकते हुए बोला कल मेरा जन्म दिन मनेगा ना कि कोई शोक दिवस।

तुम्हारे ही जन्मदिन ने तो इस शोक दिवस का आरम्भ किया है, अर्जीगिलेनो ने विशाल पर गुर्राते हुए कहा तुम और तुम्हारे मनहूस जन्मदिन ने न जाने कितनों को दुख और तकलीफ दी और तुम सोचते हो कि कोई तुम्हारा जन्मदिन मनायेगा।

हाँ, कल मेरा जन्मदिन ही मनेगा।

सोचते रहो, विशाल ख्वाब देखते रहो। अब यहाँ हर साल 18 मई को सिर्फ शोक दिवस मनता है और सब तुम्हें कोसते हैं। कल की रात यह नजारा तुम खुद देख लेना। यह शोक दिवस के पर्चे हमारे उल्लू अब तक सभी जादूगरों पर पहुँचा चुके होंगे। वो भले ही जादुई दुनिया में आना पसंद नहीं करते पर शोक दिवस के लिए हर साल आते हैं फिर अर्जीगिलेनो वहाँ से मुस्कुरा कर चली गईं।

खुसट सुनाने का एक मौका नही छोड़ती, विल ने गुस्से से कहा तुमने हमें बताया भी नहीं 18 मई को ही तुम्हारा जन्मदिन होता हैं।

पता था विल तुम घोंचू हो, ऑलिविया ने हँसते हुए कहा कि 18 मई के बारे में बच्चा–बच्चा जानता है। उस मनहूस जन्मदिन को कोई नहीं भूल सकता।

सही कहा ऑलिविया, एडम ने कहा ये तीनों ही बेकार हैं।

तुम दोनों चुप करो अपनी बकवास, मर्बिला ने कहा।

फिर सब बच्चे वहाँ से चले गये और वह तीनों उन पर्चों को देखते रहे तभी विल की नजर डेनियल पर गई जो पुस्तकालय में विशाल की किताब को पढ़ रहा था, विल ने इशारा करके विशाल को उसकी किताब दिखायी। वह तीनों डेनियल के पास गये और डेनियल उनसे नजरें चुराने लगा।

तुम्हारे पास मेरी किताब क्या कर रही है?, विशाल ने किताब को झपटते हुए कहा किसी के भी सामान को बिना पूछे लेने की आदत कब जाएगी? डेनियल। इस किताब को हम कब से ढूंढ़ रहे थे।

तुमने पहले मर्बिला की भी किताब बिना पूछे ले ली थी, विल ने कहा पता है तुम्हारी वजह से कितनी परेशानी हुई।

मुझे माफ करना विशाल, डेनियल ने कहा मुझे ये किताब अपने बिस्तर के पास पायी थी इसलिए उठा ली और इस पर किसी का नाम भी नहीं लिखा था।

ओ अच्छा नाम नहीं लिखा था, मर्बिला ने डेनियल को लताड़ते हुए कहा जब विशाल ने ऑलिविया से इस किताब के बारे में पूछा तुम वहीं थे और तुम समझ भी गये थे कि किताब विशाल की है फिर भी किताब वापस नहीं की।

यह किताब अच्छी है, डेनियल ने कहा पढ़कर लौटाने वाला था। इसमें काफी रोचक बातें लिखी हैं जैसे अनोखा बक्सा, पोटरी चुप करो, विशाल ने कहा किसी के सामने इस किताब और इस किताब में लिखी किसी बातों का जिक्र भी मत करना। इस किताब में जो पढ़ा उसे भूल जाओ।

वह तीनों वहाँ से पुस्तकालय में जाने लगे और डेनियल दुखी हो गया।

विशाल ने किताब का 380 पेज खोला और पढ़ने लगा– मंत्रिमण्डल के सदस्यों ने प्रमुख मोबारूस रेनॉल्डस से अकेले में कहा था कि यदि सुनहरे फूल का निर्माण तुमने किया तो मंत्रिमण्डल वॉलवर्डर स्कूल को हमेशा के लिए बंद कर देंगे और उन्हें आजीवन कारावास में डाल दिया जाएगा। रेनॉल्डस को अपनी चिन्ता नहीं थी पर वो वॉलवर्डर को कभी बंद नही देख सकते थे इसलिए उन्होंने हमसे सुनहरे फूल को बनाने को कहा और हमने उसका निर्माण भी किया लेकिन क्राइली क्लेस के सेवक कार्ल स्वेबी को सुनहरे फूल के निर्माण के बारे में भनक लग गई और उसने मंत्रिमण्डल को सूचित कर दिया फिर मंत्रिमण्डल के सदस्यों ने हमें पत्र भेज कर मंत्रिमण्डल में उपस्थित होने को कहा तब रेनॉल्डस ने सभी बड़े जादूगरों को एकत्रित करके क्रोकन क्लेब श्राप और सुनहरे फूल के बारे में बताया और यह भी बताया कि जिस छड़ी में क्रोकन क्लेब श्राप है उसे वोल्फरोल्ट ने हथिया लिया है।

सभी जादूगरों ने एक मत होकर मंत्रिमण्डल का विरोध किया तब मंत्रिमण्डल ने यह एलान किया कि सुनहरे फूल को ऐसी जगह छिपा दिया जाए कि कोई उसका गलत उपयोग न कर सके। यदि सुनहरे फूल का गलत उपयोग हुआ तो उसके जिम्मेदार सभी जादूगर होंगे।

तब मैंने काल्पनिक दुनिया का निर्माण किया और सुनहरे फूल को वहाँ छिपा दिया। वो फूल विशाल तुम्हारे स्पर्श के बिना किसी काम का नही है

उसे तुम स्पर्श करोंगे तब ही वो फूल प्रकाशित होगा और तब ही उसका उपयोग किया जा सकेगा। इस बात को सब जानते हैं इसलिए तुम्हें उसे गलत हाथों में जाने से रोकना होगा। जानता हूँ यह बहुत बड़ी जिम्मेदारी है पर तुम यह कर सकते हो। काल्पनिक दुनिया तुम्हारे पास ही हैं यदि तुम यह किताब पढ़ रहे हो तो वो अनोखा बक्सा तुम्हारे पास ही होगा और उस अनोखे बक्से के अंदर ही काल्पनिक दुनिया है।

क्या?, तीनों ने एक साथ चौक कर कहा जो हम ढूंढ़ रहे थे वो हमारे साथ ही घूम रहा था।

विशाल ने पन्ना पलटा और आगे पढ़ा यदि बक्से के अंदर सामान के अलावा कुछ भी गया तो वह काल्पनिक दुनिया में प्रवेश कर देता है तुम्हें एक दिन वहाँ जाना होगा। वॉलवर्डर में जो मेरा कमरा हैं उसके अंदर जाना वहाँ जाकर खरगोश की रखी मूर्ति को गोल घुमाना तो वहाँ आएगा एक दरवाजा उसमें तुम प्रवेश करके उस पहेली को सुलझाना और अपने मकसद में कामयाब हो जाना।

विशाल सर्पीली सीढ़ियों से होकर अपने पिता के कक्ष में चला गया। विल और मर्बिला ने अपनी छड़ी से प्रकाश किया और विशाल ने उस खरगोश की मूर्ति को घुमाया जिससे विशाल के सामने वाली दीवार हट गई और वहाँ एक दरवाजा बन गया। वह तीनों उस दरवाजे को खोल कर उसके अंदर चले गये। कमरा खाली था जिसमें एक खिड़की भी थी जिसमें आसमान से गिरती हुई बर्फ साफ दिख रही थी।

मर्बिला ने कमरे की तरफ छड़ी करके गोपनीयता निष्कासित भवः मंत्र बोला जिससे कमरे की दीवारों पर सुनहरे फूल का चित्र बनने लगे।

यह कौन–सा मंत्र था?, विशाल ने पूछा।

छुपी हुई चीजों को सामने लाने का मंत्र, मर्बिला ने कहा।

अच्छा तो यह वो कमरा है जहाँ तुम्हारे पिता ने सुनहरे फूल का निर्माण किया, विल ने हर दीवार को घूरते हुए कहा तभी यहाँ सुनहरे फूल की अलग–अलग रचना बनाई हुई है पर इनमें से असली कौन–सा है?

यह वाला, विशाल ने हाथ लगा कर कहा यह सभी इसी सुनहरे फूल की आधी–आधी रचना हैं और इन सबको मिला कर यह पूरी रचना है।

विशाल ने जिस फूल पर हाथ लगाया था उसमें बहुत कलियाँ थी व दो हरी पत्तियाँ भी थी। वह फूल अचानक चमकने लगा और उसकी रोशनी सामने वाली दीवार पर कुछ लिखने लगी और मर्बिला उन लिखे शब्दों को पढ़ने लगी– बक्से को खोलो वहाँ हमला हुआ था जहाँ, अनोखे दरवाजे का करो निर्माण, ले जाएगा तुम्हें उस पार, काल्पनिक दुनिया में जाने से पहले बचाओ उसकी जान, चारों छड़ियों को रखकर खोलो वो रास्ता, फिर ले लो दुश्मन की जान।

बक्से को खोलो वहाँ हमला हुआ था जहाँ, विल ने सोचते हुए कहा हममममम तुम्हारा जन्मदिन हॉल, वोल्फरोल्ट ने हमला वहीं किया था।

काल्पनिक दुनिया में जाने से पहले बचाओ उसकी जान मतलब नैन्सी की जान, मर्बिला ने रोमांचित होकर कहा नैन्सी की जान बचानी है इस न्याय देने वाले तरल द्रव से जो कि तैयार है।

चारों छड़िया रखकर खोलो वो रास्ता, विशाल ने कहा याद आया लाल रोशनी वाला कमरा वहाँ एक पत्थर है जिस पर चारों छड़ियां रखनी हैं पर चौथी छड़ी तो हम पर नहीं हैं। यह कमरा गोरडोन ने ही छुपाया होगा और चौथी छड़ी भी उसने यहीं छुपायी होगी ढूंढो यहीं कहीं होगी।

यह कमरा तो खाली है, मर्बिला ने कहा बाहर वाले कमरे में मिल सकती है।

वह तीनों बाहर वाले कमरे में चौथी छड़ी को खोजने लगे तभी विल का पैर कमरे में बिछी कालीन में अटका जिससे वो लड़की की बनी मूर्ति पर गिर गया जिससे मूर्ति का हाथ पूरा गोल घूम गया और मूर्ति के मुँह से चौथी छड़ी निकली जिसे वह तीनों देख कर खुश हो गये और मर्बिला और विशाल ने विल को गले लगा लिया।

अध्याय–12

जन्मदिन हॉल में हमला

अपने पिता के कमरे में से निकल कर विशाल मर्बिला और विल के साथ क्लेब ली की क्लास की तरफ जाने लगा।

हमें वो अनोखा दरवाजा, विशाल ने कहा।

रूको विशाल बेहतर होगा हम सब रात का समय होने का इंतजार करें, मर्बिला ने कहा अनोखे दरवाजे का निर्माण अभी करना बेहतर नहीं होगा।

मर्बिला ने ठीक कहा, विल ने कहा हमें सभी के सोने का इंतजार करना चाहिए।

हाँ, विशाल ने बुदबुदाया अब तो कोई परेशान भी नहीं कर सकता। कोन्सेनटाइन और सिंगोरिया भी कैद में हैं और उनकी सजा का फैसला भी 18 मई को होगा।

वह तीनों बातें करते हुए चल रहे थे तभी उन तीनों ने सोफिया और सारा की बातें सुन लीं जो कह रही थीं कि मोबारूस कोन्सेनटाइन और सिंगोरिया बिल्कुल ठीक हैं प्रमुख मोबारूस रेनॉल्डस मंत्रिमण्डल से बात करने गये हैं बस आज की रात फिर वह उस कैद से आजाद हो जाएँगे फिर सोफिया और सारा विशाल से नजरें चुराते हुए वहाँ से जाने लगीं।

मोबारूस सोफिया और सारा उनसे मिलने क्यों गई?, विशाल ने संकोच के साथ बोला प्रमुख मोबारूस रेनॉल्डस कोन्सेनटाइन और सिंगोरिया को बचाने के लिए मंत्रिमण्डल से बात करने गये हैं वो ऐसा क्यों कर रहे

हैं? मोबारूस अर्जीगिलेनो ने तो कहा था कि अगर यह मामला मंत्रिमण्डल तक गया तो वह वॉलवर्डर को बंद कर देंगे।

वह सभी वॉलवर्डर में साथ पढ़ाते हैं, विल ने कहा प्रमुख मोबारूस रेनॉल्डस भी काफी दयालु हैं इसलिए उन्हें सुधरने का एक मौका दे रहे हैं।

वॉलवर्डर को प्रमुख मोबारूस रेनॉल्डस कुछ नहीं होने देंगे, मर्बिला ने भरोसे के साथ कहा तुम परेशान मत हो।

मुझे प्रमुख मोबारूस रेनॉल्डस पर विश्वास है, विशाल ने कहा पर कुछ है जो अब भी हमसे छुपा है।

क्लेब ली की क्लास में डेनियल को छोड़ कर सभी बच्चे थे और आज क्लेब ने क्लास में मोटोक्सो मोरा की मोटी बेल के बारे में पढ़ाया जो कि अपने दुश्मन को जाल में फँसाने के लिए उपयोग की जाती है। मोटोक्सो मोरा की बेल के छोटे–छोटे टुकड़े सभी बच्चों के गमलों में लगे थे। क्लेब क्लास में बता रहा था की बेल को छूने पर वह बड़ी होती हैं और बेल छूने वाले शख्स को जकड़ लेती हैं फिर वह उसकी उम्र को अपने अंदर अवशोषित करती हैं और अपनी उम्र और ताकत को बढ़ाती हैं फिर क्लेब ने एक काँच के बोक्स में रखे गिरगिट को बेल के पास छोड़ दिया और गिरगिट जैसे ही बेल को छूने लगा बेल बड़ी हुई और उस गिरगिट को जकड़ कर उसकी उम्र को अवशोषित किया और गिरगिट बूढ़ा होकर मर गया। सभी बच्चे चकित होकर अपने पास रखी मोटोक्सो मोरा की बेल से दूर हो गये।

इससे बचने का उपाय भी तो होगा, मर्बिला ने पूछा।

हाँ क्लेब ने साँस भरते हुए कहा आग और पानी के संगम से बनी राख इस बेल का खात्मा है।

मतलब, ऑलिविया ने कहा।

ये मैं क्या पढ़ा रहा हूं, क्लेब ने आंखों को टिम–टिमाते हुए कहा जाओ सब कमरे में जाओ क्लास खत्म।

पर मोबारूस।

जाओ यहाँ से अब कोई सवाल नहीं, यह कहते हुए क्लेब ने छड़ी हिला कर कुछ बुदबुदाया और सभी गमलों में लगी मोटोक्सो मोरा की बेल नष्ट हो गई।

बड़े अजीब मोबारूस हैं, विल ने गुर्राते हुए कहा खुद को पता ही नहीं होता कि क्लास में क्या पढ़ा रहे हैं?

तुमने सही कहा विल, ऑलिविया ने कहा वैसे तो मुझे तुम्हारी हर बात बुरी लगती हैं पर यह बात सही लगी।

विशाल और मर्बिला यही सोच रहे थे कि आग और पानी का संगम और उनके संगम से राख कैसे बनेगी? और क्लेब ऐसी हरकते क्यूँ करते हैं?

अर्जीगिलेनो और निकोलस की क्लास की छुट्‌टी थी क्योंकि अर्जीगिलेनो 18 मई के शोक दिवस की तैयारियों में लगी हुई थी जिसमें अर्जीगिलेनो ने निकोलस और ड़िगो ग्लेब को भी लगा रखा था। सोफिया के उड़ने की और सारा की युद्ध कला की क्लास लेने के बाद सभी बच्चे आराम कर रहे थे तो कुछ खेल और पढ़ रहे थे पर डेनियल काफी उदास और थका हुआ बैठा था।

किताब के लिए माफ करना, विशाल ने डेनियल से कहा पर तुम उदास मत हो।

नहीं मैं किताब के लिए उदास नहीं हूँ बस काफी थका हुआ महसूस कर रहा हूँ इसलिए आज किसी क्लास में नहीं गया। मैं आराम कर लेता हूँ।

इसे क्या हुआ?, विल ने कहा।

पता नहीं, मर्बिला ने कहा शायद तबीयत खराब होगी।

दिन बीतने लगा शोक दिवस की तैयारी पूरी होने लगी और सभी मोबारूस अपने कक्ष में चले गये। विशाल अपने कक्ष में सभी बच्चों के सोने का इंतजार करने लगा और 9 बजे जब सभी बच्चे सो गये तब मर्बिला ने तीनों के बिस्तर पर पड़ी चादर की तरफ छड़ी करके मंत्र बोला सोनोमोक्सो और तीनों के चादर ने ऐसी आकृति ले ली जैसे कोई उन चादर के अंदर सो रहा हो।

कमाल की जादूगरी है, विल ने धीमी आवाज में कहा काल्पनिक दुनिया से लौटने के बाद मुझे भी सिखा देना।

विशाल मर्बिला और विल के साथ पुस्तकालय में गया और विशाल ने अनोखे दरवाजे का निर्माण करने के लिए छड़ी को हाथ में लेकर मंत्र बोला... गाते हो तुम, अद्भूत हो तुम, हमें हैं जाना जहाँ, ले जाते हो वहाँ तुम, हैं अनोखे दरवाजे प्रकट हो जाओ तुम।

ये कैसा अजीब मंत्र हैं, विल ने मुहँ बनाकर कहा भला ऐसा मंत्र कैसे हो सकता हैं तुम गलत मंत्र बोल रहे हो।

किताब में जो लिखा था वही मंत्र बोला है। यह गलत मंत्र होगा।

विशाल दोबारा कोशिश करो, मर्बिला ने विल को चुप करते हुए कहा मन शान्त करके मंत्र बोलो।

विशाल ने दोबारा वही मंत्र बोला तभी पुस्तकालय में कड़कड़ाती आवाज लिए बादलों से भरा उल्टा यू आकार का दरवाजा बना और वह तुरंत गाने लगा मैं अनोखा दरवाजा बादलों से भरा हूँ।

चुप चुप चुप, विशाल ने दरवाजे को चुप करते हुए बोला मैंने तुम्हारा गाना सुना है इसलिए चुप रहो वरना तुम्हारे शोर से सब जग जाएंगे। अभी हमें मेरे जन्मदिन हॉल में ले जाओ।

परन्तु इन दो नन्हें–मुन्हें बच्चों को भी मेरा गाना सुनने दो, दरवाजे ने सुरीली आवाज में कहा मैं तभी ले जाऊँगा।

ये दरवाजा तो बड़ा अच्छा है, विल ने मुस्कुरा कर कहा, बोलता है और गाता भी है।

वह दरवाजा फिर गाने लगा मैं अनोखा दरवाजा बादलों से भरा हूँ...

हम तुम्हारा गाना बाद में सुनेंगे, मर्बिला ने जल्दबाजी में कहा मैं वादा करती हूँ अभी हमें जन्मदिन हॉल में ले जाओ।

साथ में हम तीनों डांस भी करेंगे, विल ने कहा है ना विशाल।

चलो, चलो फिर तुम तीनों मेरे अंदर आओ।

हमें तुम्हारी इस बिजली से करंट तो नहीं लगेगा, मर्बिला ने कहा पता चला बिजली के झटकों से हमारे बाल खड़े हो जाएं।

हाहाहाहाहाहाहाहाहा

विशाल और विल जोरो से हँसे मर्बिला ने यह बात विशाल को हँसाने के लिए ही बोली थी और दरवाजा भी हँस पड़ा।

कमरे में एडम पानी पीने के लिए जगा और वह विशाल, मर्बिला और विल के बिस्तर को देखने लगा सोचने लगा यह तीनों आज इतने आराम से कैसे सो रहे हैं? एडम उनके बिस्तर के पास गया और विल के चादर को हटाकर देखने लगा और वह चौंक गया क्योंकि चादर के नीचे कोई नहीं था।

ऑलिविया उठो ऑलिविया, एडम ने कहा।

क्या हैं? इतनी रात को चैन नहीं हैं क्या, ऑलिविया ने ऊबासी लेते हुए कहा तुम भी विशाल और विशाल के दोस्तों की तरह रातों में जगने लगे।

उन तीनों ने चादरों पर जादू किया है, एडम ने कहा तुम खुद देखो ऑलिविया।

डेनियल उन दोनों की आवाज से जग गया था और दोनों की बातें सुन रहा था और उन्हें देख रहा था। ऑलिविया ने मर्बिला और विशाल के बिस्तर की भी चादर हटाई और फिर एडम के जिद करने के कारण ऑलिविया अर्जीगिलेनो से शिकायत करने जाने लगी।

रूको, डेनियल ने दोनों से कहा यदि तुम मोबारूस अर्जीगिलेनो के पास गये तो तुम दोनों को भी वो पहले की तरह सजा सुना देंगी।

इससे कोई फर्क नही पड़ता, ऑलिविया ने मुस्कुरा कर कहा ऐसे ही वो कई बार गायब रहे पर अब हम चुप नहीं बैठेंगे। विशाल और उसके दोनो दोस्तों को वॉलवर्डर से निकलवाने के लिए कोई भी सजा मंजूर है।

विशाल ने तुम दोनों का बिगाड़ा क्या है?, डेनियल ने पूछा।

वक्त आने पर तुम्हें पता चल जाएगा, एडम ने कहा अभी तुम सो जाओ।

वह दोनों भागे–भागे अर्जीगिलेनो के कमरे में गये जहाँ वो बच्चों के परीक्षा की कॉपियां जाँच रही थी। ऑलिविया और एडम ने विशाल, मर्बिला और विल के कमरे में न होने की शिकायत कर दी।

इन तीनों ने तो नाक में दम करके रख दिया है, अर्जीगिलेनो ने गुस्से में बौखला कर कहा वॉलवर्डर में इतनी गलतियाँ में बर्दाश्त नही करूँगी। इन तीनों को वॉलवर्डर से निकालना होगा। प्रमुख मोबारूस रेनॉल्डस तो यहाँ नहीं हैं इसलिए मुझे यह काम खुद करना होगा।

यह सुनकर एडम और ऑलिविया बहुत खुश हुये परन्तु कमरे में बैठा डेनियल खुश नहीं था। उसे तो उन तीनों की फिक्र थी डेनियल जानता था वो वॉलवर्डर की भलाई के लिए ही गये हैं और वह उन तीनों की मदद भी करना चाहता था।

अनोखे दरवाजे के अंदर से वह तीनों ऊपरी विशाल के पिता के कमरे में जा पहुँचे थे।

यह तो तुमने हमें मेरे पिता के कमरे में पहुँचा दिया, विशाल ने कहा हमें जन्मदिन हॉल में जाना था।

यही तो जन्मदिन हॉल हैं विशाल गोरडोन ने बताया तो था, अनोखे दरवाजे ने सुरीली आवाज में गाकर बताया यह कमरा था खास, इसलिए था तुम्हारे पिता के पास, तुम जो बोलो वो बनता है इस कमरे के अंदर कमरे, सीढ़ी, हॉल, जो चाहो बना लो इस कमरे के अंदर तुम्हारे माता–पिता ने किया था ऐसा इस कमरे में बनाया था जन्मदिन हॉल भव्य महल जैसा।

जन्मदिन हॉल इस कमरे को बनाया, मर्बिला ने कहा तो कहाँ है वो जन्मदिन हॉल।

यही है यही है जिसे गोरडोन ने था छुपाया। सामने की दीवार को हटने को कहो यह कमरा भी सुनेगा विशाल तुम्हारी बात। सामने की दीवार जब हटेगी तो तुम्हें दिखेगा जन्मदिन। हॉल यह कह कर अनोखा दरवाजा गायब हो गया।

कमरे को आदेश दो, मर्बिला और विल ने कहा।

सामने की दीवार हट जाओ, विशाल ने दीवार को आदेश दिया।

विशाल के कहने पर दीवार गायब होने लगी और एक बड़ा दरवाजा दीवार की जगह आ गया विशाल जिस कमरे में खड़ा था उसका रूप रंग बदल गया और मशालें जल उठीं। विशाल ने सामने बने दरवाजे को

खोला और मर्बिला और विल के साथ अंदर चला गया। हॉल बिल्कुल वैसा ही था जैसा विशाल ने प्रिंस कॉलोनी के डरावने घर के अंदर देखा था। वही अशान्त, बातें करते हुए, हँसते और नाचते हुए जादूगर बैठे थे। सभी के मेज पर खाना और हाथों में जाम लगे थे।

ये तो सब जीते जागते हैं, विल ने सभी को घूरते हुए कहा पर यह हमें देख भी नहीं रहे हैं। यह कैसा मंजर है।

ये सब श्रापित हैं, विशाल ने कहा मैं यहाँ पहले भी आया था, अब समझ आया प्रमुख मोबारूस रेनॉल्डस मुझे यह सब दिखाना चाहते थे। उन्होंने सभी जगहों को जोड़कर मुझे उनकी जानकारी दी यह हॉल, लाल रोशनी वाला कमरा, नैन्सी, बोलने वाली सीढ़ी और वो कप सब दिखाया। निकोला डरावने घर के अंदर नहीं आ सकती थी क्योंकि वो प्रिंस कालोनी से निकलने का रास्ता था और निकोला वहाँ से बाहर नहीं निकल सकती थी।

विशाल हॉल के अंदर गया और खाली जगह देखकर अपने जेब से बक्से को निकाला और उसे जमीन पर रख दिया और बक्से से कहा बड़े हो जाओ।

जब बक्सा बड़ा हो गया तब विशाल ने बक्से को खोला और वह बक्से के सामान को हटाकर बक्से में जाने का रास्ता बनाने लगे तभी हॉल का दरवाजा धड़ाम की आवाज के साथ खुला जहाँ अर्जीगिलेनो लम्बा काला दुशाले पहने खड़ी थी और उसका काला चोगा जमीन में घिसट रहा था। अर्जीगिलेनो ने काले नग वाली पाँचों अंगूठियां पहन रखी थीं। अर्जीगिलेनो ने विशाल पर छड़ी से वार किया और विशाल बक्से से दूर जाकर गिर गया।

आपने यह क्या किया?, मर्बिला ने विशाल की तरफ भागते हुए अर्जीगिलेनो से कहा आप बेकाबू हो गयी हैं। आप होश में नहीं हैं।

होश में तो मैं पहले नहीं थी पर मैं अब बिल्कुल होश में आ गई हूँ, अर्जीगिलेनो ने गुस्से से कहा उस बक्से के बारे में मुझे रीया ने तुम्हारे जन्म से पहले ही बताया था कि वो बक्सा खास हैं उस वक्त मैंने रीया की बातों पर ध्यान नहीं दिया पर जब तुम वॉलवर्डर में आ गये जब मुझे उस

बक्से की याद आयी मुझे पता था बक्सा सोफिया के पास होगा फिर मैं सोफिया और सारा के घर गई उनके घर के एक–एक कोने से मैं वाकिफ थी मैने बक्से को छुपी अलमारी में ढूंढ़ा पर वो नहीं मिला तभी वहाँ सोफिया का नौकर विक आ गया और मेरी अच्छाई देखो मैंने उसे मारा नहीं सिर्फ उस पर वार किया। जब तुम रेनॉल्डस के कहने पर छड़ी और अपना साथी लेने गये तब मैने तुम्हें बक्से को छोटा बड़ा करते देखा और तभी मेरी पहली अंगूठी मेरे हाथ से निकल कर गिर गई और मैं फिर वहाँ से गायब हो गई। तुम्हारे कमरे में मैं हर बार बक्सा ढूंढ़ती इसलिए तुम्हारा सामान बिखर जाता। मैं छड़ी से सामान को वैसा ही कर देती जैसा तुम छोड़ कर जाते पर मैं कभी–कभी नहीं कर पाती थी क्योंकि कोई आ जाता था इसलिए सामान बिखर जाता और तुम्हें लगता यह सब ऑलिविया और एडम करते हैं। बक्सा खास है यह तो मैं जानती थी पर उसमें काल्पनिक दुनिया है यह मुझे पता चल ही गया।

अररररररर आप ही हो जिसे वोल्फरोल्ट और निकोला ने अपना गुलाम बना लिया, विल ने थूक निगलते हुए पूछा आप उनके बहकावे में कैसे आ सकती हैं।

नहीं यह सच नहीं है विल, विशाल ने कहा वोल्फरोल्ट और निकोला के गुलाम कोन्सेनटाइन ओर सिंगोरिया है और उन्हें कल सजा भी मिलेगी। नानी मुझसे नाराज हैं इसलिए वो ऐसा कह रही है।

मैं तुम्हारी नानी नहीं हूँ, अर्जीगिलेनो ने चीख कर कहा फिर वह तेज–तेज हँसने लगी और बोलने लगी तुम और वो सब मोबारूस बेबकूफ हैं। निकोला के कहे मुताबिक मैंने उन तीनों अंगुठियों को कोन्सेनटाइन, सिंगोरिया और जोड़ी मे रहने वाले निकोलस और सारा के पास जान–बूझ कर फेंका ताकि सब एक दूसरे पर शक करें देखो मैं कामयाब भी रही वह सब मोबारूस जानवरों की तरह एक दूसरे से लड़ने–पीटने लगे और मैं योजनाए बनाती रही सोफिया, सारा और निकोलस उन तीनों ने तो कोन्सेनटाइन और सिंगोरिया को तो गुनहगार साबित करके कैद में डलवा दिया पर मैं नहीं जानती उन्हें मेरा सामान सबूत के तौर पर उनके कमरे से कैसे मिला? हाँ शायद निकोला के काले जादू का कमाल होगा। मेरी

नजर हमेशा विशाल तुम पर थी रेनॉल्डस ने मूर्तियों को ऐसे सुला दिया था कि वह किसी पर हमला नहीं कर सकती थी पर जिस रात विल ने वो दरवाजा खोला मैंने उन दोनों मूर्तियों को जगा दिया। मैं तो उसी रात और मूर्तियों को भी जगाना चाहती थी पर सिंगोरिया और कोन्सेनटाइन के मंत्रों ने मुझे रोक लिया और मेरा काम बिगाड़ दिया। दोनों ने एक–दूसरे को मंत्रों को पढ़ते हुए देख लिया और दोनों हड़बड़ाहट में वहाँ से जाने लगे सिंगोरिया का रूमाल गिर गया। दोनों एक–दूसरे पर शक करने लगे और गलियारे में लड़ने लगे इसलिए तो वह घबराये थे फिर मुझे भूतों की काली रात मे मौका मिला और मैंने सभी मूर्तियाँ जगा दी। मैं अपने कमरे में चली गई ताकि किसी को शक न हो।

उन तीनों ने मौका देख कर अर्जीगिलेनो पर वार किया पर अर्जीगिलेनो ने वार से बचते हुए उन तीनों को अपने जादू से बाँध दिया।

बंधे रहो तुम तीनो, अर्जीगिलेनो ने कहा अभी तो मेरी बात खत्म नहीं हुई है वह फिर बोलने लगी जब तुमने कोन्सेनटाइन को मंत्र का जाप करते देखा तो वह सिर्फ मूर्तियों को रोक रहा था और मैं अपने कक्ष में बैठकर उसके मंत्रों का उपयोग होने नहीं दे रही थी फिर तुम पूरी तरह से कोन्सेनटाइन और सिंगोरिया पर शक करने लगे। मैंने सोचा तुम उस रात मूर्तियों के हमले से मर जाओगे पर तुम उससे भी बच निकले। सारी मूर्तियों के साथ–साथ वॉलवर्डर के अंदर का श्राप भी नष्ट हो गया। सबने तुमसे जो उम्मीद लगा रखी थी उसे तुम पूरा कर रहे थे और सभी की नजरों में महान बन रहे थे और इसमें तुम्हारा साथ यह दोनों भी दे रहे थे।

यह देख कर मैं बौखला गई और इसलिए मैंने तुम तीनों को मरने के लिए भूतों की दुकान में भेज दिया। मैं तुम्हारी मौत अपनी आखों से देखना चाहती थी इसलिए मैं भूतों की दुकान गई और दुकान के बाहर से छुप कर देखने लगी पर तुम्हें वहाँ भी वो नैन्सी बचाने आ गयी और तुम मरने के बजाए जिन्दा थे और भूतों से हँस हँस कर बात कर रहे थे। यह देख कर मेरा क्रोध और बढ़ गया पर जब भूतों ने तुम्हें गोरडोन का पता दिया तो मैं समझ गई की तुम सूखी खाड़ियों में जाओगे और मुझे तुम्हें मारने का एक ओर मौका मिला तो मैं खुश होकर वहाँ से वॉलवर्डर लौट गई।

इसका मतबल आप सूखी खाड़ियों के जगंल में हमारे साथ मौजूद थीं, विशाल ने जादुई जंजीर को खोलने की कोशिश करते हुए कहा आप ने ही वो पेड़ और हड्डियाँ हमें मारने के लिए जगाये।

तुमने ठीक समझा, अर्जीगिलेनो ने कहा मैं वहाँ थी पर पेड़ तो विल की वजह से ही जगे थे हाँ हड्डियों को तो मैंने ही जगाया था। जब तुम चीख रहे थे तो मेरे दिल को सुकून मिल रहा था पर उस गोरडोन ने उस वक्त आकर काम खराब कर दिया। समझ नहीं आता सब तुम्हारी मदद करने में क्यूं लगे रहते हैं वक्त आने पर तुम्हें और तुम्हारे चहेतों को खत्म कर दूँगी। मैं यह क्या बात करने लगी ये तो काम मैं सबसे पहले करूंगी उससे पहले मेरे अच्छे काम तो मैं तुम्हें सुना दूँ विशाल। जब तुम बचते बचाते उस गोरडोन के साथ उसके घर में जाकर चाय पी रहे थे तब मैं तुम्हारी सभी बात सुन रही थी गोरडोन ने सुनहरा फूल और छड़ियों वाली बात से मैं खुश हो गई। सुनहरा फूल काल्पनिक दुनिया में हैं और चारों छड़ियों में से तीन छड़ियाँ तुम्हारे पास हैं और देखो चौथी छड़ी भी तुमने ढूंढ़ ली। मैं सूखी खाड़ियों से लौट कर वॉलवर्डर में आ गयी। जहाँ निकोला ने मुझे अपने जादू से बहुत तड़पाया क्योंकि निकोला नहीं चाहती थी कि तुम मरो इसलिए जब–जब मैंने तुम्हें मारने की कोशिश की तब–तब मुझे निकोला ने बहुत तड़पाया और दर्द दिया और मैंने सहन भी किया क्योंकि मै तुम्हें मारना चाहती थी पर तुम्हें हर बार जिन्दा देख मैं समझ गई तुम्हें मारना आसान नहीं है इसलिए मैंने तुम्हें मारने का इरादा छोड़ दिया।

निकोला के कहे मुताबिक मैने मर्बिला की वो माला नष्ट की ताकि मर्बिला को हमें नष्ट करने के लिए कुछ भी न मिले पर उसने और विल ने न्याय पूर्ण तरल द्रव बना ही लिया और काल्पनिक दुनिया का पता मुझे डेनियल ने बता दिया।

डेनियल, विल ने कहा उसे काल्पनिक दुनिया के बारे में कैसे पता?

हाँ डेनियल ने बताया जब मैं शोक दिवस की तैयारी करवा रही थी तब मैंने विशाल तुम्हें डेनियल से किताब छुड़ाते हुए देखा मै समझ गई कि उस किताब में कुछ हैं फिर क्या था मैंने डेनियल को सम्मोहित किया बिचारा उस किताब को उसने जितना पढ़ा उसने मुझे सब बता दिया।

किस्मत की बात देखो उसने काल्पनिक दुनिया के बारे में भी पढ़ लिया इसलिए मुझे काल्पनिक दुनिया का भी पता चल गया। मेरे सम्भोहन के कारण ही तो वो थका हुआ और दुखी था।

आप बहुत ही घटिया हो, विशाल ने बैचेन होकर कहा मुझे यकीन नहीं होता आप मेरी नानी हैं। अच्छा हुआ माँ यहाँ नहीं है वो आपका यह रूप देखकर बहुत दुखी होती।

बंद करो अपनी बकवास, अर्जीगिलेनो चिल्लायी।

कुछ करो, मर्बिला, विल ने धीमी आवाज में कहा।

क्या?, मर्बिला ने कहा।

मेरी छड़ी चोगे के अंदर है और मैं उसे बाहर नहीं निकाल सकती।

आप ऐसा क्यूं कर रही हैं?, विशाल ने चीखा।

ओ हो विशाल पता है, जब प्रारूप विधि की सहायता से रेनॉल्डस ने तुम्हें निकोला से बचाया और मैं वॉलवर्डर में यह देख कर दुखी थी तभी निकोला भी प्रारूप विधि के द्वारा मेरे पास आयी पहले तो मैं उसे देखकर नाराज हुई फिर उसने कहा विशाल के बदले वह मुझे मेरी बेटी रीयॉ और जॉन को जिन्दा करेगी यह सुनकर मेरे अंदर जीने की उम्मीद जागने लगी और मैं उसके काले जादू की प्रक्रिया करने लगी पर उसने मुझे सुनहरे फूल और वोल्फरोल्ट कहां कैद हैं यह कभी नहीं बताया बस कहा कि काल्पनिक दुनिया का रास्ता ढूढ़ो और विशाल को वहाँ ले जाओ पर अब मैं कुछ अलग करूँगी हाहाहाहाहाहाहाहा।

मतलब, विशाल ने बैचेनी के साथ कहा।

सुनहरा फूल काल्पनिक दुनिया मैं हैं, अर्जीगिलेनो ने शान्ति से कहा काल्पनिक दुनिया बक्से में। बक्सा है मेरे पास और अब तुम काल्पनिक दुनिया में जाओगे मेरे साथ वो फूल ढूंढ़कर अपने नन्हें हाथों से मुझे दोगे फिर उसका उपयोग मैं अपने ऊपर करूँगी फिर वोल्फरोल्ट और निकोला भी मेरे गुलाम होंगे। पूरी जादुई दुनिया पर राज करूँगी हर तरफ मेरा ही राज होगा न कोई मंत्रिमण्डल न कोई प्रशासन बस मैं और मेरा कानून।

आपकी यह योजना कभी सफल नहीं होगी, विशाल ने गुस्से से कहा आपको आपके सभी अपराधों की सजा मिलेगी।

अर्जीगिलेनो विशाल की तरफ जाने लगी।

तुम्हें मर्बिला और विल को जिन्दा देखना हैं न विशाल, अर्जीगिलेनो ने विशाल के मुँह को तेज पकड़ कर कहा जिन्दा देखना है तो जो मैं कह रही हूँ वो करो।

इनकी बातो पर ध्यान मत दो विशाल यह तुम्हें डरा रही हैं, मर्बिला ने कहा यह हमें कुछ नहीं करेंगी।

तुम बच्चे भी बहुत हिम्मत दिखाते हो, अर्जीगिलेनो ने बेचैन होकर कहते हुए विल पर हमला किया और वह तड़पने लगा।

रूको रूको रूको, विशाल ने चिल्ला कर कहा, मैं करूँगा जो आप कहेंगी मैं वहीं करूँगा। विल को छोड़ दो।

बहुत अच्छा फैसला किया, अर्जीगिलेनो ने इतराकर हँस कर कहा चलो अपनी चारों छड़ी मुझे दो।

उधर डेनियल अपने कमरे के पीछे के दरवाजे से सोफिया के पास जाने लगा जहाँ सोफिया ऊपरी मंजिल की तरफ भागे–भागे जा रही थी फिर डेनियल सारा के पास जाने लगा और उसने देखा कोन्सेनटाइन और सिंगोरिया कैद से बाहर होने के लिए अपने मंत्रों का प्रयास कर रहे थे पर फिर भी अर्जीगिलेनो के कैद किये पिंजड़े को हटा नहीं पा रहे थे फिर उन दोनों ने एक दूसरे का हाथ पकड़ कर मंत्रों का जाप करने लगे और धीरे–धीरे पिंजड़ा पिघलने लगा। डेनियल छिप कर उन्हें देख रहा था।

हॉल में अर्जीगिलेनो ने तीनों की रस्सियों को छड़ी के जादू से खोल दिया और तीनों से चारों छड़ियों को ले लिया। मर्बिला ने न्यायपूर्ण तरल द्रव को अर्जीगिलेनो के ऊपर डालना चाहा पर अर्जीगिलेनो ने छड़ी को मर्बिला की तरफ करते हुए हिलाया और मर्बिला का हाथ रूक गया।

तुम दोनों को जिन्दा रखने का वादा विशाल को न दिया होता तो मैं तुम्हें मार डालती, यह कहते हुए अर्जीगिलेनो विशाल का हाथ पकड़ कर बक्से की तरफ जाने लगी।

उन तीनों को कुछ सूझ ही नहीं रहा था तभी हॉल में सोफिया भागती हुई आयी और उसने अर्जीगिलेनो पर वार किया। वह विशाल से दूर

जाकर गिर गई और छड़ियाँ भी हॉल में गिर गई। मर्बिला का रूका हुआ हाथ ठीक हो गया।

बेबकूफ हम नहीं बेबकूफ आप हैं, सोफिया ने शान्ति से कहा आपने क्या सोचा आप हमें मोहरों की तरह उपयोग करेंगी और हम आपके अनुसार चलेंगे। नहीं मोबारूस अर्जीगिलेनो नहीं। आप जादूगरों के नाम पर सिर्फ एक धब्बा हो।

तुम भी मरने चली आयीं सोफिया, अर्जीगिलेनो ने खड़े होकर हँसते हुए कहा आज अपनी हमशक्ल सारा को नहीं लायीं गलत किया दोनों को मारने में मजा आता।

आप इतना गिर जाएंगी मैंने कभी नहीं सोचा था, सोफिया ने अर्जीगिलेनो को लताड़ते हुए कहा आपने जॉन और रीया को पाने के लिए यह सब किया यदि वो वापस आ भी जाते तो वह आपसे सिर्फ नफरत करते।

अर्जीगिलेनो सोफिया की तरफ बढ़ने लगी।

मर्बिला और विल ने अर्जीगिलेनो का ध्यान भटकता देख चारों छड़ियों को उठाकर अपने चोगे में रख लिया।

मुझे आप पर शक तो तभी हो गया था जब आपने विशाल को भूतों की दुकान में मरने के लिए भेज दिया था क्योंकि ऐसा तो सिर्फ निकोला का साथी ही कर सकता है और आप का बदलाव यह जाहिर भी करता है। जब विशाल ने मोबारूस कोन्सेनटाइन और सिंगोरिया के ऊपरी मंजिलों पर जाने की बात बताई और सिंगोरिया का रूमाल दिया तब मैंने उन दोनों से बात की जब पता चला उन दोनों का निकोला से दूर–दूर का नाता नहीं है वह तो बस विशाल की मदद कर रहे थे। भूतों की दुकान से जब आप विशाल को जिन्दा देख कर वापस आ रही थीं मैंने तब आपको आते देखा तो मैं आपके कमरे की खिड़की के पास अपने पंखों से उड़कर पहुँच गई जहाँ मैंने देखा आपने जैसे ही अपने कमरे में प्रवेश किया वहाँ निकोला प्रकट हुई और आपको तड़पाने लगी। मैंने आप दोनों की सारी बात सुनी तब मैं ने सभी मोबारूस को बताया और आपके सामने लड़ने और एक दूसरे पर शक करने का नाटक किया और जब विशाल भूतों की दुकान से जिन्दा लौट कर आया तो मोबारूस कोन्सेनटाइन और

सिंगोरिया विशाल से चिढ़ने का नाटक करके आपके कमरे में सबूत ढूंढ़ने गये जहाँ उन्हें काले जादू की किताबें और आपके बिस्तर के नीचे काले जादू का चक्र मिला। तब उन्हीं किताबों को दिखा कर मोबारूस कोन्सेनटाइन और सिंगोरिया को दोषी ठहराने का नाटक किया ताकि आपको पता न चले कि हम आप की सच्चाई जानते हैं।

हम तो तुम्हें बेबकूफ समझते थे, अर्जीगिलेनो ने सोफिया के चारों ओर घूमकर तालियाँ बजाते हुए कहा तुम तो अक्लमंद निकली। हाँ पिशाचों की जाति से जो हूँ। पर अब तुम्हारी इन बातों से कुछ नही होगा जो हमें करना था वो कर लिया बस कुछ देर और फिर सुनहरा फूल मेरे हाथ में और पूरी कायनात मेरे कदमों में।

नहीं ऐसा कभी नहीं होगा, सोफिया ने शांति से कहा सारा और निकोलस ने मंत्रिमण्डल को आपकी काली करतूतों को बता दिया होगा और सभी सबूत भी दे दिये होंगे और वह यहीं आते होंगे।

आपका खेल खत्म मोबारूस अर्जीगिलेनो, विशाल, मर्बिला ओर विल ने एक साथ कहा अब आप जेल सोगास में अपनी सजा काटना।

तुम लोगों की इन बातों का मुझ पर कोई फर्क नहीं पड़ता, अर्जीगिलनो ने मुस्कुरा कर कहा जब तक मैं मर्बिला, विल ओर सोफिया तुम्हें मार कर विशाल को अपने साथ काल्पनिक दुनिया में ले जाऊँगी। मैं अब सिर्फ राज करूँगी मेरा कोई कुछ नहीं बिगाड़ सकता।

यह आप नहीं निकोला का काला जादू बोल रहा है, सोफिया ने कहा।

मैं अब किसी की गुलाम नहीं हूँ, अर्जीगिलेनो ने चिल्लाकर कहा।

कोन्सेनटाइन और सिंगोरिया ने अर्जीगिलेनो के बनाये पिंजड़े को नष्ट कर दिया और वह आजाद हो गये।

सोफिया अकेले अर्जीगिलेनो का सामना कर रही है, कोन्सेनटाइन ने गुस्से से कहा इस वक्त अर्जीगिलेनो ज्यादा ताकतवर है।

ठीक कहा तुमने, सिंगोरिया ने बुदबुदाया।

मोबारूस सोफिया मोबारूस अर्जीगिलेनो से क्यूँ लड़ेगी?, यह कहते हुए डैनियल अपने कमरे में जाकर बैठ गया।

जन्मदिन हॉल में अर्जीगिलेनो ने मर्बिला और विल पर छड़ी से वार किया पर सोफिया और विशाल ने उनके वार को रोक लिया फिर सोफिया ने अर्जीगिलेनो पर वार किया। कोई भी एक–दूसरे से कम नहीं पड़ रहा था काफी देर बाद अर्जीगिलेनो अपने काले पंख से हवा में उड़ी फिर सोफिया भी हवा में उड़ गई और वह दोनों हवा में लड़ने लगी। सोफिया और अर्जीगिलेनो की लड़ाई की वजह से जन्मदिन हॉल का सामान तहस–नहस हो रहा था। वहाँ बैठे सब श्रापित जादूगरों पर कोई प्रभाव नहीं पड़ रहा था वह तो बेजान सामान की तरह लुढ़क रहे थे।

तुम बक्से के अंदर जाओ विशाल, सोफिया ने अर्जीगिलेनो से लड़ते हुए कहा काल्पनिक दुनिया में प्रवेश करो।

हम आपको छोड़कर नहीं जा सकते, मर्बिला ने कहा।

तुम्हें जाना होगा, सोफिया ने चीख कर कहा जल्दी जाओ।

नहीं तुम नहीं जा सकते, अर्जीगिलेनो ने विशाल की तरफ देख कर कहा मैं तुम्हें नहीं जाने दूँगी।

सोफिया ने अर्जीगिलेनो के हाथ पर हमला किया और अर्जीगिलेनो के हाथ से छड़ी नीचे गिर गई। अर्जीगिलेनो बक्से की तरफ उड़ने लगी वह तीनों भी बक्से की तरफ भागे–भागे गये और बक्से के अंदर चले गये और बक्सा बंद हो गया। अर्जीगिलेनो बक्से के नजदीक पहुँच गई और बक्से की तरफ झपटी परन्तु जब तक बक्सा गायब हो गया और अर्जीगिलेनो हॉल की जमीन पर गिर गई जहाँ बक्सा रखा था।

अर्जीगिलेनो गुस्से की आग से भर गई। वह बिना पंखों के हवा में उड़ने लगी और उनकी आंखे लाल हो गई। अर्जीगिलेनो की पाँचों अंगूठी उतर गईं। अर्जीगिलेनो ने अपने हाथ को सोफिया की तरफ किया और उसे हवा में उड़ा दिया और फिर उसे दीवार से टकरा दिया। सोफिया जख्मी होकर नीचे गिर गई। तभी वहाँ कोन्सेनटाइन और सिंगोरिया आ गये।

कोन्सेनटाइन और सिंगोरिया ने अर्जीगिलेनो पर एक साथ हमला किया वह जख्मी तो हुई पर अर्जीगिलेनो ने अपने हाथ के इशारे से उन दोनों को भी दीवार से टकराकर नीचे गिरा दिया। वह फिर उठे काफी देर

तक अर्जीगिलेनो से सामना करते रहे। अर्जीगिलेनो कमजोर पड़ रही थी फिर कक्ष में सारा और निकोलस मंत्रिमण्डल के सदस्य के साथ हॉल में उपस्थित हो गये और फिर सोफिया उठी फिर सोफिया ने कोन्सेनटाइन, सिंगोरिया, सारा और निकोलस के साथ मिलकर एक साथ अर्जीगिलेनो पर छड़ी से वार किया और अर्जीगिलेनो जमीन पर गिर गई।

मंत्रिमण्डल के सदस्यों में से एक सदस्य जिसने काला कोट और पेण्ट पहने हुए थे व उसके काले बाल उसके कंधें तक थे। उसने अपनी छड़ी को अर्जीगिलेनो के हाथ की तरफ निशाना साधते हुए हिलाया और अर्जीगिलेनो के हाथ हरे चमकीले तार से बंध गये और वह कहने लगा ले जाओ इस धोखेबाज को।

मैं फिर वापस आऊँगी, अर्जीगिलनो ने चिल्लाकर कहा वॉलवर्डर और तुम सबको बरबाद कर दूँगी। मैं वापस आऊँगी।

मंत्रिमण्डल के सदस्य अर्जीगिलेनो को लेकर वहाँ से गायब हो गये।

विशाल कहाँ है?, सारा ने कहा मर्बिला और विल भी विशाल के साथ थे वे तीनों कहाँ गये?

सोफिया खामोश खड़ी रही और वह कुछ नहीं बोल रही थी।

सोफिया जवाब दो, कोनसेनटाइन ने गुर्राते हुए कहा।

वो तीनों काल्पनिक दुनिया में प्रवेश कर चुके हैं, सोफिया ने कहा।

मोबारूस सिंगोरिया आप किस सोच में खोये हुए हो, निकोलस ने सिंगोरिया से पूछा।

मोबारूस अर्जीगिलेनो के हाथ से वो पाँचों अंगूठियाँ गिर गई, सिंगोरिया ने संकोच के साथ कहा कुछ समझ नहीं आया।

इसमें समझने वाली क्या बात हैं, कोन्सेनटाइने गुस्से से कहा उनके काले जादू में प्रवेश की प्रक्रिया पूरी हो गई इसलिए उनके हाथों से पाँचो अंगुठियाँ निकल गई और वो मोबारूस नहीं रहीं वह अब सिर्फ गुनहगार हैं इसलिए अर्जीगिलनो जैसी दुष्ट जादूगरनी को मोबारूस मत कहो।

पर उनकी पाँचवी अंगूठी तब तक नहीं उतर सकती, सारा ने कहा जब तक काले जादू में प्रवेश की प्रक्रिया पूरी होने के साथ–साथ वह

निकोला को विशाल को नहीं सौंप देती या उसे निकोला के पास नहीं भेजती क्योंकि निकोला ने अर्जीगिलेनो को इसलिए गुलाम बनाया था फिर पाँचवी अंगूठी कैसे उतर गई?

इसका मतलब, कोन्सेनटाइन ने सोचते हुए कहा।

इसका मतलब विशाल को अर्जीगिलेनो ने निकोला के पास भेज दिया, सोफिया ने तपाक से कहा काल्पनिक दुनिया में ही वोल्फरोल्ट, निकोला कैद थे और विशाल भी।

विशाल जिस प्रिंस कालोनी की बात करता था वो काल्पनिक दुनिया ही थी, निकोलस ने कहा विशाल फिर से उस काल्पनिक दुनिया में गया काल्पनिक दुनिया कहाँ है?

अनोखे बक्से के अंदर, सोफिया ने कहा।

अनोखे बक्से के अंदर, सभी मोबारूस ने एक साथ कहा मतलब।

बहुत लम्बी कहानी है, विशाल के जन्मदिन की तैयारियां करते–करते बताऊँगी, सोफिया ने खुश होकर कहा।

क्या विशाल अकेले निकोला और वोल्फरोल्ट का सामना कर पायेगा, कोन्सेनटाइन ने चिंताजनक होकर कहा।

हाँ, सोफिया ने कहा वह आखिर जॉन और रीया का बेटा जो है।

अध्याय–13

काल्पनिक दुनिया में प्रवेश

बक्से के अंदर प्रवेश करने पर वह बादलों में जा पहुँचे तीनों अपने पंखों से उड़ते हुए नीचे जाने लगे और नीचे की तरफ उड़ते हुए वह लाल रोशनी वाले कमरे में जा पहुँचे। मर्बिला और विल तो कमरे को घूर रहे थे।

विशाल ने बिना देरी किये मर्बिला और विल से चारों छड़ियों को लिया और पत्थर के समीप छड़ियाँ जैसे ही आयी पत्थर में से हरी रोशनी निकली जिससे छड़ियाँ विशाल के हाथ से छूटकर हवा में उड़ने लगीं। फिर थोड़ी देर बाद वे चारों छड़ी पत्थर पर अपने आप अपनी–अपनी जगह पर व्यविस्थत हो गईं और पत्थर के चारों भाग एक–एक कर खुलने लगे फिर विशाल ने अपनी और चौथी छड़ी को लिया और मर्बिला और विल ने अपनी छड़ियाँ उठा ली इसके बाद वह तीनों उस गोल पत्थर के अंदर चले गये।

आआआआआआआआ, तीनों उस गोल पत्थर के अंदर गोलाई में नीचे की ओर घिसट कर जाते हुए चिल्लाये।

बड़ा अच्छा झूला था, विल ने कहा मजा आ गया।

वह तीनों उस गोल पत्थर से सीधे एक गलियारे में जा पहुँचे जहाँ आगे और पीछे काफी दरवाजे थे विशाल गलियारें में आगे गया तो सभी दरवाजे सुनहरे दरवाजे में बदल गये और सुनहरा प्रकाश उत्पन्न करने लगे फिर कुछ देर बाद वहाँ मौजूद दरवाजे कभी दीवार बन जाते तो कभी दरवाजे। विशाल यह देख कर काफी परेशान हो गया फिर उसकी नजर

सभी दरवाजे के ऊपर गई जिस पर लिखा था–महत्त्वपूर्ण कक्ष। विशाल हर तरफ दरवाजों को देख रहा था।

सोचा नहीं था काल्पनिक दुनिया में ही नैन्सी कैद होगी, विशाल ने मर्बिला की तरफ देखकर कहा पर इनमें से वो कमरा कौन–सा होगा? जिसमें मैंने नैन्सी को कैद देखा था। नैन्सी के चीखने की आवाज भी नहीं आ रही है।

यह एक छलावा भी हो सकता है विशाल, विल ने कहा।

विल सही कह रहा है, मर्बिला ने आगे–पीछे देखते हुए कहा क्या पता निकोला यहाँ भी अपने काले जादू का प्रयोग कर रही हो।

जानता हूँ, विशाल ने कहा वो यहाँ से दूर रह कर भी हमें फूल नहीं लेने देगी पर हमें नैन्सी को ढूंढ़ना होगा चाहे वो यहाँ हो या नहीं हो।

ओ हो तो लौट आया मेरा बच्चा, निकोला की गलियारे में आवाज गूँजी पर निकोला गलियारे में मौजूद नहीं थी बस उसकी आवाज आ रही थी उसने फिर बोला माँ की याद आ गयी या माँ की मार याद आ गयी।

कहाँ हो निकोला?, विशाल ने चारों तरफ घूम–घूम कर कहा सामने क्यूँ नहीं आती? तुम मेरी माँ नहीं हो।

मेरा बच्चा माँ का नाम ले रहा है, निकोला ने इतराती आवाज में कहा देखो तो मुझसे दूर जाकर बिगड़ गया। तमीज और तहजीब भूल गया मेरा प्यारा विशाल चलो वापस प्रिंस कोलानी में आ जाओ मैं सुधार दूँगी उसी कमरा नम्बर 6 के कमरे में बंद करके और पीट–पीट कर हाहाहाहाहाह।

बकवास बंद करो, विशाल ने कहा मैं अब अकेला नहीं हूँ और न मैं तुमसे डरता हूँ।

तुम अब भी अकेले हो और मुझसे डरते भी हो, निकोला ने गुर्राती आवाज में कहा तुम कुछ नहीं कर पाओगे विशाल जैसे तुम्हारे वो मनहूस माता–पिता कुछ नहीं कर पाये थे तुम्हारे जन्मदिन के दिन शोक दिवस बनता हैं और हमेशा बनेगा और वॉलवर्डर हमेशा अंधेरे में ही डूबा रहेगा वो कभी सूरज की किरणों और उसके उजियारे को नहीं देख पायेगा। तुम यहाँ बस मरने आए हो।

कल मेरा जन्मदिन ही बनेगा, विशाल ने चीख कर कहा वॉलवर्डर अब अंधेरे में नहीं रहेगा। तुम बस मेरे माता–पिता के कैद में रहोगी।

तुम उसकी बातों पर ध्यान मत दो, मर्बिला ने विशाल को संभालते हुए कहा वो तुम्हारा ध्यान भटका रही हैं। वो तुम्हें दुखी कर के कमजोर कर रही हैं।

जिसकी आवाज ऐसी है, वो कैसी होगी, यह कहते हुए विल का चेहरा सफेद पड़ रहा था और वह कह रहा था क्या हमें आगे बढ़ना चाहिए?

हमें सही दरवाजा ढूंढ़ना पड़ेगा, यह कहते हुए विशाल एक दरवाजे की तरफ भागा पर वह दरवाजा गायब हो गया फिर विशाल दूसरे दरवाजे की तरफ भागा तो वह दरवाजा दीवार बन गया और विशाल दीवार से टकराकर गिर गया और विशाल चिल्लाया आआआआआआआ।

नैन्सी यहाँ कैद नहीं हैं, मर्बिला ने विशाल को उठाकर कहा उसे तो निकोला अपने साथ ले गई थी और तुमने भी तो उसे प्रिंस कालोनी में देखा था।

हाँ देखा था, विशाल ने बैचेन होकर कहा पर मुझे ऐसा लग रहा है नैन्सी यहीं है हमारे पास यहीं कहीं मौजूद है।

विशाल के कहने पर मर्बिला और विल उसके साथ सभी दरवाजों को देखने लगे। कोई दरवाजा दीवार था तो कोई दरवाजा सिर्फ एक भ्रम था किसी के अंदर गहरी खाई, सूखी खाड़ियाँ, डरावना जगंल, समुद्र, काला समुद्र, अजीब कीड़े मकोड़े, चलते खूंखार पेड़, हड्डियाँ, और काफी अजीब–अजीब अनदेखी जगह थी। वह हर दरवाजे को खोल कर भयभीत हो जाते और तुरन्त उस दरवाजे को बंद कर देते विशाल ने संयम के साथ अपनी आँखें बंद की।

विशाल के कानों में रेनॉल्डस की आवाज गूँजी विशाल रेनॉल्डस की आवाज को आँखों को बंद करके सुनने लगा रेनॉल्डस की आवाज कह रही थी... विशाल तुम जानते हो नैन्सी कहाँ कैद हैं। तुमने वो दरवाजा देखा है तुमने वो रास्ता देखा है याद करो पहचानो उस दरवाजे को।

हाँ हाँ मैं जानता हूँ, विशाल ने आँखें खोल कर कहा वो रास्ता, कमरा सब जानता हूँ।

क्या जानते हो? विशाल, विल ने पूछा किससे बातें कर रहे हो?

महत्वपूर्ण कक्ष मैं जानता हूँ महत्वपूर्ण कक्ष कहाँ हैं, विशाल ने कहा चलो मेरे साथ।

तुम्हें लगता है तुम उसे ढूंढ़ लोगे, निकोला की आवाज फिर गलियारे में गूँजी यह तुम्हारी गलतफहमी है विशाल। वो कभी आजाद नहीं होगी वो उन्हीं जंजीरों में बंध कर सिर्फ तड़पेगी और चीखती रहेगी।

मुझे तुम्हारी बातों से कोई फर्क नहीं पड़ता निकोला, विशाल ने गलियारे में आगे बढ़ते हुए कहा तुम मुझे गुमराह नहीं कर सकतीं।

विशाल मर्बिला और विल के साथ गलियारे में सभी दरवाजों को अनदेखा करते हुए आगे बढ़ता जा रहा था तभी हर दरवाजे के अंदर से नैन्सी के चीखने की आवाज आने लगी और वह बोल रही थी विशाल मैं इस कमरे में हूँ फिर कुछ कमरों में से नैन्सी की आवाज आयी मर्बिला मुझे बचाओ मैं इस कमरे में हूँ और कुछ कमरों में से नैन्सी की रोती हुई आवाज आयी मुझे बहुत दर्द हो रहा हैं विल मैं तड़प रही हूँ विल मैं यहाँ हूँ मुझे बचा लो। मर्बिला और विल हर दरवाजे को दुखी होकर घूरने लगे।

यह भ्रम है, विशाल ने कहा ध्यान मत दो इन आवाजों पर बस मेरे पीछे आओ।

हाहाहाहाहाहाहाहाहा, निकोला के हँसने की आवाज गूँजी नैन्सी रो रही है विशाल जाओ उसे बचाओ।

विशाल चलते–चलते दाएं मुड़ गया जहाँ थोड़ा चलकर वह एक दरवाजे पर रूका और उस दरवाजे को छू कर बोला इसी के अंदर हैं नैन्सी यही वो कमरा है जिसमें मैं नैन्सी से मिला था।

मर्बिला ने छड़ी निकाल कर दरवाजे की तरफ हिला कर बोला.... सुब्रांगो प्रियांग और दरवाजा झट से खुला।

कमरे में काफी अंधेरा था इसलिए तीनों ने अपनी छड़ियो में प्रकाश भवः मंत्र से रोशनी प्रकट की। विशाल थूक निगलते हुए कमरे में गया। कमरे में चीखने की आवाज गूँज रही थी जिसे सुन कर मर्बिला और विल अपने कानों को दबाने लगे।

नैन्सी की मूर्ति कहाँ हैं? विशाल, विल ने दुखी आवाज में पूछा जल्दी बताओ।

नैन्सी की मूर्ति सभी मूर्तियों के पीछे थी, विशाल ने वहाँ मौजूद सभी मूर्तियों को देख कर कहा सभी मूर्तियों को बिना छुए हमें नैन्सी तक पहुँचना होगा। यह मूर्तिया जाग भी सकती हैं।

वह तीनों सभी मूतियों के बीच से बिना मूर्तियों को छुए निकलने लगे। तीनों के चेहरे सफेद पड़े हुए थे कुछ देर बाद जैसे–तैसे नैन्सी की चीखों को सहन और सभी मूर्तियों को पार करके वह तीनों नैन्सी की मूर्ति के पास जा पहुँचे। नैन्सी वैसे ही थी जैसे विशाल ने देखा था वो जंजीरो में बंधी हुई थी और उसकी मूर्ति में से दर्दनाक चीख निकल रही थी।

विशाल ये लो न्याय पूर्ण तरल द्रव नैन्सी को छुटकारा दिलाओ इस दर्द से, मर्बिला ने बैचेनी के साथ कहा मुझ पर यह चीख नहीं सुनी जा रही हैं। सिर्फ एक बूँद का ही उपयोग करना।

विशाल ने मर्बिला से न्याय पूर्ण तरल द्रव लिया और उसकी एक बूँद नैन्सी की मूर्ति पर ड़ाल दी जिससे वो धीरे–धीरे वास्तविक रूप में आने लगी। कमरे में मौजूद सभी मूर्तियों की गिरती छिलन मूर्तियों में ही समाने लगी फिर सभी मूर्तियाँ जागने लगी। वह तीनों एक दूसरे की शक्ल देख कर लड़ने को तैयार होकर छड़ियों को हाथों में लेकर तैयार हो गये। मूर्तियाँ भाग कर उन तीनों के तरफ आने लगी जैसे ही नैन्सी अपने वास्तविक रूप में आयी उसके अंदर से तीव्र सुनहरा प्रकाश निकला और सभी मूर्तियाँ उस प्रकाश को सहन न कर सकी और चरमरा कर राख बन गईं।

शुक्र है, विल ने सास भरते हुए कहा।

बाल–बाल बचे, मर्बिला और विल ने थूक निगलते हुए बुदबुदाया।

अचानक नैन्सी जमीन में गिर गई।

तुम ठीक हो, विशाल ने नैन्सी को उठाते हुए पूछा।

मैं जानती थी, नैन्सी ने साँस भरते हुए कहा तुम सबकी मदद करने आओगे विशाल। सभी जो तुम्हारे बारे में गलत सोचते हैं उन सभी की सोच को गलत साबित करोगे।

नैन्सी फिर गिरने लगी।

तुम ठीक नहीं हो नैन्सी, विशाल ने दुखी मन से कहा तुम्हें आराम करना चाहिए।

विशाल ने ठीक कहा, विल ने बुदबुदाया।

नहीं, नैन्सी ने कहा मैं इस निकोला के कैद किये कमरे में और नहीं रूकना चाहती मैं तुम तीनों के साथ ही जाऊँगी। इस मनहूस जगह को मैं देखना नहीं चाहती।

नैन्सी तुम्हारे घाव, मर्बिला ने अचम्भित होकर कहा तुम्हारे घाव भर रहे हैं। यह न्याय पूर्ण तरल द्रव का कमाल है।

हाँ पर अब हमें चलना चाहिए, विशाल ने कहा।

हमें सर्पीली सीढ़ी तक पहुँचना होगा, नैन्सी ने कहा वह सीढ़ी हमें नीचे की तरफ ले जाएँगी और फिर हम काल्पनिक दुनिया में फूल ढूंढ़ लेंगे।

सर्पीली सीढ़ी यहाँ भी हैं, मर्बिला ने कहा।

याद आया, विशाल ने सोचते हुए कहा जब मैं भयानक घर के अंदर आया था तब सर्पीली सीढ़ियों ने मुझसे बातें की थी। मैंने वो सीढ़ी देखी हैं।

सर्पीली सीढ़ी ने तुमसे बात की, विल ने विशाल को घूरते हुए कहा यहाँ तो न होने वाला काम भी होता है जो कि बहुत ही अचम्भित करता है।

सीढ़ी बात नहीं कर सकती, मर्बिला ने कहा यदि सीढ़ी ने विशाल तुमसे बात की तो इसके पीछे कोई वजह होगी।

वो सीढ़ी मोबारूस ऐरिका हैं, नैन्सी ने कहा इसलिए वो तुमसे बात कर सकीं।

सीढ़ी और मोबारूस एरिका, विशाल ने कहा मतलब मोबारूस ऐरिका कौन हैं?

मोबारूस एरिका मोबारूस निकोलस की पत्नी हैं, नैन्सी ने गलियारे में चलते हुए कहा वो काल्पनिक दुनिया का निर्माण तुम्हारे माता–पिता ने

अपने कक्ष में किया था वो लाल रोशनी वाला कमरा तुम्हारे पिता के कक्ष में ही था जब मोबारूस सोफिया लाल रोशनी वाले कक्ष में तुम्हारी माँ के कहने पर गईं और तुम्हारे पिता ने चारों छड़ियों को मोबारूस सोफिया को दिया और वो दोनों फिर जन्मदिन हॉल में वापस आये तब तक काल्पनिक दुनिया वहीं तुम्हारे कक्ष में ही थी फिर सीढ़ियों पर चढ़ते हुए जब तुम्हारे पिता वोल्फरोल्ट के पास जाने लगे तब उन्होंने मंत्रों के द्वारा काल्पनिक दुनिया का रास्ता जो कि लाल रोशनी वाला कमरा था उसे अनोखे बक्से में बंद कर दिया। ताकि काल्पनिक दुनिया के रास्ते का पता किसी को पता न चले क्योंकि सुनहरा फूल काल्पनिक दुनिया में ही छुपा है।

तुम तो अदृश्य कमरे में थीं, मर्बिला ने कहा तुम्हें यह सब कैसे पता?

मेरे पास एक काँच का गोला था जिसमें में वो सब देख सकती हूँ जो मैं देखना चाहती हूँ यह सब मैं देख रही थी।

निकोला तुम्हें और मुझे प्रिंस कालोनी में ले गई थी, विशाल ने कहा मैने तुम्हें वहां देखा भी था फिर तुम यहाँ कैसे कैद थीं?

प्रिंस कालोनी को मैं नहीं जानती, नैन्सी ने कहा मुझे निकोला ने काल्पनिक दुनिया में कैद किया था और मैं नहीं जानती मोबारूस ऐरिका काल्पनिक दुनिया में क्यों थी? जब मोबारूस एरिका ने मेरा बचाव करने के लिए साँप का रूप लिया तो भयंकर काले धुँए ने उन्हें जकड़ कर पत्थर की सीढ़ी में बदल दिया और मुझे निकोला ने उस कमरे में दर्द से तड़पती मूर्ति बना दिया फिर तुम्हें और निकोला और उस काले धुँए को तीव्र हवा उड़ा कर काल्पनिक दुनिया में ले गयी फिर निकोला ने इस घर के अंदर आने का काफी बार प्रयास किया पर कभी प्रवेश न कर सकी।

इसका मतलब प्रिंस कालोनी काल्पनिक दुनिया में ही है, विल ने काँपती आवाज में कहा अब क्या होगा?

वो चारों सीढ़ी के नजदीक आ गये।

हाँ यहीं वो सीढ़ी हैं, विशाल ने सीढ़ी को छूते हुए कहा जिसने मुझसे बात की और मुझे सही रास्ता दिखा कर तुमसे मिलवाया।

मर्बिला ने विशाल से न्याय पूर्ण तरल द्रव लेकर उसकी एक बूँद सीढ़ी पर डाल दी जिससे पत्थर की परत धीरे–धीरे झड़कर साँप की चमड़ी आने लगी।

उन्हें ठीक होने में बहुत समय लगेगा, नैन्सी ने जल्दबाजी में कहा हमें चलना चाहिए।

हमें उस प्याले को भी ठीक करना होगा, विशाल ने सोचते हुए कहा जिसने मेरा घाव ठीक क्या था। उसे भी निकोला ने प्याले में बदला होगा।

नहीं, नैन्सी ने सीढ़ियों पर चलते हुए कहा यहाँ ऐसा कोई प्याला नहीं हैं।

वह चारों सीढ़ियों से नीचे जाने लगे और जब वह नीचे पहुँचे तो नीचे सिर्फ बड़ा खाली कमरा था और जब विशाल ने ऊपर देखा तो ऊपर का हिस्सा गायब हो गया था। सीढ़ी अपने साँप के रूप में आ रही थी। विल ने दरवाजा खोला और चारों दरवाजे से बाहर आकर चकित हो गये क्योंकि आसमान गहरा लाल था। विशाल उसी भयानक घर के बाहर खड़ा था जहाँ से रेनॉल्डस ने उसे आजाद किया था। विशाल तीनों के साथ उस घर के बाहर प्रिंस कालोनी की गलियों में खड़ा था हर तरफ सन्नाटा था। सभी घरों में अंधेरा था और न कोई इंसान था।

तुम जिस प्रिंस कालोनी की बात करते थे यह यही है, विल ने सिसकती आवाज में कहा तुम्हारा बचपन यहाँ बीता यह तो सूखी खाड़ियों और भूतों की दुकान से भी डरावनी जगह है और ऊपर से यहाँ निकोला और वोल्फरोल्ट भी रहते हैं तुम उनके साथ कैसे रहे होंगे? यह काल्पनिक दुनिया तो बहुत भयंकर हैं।

चुप करो, मर्बिला ने कहा अभी यहाँ वोल्फरोल्ट और निकोला नहीं हैं।

हाहाहाहाहाहा मैं तो काल्पनिक दुनिया के हर कोने में हूँ, निकोला की हँसने की आवाज फिर आयी और उसने कहा तुमने नैन्सी और ऐरीका को तो बचा लिया पर सुनहरा फूल तुम नहीं खोज सकते विशाल।

सुनहरा फूल कहाँ हैं?, विशाल ने इधर–उधर निकोला को देखते हुए कहा सामने क्यूं नहीं आती?

इतना गर्दन को मत घुमाओ विशाल वरना गर्दन में मोच आ जाएगी, निकोला ने हँसते हुए कहा मैं तुम्हें नजर नहीं आऊँगी परन्तु मैं तुम्हारे साथ हूँ।

निकोला की बातों पर ध्यान मत दो, नैन्सी ने कहा।

गोरडोन ने बताया था कि तुम्हारे पिता ने वोल्फरोल्ट से कहा था कि सुनहरा फूल उसके पास होकर भी वो उसे हासिल नहीं कर सकेगा, विल ने कहा।

जहाँ निकोला वहाँ वोल्फरोल्ट और जहाँ वोल्फरोल्ट वहाँ सुनहरा फूल, विशाल ने सोचते हुए कहा यानि वही मकान जिसमें निकोला ने मुझे रखा था।

तुम तो उस मकान के एक–एक कोने को जानते हो, मर्बिला ने विशाल से कहा तो तुमने वो फूल देखा होगा।

नहीं, विशाल ने बुदबुदाया।

वोल्फरोल्ट और निकोला बेहद शातिर हैं, नैन्सी ने कहा उन्हें जो चीज चाहिए होती वो उसे छीन लेते पर सुनहरा फूल उनके आँखों के सामने होते हुए भी उसे वो हासिल नही कर सकते थे यह बात उन्हें चुभती होगी इसलिए शायद उन्होंने सुनहरे फूल को अपनी आँखों के सामने से छुपा दिया होगा।

विशाल उसी कमरा नम्बर 6 में जाने लगा जिसमें उसका बचपन बीता। विशाल जैसे–जैसे उस घर के अंदर जा रहा था उसे अपने बचपन के वही डरावने पल याद आ रहे थे जब निकोला उसे सताती थी। वह भले ही हिम्मत दिखा रहा था परन्तु अपने बीते हुए कल से कहीं न कहीं डर रहा था।

इस घर में कितनी बदबू है, मर्बिला ने अपनी नाक बंद करते हुए कहा कितना घनघोर अंधेरा हैं।

विशाल ने चौथी छड़ी नैन्सी को दे दी फिर चारों ने अपनी छड़ी में रोशनी प्रकट की और घर में सभी तरफ सुनहरे फूल को ढूंढ़ने लगें। विल और विशाल ऊपर के हिस्से में और मर्बिला और नैन्सी नीचे के हिस्से में

फूल को खोज रहे थे। काफी देर हो गई पर उन्हें कुछ नहीं मिला तब विशाल ने अपने कमरे में भी फूल खोजा पर वहाँ भी फूल नहीं था।

हमें नीचे कुछ नहीं मिला, नैन्सी ने विशाल और विल से कहा तुम्हें ऊपर कुछ मिला।

वो देखो, विल ने तेज आवाज में कहा घर के तहखाने में जाने का रास्ता है। उस पर हमारी नजर नहीं गई।

इस जगह तो हमेशा प्लास्टिक की चादर बिछी रहती है, विशाल ने कहा इसे किसी ने हमारे आने से पहले हटाया होगा।

यहाँ वोल्फरोल्ट और निकोला के अलावा कोई नहीं है और वो तो इसे हटाकर हमारी मदद नहीं करेंगे क्योंकि वो तो नहीं चाहेंगे कि हमें सुनहरा फूल मिले, मर्बिला ने कहा कोई बात नहीं जिसने भी इस तहखाने को हमें दिखाया उसने सिर्फ हमारी मदद की है। क्या पता सुनहरा फूल इसी तहखाने के नीचे हो?

वोल्फरोल्ट और निकोला यदि यहाँ है तो वो हमें वो फूल खोजने से रोकने क्यूं नहीं आये हैं?, विशाल ने बैचेनी से कहा वो सामने भी नहीं आ रहे।

उन्हें छोड़ो विशाल और तहखाने को खोलो, नैन्सी ने घड़ी में देखकर जल्दबाजी में कहा 12 बजने में सिर्फ 1 घण्टा है तुम्हें अपने जन्मदिन शुरू होने से पहले सुनहरा फूल खोजना होगा।

हाँ, विशाल, मर्बिला और विल ने बुदबुदाया।

उन चारों ने मिलकर तहखाने का दरवाजा खोला और सीढ़ियों से नीचे उतर कर तहखाने में जाने लगे।

तुम लोग अंदर जाओ, विल ने अंधेरे से डरते हुए कहा मैं ऊपर ही रूकता हूँ।

अभी हमारे जाने के बाद निकोला आ गई तो, मर्बिला ने मजाक में विल से कहा।

ओ नहीं, विल ने तेज चीखा मैं तुम सब के साथ ही चलता हूँ।

हाहाहाहाहा, वह सब हँसे।

छड़ी की रोशनी की सहायता से वह तीनों तहखाने के अंदर गये जहाँ काफी अंधेरा था। नैन्सी ने वहाँ बने आग जलाने के पत्थर में छड़ी को छटका और पत्थर के अंदर आग जल गई। कमरे में जैसे ही रोशनी फैली विशाल की नजर कमरे के बीच में बने गोल पत्थर पर गई जिस पर सुनहरा फूल बिना प्रकाशित हुए मुरझाई अवस्था में गोल काँच में बंद था और काँच के अंदर काला धुँआ उस फूल के इर्द–गिर्द घूम रहा था।

सुनहरे फूल की रचना में ही काफी प्रकाश था और यह फूल तो मुरझाया हुआ है, विल ने संकोच के साथ कहा यह सुनहरा फूल नहीं हैं।

नहीं, विशाल ने साँस भरते हुए कहा यही सुनहरा फूल हैं पर काँच और काला धुँआ इसका मतलब क्या है?

यह कोई जाल भी हो सकता हैं विशाल, मर्बिला ने सुनहरे फूल को घूरते हुए कहा हमें सोच समझकर कर फैसला लेना होगा।

यह काला जादू है, नैन्सी ने कहा।

मतलब, मर्बिला ने नैन्सी से कहा जितना मुझे पता है उसके हिसाब से सुनहरे फूल पर काले जादू का कोई प्रभाव नहीं पड़ता।

जानती हूँ पर, नैन्सी ने समझदारी दिखाते हुए कहा निकोला ने इस पर काला जादू किया है इसलिए यह मुरझाया है और यह प्रकाशित भी नहीं हो रहा है पता नहीं यह कैसे हो रहा है पर यह काला जादू ही है।

अब इस फूल को हम कैसे आजाद करें?, विल ने कहा इसका उपाय किसी किताब में भी नहीं लिख रहा था।

नैन्सी काफी सोच रही थी पर उसे कुछ समझ नहीं आ रहा था विशाल ने गुस्से से गोले पर छड़ी से मृत्युदेवाः मंत्र बोल कर वार किया पर वह वार काँच के गोले से टकरा कर विशाल के तरफ ही लौट गया जहाँ विल भी खड़ा था वह दोनों वार से बचते हुए नीचे बैठ गये वहाँ की दीवार वार से चटकने लगी। नैन्सी की नजर काँच के गोले पर गई जिस पर विशाल के वार से थोड़ी दरार पड़ी।

हमें रक्षा कवच तैयार करना होगा, नैन्सी ने सपाट लहजे में कहा जब रक्षा कवच तैयार होगा तब हमें एक साथ इस काँच के गोले पर वार करना होगा परन्तु इसमें खतरा है।

उन तीनों ने सारा के बताए रक्षा करणमः मंत्र से अपने ईद गिर्द रक्षा कवच तैयार किया और काँच के गोले पर छड़ी से मृत्युदेवाः मंत्र बोल कर एक साथ वार किया। चारों का वार जैसे ही काँच के गोले से टकराया वो काँच धड़ाम की आवाज के साथ फटा और काला धुँआ सभी दीवार से टकरा कर घर को नष्ट करने लगा। विशाल भाग कर सुनहरे फूल के पास गया और सुनहरे फूल को उठा कर अपने चोगे में रख लिया।

हमें यहाँ से निकलना होगा, विल ने चिल्लाकर कहा यह घर गिरने वाला है। जल्दी चलो। सब कुछ तहस–नहस हो रहा है।

वह चारों गिरते हुए सामान से बचते हुए सीढ़ियों से तहखाने के बाहर निकल गये तभी घर के ऊपर की छत उन चारों पर गिरने वाली थी तभी विशाल और विल, नैन्सी और मर्बिला को थोड़ा दूर खींच कर ले गये और छत जमीन पर गिर गई और वह चारों बच गये फिर वह सब उस घर से बाहर निकल गये। जैसे ही वह उस घर से बाहर निकले वह घर पूरा ध्वस्त होकर टूट कर जमीन पर गिर गया।

विशाल ने मुस्कुरा कर कहा इस घर का नष्ट होना ही बेहतर था यह दुख और तकलीफ के सिवा कुछ नहीं दे सकता था। विशाल ने अपने चोगे से सुनहरा फूल निकाला वह अब भी मुरझाया और अप्रकाशित था। विशाल फिर निराश हो गया।

हाहाहाहाहाहा विशाल तुम्हारा यह मुरझाया चेहरा मुझे सुकुन देता है, निकोला ने हँसते हुए कहा। निकोला, अब भी वह अदृश्य थी। उसने फिर कहा यह तो फूल का आधा हिस्सा है और दूसरा कहाँ खोजोगे। जाओ विशाल जल्दी करो वरना तुम्हारा जन्मदिन पर भी इस साल शोक दिवस बनेगा।

चुप करो निकोला, विशाल ने निकोला को लताड़ते हुए कहा मैं अब अकेला नहीं हूँ मेरे पास मेरे दोस्त हैं। इस साल वॉलवर्डर में शोक दिवस नहीं श्राप मुक्त होने की खुशियाँ मनाई जाँएगी।

हाँ, मर्बिला विल और नैन्सी ने निकोला से सपाट लहजे में कहा हम विशाल के साथ हैं और हम फूल का आधा हिस्सा खोज कर रहेंगे।

जाओ जाओ, निकोला की इतराती आवाज ने कहा कोशिश करो हाहाहाहाहा।

फूल के अर्द्धअवस्था का वर्णन तो किताब में नहीं था, मर्बिला ने बैचेनी से कहा यहाँ तो काफी घर हैं और हर घर में ढूंढ़ने पर वक्त लगेगा। यहाँ कोई मदद करने के लिए भी नहीं हैं।

हाँ विशाल काल्पनिक दुनिया में क्या तुम अकेले रहते थे, विल ने कहा क्या यहाँ कोई और नहीं रहता था? क्या यहाँ मौजूद घर ऐसे ही खाली रहते थे?

नहीं, यहाँ बहुत लोग थे, विशाल ने गुस्से से कहते हुए प्रिंस कालोनी के घरों को एक–एक कर खोलने लगा पर घरों में कोई नहीं था सभी घर खाली थे। विशाल फिर बोलने लगा की यहाँ मेरे स्कूल के बच्चे, हमारे पड़ोसी और काफी लोग थे।

किसे ढूंढ़ रहे हो विशाल, निकोला की आवाज फिर गूँजी विशाल पीछे की तरफ मुड़ा फिर दूसरी तरफ से निकोला की आवाज आयी जो कह रही थी उन लोगों को तो मैंने बनाया था ताकि तुम्हें यह काल्पनिक दुनिया असली लगे और तुम ज्यादा चिक–चिक न करो। यह काल्पनिक दुनिया हैं और यहाँ की हर चीज को मैंने बनाया है। अब क्या करोंगे विशाल कैसे ढूंढ़ोगे वो सुनहरा फूल?

हमें फूल का आधा हिस्सा ढूंढ़ना होगा, ढूंढ़ना होगा, विशाल बड़बड़ाकर बोलने लगा।

शायद मैं जानती हूँ इसका आधा हिस्सा कहाँ मिलेगा, नैन्सी ने तपाक से बोला तुम्हारे पिता ने एक बार छुपे तालाब का जिक्र किया था जो काल्पनिक दुनिया की जमीन के नीचे है। मेरे पीछे आओ।

नैन्सी उन तीनों को भयानक घर से आगे लेकर चली गई फिर वह गलियारे में आगे–पीछे चक्कर काटने लगी और वह कहने लगी छुपा तालाब कहाँ था? कहाँ था?

यह क्या कर रही हो?, विशाल ने गुस्से से कहा।

मैं बस उस स्थान को याद कर रही हूँ जिस स्थान के नीचे वो छुपा तालाब था। हाँ, हाँ याद आया भयानक घर के सामने वाले गली के नीचे वो तालाब था।

चलो फिर देर किस बात की, मर्बिला ने जल्दबाजी में कहा।

ठीक है, विशाल ने बुदबुदाया।

वह चारों भागते–भागते भयानक घर के सामने वाली गली में गये। नैन्सी वहाँ एक बड़ा गोला बनाने लगी। वह गोला हरे रंग की रोशनी के साथ चमक रहा था।

हमें उड़ना होगा और इस काटे गये गोल हिस्से को सम्मोहित करके दूर फेंकना होगा, नैन्सी ने सफेद पंखों से उड़ते हुए कहा।

नैन्सी के कहे मुताबिक विशाल, विल और मर्बिला हवा में उड़ने लगे और छड़ी को कटे हुए गोल पत्थर की तरफ हिलाते हुए चारों ने एक साथ एप्रिको त्यावारो मंत्र बोलकर कटे गोल भाग को सम्मोहित करके ऊपर की ओर उठाने लगे। पत्थर भारी होने के कारण काफी मेहनत लगानी पड़ रही थी। जैसे–तैसे पत्थर को उन्होंने दूर फेंका और चारों तालाब को देखकर चकित हो गये क्योंकि वहाँ तालाब की जगह जलता लावा बह रहा था।

तुमने तो कहा था यहाँ तालाब है, विल ने नैन्सी से कहा हमें यहाँ जलाने के लिए लायी हो।

चुप करो, मर्बिला ने विल से कहा यह सोचो अब क्या करें?

विशाल की गुस्से से आँख बंद हो गई और उसके कानों में रेनॉल्डस की आवाज गूँजी जो कह रही थी जो दिख रहा है उस पर विश्वास मत करो। सब एक भ्रम है जिससे तुम्हें बचना है और उस भ्रम को तोड़ना है। विशाल रेनॉल्डस की आवाज से प्रभावित होकर उस जलते हुए लावा में कूँद गया।

विशाल यह तुमने क्यों किया, मर्बिला, विल और नैन्सी एक साथ अचम्भित होकर चिल्लाये।

तभी वह लावा हवा में उड़ करके बहुत सारे खूखांर पंक्षियों के रूप में परिवर्तित होने लगा और तालाब अपने वास्तविक रूप में आने लगा। खूखांर पक्षी मर्बिला, विल और नैन्सी पर हमला करने लगे वह तीनों छड़ियों के जादू से उनका सामना करने लगे और विशाल तैरते हुए पानी के नीचे जाने लगा उसे तैरना नहीं आता था इसलिए वह पानी में लड़खड़ाने लगा तभी उसके माता–पिता जॉन और रीया का प्रतिबिम्ब पानी में बना और उन्होंने विशाल को संभाल कर सुनहरे फूल के आधे भाग तक पहुँचा दिया। विशाल को अपने माता–पिता की मौजूदगी का एहसास हो गया था। उसने खुशी के साथ पानी में मौजूद घास में से सुनहरे फूल के आधे भाग को ले लिया। विशाल को उसके माता–पिता के प्रतिबिम्ब ने पानी से बाहर निकाला और पानी से बाहर आकर वह हवा में अपने पंखों से उड़ गया और विशाल को देखकर सभी खूखांर पक्षी गायब हो गये।

उधर सीढ़ी का ऊपर का भाग साँप में परिवर्तित हो गया था बस नीचे का हिस्सा साँप में बदल रहा था।

सुनहरे फूल का आधा भाग मिल गया, मर्बिला ने उत्सुकता से विशाल से पूछा।

हाँ, विशाल ने बुदबुदाया।

चलो अच्छा है, विल ने कहा मैं अब और खतरों का सामना नहीं कर सकता।

विशाल सुनहरे फूल के भागों को जोड़ दो, नैन्सी ने कहा शायद सुनहरे फूल के प्रकाश से काल्पनिक दुनिया नष्ट हो जाए।

हाँ, विल ने कहा।

विशाल ने चोगे से सुनहरे फूल का दूसरा हिस्सा निकाला फिर दोनों हिस्सों को जोड़ने लगा तभी निकोला हवा में अपने काले पंखों से उड़ते हुए प्रकट हुई और विशाल के हाथों पर छड़ी से वार किया और विशाल के हाथ से सुनहरे फूल का एक भाग नीचे गिर गया। निकोला नीचे जमीन पर आई और अपने पंखों को गायब कर लिया। विल का चेहरा निकोला को देखकर तो सफेद पड़ गया था। मर्बिला और नैन्सी निकोला पर हमला करने के लिए सही समय का इंतजार कर रही थीं।

तुम सुनहरे फूल का गलत उपयोग नहीं कर पाओगी, विशाल ने गुस्से में निकोला से कहा। तुम दुष्ट हो।

ओ विशाल एक बार फिर हमारा आमना—सामना हो ही गया, निकोला ने इतराती आवाज में सुनहरे फूल के एक भाग को उठाते हुए कहा मुझे तुम्हारी नानी अर्जीगिलेनो के लिए अफसोस है बिचारी मुझसे धोखा करने चली थी।

निकोला बार—बार गायब होती कभी विशाल के पीछे तो, कभी दाएं, कभी बाएं और कभी विशाल के आगे आ जाती। विशाल इधर—उधर चौंक कर उसे देखता। निकोला गायब होते हुए कह रही थी तुम्हारी नानी को अपने साथ करना बहुत आसान था और अब तुम भी मेरा साथ दो और प्यार से मुझे सुनहरे फूल का आधा भाग दे दो।

विशाल उसे फूल मत देना, मर्बिला और नैन्सी ने कहा।

तुम दोनों चुप रहो, निकोला ने हवा की तरह मर्बिला और नैन्सी के पास जाकर कहा शान्ति से खड़ी रहो। देखो विल कितना प्यारा बच्चा एक दम शान्ति से खड़ा है। ओ हो मैं तो भूल ही गई चलो अब पूछ लेती हूँ नैन्सी कैसा लग रहा हैं मूर्ति से अपने वास्तविक रूप में आकर। वैसे तुम्हारी चीखें मुझे खुशी का एहसास देती थीं।

अपनी बकवास बंद करो, मर्बिला ने कहा।

ओ मर्बिला इस विशाल की तरह मत बनो, निकोला ने गुस्से से कहा वरना तुम्हें भी मूर्ति बनाने में देर नहीं लगेगी। जैसे इस नैन्सी को बनाया था।

उनसे तुम्हारी कोई दुश्मनी नहीं है, विशाल ने निकोला से कहा उन्हें परेशान मत करो। उन्हें छोड़ दो निकोला।

ननननननननननन विशाल दुश्मनी है, निकोला ने पीछे विशाल को देखते हुए कहा तुम्हारे साथ मौजूद सभी लोगों से मेरी दुश्मनी हैं। जो तुम्हारा साथ देते हैं और हर वक्त तुम्हारी मदद करते हैं उन सबको चुन चुन कर मारूंगी। अब विशाल फूल का आधा हिस्सा दे दो वरना यह तीनों तो गये।

मैं तुम्हें फूल का आधा हिस्सा नहीं दूंगा, विशाल ने फूल को चोगे में रखते हुए कहा।

ओ! अच्छा फिर तो तुम्हारा यह अजीज दोस्त गया, यह कहते हुए निकोला ने अपनी छड़ी को हिलाया और छड़ी से मोटोक्सो मोरा की बेल निकली फिर वह बेल विल को कसकर जकड़ने लगी।

विशाल कुछ करो, विल ने दर्द से चीखते हुए कहा मैं मरना नहीं चाहता।

जल्दी करो विशाल, निकोला ने हँसते हुए कहा लगता हैं तुम्हें अपने दोस्त की कोई फ्रिक नहीं है।

विल चीख रहा था और बेल ने विल को पूरी तरह से जकड़ लिया। मर्बिला ने घबराते हुए नैन्सी से कहा इस बेल को नष्ट करने का तरीका बताया था आग और पानी से बनी राख से यह नष्ट हो जाती है।

जानती हूँ, नैन्सी ने कहा, पर निकोला हमें विल की मदद नहीं करने देगी और हम निकोला का भी सामना नहीं कर सकते वह बहुत शक्तिशाली है।

तभी भयंकर घर को तोड़ते हुए एक बड़ा साँप निकला और उसने निकोला को अपनी पूँछ से लपेट लिया और निकोला के हाथ से सुनहरे फूल का आधा हिस्सा जमीन पर गिर गया। साँप ने निकोला को बहुत दूर फेंक दिया फिर उस बड़े साँप ने अपना रूप लिया। विशाल समझ गया कि वह निकोलस की पत्नी एरिका हैं एरिका काले बालों वाली सांवली लड़की थी। मर्बिला ने अग्निलावासो मंत्र बोल कर छड़ी से आग प्रकट की और नैन्सी ने जलेसोज्युरा मंत्र बोल कर अपनी छड़ी से जल प्रकट किया दोनों ने आग और पानी को मिलाकर विल के ऊपर लिपटी मोटोक्सो मोरा के ऊपर डाला पर उसमें से राख नहीं निकल रही थी तभी विशाल के कानों में रेनॉल्डस की आवाज गूँजी जो कह रही थी विशाल राखसाकारो मंत्र से आग और पानी में राख मिलाओ। विशाल ने बिना पीछे देखे राखसाकारो मंत्र बोल कर छड़ी में से राख प्रकट की और वह राख आग और पानी में मिलकर जैसे ही मोटोक्सो मोरो बैल पर गिरी। बैल झट से

विल के ऊपर से हटने लगी। विल एक दम साँस भरते हुए खाँसता हुआ उठा। मर्बिला और नैन्सी ने विल को उठाया।

एरिका भागते–भागते विशाल के पास आयी और बोली चलो विशाल निकोला के आने से पहले अनोखे दरवाजे से वॉलवर्डर में चले।

मर्बिला ने मंत्र बोल कर अनोखे दरवाजे का निर्माण किया। विशाल ने निकोला के हाथ से गिरे सुनहरे फूल के आधे भाग को उठाया और अनोखे दरवाजे की तरफ जाने लगा। नैन्सी, विल और मर्बिला अनोखे दरवाजे के अंदर चले गये फिर एरिका भी चली गई तभी निकोला हवा की तरह तेज उड़ते हुए आई और अनोखे दरवाजे पर हमला किया और अनोखा दरवाजा गायब हो गया।

विशाल, ऐरिका तेज चिल्लायी।

विशाल को काल्पनिक दुनिया से लाना होगा, मर्बिला ने कहा।

अनोखा दरवाजा जख्मी हो गया है, नैन्सी ने कहा उसे ठीक करना होगा।

विल तो हाँफ रहा था और एरिका अनोखे दरवाजे को अपने जादू से ठीक करने लगी।

विशाल काल्पनिक दुनिया में सुनहरे फूल को लिये निकोला के साथ अकेला रह गया।

अध्याय–14

श्राप का अंत

ओ विशाल, तुमने क्या सोचा तुम यहाँ से अपने दोस्तों के साथ चले जाओगे, निकोला ने इतराती आवाज में कहा आज न क्रिसमस है और न मेरी शक्तियाँ कमजोर हैं और न वो बुढ्ढ़ा एल्बर्ट रेनॉल्डस यहाँ मौजूद हैं। अब वो सुनहरा फूल मुझे दे दो विशाल और तुम चाहो तो तुम मेरे साथ मिलकर मेरे आका को ठीक करो वो तुम्हें जीवनदान के साथ–साथ काफी शक्तिशाली बना देंगे।

अपनी बकवास बंद करो, विशाल ने निकोला को धिक्कारते हुए कहा ब्लेड वोल्फरोल्ट तो कायर है वो तो छिप कर बैठा हैं जो सामने नहीं आ सकता वो मुझे क्या जीवनदान देगा? सुनहरा फूल तुम्हें कभी नहीं मिलेगा।

तुमने मेरे आका का नाम लिया, निकोला ने गुस्से से अंचम्भित होकर कहा तुम्हारी इतनी हिम्मत।

हाँ नाम लिया, विशाल ने हिम्मत के साथ कहा मुझे ब्लेड वोल्फरोल्ट से कोई डर नहीं लगता और न तुमसे।

यह तुम नहीं तुम्हारे माँ–बाप के अतीत की बातों का असर बोल रहा हैं, निकोला ने गुस्से से तिलमिलाते हुए कहा तुम भी अपने बाप की तरह बेबकूफ हो वो भी हमारे हर काम में टाँग अड़ाते थे। तुमने नैन्सी और एरिका को तो कैद से छुड़ा लिया परन्तु तुम फिर से कैद हो गये इस काल्पनिक दुनिया में अब तुम यहाँ से कैसे निकलोगे हाहाहाहाहाहा।

शान्त रहो, विशाल ने कहा मेरे माता–पिता बेबकूफ नहीं थे बेबकूफ तो तुम हो निकोला जो कि अपने अंत के दिन पर भी हँस रही हो।

ओ विशाल हाहाहा तुम मेरा अंत करोगे एक पिद्दी–सा बच्चा, निकोला ने बचकानी हरकतें करते हुए घमण्ड से कहा तुम्हारा बाप भी सोचता था कि वो मुझे निकोला को काल्पनिक दुनिया में कैद करेगा पर देखो जो काल्पनिक दुनिया तुम्हारे बाप ने बनायी आज उस पर मेरी हुकुमत चलती है मैं यहाँ की रानी हूँ अपने आका की बदौलत ही मैं यह कर पायी।

तुम यहाँ सिर्फ एक कैदी हो, विशाल ने कहा तुम्हारा आका ब्लेड वोल्फरोल्ट भी कैदी है और तुम दोनों कैदी ही रहोगे।

गुस्ताख आका का नाम फिर से लिया, निकोला ने विशाल को लताड़ते हुए कहा यह सिर्फ एक काल्पनिक जगह थी इसे दुनिया में मैंने बदला तुम्हारे बाप का अधूरा काम मैंने पूरा किया। यहां मौजूद हर घर, इंसान, हवा, सब मेरे कहने पर चलते थे यहाँ का मौजूद हर इंसान तुम्हें दुख देता क्योंकि मैंने उन्हें इसी काम के लिए बनाया था और जो ऐसा नहीं करता था मैं उन्हें बहुत तड़पाती थी।

तुम क्या सोच रहे हो फूल को तुमने ढूंढ़ा नहीं विशाल उस सुनहरे फूल को मैंने तुम्हें ढूंढ़ने दिया मैंने ही वो चटाई हटाई थी ताकि तुम्हारी नजर तहखाने पर जा सके और सुनहरे फूल के आधे भाग को तुम कैद से आजाद कर प्राप्त कर सको।

विशाल चुपचाप खड़े होकर निकोला की बातों को सुन रहा था।

नैन्सी को मैंने इसलिए आजाद होने दिया ताकि वो सुनहरे फूल के आधे भाग को ढूंढ़ने में तुम्हारी मदद कर सके और मैं तुम्हें बार–बार चिढ़ाती रही कि वो सुनहरा फूल तुम ढूंढ़ नहीं सकते और तुमने मेरी बातों में आकर फूल ढूंढ़ लिया। यदि मैं वो फूल तुम्हें खोजने को कहती तो तुम उसे मेरे लिए नहीं खोजते पर मेरे चिढ़ाने की वजह से तुमने उसे खोज लिया और फूल को अपनी मर्जी से अपने हाथों से तोड़ लिया। तुमने और तुम्हारे दोस्तों ने वैसा ही किया जैसा मैंने सोचा था। हाँ सुनहरे फूल को ढूंढ़ने के लिए मैंने तुम्हें काफी परेशानी दी पर मैं ऐसा नहीं करती तो तुम्हें

शक हो जाता कि मैं तुम्हें अपने फायदे के लिए सुनहरे फूल को खोजने दे रही हूँ जो कि मैं नहीं चाहती थी।

मैं इस बात को समझ गया था, विशाल ने निकोला से कहा मैंने वो फूल अपने स्कूल वॉलवर्डर के लिए ढूंढ़ा। यदि तुम मुझे रोकती मैं फिर भी उस फूल को तुम्हें हरा कर हासिल करता।

ओ अच्छा, निकोला ने मुस्कुरा कर कहा निकोला कभी हार नहीं मानती क्योंकि काले जादू की ताकत मेरे पास है। तुमने सुनहरे फूल पर काले जादू का असर नहीं देखा वो सुनहरा फूल अपने प्रकाश से मुझे और मेरे आका को काफी तकलीफ दे रहा था। फिर मेरे आका ने मुझमें समायोजित होकर मुझे अपनी शक्तियाँ प्रदान की और मैंने उस सुनहरे फूल को काले जादू की शक्तियों से अप्रकाशित कर दो भागों में बाँट दिया ताकि समय आने पर सुनहरे फूल के दोनों भागों को तोड़कर और जोड़कर हमें सौप दो अब वो फूल मेरे आका को अंधेरों से आजाद करेगा। जिन अंधेरों में तुमने मेरे आका को भेजा है।

मैंने, विशाल ने बुदबुदाया।

इतना चौंको मत विशाल, निकोला ने बैचेनी के साथ कहा उस तुम्हारे पिता ने तो सिर्फ हमें काल्पनिक दुनिया में कैद करने का मंत्र बोला था पता नहीं कैसे पर तुमने मेरे आका को अंधेरा बना दिया एक काले धुँए में बदल कर अंधेरों में जीने के लिए मजबूर कर दिया। मैंने शपथ ली थी कि जब तक मेरे आका अंधेरों से आजाद नहीं होते तब तक मैं भी रोशनी को नहीं देखूँगी पर तुमने मेरी वो शपथ भी तोड़ने के लिए मुझे मजबूर कर दिया और मुझे उस डरावने घर और नैन्सी से तुम्हें दूर रखने के लिए बाहर रोशनी में आना पड़ा और मुझे इस काल्पनिक दुनिया में रोशनी सिर्फ तुम्हारी वजह से करनी पड़ी ताकि तुम्हारे सवालों की बरसात और तुम्हारी चिक–चिक का जबाब न देना पड़े।

मैंने वोल्फरोल्ट को श्राप दिया, विशाल ने अंचम्भित होकर कहा।

इस बात से अब कोई फर्क नहीं पड़ता, निकोला ने छड़ी के जादू से विशाल को नीचे गिराते हुए कहां मैंने अपने आका को खुश करने के लिए तुम्हें बहुत तकलीफ दी है तुम्हारी चीखें, दर्द और आँसू हमारे दिल को

सुकुन देती हैं और हमारे बदले को पूरा करती हैं। न जाने कैसे? पर तुमने मेरी हर कोशिश को नाकाम कर दिया यहाँ तक कि अर्जीगिलेनो को तुमने हरा दिया मुझे तुमसे नफरत है विशाल तुम मेरे साथ रहे फिर भी अपने माँ–बाप के जैसे ही गुणों को पालते रहे।

मैंने हर कोशिश की तुम उस डरावने घर में न जाओ पर वो रेनॉल्डस तुम्हें उस घर की तरफ आकर्षित करता रहा और तुम आकर्षित होते रहें तुम्हारी वजह से मैं हर बार अपने आका के सामने उनकी उम्मीदों पर नहीं टिक सकी और मुझे शर्मिन्दा होना पड़ा पर इन बातों से अब कोई फर्क नहीं पड़ता। बात खत्म विशाल वो सुनहरा फूल मुझे दे दो। यदि मेरे आका यहाँ आए तो तुम्हारी खैर नहीं।

वो फूल तुम्हें नहीं मिलेगा, विशाल ने गुस्से से कहा वोल्फरोल्ट सामने तो आता ही नहीं है। तुम उसका गुणगान करना बंद करो।

विशाल की आवाज जैसे ही बंद हुई तब निकोला की काली आँखों में से भंयकर धुँआ निकला और वह विशाल की तरफ जाने लगा और विशाल घबराते हुए पीछे की तरफ हटने लगा और निकोला तेज–तेज हँसते हुए विशाल की तरफ जा पहुँची। विशाल ने अपने पंखों को निकाला और तेजी से हवा में उड़ने लगा और निकोला की आँखों से निकले धुँए ने उस को जकड़ लिया।

मुझे छोड़ो मुझे छोड़ो, विशाल धुँए से कहते हुए चिल्लाया।

काले धुँए ने विशाल को जमीन पर फेंक दिया और निकोला, विशाल के चारों तरफ घूमते हुए काले धुँए से कहने लगी अच्छा किया आका जो इसे जमीन पर फेंक दिया यह इसी लायक है फिर निकोला ने विशाल से हँसते हुए कहा हाहाहाहा अच्छे जादू सीख लिया विशाल और सोफिया ने उड़ना भी सिखा दिया। दगावाज सोफिया अपनी प्रजाति को धोखा देकर उस बुढ्ढे रेनॉल्डस का साथ दे रही है उसे तो इस धोखे की सजा मैं दूँगी सोफिया को उसी की प्रजाति को सौंप दूँगी ताकि उसकी प्रजाति अपना वर्षो का बदला उसे खत्म करके पूरा करें।

हाहाहाहा, काला धुँआ घमण्ड के साथ हँसा।

हाँ विशाल तुम्हें मेरे आका से मिलना था ना, निकोला ने काले धुँए की तरफ इशारा करते हुए कहा तो मिलो वॉलवर्डर और पूरी जादुई दुनिया पर राज करने वाले सम्मान के साथ मेरे आका ब्लेड वोल्फरोल्ट जो कि तुम्हारे साथ खड़े हैं।

विशाल ने जैसे ही काले धुँए को देखा तो काले धुँए ने मानव का आकार ले लिया जिसकी आग वाली आँखें विशाल को गुस्से से घूरने लगी और फिर वह घुर्राने लगा।

उधर वॉलवर्डर के मैदान में ऐरिका अपने जादू के मंत्रों से अनोखे दरवाजे को ठीक कर रही थी। विल, नैन्सी और मर्बिला चिन्तित होते हुए अनोखे दरवाजे को ठीक होने का इंतजार कर रहे थे और विशाल के लिए प्रार्थना कर रहे थे। सभी मोबारूस वॉलवर्डर को श्राप से मुक्त और विशाल के जन्मदिन के लिए सजावट करने में व्यस्त थे। डेनियल को अपने कमरे में बैठे–बैठे कुछ बुरे होने का आभास होने लगा और वह छिपते–छिपाते पुस्तकालय में जाकर अर्जीगिलेनो के पढ़ाये क्रोमल काइली की किताब को अपने कक्ष में ले आया और वह अर्जीगिलेनो के पढ़ाई वशीकरण की क्रिया को फिर से पढ़कर समझने लगा।

निकोला काली काल्पनिक दुनिया में विशाल से सुनहरे फूल को लेने के लिए जबरदस्ती करने लगी और विशाल उस फूल को अपने हाथों को उसके हाथों से रोक कर बचाने लगा तभी काले धुँए ने जो कि वोल्फरोल्ट था उसने विशाल के हाथों और पैरो को कसकर पकड़ लिया फिर निकोला ने विशाल के चोगे से सुनहरे फूल के दोनों हिस्सों को निकाल लिया।

अब तुम मेरे आका को ठीक होते हुए और उनका असली रूप देखो विशाल, निकोला ने इतराती आवाज में कहा, आइए आका, आपको इन अंधेरों से आजाद करने का वक्त आ गया। हमारा वर्षो का इंतजार अब खत्म।

हाँ, वोल्फरोल्ट ने घुर्राती आवाज में विशाल को देखकर बोला, मुझे मेरा रूप चाहिए।

तुम अंधेरों में ही जियोगे, विशाल ने वोल्फरोल्ट से हिम्मत से कहा तुम जैसा दरिंदा इसी लायक है।

बस कुछ देर ओर बोल लो विशाल फिर तुम तो बोलने के लिए बचोगे ही नही, वोल्फरोल्ट ने फिर घूर्रते हुए कहा हम चाहें तो तुम्हें अभी खत्म कर दें पर हम चाहते हैं कि तुम मेरा वास्तविक रूप देखो, अपनों की मौत देखो और इस जादुई दुनिया के साथ–साथ जादूगरों का विनाश देखो ओ हां, मैं तो इंसानों को भूल ही गया उन्हें तो अपना गुलाम और इंसानी दुनिया पर अपनी हुकूमत करूँगा और तुम बस देखोगे पर कुछ कर नहीं पाओगे।

आपने सही कहा मेरे आका, निकोला ने हँसते हुए कहा आपने जैसा कहा वैसा ही होगा पूरी दुनिया आपकी मुठ्ठी में होगी। मैं और सब आपके गुलाम।

प्रक्रिया शुरू करो निकोला, वोल्फरोल्ट ने हँसते हुए कहा मुझे मेरा वास्तविक रूप दो और आजाद करो इन अंधेरों से।

निकोला ने अपने और काले धुँए से बने वोल्फरोल्ट के बीच छड़ी से गोल पत्थर का निर्माण किया और उस पत्थर पर पत्थर का बड़ा कटोरा बनाया जिसमें पानी था निकोला ने अपने आँखों के काजल को लेकर पानी में डाला और पानी गहरा काला हो गया फिर निकोला ने छड़ी से अपने हाथ को काट कर अपना खून काले पानी में मिलाया और काला पानी गाढ़ा काला घोल बन गया जिसमें निकोला ने सुनहरे फूल के दोनों हिस्सों को डाल दिया। निकोला अपनी दोनों बाजुओं को फैला कर अपने मन में मंत्रों का जाप करने लगी और जलती मोमबत्ती पत्थर के कटोरे के ऊपर सितारे के आकार में आने लगी।

विशाल निकोला को रोकने के लिए छड़ी के जादू का इस्तेमाल करने लगा तभी निकोला ने अपनी छड़ी से विशाल पर जादू किया और विशाल निकोला के जादू से अपनी जगह से हिल भी नहीं पा रहा था। विशाल आँखों में आँसुओं को लिए निराश होते हुए भी वह अपने आपको हिलाने की कोशिश करने में लगा। वह निकोला को रोकना चाहता था। वह चिल्ला रहा था निकोला ऐसा मत करो, निकोला ऐसा मत करो पर निकोला उस पर ध्यान ही नहीं दे रही थी।

निकोला लगातार मंत्रों का जाप कर रही थी जिससे वोल्फरोल्ट का कुछ धुँआ मोमबत्तियों के अंदर जाने लगा जिससे मोमबत्ती भी काली होने

लगीं और मोमबत्तियों ने वो धुँआ बड़े गोल पत्थर के अंदर काले घोल में मिला दिया जिससे सुनहरा फूल काले घोल में गोल–गोल घूमने लगा और फिर दोनों हिस्से जुड़ने लगे। काल्पनिक दुनिया में तेज हवायें चलने लगीं। विशाल चारों तरफ देख रहा था। सुनहरा फूल हवा में उड़ने लगा जिसमें से गाढ़ा काला घोल टपक रहा था और फिर सुनहरा फूल वोल्फरोल्ट के श्राप को मिटाने के लिए व काले धुँए को अपने अंदर समायोजित करने लगा और वोल्फरोल्ट को अपना शरीर मिलने लगा।

विशाल यह देखकर टूट गया और कहने लगा मैं वॉलवर्डर के लिए कुछ नहीं कर पाया। प्रमुख मोबारूस रेनॉल्डस आपकी और सभी मोबारूस की मुझसे उम्मीदें गलत थीं। मोबारूस अर्जीगिलेनो सच कहती थीं मैं मनहूस हूँ मैं सही करने के बजाए सिर्फ और सिर्फ गलत करूँगा। मैंने फूल तोड़कर निकोला के हाथ लगने दिया। मैं कुछ नहीं कर सका माँ–पापा। मैंने सबको निराश किया।

तुम गलत सोच रहे हो विशाल, विशाल के कानों में रेनॉल्डस की आवाज गूँजी अभी कुछ गलत नहीं हुआ तुम सब ठीक कर सकते हो। तुम्हें हमारी उम्मीदों पर खरा उतरना होगा। तुम में बहुत शक्ति है विशाल अपनी शक्ति को महसूस करो। तुम्हें सिद्ध करना होगा तुम मनहूस नहीं हो तुम जॉन और रीया स्मिथ के बेटे विशाल स्मिथ हो।

वोल्फरोल्ट को अपने नीचे का हिस्सा मिलने लगा जिस पर सफेद और काले रंग का उसने चोगा पहने हुए था वह अपने रूप में आता जा रहा था तभी विशाल ने अपने माता–पिता को याद किया और गुस्से से अपने आपको हिलाया और निकोला का जादू विशाल से हट गया। विशाल ने अपने अनोखे बक्से को बड़ा किया और उसे गायब होकर वॉलवर्डर में जाने का हुक्म दिया फिर उसने साथी पक्षी का ध्यान किया और साथी पक्षी को अपना काम करने को कहा।

बक्सा काल्पनिक दुनिया से गायब होकर वॉलवर्डर की ऊपरी मंजिल पर जा पहुँचा और बक्सा अपने आप खुल गया जिसमें से विशाल का साथी पक्षी निकला और वह उड़ते हुए वॉलवर्डर के मैदान में जा पहुँचा जहाँ ऐरिका अनोखे दरवाजे को ठीक कर रही थी और नैन्सी, मर्बिला और

विल खड़े थे सुनहरा पक्षी उड़कर मर्बिला के पास गया और उसके हाथ में लगी शीशी को लेकर सुनहरे बक्से के पास जाने लगा। नैन्सी, मर्बिला और विल हक्का–बक्का होकर सुनहरे पक्षी को देखते रह गये।

सुनहरा पक्षी उड़ते–उड़ते बक्से के पास जा पहुँचा और बक्से के अंदर चला गया। वोल्फरोल्ट अपने गर्दन तक का शरीर पा चुका था और सुनहरा फूल वोल्फरोल्ट को घेरे हुए श्रापित काले धुँए को अपने अंदर ले रहा था। निकोला ने अपनी आँखें खोली और अपने आका को ठीक होते देख तेज–तेज हँसने लगी। विशाल अब भी सुनहरे पक्षी का ध्यान करते हुए अपने पास बुला रहा था तभी सुनहरा पक्षी डरावने घर से उड़ते हुए विशाल के पास पहुँचा और विशाल ने उसे अपने हाथ बिठाया और उसने विशाल को न्याय पूर्ण तरल द्रव की शीशी विशाल को दे दी।

अब वोल्फरोल्ट की आँखें भी आ चुकी तब विशाल ने बिना देरी किये वोल्फरोल्ट को घूरते हुए शीशी में मौजूद न्यायपूर्ण तरल द्रव का पूरा द्रव निकोला के ऊपर फेक दिया जिससे निकोला तड़पने लगी और हवा में उड़ता हुआ सुनहरा फूल पत्थर के बने कटोरे में जा गिरा जिसे देख वोल्फरोल्ट का मुँह उतर गया और वह चिल्लाया यह तुमने क्या किया विशाल? फिर सुनहरे फूल के द्वारा समायोजित किया काला धुँआ सुनहरे फूल से निकला और वोल्फरोल्ट को फिर जकड़ने लगा। कटोरे का पानी सफेद हो गया और सुनहरा फूल काले जादू से आजाद होने लगा।

मेरे ऊपर यह तुमने क्या डाल दिया? निकोला ने तड़पती आवाज में विशाल से पूछा और कहा मैंरे पैर हिल नही पा रहे हैं।

यह तुम्हारें पापों की सजा है, विशाल ने निकोला से कहा तुम्हें सबको मूर्तियों में बदलने का शौक था न अब तुम खुद एक मूर्ति में बदलकर नष्ट हो जाओगी। तुम्हारा आका ब्लेड वोल्फरोल्ट कभी मेरे दिए श्राप से मुक्त नहीं हो पाएगा। देखो निकोला अपने आका को देखो वो फिर घनघोर काले धुँए में बदल रहा है और तुम तड़प रही हो। तुम दोनों एक बार फिर हार गये। तुम्हारा कोई भी घटिया सपना सच नही होगा अब मुझे जादुई दुनिया और वॉलवर्डर को श्राप से मुक्त करने से कोई नहीं रोक सकता। कोई भी नहीं।

विशाल के चेहरे पर निकोला को देखकर खुशी आने लगी। तभी निकोला ने विशाल पर वार किया और विशाल के साथी पक्षी ने विशाल को बचाते हुए निकोला के वार को अपने ऊपर ले लिया और वह मर गया।

मेरा पक्षी, विशाल चिल्लाया मेरे पक्षी तुमने यह क्यों किया? मेरा वार अपने ऊपर ले लिया। तुम मुझे छोड़ कर नहीं जा सकते।

निकोला के पैर मूर्ति बन गये और वह जमीन में गिर गई, उसका पूरा शरीर धीरे–धीरे मूर्ति में बदल रहा था और वह दर्द से बहुत चीख रही थी।

तुम्हारे माँ–बाप मरे नहीं जिन्दा हैं विशाल वो मेरी कैद में हैं, निकोला ने दर्द से तड़पते हुए कहा हर रोज तुम्हारे माँ–बाप को नैन्सी से अधिक दर्दनाक दर्द मिलता है। उनकी मौत से बदतर हालत है पर उन्हें मौत इतनी आसानी से नहीं मिलेगी।

अपने माता–पिता के जिन्दा होने की बात सुनकर विशाल के चेहरे का रंग उड़ गया। वह वह साथी पक्षी को उठाकर भागा–भागा निकोला के पास गया।

तुम झूठ बोल रही हो, विशाल ने निकोला से कहा तुम मुझे दुखी करने के लिए ऐसा बोल रही हो। मैं तुम्हारी बातों में नहीं आने वाला।

ओ विशाल मैं झूठ नहीं बोलती, निकोला ने यह कहते हुए अपनी आँखों से रोशनी निकाली और हवा में एक डरावनी तस्वीर बनायी जो फिल्म की तरह चल रही थी जिसमें विशाल के माता–पिता एक ऊँचे पहाड़ की चोटी पर लटके पिंजड़ें में कैद थे और उस पिंजड़े के इर्द–गिर्द मोटा काला साँप लिपटा हुआ था। जॉन और रीया के पैरों की जगह हरे रंग की रोशनी थी उनका सिर्फ आधा–शरीर था और उनकी आँखों में आँसू थे।

मेरे माता–पिता कहाँ हैं?, विशाल ने तस्वीर देखते हुए कहा यह कौन–सी जगह हैं? बताओ निकोला बताओ। उन्हें छोड़ दो। उन्हे छोड़ दो।

तुम्हें ऐसे रोते देख मुझे खुशी मिलती हैं, निकोला ने दर्द में मुस्कुराते हुए कहा मैं तुम्हें तुम्हारे माता–पिता का पता नहीं बताऊँगी। तुम अपने

माता–पिता के दर्द में तड़पोगे जैसे मैं अपने आका के लिए तड़पी हूँ। मेरे आका तुम्हें सुनहरे फूल से जादुई दुनिया का श्राप हटाने नहीं देंगे। जादूगरों की जादुई दुनिया अंधेरों में डूबी रहेगी।

निकोला की गर्दन पत्थर बन गई और उसने चीख कर कहा मैं दोबारा आऊँगी। मैं दोबारा आऊँगी फिर निकोला पूरी तरह मूर्ति बन गई। विशाल उससे अपने माता–पिता का पता पूछता रह गया। निकोला की मूर्ति काल्पनिक दुनिया से गायब हो गई। वोल्फरोल्ट पूरी तरह से काले अंधेरे में और सुनहरा फूल सुनहरे रंग में बदल गया था।

मैं अपने माता–पिता को ढूंढ़ लूंगा, विशाल ने गुस्से से कहा मुझे तुम्हारी कोई जरूरत नहीं है निकोला। तुम्हारे पापों का यहीं अंत है।

तभी विशाल के पीछे से नैन्सी, मर्बिला और विल की आवाज आयी जो कह रहे थे विशाल जल्दी अनोखे दरवाजे में प्रवेश करो, बाहर निकलो इस मनहूस काल्पनिक दुनिया से। अनोखा दरवाजा कमजोर है वो ज्यादा देर रूक नहीं सकता।

विशाल पीछे मुड़ा जहाँ अनोखा दरवाजा था जिसके दूसरी तरफ ऐरिका के साथ नैन्सी, मर्बिला और विल भी थे। वह चारों विशाल को बार–बार अनोखे दरवाजे के अंदर प्रवेश करने के लिए बोल रहे थे। विशाल सुनहरे फूल की तरफ भागा–भागा गया और पत्थर के कटोरे के अंदर से सुनहरा फूल निकाल लिया तभी काल्पनिक दुनिया हिलने लगी। वोल्फरोल्ट गुस्से से बौखला गया वह अपने धुँए के रूप को अत्यधिक बड़ा करने लगा। काला धुँआ कुछ देर पश्चात राख और लाख में परिवर्तित हो गया और उस राख से उसका चेहरा और लम्बे–लम्बे हाथ बन गये। उसकी आँख और मुँह लाख से भयंकर आग उत्पन्न कर रही थी।

विशाल अपनी गर्दन को ऊँचा उठा कर काले धुँए से बने वोल्फरोल्ट के भयंकर रूप को देख कर दंग रह गया। वोल्फरोल्ट के भयंकर रूप के आगे विशाल तिनका मात्र था। विशाल पर वोल्फरोल्ट अपने बड़े राख वाले हाथों से हमला करने लगा। विशाल ने जल्दबाजी में उसके हाथ से बचने के लिए अपने पंख उजागर किये और वह हवा में उड़ने लगा। वोल्फरोल्ट भी विशाल के पीछे–पीछे जाने लगा वह गुस्से से लगातार विशाल पर वार

कर रहा था और विशाल बार–बार उसके वार से बच रहा था। वोल्फरोल्ट का विशाल रूप और उसके हाथों से निकलती आग काल्पनिक दुनिया को तबाह कर रही थी और काल्पनिक दुनिया आग से जलने लगी। विशाल बचते–बचाते डरावने घर की तरफ जाने लगा पर वोल्फरोल्ट ने उसे भी अपने हाथों से तोड़ दिया और बचाखुचा घर आग से जलने लगा तभी विशाल की नजर फिर एरिका पर गई जो उसे अनोखे दरवाजे की तरफ बुला रही थी। विशाल उड़कर अनोखे दरवाजे की तरफ गया और दरवाजे के अंदर प्रवेश करने लगा किन्तु वोल्फरोल्ट भी विशाल के पीछे–पीछे अनोखे दरवाजे में प्रवेश करने लगा।

मुझे सफेद धुँआ पसन्द है, अनोखे दरवाजे ने चिल्लाते हुए हड़बड़ाहट में कहा काला धुँआ पसन्द नहीं है। तुम मुझे गंदा कर रहे हो और आग से जला रहे हो। मुझे दर्द हो रहा हैं। आआआआआआ।

विशाल ने साथी पक्षी मर्बिला को दे दिया और विशाल के साथ–साथ वोल्फरोल्ट भी अनोखे दरवाजे से पार चला गया और वॉलवर्डर में प्रवेश करने लगा।

काल्पनिक दुनिया आग में जल कर तबाह हो गई और अनोखा दरवाजा काल्पनिक दुनिया से गायब हो गया। अनोखा दरवाजा बुरी तरह जख्मी हो गया था क्योंकि वोल्फरोल्ट के विशाल रूप को अपने अंदर प्रवेश कराने की उसकी क्षमता नहीं थी।

विशाल के साथ–साथ वोल्फरोल्ट भी वॉलवर्डर में पहुँच गया जिसे देख ऐरिका, मर्बिला, विल और नैन्सी चकित हो गये और अपनी छड़ियां निकालकर वोल्फरोल्ट पर वार करने लगे तभी डेनियल सभी बच्चों को वश में करके मैदान में ले आया और सभी बच्चों को वोल्फरोल्ट पर वार करने का आदेश देकर खुद भी लगातार वोल्फरोल्ट पर वार करता रहा। वोल्फरोल्ट के गुर्राने की तेज आवाज सुनकर सभी मोबारूस मैदान में उपस्थित हो गये और वोल्फरोल्ट को देखकर उस पर हमला करने लगे। विशाल वोल्फरोल्ट से बचने की कोशिश करते हुए सुनहरे फूल को लगाने के लिए सही स्थान ढूंढ़ रहा था।

सभी मोबारूस और बच्चों के लगातार वार करने से वोल्फरोल्ट कमजोर पड़ रहा था खासकर वह रेनॉल्डस के छड़ी के वार से घायल हो

रहा था। रेनॉल्डस की छड़ी से निकलती हरी रोशनी उसके अंदर की आग को नष्ट कर रही थी वह विशाल को छोड़ कर रेनॉल्डस और बच्चों की तरफ भागा जिससे वॉलवर्डर कुछ कोन और टावर से टकराया और कोन, मीनार और पत्थरों की बनी मूर्तियाँ गिरने लगी तभी बच्चों पर से डेनियल का वशीकरण हट गया और वह वोल्फरोल्ट को देख कर चीख कर इधर–उधर भागने लगे।

ओ नहीं यह काला बड़ा भूत मेरी खुबसूरती खराब कर देगा, ऑलिविया ने कपकंपाते हुए कहा भागो।

नहीं, एडम ने कहा हम इसका सामना करेंगे यदि हम भागे तो हमारी बेइज्जती हो जाएगी।

ओ ऑलिविया की बेइज्जती हरगिज नहीं, ऑलिविया ने घमण्ड से कहा।

नैन्सी, मर्बिला, विल, ऑलिविया, एडम और डेनियल भी बच्चों को लड़ने के लिए इकठ्ठा कर हिम्मत देते हुए लड़ने के लिए उत्साहित करने लगे बस जोजफ और साइमन ही थे जो डरकर टावर के पीछे छुप गये थे। सभी मोबारूस ने अपने और बच्चों के चारों ओर सुरक्षा कवच बना दिया जिससे वोल्फरोल्ट उन्हे कोई हानि नहीं पहुँचा पा रहा था पर वो सब लगातार वोल्फरोल्ट पर वार कर रहे वह फिर भी नष्ट नहीं हो रहा था।

विशाल की नजर वॉलवर्डर के सबसे ऊँचे टावर पर गई जिस पर तीन मूर्तियाँ बनी हुई थी बीच में बनी एक बड़े पंखों वाली परी की मूर्ति और दाँए व बाँए झाडू पर बैठकर उड़ते हुए वॉलवर्डर की ड्रेस पहने लड़का और लड़की की मूर्ति जिनके सिर पर कोन वाली टोपियाँ लगी हुई थी। विशाल तेजी से उड़कर उन मूर्तियों के पास जाने लगा।

तुम यह कर सकते हो विशाल, दो बच्चों को छोड़कर सभी बच्चों ने चिल्ला कर कहा हम तुम्हारे साथ हैं।

वो दो बच्चे विशाल से चिढ़ने वाले ऑलिविया और एडम ही थे जो वोल्फरोल्ट के घूरते भयंकर चेहरे से डरते हुए कह रहे थे जाओ, जाकर विशाल को खाओ हमें नहीं।

वोल्फरोल्ट ने विशाल को देखने के लिए अपने लाख वाले मुँह को मोड़कर ऊपर देखा जिसे देख बौखला कर वो विशाल की तरफ फिर भागा। विशाल मूर्ति तक पहुंच गया था और उसने बिना देरी किये अपने चोगे से सुनहरा फूल निकाला और परी वाली मूर्ति के खड़े हुए हाथ में बने गोल कटोरे में सुनहरे फूल को अपने माता–पिता को याद करते हुए रख दिया। कटोरे में चमकता हुआ पानी प्रकट हुआ और मुरझाया हुआ सुनहरा फूल खिलने लगा। वह जैसे–जैसे खिल रहा था वैसे–वैसे वह अपना प्रकाश उज्वल्लित करने लगा। उसका प्रकाश काफी तेज होता जा रहा था जहाँ–जहाँ सुनहरे प्रकाश का प्रकाश जा रहा था वो रोशनमुक्त हरी–भरी सुदंर जगह होती जा रही थी।

वोल्फरोल्ट, विशाल के काफी नजदीक पहुँच गया और विशाल पर हमला करने लगा। विशाल ने अपने हाथों से अपना चेहरा छिपाया क्योंकि इस बार वोल्फरोल्ट के हमले से बच पाना मुश्किल था पर वोल्फरोल्ट का हाथ विशाल के नजदीक पहुँचता तब तक सुनहरे फूल का प्रकाश वोल्फरोल्ट तक पहुँच गया और वोल्फरोल्ट चर–मराने लगा। उसकी जलती लाख और राख हवा में झड़ने लगी वह चिल्लाने लगा और फिर वह अपने असली रूप में आ गया और सुनहरे फूल के सुनहरे प्रकाश से जल कर चिल्लाते–चिल्लाते नष्ट होने लगा।

विशाल के साथ–साथ सभी मोबारूस और बच्चे खुश होकर रोशनी–रोशनी चिल्लाने लगे और कहने लगे अंधकार का जीवन अब खत्म अब सिर्फ उजियारा और वोल्फरोल्ट का विनाश।

वोल्फरोल्ट जल कर नष्ट हो गया और उसका जलने का काला धुँआ विशाल पर हमला करने के लिए विशाल की तरफ जाने लगा पर रेनॉल्डस ने छड़ी के जादू से उस काले धुँए को नष्ट कर दिया। सुनहरे फूल की रोशनी से विशाल के साथी पक्षी के प्राण ठीक हो गये और वह उड़ कर विशाल के पास गया और उसके कन्धे पर बैठ गया। विशाल अपने साथी पक्षी को देखकर खुश हो गया।

सुनहरे फूल के प्रकाश की किरण चाँद पर पड़ी और चाँद सूरज में बदलने लगा और सूरज की रोशनी से काले बादल हटने लगे और आसमान सुनहरी रोशनी के साथ हल्की धूप लिए एक नयी सुबह ले

आया। सुनहरे फूल का प्रकाश जादुई दुनिया में पूरी तरह से फैलने लगा जिससे हर तरफ मौजूद बर्फ गायब हो गई, बड़ी नदियों का काला पानी सफेद हो गया, समस्त जादुई दुनिया के पेड़ सूखे पेड़ पत्तों से भर उठे, हर पहाड़ व मिट्टी वाले स्थान पर हरी घास फूलों के साथ उगने लगी, सूखी खाड़ियाँ भी अपने जगंल के रूप में दिखने लगीं अब वह एक बड़ा जगंल दिख रहा था और वॉलवर्डर जिसे बाहर से खंडहर कहा जाता था उसका हर हिस्सा टूटा हिस्सा जुड़ चुका था वह अब आलीशान महल बन गया था। जिसे देख सब हक्का–बक्का होने लगे।

जन्मदिन हॉल में मौजूद सभी जादूगर अपने होश में आने लगे। उन पर से वोल्फरोल्ट का श्राप हटने लगा और वह चौकन्ने हो कर एक–दूसरे को देखने लगे और एक–दूसरे से हँसते हुए गले मिलने लगे।

जादुई दुनिया के गलियारों में चहल–पहल हो गई और बातें करने की आवाजें गूंजने लगीं। विशाल शर्त लगा कर कह सकता था कि श्राप का पूरी तरह से अंत हो चुका था तभी बोलती घड़ी के कांटे टन–टन की आवाज करके 12 अंक पर रूक गयी और बोलती घड़ी तेज सुरीले आवाज में चिल्लायी 12 बज गये।

वॉलवर्डर में मौजूद सभी अलग–अलग बातें कर रहे थे कोई कह रहा था बोलती घड़ी चलने के साथ–साथ बोलने लगी, श्राप का अंत हो गया, वोल्फरोल्ट और निकोला का साया जादुई दुनिया से हट गया और कोई कह रहा था विशाल ने साबित कर दिया कि वो जॉन और रीया का बेटा हैं। विशाल के नाम की गूंज हर तरफ विशाल को सुनायी दे रही थी।

रेनॉल्डस हवा में अपने पंखों से उड़ते हुए विशाल के पास गये और कहने लगे सूरज को रात के 12 बजे पहली बार उगते देखा यह श्रापयुक्त एक नयी सुबह हैं और मेरे सपनों और उम्मीदों पर तुम खरे उतरे। देखो विशाल जादुई दुनिया और वॉलवर्डर कैसे हरियाली और सुदंरता लिए खिलखिला रहा हैं। यह देखने के लिए हम तरस गये थे। ओ हां, तुम्हें हमारे तरफ से तुम्हारे जन्मदिन की बहुत–बहुत बधाईयाँ। तुमने अपने जन्मदिन पर हमें बहुत अच्छा तोहफा दिया अब तुम्हें तोहफा देने की हमारी बारी है।

सभी मोबारूस और बच्चे हवा में अपने पंखों से उड़कर विशाल के पास गये और श्राप का अंत करने और जन्मदिन की बधाईयाँ देने लगे। ऑलिविया और एडम विशाल से चिढ़ रहे थे पर जादुई दुनिया की खूबसूरती को देखकर बेहद खुश थे।

विशाल की नजर मर्बिला, नैन्सी और विल पर गयी वो उनके पास गया। सभी मोबारूस और बच्चों से बोला यदि आप सभी मोबारूस, मेरे सहपाठी और मेरे प्यारे दोस्त न होते तो मैं कुछ नहीं कर पाता यह मैंने अकेले नही आप सभी के साथ, भरोसे और मेरे प्यारे दोस्तों के प्यार और साथ ने सभंव किया है। इस खुशी का श्रेय हम सबको जाता हैं।

सभी नीचे उतर कर आ गये।

सारा ने विशाल से कहा तुमने कर दिखाया और सोफिया ने कहा तुम्हारे माता–पिता होते तो वह अत्यंत खुश होते। फिर सोफिया ने सारा और नैन्सी को गले लगाकर उसके लौटने की खुशी जाहिर की।

निकोलस की नजर ऐरिका पर गई जो विल और मर्बिला के साथ खड़ी थी निकोलस भागा–भागा ऐरिका के पास आया फिर रोते हुए उसे गले लगा कर बोला तुम जिन्दा हो मैंने तुम्हारा बहुत इंतजार किया। तुम्हें यहाँ देख कर मैं अत्यंत खुश हूँ।

हाँ मैं भी, ऐरिका ने रोते हुए मुस्कुरा कर कहा अब हम हमेशा साथ रहेंगे। मैं अब तुम्हें अकेले छोड़कर नहीं जाऊंगी।

सारा, ऐरिका और निकोलस को एक साथ देखकर खुश थी परन्तु उसकी आँखों में आँसू भी थे जो वो छुपा रही थी क्योंकि वह निकोलस से बेहद प्यार करती थी। सोफिया ने सारा के आँसू पौंछे फिर उसे गले लगा लिया। कोन्सेनटाइन और सिंगारिया साथ खड़े होकर विशाल को देखकर मुस्कुरा रहे थे पर जब विशाल ने उन्हें देखा तो दोनों ने हँसना बंद कर अपनी कठोरता चेहरे पर बना ली फिर भी विशाल मुस्कुरा कर देखता रहा और ग्लेब भी खिलखिला कर हँस रहा था।

रेनॉल्डस के चेहरे पर इतनी खुशी थी कि वह संभाल नहीं पा रहे थे फिर उन्होंने अपने हाथों से ताली बजाई और वॉलवर्डर और जादुई दुनिया में लगे शोक दिवस के पर्चे राख बनकर हवा में उड़ गये। इंसानी दुनिया

छुपे जादूगरो में बांटे गये शोक दिवस के पर्चे श्रापमुक्त होने और विशाल के जन्मदिन के बुलावे के पत्र में बदल गए और वह पत्र बोल–बोल कर सभी को श्रापमुक्त होने और विशाल के जन्मदिन के बुलावे की खबर सुनाने लगे। यह खबर सुनकर सभी वॉलवर्डर में जाने की तैयारी करने लगे। रेनॉल्डस फिर बोला आज का यह दिन बेहद खास है अब न कोई तकलीफ और न ही कोई दुख है वॉलवर्डर और जादुई दुनिया अब पहले की तरह चमक उठी है। आज सिर्फ जश्न होगा।

इस जश्न में मैं भी आ गया, गोरडोन ने बिल्ली रूप से अपने असली रूप में आते हुए कहा मेरी नैन्सी वापस आ गई तो मैं उससे कैसे दूर रह सकता हूँ।

नैन्सी भागी–भागी गोरडोन के पास गई और उसे गले लगा लिया। विशाल, मर्बिला, और विल भी गोरडोन के पास जाकर अपनी खुशी जाहिर करने लगे।

हमारी नैन्सी को वापस लाने का आप तीनों का शुक्रिया, गोरडोन ने विशाल, मर्बिला और विल से कहा तुम तीनों ने असंभव को संभव कर दिखाया। तुम सब बहुत बहादुर हो और नैन्सी तुम इतना दूर होकर भी इनकी मदद करती रहीं। मुझे नाज है तुम पर और वॉलवर्डर के हर एक सदस्यों पर जिन्होंने कभी हार नहीं मानी।

सभी मोबारूस वॉलवर्डर को बाहर और अंदर से सजाने में व्यस्त हो गये। जैसे–जैसे दिन ढ़ल रहा था वैसे–वैसे सभी जादूगर रात के जश्न और विशाल के जन्मदिन की खुशी को मनाने को वॉलवर्डर में अपने–अपने जादू से प्रकट होने लगे। सोफिया और सारा ने जिन डरे सहमे बच्चों को वोल्फरोल्ट और निकोला से छुपाकर रखा था वह उन्हें लेकर आ गई। सभी श्रापमुक्त जादूगर माता–पिता अपने बच्चों को देखकर उनसे गले मिलकर उन्हें चूमने लगे। विशाल सभी बच्चों को अपने माता–पिता से मिलते देख उदास होकर अपने माता–पिता रीया और जॉन को याद करने लगा।

हमारे तरफ से विशाल तुम्हारे लिए यह तोहफा है, मर्बिला, डेनियल और विल ने एक साथ विशाल से बोला जन्मदिन की बहुत–बहुत बधाई हो।

तुम आज के दिन उदास क्यों हो?, विल ने विशाल से चिन्तित होकर कहा।

कुछ नहीं, विशाल ने मुस्कुरा कर कहा पहले यह बताओ मेरे लिए उपहार लाने का समय कब मिल गया और इसमे क्या हैं?

खुद देख लो, डेनियल ने जल्दबाजी में कहा।

डेनियल ने सही कहा खुद देखो, मर्बिला ने कहा हमने मोबारूस सारा और सोफिया से खास तुम्हारे लिए मंगाया है। इसे देख कर तुम बेहद खुश हो जाओगे।

विशाल ने उपहार देखने के लिए उपहार पर लगी लाल पॉलिथीन को हटाने लगा तो उसके अंदर कागज के डिब्बे में लाल कोट–पैन्ट रखे हुए थे जिन्हें देखकर खुशी से विशाल बोला मेरे माता–पिता का पसन्द का लाल रंग फिर वह उदास हो गया।

आज तुम्हें यही पहनना है, सोफिया ने विशाल से कहा।

हमें लाल रंग तुम्हारे माँ पापा की मौजूदगी का एहसास करायेगा, सारा ने बुदबुदाया।

तुम उदास क्यों हो गये, डेनियल ने पूछा।

आज सिर्फ खुशी का दिन हैं, विल ने बुदबुदाया।

क्या हुआ?, मर्बिला ने गुस्से से कहा ऐसी कौन–सी बात हैं जिसे तुम हमसे छिपा रहे हो और वो तुम्हें दुखी कर रही है।

हाँ, विशाल ने बुदबुदाया।

सोफिया और सारा एक–दूसरे को चिन्तित होकर देखने लगीं फिर विशाल से विशाल द्वारा छुपायी बात को पूछने लगीं। नैन्सी विशाल को चिन्तित देखकर विशाल के पास जाने लगी।

विशाल दुखी मन से बोला..........निकोला जब मूर्ति बनी उससे पहले उसने कहा मेरे माता–पिता जिन्दा हैं फिर उसने मुझे हवा में एक तस्वीर दिखाई जिसमें मेरे माता–पिता डरावनी जगह पर कैद थे और तड़प–तड़प कर नष्ट हो रहे थे।

वो तुम्हें दुखी करने की निकोला की घिनोनी चाल होगी, विल ने कहा वो झूठ बोल रही है तुम उस पर यकीन मत करो।

ठीक कहा, मर्बिला ने बुदबुदाया।

नहीं, सारा ने धीमी आवाज में कहा यह सच है कि निकोला तुम्हें दुखी करना चाहती है पर वो झूठ नहीं बोलती।

हो सकता हैं वोल्फरोल्ट ने तुम्हारे माता–पिता को मारा न हो उन्हें कैद करके रख रखा हो क्योंकि सभी को लगता था वोल्फरोल्ट मर गया पर वो जिन्दा था ऐसा ही आंटी रीया और अंकल जॉन के साथ हुआ है।

जब सुनहरे फूल से सभी श्राप का अंत हुआ तो विशाल के माता–पिता पर लगा श्राप भी नष्ट हो जाता, मर्बिला ने कहा क्योंकि वोल्फरोल्ट तो अब नष्ट हो गया।

नहीं, सोफिया ने कहा वोल्फरोल्ट इतनी जल्दी नष्ट नहीं हो सकता और रही बात जॉन और रीया के जिन्दा होने की तो मैं और सारा प्रमुख मोबारूस रेनॉल्डस से बात करेंगे। विशाल अभी इन बातों को यहाँ मत करो यहाँ काफी लोग मौजूद है।

ठीक है, विशाल ने बुदबुदाया।

विशाल के साथ–साथ सभी रात की पार्टी के लिए तैयारी करने लगे और तैयार होने लगे।

अध्याय–15

खुशहाल जन्मदिन

खुशहाली से भरा वॉलवर्डर आज जादूगरों, मोबारूस और बच्चों से भर गया था। भूतों की दूकान में छिपे सारे भूत और आत्माएँ हवा में उड़ते हुए वॉलवर्डर में उपस्थित होने लगे। सभी जादूगर मेहमान ऊपरी हॉल में जाने लगे जहाँ रेनॉल्डस अपनी कुर्सी पर बैठे हुए थे। मेहमानों के लिए जूस, शर्बत, और ठंड़ा पेय कांच के गिलासों में और कॉफी व चाय कपों में रख कर हवा में उड़कर आए। सभी पेय पदार्थों का सेवन करने लगे और हॉल में बज रहे संगीत पर नाचने लगे।

विशाल ने लाल कोट पहन लिया था और वह बहुत अच्छा लग रहा था, मर्बिला ने गुलाबी और नैन्सी ने नीले रंग का गाऊन, विल ने हल्के गुलाबी रंग का कोट पहना था।

चलो विशाल, डेनियल ने हाँफते हुए कहा सब तुम्हारा इंतजार कर रहे हैं।

तुम नीले कोट में बेहद अच्छे लग रहे हो डेनियल, विल ने कहा बस तुम्हारी टाई टेढ़ी है इसे मैं ठीक कर देता हूँ।

धन्यवाद, डेनियल ने बुदबुदाया तुम सब भी बहुत अच्छे लग रहे हो।

हमने काफी देर कर दी, मर्बिला ने कहा।

सही कहा, नैन्सी ने कहा चलो।

विशाल सभी के साथ सीढ़ियों से उतर कर ऊपरी हॉल में जाने लगा। विशाल काफी बैचेन था और उसका चेहरा काफी उदास भी था। सीढ़ियों

से उतकर वह नीचे के गलियारे में आ गये जहाँ ऑलिविया काला गाउन और एडम काले दुशाले पर चोगा पहने हुए जा रहा था।

आज हॉल में हमारे साथ चलना चाहोगी, मर्बिला ने ऑलिविया से कहा।

नहीं, ऑलिविया ने इतराते हुए कहा तुम्हें हमसे क्या?

आज खुशी का दिन है और इस दिन तुम्हें आपसी झगड़े भूल जाने चाहिए, नैन्सी ने ऑलिविया से कहा तुम्हें नहीं लगता ऑलिविया।

हमारी मर्जी हम कुछ भी भी करें, एडम ने कहा हमें किससे बोलना है यह हमारा निर्णय होगा रंग–बिरंगे पुतलों अपने काम से काम रखो।

तुम वोल्फरोल्ट और तुम्हारी बहन निकोला लग रही है, विल ने गुस्से से कहा तुम्हें भी उन दोनों की तरह यहाँ से भाग जाना चाहिए।

हाहाहाहाहाहा, डेनियल हँसा।

कम हंसो, एडम ने कहा तुम्हारे दाँत न गिर जाए।

आज के दिन लड़ो मत, विशाल ने कहा चलो आज हम अच्छे दोस्तों की तरह एक साथ चलते हैं।

सिर्फ आज के दिन, ऑलिविया ने घमण्ड से कहा।

रास्तें में उन सब को जोजफ और साइमन एक जैसे हल्के आसमानी रंग के कोट पहने मिले और वह भी उन सब के साथ चल दिए।

अरे यह ऊपरी हॉल का दरवाजा तो बंद है, विशाल ने कहा।

तो खोलो दरवाजा, ग्लेब ने मुस्कुरा कर कहा इसलिए ही तो बंद है ताकि तुम सब अंदर का नजारा कुछ खास अंदाज में देख सको।

सही कहा, निकोलस ने प्यारी आवाज में कहा अपने चेहरे से सारी उदासी हटा दो और बैचेन मत हो।

हाँ, विशाल ने बुदबुदाया।

अब दरवाजा खोलो, ऐरिका ने कहा सब तुम्हारा इंतजार कर रहे हैं।

विशाल ने जैसे ही दरवाजा खोला उसके कानों में तालियों की आवाज गूँज उठी। कोन्सेनटाइन और सिंगोरिया साथ खड़े थे और विशाल को

देख रहे थे। सभी मोबारूस, जादूगर, गोरड़ोन, बच्चे व हवा में लहराती आत्माएँ व भूत विशाल को जन्मदिन की बधाई दे रहे थे विशाल यह देख कर दंग था कि जो उससे मनहूस कहते थे सब उसको प्यार दे रहे थे और उसकी इज्जत कर रहे थे। विशाल की आँखें यह देखकर बार–बार झपकने लगी और चौंक गई। सभी मोबारूस दुशाले और चोगे पहने हुए थे काफी अच्छे लग रहे थे।

विशाल और विशाल के दोस्त हॉल को देखने लगे। हॉल को बिल्कुल वैसे ही सजाया गया था जैसे उसकी माँ रीया और पिता जॉन ने सजाया था। हॉल की छत पर बहती नदी बनी हुई थी जिसमें से बुलबुले निकल रहे थे। हवा में झूलती झूमरें जिनके अंदर लगी मोमबत्ती और हॉल में जलती मशालें हॉल को प्रकाशित कर रही थीं। विशाल हॉल के अंदर जाने लगा। सभी जादूगरों ने उसे रास्ता दिया और सभी उससे और उसके दोस्तों से हाथ मिला रहे थे।

यह हमसे भी हाथ मिला रहे हैं, विल ने पागलों जैसी हरकत करते हुए कहा।

चुप करो, विल, मर्बिला और नैन्सी ने एक साथ कहा।

ओ डाँटने वाली पहले एक ही थी और अब दूसरी भी आ गई, विल ने नैन्सी और मर्बिला को घूरते हुए कहा अब इन दोनों की चिक–चिक सुनो।

हाहाहाहाहाहा, विशाल और डेनियल सबसे हाथ मिलाते हुए हँसे।

चुपचाप हाथ मिलाओ ज्यादा हँसो मत तुम दोनों, मर्बिला ने कहा।

मर्बिला ने ठीक कहा, नैन्सी ने बुदबुदाया।

आगे बढ़ते हुए विशाल की नजर केक पर गई जो 5 मंजिल का था और उसका रंग लाल व नीले रंग का था जिस पर अंग्रेजी के अक्षर में विशाल लिखा था। कुछ देर बाद विशाल की नजर पूरे हॉल में सारा और सोफिया को ढूंढ़ने लगीं परन्तु वह हॉल में नहीं थीं।

विशाल तुम्हें जन्मदिन की ढेरों बधाई, रेनॉल्डस ने स्टेज की सीढ़ियों से उतरते हुए कहा आज हमारी खुशी पूरी हो गई विशाल तुमने वो कर दिखाया जिसकी उम्मीद हम सबको थी और मर्बिला, विल, और नैन्सी

तुमने सच्चे दोस्त की तरह विशाल का हर काम में साथ दिया जो काफी सराहनीय है आप चारों ने जादू का प्रयोग काफी अच्छे से किया जिसे देख हम भी चकित हैं और डेनियल तुमने मोबारूस अर्जीगिलेनो के वशीकरण का सही उपयोग कर सभी बच्चों को एकत्रित किया वह हिम्मत वाला काम था। सभी बच्चों पर से भी वशीकरण का असर हट जाने के बाद भी काफी हिम्मत से तुमने उन्हें हिम्मत दी और सभी बच्चों ने भी काफी हिम्मत से मुश्किल का डटकर सामना किया। आप सभी को जो विषय सिखाये गये वो तुम्हारे स्तर के नहीं थे वो बड़ी कक्षा के विषय थे फिर भी आपको सिखाया क्योंकि आप सभी इस श्राप और वोल्फरोल्ट का निडर होकर सामना कर सको और निकोला के बनायी दुष्ट चालों का सामना कर सको।

आप सभी मोबारूस हमारे साथ खड़े रहे और बच्चों को जादू की बेहतर शिक्षा प्रदर्शन की जो कि बेहद कठिन था और बच्चों ने भी बहुत मेहनत की और हम सब सफल हुए। विशाल तुमने साबित कर दिया कि तुम अपने माता–पिता की तरह ही बहादुर हो यदि आज वो यहाँ होते तो बेहद खुश होते। यहाँ सभी तुम्हारे और तुम्हारे दोस्तों का शुक्रिया अदा करने आए हैं चलो अब केक काटते हैं फिर सभी मेहमानों ने विशाल और उसके दोस्तो के लिए तालियाँ बजाई।

ड़िगो ग्लेब ने हॉल का दरवाजा बंद कर दिया और विशाल केक काटने लगा तभी अचानक हॉल का दरवाजा खुला बिल्कुल वैसे ही जैसे पहले वोल्फरोल्ट ने विशाल के जन्मदिन पर खोला था। सब अचानक भयभीत हो गये उन्हें लगा फिर वोल्फरोल्ट वापस आ गया पर रेनॉल्डस मुस्कुरा रहे थे जिन्हें देखकर विशाल, नैन्सी, मर्बिला और विल अजीब सी शक्ल बना रहे थे। सभी की नजर दरवाजे पर टिक गई फिर दरवाजे से दो लोग हॉल के अंदर प्रवेश करने लगे और सभी के मुँह से निकला रीया और जॉन तुम जिन्दा हो। विशाल ने जैसे ही अपने माता–पिता का नाम सुना तो वह अत्यंत खुश हुआ और भागा–भागा अपने माता–पिता के पास गया। जॉन और रीया ने उसे गले लगाया और उसे चूमा।

आप मेरे जन्मदिन पर आए, यह कहते हुए विशाल की आँखों में आँसू आ गये और कहने लगा निकोला ने आपको अब तक बंदी बनाकर रखा

और मैं समझता रहा की आप मर चुके हो। अभी वोल्फरोल्ट नष्ट हो गया तो उसका श्राप आप से हट गया होगा। मुझे आपने सबसे बड़ा तोहफा दिया जो आप मेरे लिए यहाँ आए।

मोबारूस रीया ओर जॉन अब केक काटते हैं, निकोलस ने कहा सभी मेहमान इंतजार कर रहे हैं।

मोबारूस सारा ओर सोफिया को आ जाने दो, विशाल ने इधर–उधर देखते हुए कहा।

तुम केक काटो वो आ जाएंगी, ऐरीका ने कहा।

विशाल ने केक पर लगी मोमबत्तियाँ बुझाई फिर रीया, जॉन और विशाल तीनों ने केक काटा। केक काटकर विशाल ने अपने माता–पिता को खिलाया फिर रेनॉल्डस को खिलाया जब बाकी मोबारूस को खिलाने के बाद वह कोन्सेनटाइन और सिंगोरिया के पास गया तब उन्होंने कठोरता भरी आवाज में विशाल से कहा... तुमने काफी हिम्मत दिखायी और अपने आप को मनहूस शब्द से आजाद कर दिखाया।

आप पर मैंने शक किया उसके लिए मैं माफी माँगता हूँ, विशाल ने सिर झुका कर कहा मुझे उसके लिए दुख है।

कोन्सेनटाइन और सिंगोरिया ने कोई जबाब नहीं दिया तब विशाल अपने दोस्तों को केक खिलाने लगा फिर वह अपने माता–पिता के पास जाकर खड़ा हो गया ओर कहने लगा अब आप दोनों हमेशा मेरे साथ रहना। मुझे छोड़ कर मत जाना।

अररररर ओ विशाल, रीया ने दुखी आवाज में कहा।

वह दोनों शान्त हो गये। जॉन और रीया का रूप बदलते–बदलते सारा और सोफिया बन गये।

अररररर विशाल के माता–पिता मोबारूस सारा और सोफिया में बदल गये, विल ने भौचक्का होते हुए कहा कमाल का जादू है।

चुप करो, मर्बिला ने विल को शान्त करते हुए कहा।

यह रूप बदलने की विधि हैं, नैन्सी ने सोचते हुए विशाल से कहा पर यह विधि अलग तरह से पूर्ण की गई है इसलिए तुम्हारे माता–पिता का

रूप ज्यादा देर तक नहीं चल पाया। समझ नहीं आता तुम्हारे माता–पिता का रूप मोबारूस सारा और सोफिया ने कैसे धारण किया होगा।

मतलब, विशाल ने बुदबुदाया।

रूप बदलने की विधि के लिए तुम्हारे माता–पिता का होना जरूरी है पर वो तो जादुई दुनिया में गुमनाम है।

मुझे इन बातों से कोई फर्क नहीं पड़ता, विशाल ने खुशी के साथ कहा मैं आज मोबारूस सोफिया और सारा की वजह से कुछ क्षण ही सही पर मैं अपने माता–पिता से मिल सका।

तुमने कभी अपने माता–पिता को नहीं देखा था तो कुछ क्षण के लिए जॉन और रीया का रूप मोबारूस रेनॉल्डस ने हमें दिया, सोफिया ने कहा।

वो रूप नकली नहीं था, सारा ने गम्भीरता से कहा कुछ क्षण ही सही पर वो तुम्हारे असली माता–पिता ही थे।

विशाल झट से रेनॉल्डस के गले लग गया।

धन्यवाद प्रमुख मोबारूस रेनॉल्डस, विशाल ने उदासी से मुस्कुरा कर कहा।

मैं जानता हूँ कि तुम मुझसे बात करना चाहते हो पर यह सही वक्त नहीं हैं यह कहकर रेनॉल्डस कोन्सेनटाइन के पास चले गए।

हॉल में बजते संगीत पर बच्चे और बड़े जादूगर नाचने लगे और कुछ देर बाद फूड़ी हॉल में जाकर बैठने लगे। आज फूड़ी हॉल पहले से बड़ा था और उसे भी ऊपरी हॉल की तरह ही सजाया गया था। फूड़ी हॉल में रखी सभी मेज भी बड़ी थीं और सभी कुर्सियाँ भरी हुई थीं और रेनॉल्डस के साथ कई नए मोबारूस स्टेज की कुर्सियों पर बैठे थे जिनसे विशाल और बाकी बच्चे कभी नहीं मिले थे पर वह सब मोबारूस विशाल की काफी तारीफ कर रहे थे पर एडम और ऑलिविया विशाल से चिढ़ रहे थे।

विशाल के पास एक लम्बी महिला आयी जिसके साथ उसका पति और तीन बच्चे थे उन्होंने विशाल को हैलो बोला पर विशाल कुछ बोलता उससे पहले विल तपाक से बोला अरे माँ और पिता जी आपने आने में देर कर दी। अभी प्रमुख मोबारूस रेनॉल्डस ने मेरी तारीफ की पर आपने वो सभी पल मिस कर दिये और विशाल का केक भी कट गया।

हैलो मिस्टर और मिसेस मर्फी, विशाल ने विल के माँ और पिता दोनों से कहा आप से मिलकर बहुत अच्छा लगा।

हमें भी, विल के माँ ने कहा जो तुमने किया वो काबिल–ए–तारीफ था।

मर्बिला, नैन्सी और डेनियल ने विल के माँ और पिता को हैलो बोला।

हमने कुछ मिस नहीं किया, विल के पिता ने कहा हम हॉल में ही थे और हमने सब देखा और विल तुम्हारी और तुम्हारे दोस्तों की सभी तारीफ सुनी।

हैनरी को आप साथ नहीं लाये, विल ने अपने माता–पिता से पूछा उसे किसके पास छोड़ आए।

वो बैला और जैम्स के साथ है, विल के पिता ने कहा।

बैला और जैम्स, विल खुशी से चीखा वो दोनों वापस आ गये। वो दोनो कहाँ है?

तभी विल के भाई–बहन भागे हुए विल के पास आए।

बैला और जैम्स तुम वापस आ गये। मैंने तो तुम्हें फिर से देखने की उम्मीद खो दी थी। मुझे तुम्हारी बहुत याद आयी।

विल का परिवार सादा व्यवहार और बेहद खुशमिजाज का था। विल के छोटे भाई के बाल विल के जैसे ही थे और बड़े भाई–बहन के लाल रंग के बाल थे।

विशाल के साथ मिलकर तुम अपने भाई–बहन को वापस ले आए, जैम्स ने मुस्कुरा कर कहा विशाल तुमने अपने जन्मदिन के दिन जादुई दुनिया और जादूगरों को बहुत खास तोहफा दिया तुम्हें दिल से जन्मदिन की बधाईयाँ।

और मेरी तरफ से भी, बैला ने कहा।

तुम्हारी बहुत याद आयी भाई, हेनरी ने विल से कहा।

विल के माता–पिता बड़े जादूगरों में जाकर बैठ गये और जैम्स, हेनरी और बैला मर्बिला और नैन्सी के पास खाली सीट पर बैठ गए।

सभी बच्चों को तो मोबारूस सोफिया और सारा जन्मदिन हॉल से ले गई थीं, नैन्सी ने कहा फिर तुम श्रपित कैसे हो गये?

सही सवाल किया, विल ने कहा बताओ बैला..........

नहीं, हम मोबारूस सारा और सोफिया के साथ नहीं जा पाये थे, बैला ने कहा।

हाँ हमें याद हैं कि मोम और डैड इंसानी दुनिया में विल और हैनरी के साथ अपने दोस्त से मिलने गए थे इसलिए वो विशाल तुम्हारे जन्मदिन में नहीं आ पाए थे और इसलिए वो बच गए और हम तुम्हारे जन्मदिन हॉल से बाहर नहीं जा पाये और वहीं छुप गये जिससे हम वहीं श्रापित होकर गुम हो गये।

बड़ा ही खौफनाक नजारा होगा, मर्बिला ने अजीब–सा चेहरा बनाकर कहा पर अब सब ठीक हो गया।

मैं तो ऐसा नजारा कभी नहीं देखना चाहूँगा, डेनियल ने मुस्कुराकर कहा।

हमें हमारा वॉलवर्डर फिर वैसा ही खुशहाल मिल गया, बैला ने खुशी से कहा इसलिए अब कोई चिन्ता की बात नहीं है।

सही कहा, विशाल को छोड़कर सबने एक साथ बुदबुदाया।

तुम्हारे भाई–बहन तुमसे ज्यादा समझदार लगते हैं, मर्बिला ने विल को देख कर कहा फिर तुम इतने घोंचू कैसे हो।

हाहाहाहा तुमने सही कहा मर्बिला, नैन्सी ने हँसते हुए कहा मैं यह कहने ही वाली थी।

बकवास बंद करो, विल ने गुस्से से कहा विशाल तुम भी इनकी बातों पर हँस रहे हो तुम्हें मेरा साथ देना चाहिए।

रेनॉल्डस ने कुर्सी पर से खड़े होकर ताली बजाते हुए बोला की श्राप से मुक्त जादुई दुनिया व वॉलवर्डर और विशाल के जन्मदिन की खुशी में आज रात की दावत आप सभी के लिए तैयार है फिर मेज पर रखे बर्तन भोजन, फल, पेय पदार्थो, केक, पेस्ट्री, मिठाई, कई तरह के

नुड़ल्स, पास्ता, चिली पटेटो व उबले आलू, मन्चुरियन आदि खाने की सामग्री से भर गई।

वॉलवर्डर रात भर झिल–मिलाता रहा और आतिशबाजी के साथ–साथ वॉलवर्डर में खूब मौज–मस्ती भी हुई फिर सभी जादूगर मेहमान अपने–अपने खोये बच्चों के साथ गायब होकर अपने–अपने घर चले गए। गोरडोन नैन्सी के साथ वॉलवर्डर में ही रह गया और सभी भूत भी वॉलवर्डर में ही रहे। 50 बच्चे थके–हारे अपने कक्ष में सोने चले गये और विशाल को छोड़ कर सब सो गये बस विशाल था जो कि अपनी आंखों को टिम–टिमाते हुए जग रहा था फिर वह अपने कक्ष से बाहर निकलकर सीढ़ियों से ऊँची कोन में लगे जंगले पर बैठ कर चाँद को देखने लगा और सोचने लगा कि सभी बच्चे गर्मियों की छुट्टियों में अपने घर जा रहे हैं पर मेरा तो कोई घर नहीं है। मैं कहाँ जाऊँगा।

ओ तो तुम फिर चाँद को देखने आ गये, रेनॉल्डस ने विशाल के पास आते हुए कहा तुमने जो आज किया वो काबिल–ए–तारीफ है पर तुम इस तरह रात में वॉलवर्डर में नहीं घूम सकते ऐसा करने पर तुम सजा के पात्र बन सकते हो और यह बात हमने पहले भी आपको बताई थी।

माफ करियेगा, विशाल ने आँख झुकाकर रेनॉल्डस से कहा अब यह गलती दोबारा नहीं होगी। नहीं इस बार तुम्हें बिना सजा के नहीं छोड़ा जाएगा, रेनॉल्डस ने मुस्कुराते हुए कहा तुम्हारी सजा यह हैं कि तुम्हें गर्मियों की छुट्टियों में वहीं जाना होगा जहाँ–जहाँ हम तुम्हें भेजेंगे।

कहाँ?, विशाल ने आश्चर्य से पूछा और कहा मेरा तो कोई घर नहीं हैं और न कोई रिश्तेदार जहाँ मैं जा सकूँ।

इंसानी दुनिया में कोई है जो तुम्हें अपने घर में रखना चाहते हैं, रेनॉल्डस ने विशाल के कन्धे पर हाथ रखकर कहा वाटसन परिवार को तुम्हारे जैसे बच्चे की जरूरत है।

वाटसन परिवार, विशाल ने आश्चर्य से बोला वह कौन है?

मिस रोज बेहद प्यारे स्वभाव की हैं और उनके पति मिस्टर चार्ली अकड़ू हैं पर तुम उन पर ध्यान मत देना। उनकी एक लड़की भी हैं शायद तुम्हारी दोस्त बने।

क्या मैं यहाँ नहीं रह सकता?, विशाल ने उदास भरी आवाज में कहा मुझे यहाँ अच्छा लगता हैं वहाँ जाना जरूरी हैं।

15 जुलाई तक ही तो बात है विशाल, रेनॉल्डस ने विशाल को समझाते हुए बोला तुम्हें एक परिवार की जरूरत है और तुमने अपनी जिन्दगी में जो देखा उसे भुलाने के लिए तुम्हारा वहाँ जाना जरूरी है। हमने मिस रोज को पत्र भेज दिया है और वो तुम्हें पाकर खुश हैं।

इसका मतलब, विशाल ने सोचते हुए बोला मिस रोज जादुई दुनिया के बारे में जानती हैं। क्या वो भी एक जादूगर हैं?

यह सब सवाल करने के लिए यह सही वक्त नही हैं, रेनॉल्डस ने आँखों को झपकाते हुए कहा अब तुम्हें सोने के लिए अपने कमरे में जाना चाहिए।

क्या मैं एक सवाल और पूछ सकता हूँ?, विशाल ने रेनॉल्डस की तरफ देखते हुए पूछा यदि आप हाँ करे तो।

हाँ, रेनॉल्डस ने बुदबुदाया।

मेरे माता–पिता कहाँ हैं?, यह आप जानते हैं।

विशाल तुम्हें अपने माता–पिता तक पहुँचने के लिए बहुत कुछ सीखना होगा। यदि हम तुम्हें यह बताते कि काल्पनिक दुनिया तुम्हारे बक्से में हैं और वहाँ एक सुनहरा फूल हैं जिसे सिर्फ तुम तोड़ सकते हो और जादुई दुनिया व वॉलवर्डर का श्राप तुम हटा सकते हो तो क्या तुम हमारे सिखाये मंत्रों और छड़ी से जादू को सीखते। नहीं सीखते विशाल। तुम बिना तैयारी के बेकाबू होकर अपने बक्से से काल्पनिक दुनिया में जाते और जो दुष्ट वोल्फरोल्ट और निकोला चाहते थे वो हो जाता वो तुमसे सुनहरे फूल को तुड़वाते, काल्पनिक दुनिया से बाहर निकलते और तुम्हें मार कर जादुई दुनिया पर राज करते। जो कि सही नहीं होता।

तुमने जादू का अभ्यास किया। तुम्हें अच्छे दोस्तों का साथ मिला। तुमने डर का सामना करना सीखा। छुपे रहस्यों को अपने दोस्तों के साथ मिल कर खोजा। बातों को समझा और जाना तब जाकर तुम काल्पनिक दुनिया में जाने के लायक बने और वोल्फरोल्ट और निकोला जैसे दुष्ट जादूगरों का सामना किया।

ऐसे ही तुम्हें अपने माता–पिता तक पहुँचने के लिए कई बातों को जानना होगा और समझना होगा। कई छुपे रहस्यों को पता करना होगा। वहाँ तक पहुँचने के लिए जादू और मंत्रों के ज्ञान को अर्जित करना होगा। तुम्हें तैयार होना होगा और फिर तुम्हें खुद पता चल जाएगा तुम्हारे माता–पिता कहाँ हैं। वैसे विशाल मैं तुम्हें बताना चाहूँगा सारा और सोफिया ने जब तुम्हारे माता–पिता का रूप लिया तब उस क्षण वो तुम्हारे असली माता–पिता थे। वो तुम्हारे पास थे और उन्हें तुमसे मिलकर बहुत अच्छा लगा। तुम्हें अपने माता–पिता तक पहुँचने के लिए काफी परिश्रम करना होगा।

नैन्सी की आत्मा का हमारी बार–बार मदद करना, विशाल जल्दबाजी में बोलता गया गोरडोन का अचानक सूखी खाड़ियों में आकर हमें बचाना, मेरे साथी पक्षी का न्यायपूर्ण तरल द्रव लेकर काल्पनिक दुनिया में पहुँचना और भी घटनाएं वो सब आपके द्वारा हो रही थी।

रेनॉल्डस विशाल को देखकर मुस्कुराये और बोले तुम बाकई में बहुत तेज हो और बहुत सवाल करते हो फिर रेनॉल्डस ने विशाल का हाथ पकड़ा और उस कोन से विशाल को लेकर गायब हो गये। विशाल अपने कमरे में और रेनॉल्डस अपने कक्ष में पहुँच गये और विशाल रेनॉल्डस के समझाने की वजह से आराम से चिन्तामुक्त होकर सो गया।

सभी की रात बहुत अच्छी कटी। सुबह का सूरज रोशनी लिए जादुई दुनिया में रोशन हुआ। बोलती घड़ी ने जोरों की आवाज में बोला सुबह हो गई और घड़ी की सुईयों की टक–टक की आवाजें सभी को जगाने लगी। अंगड़ाई लिए सभी बच्चे उठे और तैयार होने के लिए फ्रेश होने जाने लगे। सभी मोबारूस और गोरडोन रेनॉल्डस के साथ सुबह के सूरज को देखने बाहर आ गये और सूरज की रोशनी को देखकर, सूखी जमीन पर हरियाली और हरियाली पर औंस की बूँदों को छूकर बेहद खुश हो गये। चारों तरफ पत्तों से भरे पेड़ और नदी का साफ पानी वॉलवर्डर और जादुई दुनिया की खूबसूरती को बढ़ा रहा था।

फूड़ी हॉल में बच्चे सुबह के नाश्ते के लिए पहुँच गये थे। मोबारूस अपनी जगह पर बैठै हुए थे तभी विशाल विल के साथ फूड़ी हॉल में पहुँचा और सभी मोबारूस व बच्चे विशाल को घूरने लगे क्योंकि विशाल ने अपने

वॉलवर्डर स्कूल की पोशाक को पहने हुए था। विशाल को देखकर मोबारूस एक बार फिर खुश हो गये बस कोन्सनटाइन के चेहरे पर अकड़ साफ नजर आ रही थी। जिसे विशाल भी नहीं समझ पा रहा था।

सभी मोबारूस ने अपने–अपने विषय की परीक्षा और प्रयोगात्मक परीक्षा आप सभी से ली, रेनॉल्डस ने बच्चों से कहा जिसका परीक्षाफल आ गया है और आप सभी के परीक्षाफल आपके घर पहुँचा दिये गये हैं।

यह सुनते ही कुछ बच्चे आपस में कानाफूँसी करने लगे और घबराते हुए सोचने लगे कि न जाने कैसा परीक्षाफल आया होगा और घर पर न जाने कितनी डाँट पड़ेगी। कुछ बच्चे बेहद खुश थे जिनमें मर्बिला, ऑलिविया और डेनियल शामिल थे। विशाल तो बस यह सोच रहा था कि मिस रोज जिन्हें मैंने देखा तक नहीं हैं उन्होंने मेरे परीक्षाफल को देखा होगा तो वो मेरे बारे में क्या सोच रही होंगी।

घबराओ मत, नैन्सी ने मर्बिला, विशाल, डेनियल और विल से कहा।

अरे आप तो डर गये, रेनॉल्डस ने मुस्कुराते हुए कहा आप पहले मेरी शान्ति से सम्पूर्ण बात तो सुनो।

सभी बच्चे शान्त हो गये।

आपका परीक्षाफल का निर्णय आपकी परीक्षा और प्रयोगात्मक परीक्षा के साथ–साथ 17 मई के दिन किये कार्यो पर ध्यान रखते हुए किया गया हैं।

कोन्सेनटाइन ने खड़े होकर बोलना शुरू किया सबसे अच्छा करने वाले विद्यार्थी विशाल स्मिथ, विल मर्फी, मर्बिला गेबरियल, नैन्सी लैम्बर्ट, डेनियल ड़ीप, ऑलिबिया और एडम फ्लोरेस।

यह सुनते ही हॉल में तालियाँ बज गई।

कोन्सेनटाइन ने फिर बोलना शुरू किया कि विशाल, मर्बिला, विल, डेनियल और नैन्सी के प्रदर्शन को सभी जानते हैं और रही बात ऑलिविया और एडम इसलिए क्योंकि यदि यह विशाल, विल और मर्बिला की शिकायत अर्जीगिलेनो से न करते तो अर्जीगिलनो बौखलाकर जन्मदिन हॉल में न जाती और वह रंगे हाथों न पकड़ी जातीं। जोजफ और साइमन

आप दोनों मुश्किल के वक्त छिप गये जो बेहद गलत है इसलिए आपका प्रदर्शन बेहद खराब है पर आपको इस बार माफ करते हुए आगे ऐसा न करने की चेतावनी दी जा रही हैं।

सभी बच्चे हँस पड़े। कोन्सेन्टाइन फिर बोला कि पढ़ाई के मामले मर्बिला प्रथम, डेनियल द्वितीय व ऑलिविया तृतीय स्थान पर है। तालियों की आवाज फिर गूँज उठी। परीक्षाफल की घोषणा होने के बाद रेनॉल्डस के दो बार ताली बजाने पर नाश्ता मेज पर रखे खाली बर्तनों में आ गया। सभी ने काफी अच्छे से नाश्ता किया।

हॉल से बाहर निकलने पर सभी बच्चों ने अपना सामान मैदान में रखा पाया फिर सभी बच्चों ने सभी मोबारूस, गोरडोन और नैन्सी को हाथ हिला कर अंतिम विदाई ली।

तुम्हारी याद आएंगी नैन्सी, विशाल ने कहा अपना ख्याल रखना।

मुझे भी तुम सबकी याद आएगी, नैन्सी ने उदास होकर कहा हम जल्द ही मिलेंगे।

गोरडोन ने विशाल, मर्बिला और विल को गले लगे और फिर सारा, एरिका और सोफिया ने भी विशाल को इशारों में खुश रहने को कहा।

निकोलस पहले जहाज बना और बच्चों को ऊपर उड़ाकर जादुई दुनिया की खुबसूरती दिखाने लगा। वॉलवर्डर ऊपर से बेहद प्यारा लग रहा था और फिर नदी पार होने पर हरी घास में साँप का रूप लिया। सभी बच्चे साँप के अंदर रेल का पूरा मजा ले रहे थे और अंदर काँच से बाहर के सुदंर नजारों को देख रहे थे। निकोलस काफी देर बाद इंसानी दुनिया में आकर पटरीयों पर चलने लगा और इंसानों के रेल प्लेटफार्म पर उतार दिया इंसानों को निकोलस बना साँप रेल ही नजर आ रहा था। सभी बच्चों ने अपना सामान साँप वाली रेल से उतारा और अपने ट्रोली में रख कर प्लेटफार्म से बाहर जाने लगे।

निकोलस कुछ दूरी तक साँप वाली रेल बनकर गया और हरा–भरा खाली देहाती क्षेत्र आने पर वह अपने जादूगर रूप में आ गया और वहाँ से हवा की तरह गायब होकर वॉलवर्डर पहुँच गया। सभी बच्चे प्लेटफार्म से बाहर आने लगे।

देखो मम्मी विल और विशाल, हेनरी ने विल के पास भागते हुए कहा विल तुम आ गये। अब हम खेलेगें।

भागो नहीं हेनरी बेटा, विल की माँ ने कहा।

तुम सब बच्चों से मिलकर अच्छा लगा, विल के माता–पिता ने विशाल, मर्बिला और डेनियल से कहा तुम सब बहुत अच्छे लग रहे हो।

कैसे हो तुम सब, जैम्स और बेला ने सबसे पूछा और कहा 15 जुलाई को अब हम भी तुम्हारे साथ जाएंगे।

ऑलिविया और एडम के लिए बहुत बड़ी और काले रंग की कार आयी। वो दोनों बिना किसी से मिले घमण्ड से कार में जाकर बैठ गये। कार के शीशे से विशाल को कोई घूर रहा था और विशाल उसे देखने की कोशिश कर रहा था।

मर्बिला बेटा जल्दी आओ, कार से मर्बिला को कोई महिला आवाज लगा रही थी और कह रही थी मुझे काम पर भी पहुँचना हैं।

मर्बिला चीखी माँ आप आ गई पर आप अकेली आई हो। मैं पिता जी और अपने भाई–बहनों से नाराज हूँ। मर्बिला ने सबको बाय बोला और फिर विशाल व विल से कहा अपना ख्याल रखना और पत्र भेजना। मुझे तुम सब की बेहद याद आएगी।

विशाल चले, विशाल के पीछे से आवाज आयी।

विशाल मुड़ा और बोला आप मिस रोज हो न।

हाँ, रोज ने बुदबुदाया।

रोज अपने काले शर्ट और घुटनों तक पहनी हुई स्कर्ट में बेहद खूबसूरत लग रही थीं उनके लाल व सुनहरे बाल बहुत अच्छे लग रहे थे।

उम्मीद हैं तुम्हारी गर्मियों की छुट्टियां अच्छी कटेंगी, विल ने कहा।

हाँ शायद, विशाल ने रोज की तरफ देखते हुए विल से कहा तुम्हारी बहुत याद आएगी मुझे पत्र भेजना।

हां मुझे भी तुम्हारे पत्र का इंतजार रहेगा।

मर्बिला कार से विल और विशाल से बाय करके चली गई।

बाय,

अपना ख्याल रखना,

फिर मिलेंगे,

बहुत सारी बातें कहते हुए सब बच्चे अपने माता–पिता के साथ चले गये।

विशाल का ख्याल रखना मिस रोज, विल के माता–पिता रोज से कहकर वहाँ से चले गए और विशाल रोज के साथ जाने लगे।

तुमसे मिलकर अच्छा लगा मिस्टर स्मिथ, रोज ने विशाल से कहा।

मुझे भी, विशाल ने मुस्कुरा कर कहा।

रोज उसे अपनी कार में बिठाकर घर ले जाने लगी और कहने लगी तुम्हें मेरी बेटी एना से मिलकर अच्छा लगेगा। हाँ वो थोड़ी गुस्सैल है पर दिल की बहुत अच्छी है।

सड़को से कार एक कालोनी के अंदर जाने लगी उस कालोनी का नाम बोर्ड पर लिखा था विशाल की नजर उस बोर्ड पर गई जिस पर लिखा था... प्रिंस कालोनी। विशाल कालोनी का नाम पढ़कर मुस्कुराया और रोज के घर में 15 जुलाई तक रहने के लिए रोज को धन्यवाद कहने लगा। मिस रोज ने विशाल को बताया कि वह मेक–अप की कम्पनी में काम करती हैं इसलिए वह ज्यादातर व्यस्त रहती हैं।

बातें करते–करते रोज का घर आ गया और रोज ने अपने घर में कार को रोका विशाल के चेहरे पर एक बार फिर मुस्कुराहट आई क्योंकि रोज के कमरे का नम्बर 6 था फिर विशाल ने पीछे मुड़कर कमरा नम्बर 10 देखा पर इस बार रोज के घर की तरह कमरा नम्बर 10 बेहद खूबसूरत था।

विशाल तुम मुस्कुराते हुए बहुत अच्छे लगते हो, रोज ने यह कहते हुए घर का दरवाजा खोला।

घर के अंदर एना अपने पिता चार्ली के साथ खड़ी थी। वह दोनों विशाल को देखकर व मुँह बनाकर अपने–अपने कमरे में चले गए और धड़ाम की आवाज के साथ कमरे का दरवाजा बंद कर लिया।

शायद अंकल चार्ल्स और एना को मैं ज्यादा पसंन्द नहीं आया, विशाल ने आँख बंद करके मुस्कुरा कर कहा।